À PROPOS DE L'AUTRICE

Nathalie Charlier s'est lancée dans l'aventure de l'écriture en 2009 et, depuis, elle ne s'arrête plus ! Désormais romancière à plein temps, elle jongle entre son mari, ses quatre enfants, ses manuscrits et sa passion pour la lecture. Elle a une vingtaine de romans à son actif, qu'elle se plaît à écrire armée d'une bonne playlist et d'une tasse de thé.

He's Mine

NATHALIE CHARLIER

He's Mine

HarperCollins
POCHE

NATHALIE CHARLIER

He's Mine

Harper
Collins
POCHE

© 2021, HarperCollins France.

Tous droits réservés, y compris le droit de reproduction de tout ou partie de l'ouvrage, sous quelque forme que ce soit.

Toute représentation ou reproduction, par quelque procédé que ce soit, constituerait une contrefaçon sanctionnée par les articles 425 et suivants du Code pénal.

Cette œuvre est une œuvre de fiction. Les noms propres, les personnages, les lieux, les intrigues, sont soit le fruit de l'imagination de l'auteur, soit utilisés dans le cadre d'une œuvre de fiction. Toute ressemblance avec des personnes réelles, vivantes ou décédées, des entreprises, des événements ou des lieux, serait une pure coïncidence.

HARPERCOLLINS FRANCE

83-85, boulevard Vincent-Auriol, 75646 PARIS CEDEX 13
Tél. : 01 42 16 63 63

www.harpercollins.fr

ISBN 979-1-0339-0873-9

À Élisabeth,
sans qui ce roman ne serait
certainement pas ce qu'il est.
Merci pour tout…

Tu noies tes chagrins dans l'alcool ?
Méfie-toi, ils savent nager.

YVES MIRANDE

L'alcool, il y a deux versions.
Soit c'est un ennemi qui te veut du bien
mais qui te fait du mal,
soit c'est un ami qui te veut du mal
mais qui te fait du bien.

JACQUES DUTRONC

Prologue

Noah

Metz – Campus de l'université

— Eh, Noah, c'est pas vrai ! Tu es major de ta promotion pour la seconde année consécutive. C'est génial !

Je colle mon nez au document affiché, des fois que Zoé se tromperait. Mais non, ma meilleure amie a bien lu. Je suis en tête de classement. En deuxième année de fac en langues étrangères appliquées – LEA pour les initiés –, c'est carrément excellent.

— Et Olivia est au rattrapage. Bien fait pour sa pomme, à celle-là !

— Zoé !

— Quoi ? Je ne l'aime pas, je ne vais pas mentir et prétendre le contraire. Ce n'est pas ma faute si je ne la supporte pas ! Cette meuf est un faux derche de première. Il n'y a que toi pour ne pas le voir.

Moi qui aime penser que je suis une héroïne des causes perdues, je m'insurge.

— Arrête ! Ce que tu fais n'est ni plus ni moins que de la discrimination, du délit de faciès. Tu ne peux pas pourrir quelqu'un sous prétexte que sa tête ne te revient pas ! Tu n'as pas honte ?

— Non, pas le moins du monde.

Je n'arrive pas à comprendre pourquoi ces deux-là se

détestent à ce point. Au début, je supposais que c'était parce que Zoé, ma meilleure amie depuis l'école maternelle, était jalouse de l'intérêt que je portais à Liv, qui est ma voisine de palier à Metz et suit le même cursus que moi à la fac. Hélas, tout porte à croire que leur inimitié est beaucoup plus profonde, et le véritable motif de cette antipathie mutuelle m'échappe toujours.

— Tu vas chez Mathieu ? demande-t-elle, tandis que nous quittons le couloir où les étudiants s'attroupent pour découvrir leurs résultats.

— Non, il bosse. Enfin, c'est son stage, tu sais bien…

— Dans ce cas, fêtons ça en allant boire un verre. Ce n'est pas tous les jours que deux majors trinquent ensemble.

— T'es une championne, Zoé ! Arriver en tête de classement en deuxième année de droit, ce n'est pas donné à tout le monde. Bravo !

— Oui, mais j'ai trimé comme une dingue pour ça. Heureusement, l'année est terminée pour nous. Tu rentres quand chez tes parents ?

Avec un sourire, je réponds :

— Tout à l'heure. J'ai hâte, tu sais ! Quand je suis à Forbach, j'ai toujours l'impression de m'ennuyer. Mais dès que je suis ici, je suis pressée d'y retourner.

— Et ton chéri ? s'enquiert ma copine, au moment où nous émergeons du bâtiment.

— Il me rejoindra dès qu'il pourra. Je suppose que lui aussi a envie de revoir sa famille.

Mathieu et moi sommes originaires de la même ville, et en couple depuis trois ans.

— Tu as des étoiles dans les yeux quand tu parles de lui, observe-t-elle avec une moue attendrie.

— Sans doute parce que je suis folle de lui !

— Dans ce cas, pourquoi ne vous installez-vous pas ensemble ?

La question de Zoé est parfaitement logique et elle vient d'appuyer sans le savoir sur un point sensible.

— J'adorerais, tu peux me croire, et si ça ne tenait qu'à

moi, ce serait déjà le cas depuis longtemps. Mais mon père n'est pas d'accord. Et ce que Thierry Martin veut, Thierry Martin l'obtient. Surtout si ça concerne sa fille.

— Qu'est-ce qui dérange ton paternel ? Le fait que Mathieu soit plus vieux que toi ? Qu'il étudie la finance ? Ou qu'il soit issu d'un milieu moins privilégié que celui dans lequel ta famille évolue ? Comme pedigree, on a connu pire ! ironise-t-elle en référence au snobisme exacerbé de mon cher papa.

— Je n'en ai aucune idée et c'est bien mon problème. Quand tu ne sais pas contre quoi tu te bats, les choses sont nettement plus compliquées. Et puis, je ne tiens pas à soûler Mathieu avec ça maintenant. Ce stage lui permet de gagner un peu d'argent, autant qu'il l'effectue sereinement. Ses parents ne comprennent pas qu'il soit toujours étudiant à son âge. Contrairement aux miens, ils ne l'ont pas élevé en lui répétant que plus tu es diplômé, plus tu as de chances de réussir professionnellement. D'ailleurs, je l'admire et je le respecte beaucoup pour sa détermination. Il a galéré pour pouvoir s'inscrire à l'université alors que ma vie a toujours été facile. Aujourd'hui encore, rien n'est simple pour lui.

Quelques instants plus tard, nous nous asseyons à la terrasse d'un salon de thé. Quand le garçon arrive pour prendre notre commande, je commence en annonçant un Coca zéro, sous le regard amusé de mon amie. Zoé me charrie systématiquement sur le fait que j'opte pour une boisson allégée accompagnée d'une pâtisserie. Elle me connaît par cœur et se moque souvent de l'hypocrisie que constitue le couple « soda à l'aspartame et gâteau ». Mais pas cette fois.

— Je vais me contenter du Coca.

— Comment ? Pas de meringue glacée avec supplément chantilly ? Mais qui êtes-vous ? Et qu'avez-vous fait de ma meilleure copine si gourmande ?

Avec une grimace dépitée, je fais un signe de l'index en direction de mon T-shirt trop serré.

— Je n'ai pas le choix, je me suis pesée ce matin et j'ai au moins quinze kilos à perdre.

— Mais non, il te suffit d'un peu d'activité physique et ils disparaîtront tout seuls, objecte-t-elle.

— Zoé, je suis un véritable bec sucré et je déteste le sport. Que veux-tu… Je n'aime que la lecture, la pâtisserie et les langues étrangères. Pas de quoi me sculpter une silhouette de rêve.

— En parlant de rêve, est-ce que tu as déjà dit à ton cher papa que tu aimerais travailler dans le milieu de l'édition et non dans son entreprise de transport ?

Aussitôt, je me sens rougir.

— Non, pas encore. La vérité, c'est que je ne sais pas comment aborder le sujet. Dans son esprit, il ne fait aucun doute que je le rejoindrai pour ouvrir la société familiale à l'international. C'est pour cette raison qu'il a accepté que je m'inscrive dans ce cursus.

Dans la mesure où je suis sa fille unique, je peux tout à fait comprendre. Seulement, ces deux dernières années, les cours que j'ai suivis m'ont permis de découvrir de nouveaux horizons, et par conséquent d'autres professions. Et il n'y a pas photo : j'adore la traduction littéraire. Pour le moment, je n'ai pas osé en parler à mon père, dont je ne suis pas très proche. Toutefois, je devrai m'y résoudre, même si j'ai encore un peu de temps devant moi. Plus j'y pense, et plus prendre sa relève me paraît inconcevable. Je ne veux pas finir ma vie coincée dans un bureau à gérer les engueulades entre les chauffeurs, les amendes qu'ils se chopent et leurs ennuis mécaniques. Non, ça, certainement pas !

Après avoir quitté mon amie qui doit travailler ce soir, je récupère ma voiture pour rentrer chez moi. Il me faut environ une heure pour rejoindre Forbach, la ville où je suis venue au monde et où j'ai grandi. En semaine, j'habite dans un studio à Metz, mais en général je reviens pour le week-end. Au bout de quelques jours, j'ai toujours besoin de retrouver Chantal, l'épouse de mon père. Elle me manque beaucoup lorsque nous ne sommes pas ensemble. Cette femme est tout pour moi, elle représente la maman que je n'ai jamais eue puisque la mienne est morte quelques mois après ma naissance. Infirmière de profession, Chantal s'est mariée avec papa quand j'avais un an et m'a ensuite élevée. J'ai été plus aimée et plus choyée par elle que bon nombre de gamins par leurs propres parents.

Hélas, elle n'a pas eu d'autre enfant. Moi, j'aurais adoré avoir un petit frère ou une petite sœur. Adolescente, je lui ai demandé un jour pourquoi j'étais fille unique. Elle m'a juste répondu qu'il fallait être deux pour faire un bébé, et que mon père avait été très clair dès le départ : il n'en voulait plus. Sur le coup, j'ai trouvé cette attitude incroyablement égoïste, parce que ça crevait les yeux que Chantal rêvait d'être mère. Mais comme elle était folle de lui, elle a accepté ses conditions, m'a-t-elle expliqué, et n'a jamais cherché à lui faire un gosse dans le dos. Elle a simplement ravalé son désir de maternité et reporté toute son affection sur moi. Je pense qu'elle ne l'a pas regretté, car je lui ai rendu son amour au centuple. Elle est ma maman adorée, point barre. Et la première à qui j'ai envie d'annoncer mes excellents résultats. Je sais que je lirai une joie intense dans son regard, quand elle l'apprendra.

Mon père, pour sa part, me dira que c'est bien et que je dois continuer comme ça, avant de me remettre un chèque de plusieurs centaines d'euros pour me récompenser. C'est toujours ainsi qu'il procède. Je voudrais tant lui balancer son fric à la figure et lui assener que j'aimerais juste qu'il s'intéresse un peu à moi. Mais je suis trop lâche. Alors, comme toujours, j'accepterai son argent, et je ravalerai mes reproches et ma fierté par la même occasion. Chantal me prendra dans ses bras en m'expliquant qu'il est préoccupé par l'entreprise et je ferai semblant d'y croire. Voilà, c'est ça, ma famille. Elle n'est ni meilleure ni pire qu'une autre, et au moins je n'ai pas à craindre pour mes fins de mois, puisque les questions financières ne sont pas un problème chez nous.

Devant la maison, je gare l'Audi Q3 que papa m'a offerte

pour Noël. Alors que ce SUV n'avait que dix mille kilomètres, il a décidé de s'en acheter un nouveau, un BMW X6. Et plutôt que de vendre le premier, il me l'a donné. Cela lui évitait d'avoir à me trouver un cadeau, et il pouvait se vanter auprès de ses amis d'être un père très généreux avec sa fille unique. Une fois de plus, j'aurais voulu lui crier qu'un livre bien choisi et une écharpe dénichée tout spécialement pour moi m'auraient fait bien plus plaisir. Mais je me suis tue, comme d'habitude, et j'ai accepté son présent hors de prix. Le pire, c'est que cette voiture aurait dû revenir à ma belle-mère, qui a toujours rêvé de la récupérer. À la place, elle doit se contenter de sa petite Clio. Pourtant, si cela l'a attristée, elle ne m'en a pas tenu rigueur une seconde, et a refusé mon offre d'échange de nos véhicules respectifs. Ma lâcheté et mon incapacité à dire le fond de ma pensée à Thierry Martin finiront par me rendre folle. Mais pas aujourd'hui. Non, aujourd'hui, je vais proposer à Chantal de m'accompagner dans ce restaurant italien où nous adorons dîner toutes les deux.

— Chantal ? Chantal ? Devine quoi !

Aucune réponse. C'est étrange, parce que son sac est dans l'entrée, tout comme sa veste et son trousseau de clés. Elle est donc nécessairement là.

— Chantal !

Je fronce les sourcils et cesse de l'appeler. Un bruit bizarre provient du sous-sol, comme si un moteur de voiture tournait. Pourtant la porte du garage est fermée, j'en mettrais ma main au feu. Si elle avait été ouverte, je l'aurais forcément remarqué puisque mon SUV est stationné juste devant. Mais que se passe-t-il ici ?

Gagnée par un mauvais pressentiment, je me dirige vers l'escalier permettant d'accéder à la cave. Instantanément, je suis agressée par une odeur d'essence qui me brûle les poumons et me fait monter les larmes aux yeux. Par chance, mes lunettes de vue me protègent en partie, sinon je crois que ce serait pire que d'éplucher des oignons. Cela ne suffit pas à me faire reculer, bien au contraire. En hâte, je retire

16

ma capuche de sweat-shirt et la colle devant mon nez pour poursuivre ma progression. À mesure que j'avance, respirer devient de plus en plus difficile. Je traverse la buanderie pour déboucher sur le garage à proprement parler. C'est bien sa voiture qui tourne, alors que tout est fermé. Heureusement, j'ai toujours mes propres clés en main. Et qui dit trousseau, dit télécommande de la porte. Je m'empresse d'appuyer sur le bouton qui l'actionne. Comment a-t-elle pu oublier d'éteindre le moteur de sa Clio ? C'est dingue quand même !

À peine le battant en tôle s'est-il relevé que je m'élance à l'extérieur pour inspirer de grandes goulées d'air. Lorsque je me retourne, je découvre avec effarement ce qui se passe réellement. Un tube flexible – peut-être celui de l'arrosage automatique – sort du pot d'échappement. Qu'est-ce que c'est que ce bordel ?

Puis soudain, je comprends. Sans perdre une seconde, je balance ma veste pour me précipiter à nouveau à l'intérieur. Hélas pour moi, la portière du côté conducteur est fermée, et le tuyau est solidement coincé entre la fenêtre et le cadre. Un embout en plastique le retient, si bien que je ne parviens pas à le déloger, malgré mes efforts. Comme une dingue, je tire sur la poignée mais rien n'y fait. Une épaisse fumée poisseuse m'empêche de voir à l'intérieur de la Clio. Prise de panique, je remonte à l'étage pour récupérer le double de ses clés dans la commode de l'entrée, avant de retourner à toute vitesse en bas.

Quand je réussis enfin à déverrouiller le véhicule, j'ouvre. Sans perdre une seconde, je baisse la vitre pour enlever ce maudit tuyau et j'éteins le moteur. La trouille au ventre, je me tourne alors vers le siège passager pour découvrir ma belle-mère, ma Chantal adorée, dont le corps est sans vie. Horrifiée, je la secoue dans tous les sens, mais elle ne bouge pas. Des sanglots de désespoir montent dans ma gorge, tandis que je l'appelle encore et encore. Pourtant, au fond de moi, j'ai déjà compris qu'il est trop tard. Et si j'avais le moindre doute sur ce qu'elle cherchait à faire, le sachet en plastique transparent qui recouvre son visage figé dont les yeux exorbités semblent me transpercer l'aurait balayé.

Debout devant la tombe, dans ce cimetière triste et morne, je tente tant bien que mal de retenir les larmes qui coulent non-stop depuis une semaine. Voilà sept jours que j'ai trouvé le corps inanimé de celle que je considérais comme ma maman. Elle s'est suicidée. Elle a choisi de partir, de se retirer du jeu, mais je ne sais toujours pas pourquoi. Terriblement malheureuse, je m'accroche à Zoé qui pleure à mes côtés. Elle aussi adorait Chantal. Combien de fois a-t-elle dormi à la maison, parce qu'elle ne se sentait pas en sécurité chez elle ? Il faut dire que ma meilleure amie vient d'une famille que l'on peut qualifier, sans le moindre excès, de folle furieuse. Des parents ivres et drogués en permanence, un frère en prison pour vol à main armée, un autre qui deale, et un dernier qui est mort d'une overdose. Voilà pour le décor.

Pourtant, Zoé n'est pas comme eux, elle ne l'a jamais été. Je sais qu'elle traîne un paquet de casseroles, dont un viol qu'elle a subi à quinze ans et qui l'a changée pour toujours. Même si je connais son histoire, nous n'en parlons jamais, à sa demande. À cette époque, Chantal l'a beaucoup aidée. Le fait qu'elle soit infirmière a sans doute mis mon amie en confiance et elle a été une alliée précieuse.

Papa est stoïque, à quelques mètres de moi. Presque indifférent, comme si la perte de sa compagne ne l'affectait pas le moins du monde. Quand il consulte sa montre discrètement – mais pas assez pour que je ne le remarque pas – je suis à deux doigts de lui sauter à la gorge, tant je trouve son attitude indécente. Près de lui, il y a Audrey, la maman d'Olivia, qui est sa secrétaire.

C'est à moi qu'elle doit ce poste. Il y a six mois environ, l'ancienne employée de mon père a pris sa retraite et il a fallu recruter une remplaçante. Je lui ai alors suggéré le nom de cette femme qui cherchait désespérément un boulot, et il a accepté de la recevoir pour me faire plaisir. D'après Liv, elle était dans une situation financière catastrophique après avoir perdu son job précédent. Bref, elle a dû faire l'affaire, puisqu'il l'a embauchée et qu'elle travaille toujours dans l'entreprise de ma famille. Je suis heureuse pour elle, même si je la connais peu. En réalité, je n'apprécie pas Audrey plus que ça, mais je l'ai aidée parce que Liv est mon amie. D'ailleurs, il me semble que ça ne lui aurait pas écorché la bouche de dire « merci », tout simplement. Or, les quelques rares fois où je l'ai rencontrée, elle ne m'a pas adressé la parole. C'est tout juste si elle s'est contentée de me toiser. Bien sûr, je suis intervenue pour rendre service à ma copine, mais il y a un minimum de politesse, non ?

De retour à la maison, où doit se tenir une petite réception, j'embrasse Zoé. Elle doit retourner au restaurant où elle bosse pendant les vacances et m'abandonne sur le perron. J'aurais aimé qu'elle reste un peu plus longtemps ou au moins qu'elle entre avec moi. Depuis une semaine, il m'est impossible de franchir le pas de la porte sans me sentir horriblement mal. Chantal est morte ici et son fantôme hante toujours les lieux. Enfermée dans ma chambre, je passe mes journées à pleurer. C'est l'inconvénient, quand on n'est pas obligé de travailler pour financer ses études. L'oisiveté mène à l'ennui, et l'ennui au désespoir. D'ailleurs, je n'ai pas une seule fois mis le nez dehors avant aujourd'hui, pas même pour nager dans notre belle piscine enterrée, au bord de laquelle j'adore me prélasser l'été.

Au bout d'un long moment, je me force malgré tout à entrer, et ce que je découvre m'interpelle aussitôt. Audrey est en train de servir des rafraîchissements aux personnes présentes. Jusque-là, il n'y a rien d'anormal. Le hic, c'est qu'elle agit comme si elle était chez elle.

— Je crois que le patron ne va pas tarder à se consoler, si ce n'est pas déjà fait, déclare Gilbert, un des chauffeurs de l'entreprise.

— On peut dire qu'elle a bien mené sa barque, celle-là, réplique Bernard, un de ses collègues.

— Si j'étais mauvaise langue, je dirais même que c'est une aubaine pour cette opportuniste que l'épouse légitime soit morte si brutalement.

Aucun des deux employés n'est conscient de ma présence derrière eux, si bien qu'ils ne filtrent pas leurs propos. Soudain, j'observe le manège d'Audrey avec un regard nouveau. Et si ces hommes disaient vrai ? D'autant que cette attitude et ce sans-gêne en des circonstances si dramatiques ne semblent pas déranger papa, qui la couve des yeux et paraît plein de reconnaissance. Qu'est-ce qui se passe entre ces deux-là ?

Écœurée par ce que je devine mais que je refuse d'admettre, je récupère les clés de ma voiture et fiche le camp avant qu'on me repère et qu'il ne soit plus possible de fuir. J'ai besoin de réconfort – ce que mon père est incapable de me donner – et de parler à quelqu'un des tourments qui m'assaillent. Et il n'y a qu'une personne au monde qui puisse me consoler.

Une heure plus tard, je me gare devant l'appartement de Mathieu. À 17 h 30, il est sans doute rentré. Pressée de me retrouver dans ses bras, je ne sonne pas à l'interphone, mais me sers de la clé qu'il m'a remise en début d'année universitaire. Sur le palier, je m'essuie les yeux et déverrouille doucement. Peut-être qu'il n'est pas encore là finalement… Je ferais mieux de me rendre chez Liv en attendant son retour. Oui, c'est la meilleure option.

Au moment où je m'apprête à rebrousser chemin, un bruit me fait sursauter. C'était quoi ce gémissement ? La porte d'entrée de l'appartement est toujours ouverte, et je décide de la laisser telle quelle. Il est déjà arrivé à plusieurs reprises que Mathieu prête son logement à un de ses amis pour que ce dernier soit tranquille avec sa copine. J'avoue que je n'aime pas trop ça, mais il est chez lui et agit comme il veut. Si tel est le cas, je pourrai m'enfuir plus facilement. C'est d'ailleurs ce que je devrais faire sans attendre. Toutefois, un démon venu de je ne sais où me pousse à avancer sans bruit vers la chambre dont le battant n'est pas fermé. Et là, ce que je découvre dépasse en horreur tout ce que j'aurais pu imaginer. Ce n'est pas un de ses potes, c'est lui. Lui et… Liv. Assise sur mon mec, dont les mains sont en train de lui peloter les seins, elle monte et descend, semblant prendre un pied d'enfer, si j'en juge par ses gémissements dignes de ceux d'une actrice de films X.

Seigneur ! Quelle idiote ! Comment ai-je pu être aussi naïve ? De toutes les personnes que je fréquente, Mathieu est celui en qui j'avais le plus confiance. J'étais sûre que nous allions construire notre avenir ensemble, que c'était le bon. Et il me trahit quand j'ai le plus besoin de lui. Je n'aurais pas imaginé cela possible, pourtant mon cœur se brise encore un peu plus.

Et que penser d'Olivia… J'aurais mieux fait d'écouter Zoé au lieu de supposer que nous étions amies. Dire que je lui ai prêté de l'argent à plusieurs reprises, que j'ai trouvé un job à sa mère. Et elle, elle me plante un couteau dans le dos au pire moment de ma vie.

Alors, c'est à ça qu'ils étaient occupés pendant qu'on enterrait ma Chantal ? Bande d'ordures ! Ils prétendaient être obligés de rester à Metz à cause de leur travail respectif et j'y ai cru, quand bien même je me suis sentie blessée par leur manque de soutien et de compassion. Depuis combien de temps est-ce que ça dure ? Tout dans leur attitude, dans leurs gestes, indique que ce n'est pas la première fois qu'ils couchent ensemble. J'ai même l'impression qu'ils se connaissent vraiment bien. Mon instinct me souffle que leur aventure secrète ne date probablement pas d'hier.

Pétrifiée, un poing serré contre ma bouche pour m'empêcher de hurler, je suis plantée là à les observer en silence. Ce qui me choque le plus, c'est le regard adorateur qu'il pose sur elle. De l'endroit où je me trouve, je les aperçois de biais. Liv me tourne le dos, mais Mathieu, lui, est parfaitement visible.

— Putain, Liv, t'es tellement bonne ! geint-il, le visage crispé.

— Dis que tu m'aimes, Mathieu ! lui répond-elle en accélérant le rythme.

— Oh bordel, je suis fou de toi ! Tu le sais bien…

— Et Noah ?

Quoi ? Elle parle de moi pendant qu'ils baisent ? Mais elle est vraiment tordue, ma parole !

— Rien à foutre de Noah ! Il n'y a que toi.

Ça suffit, j'en ai assez vu et entendu. Il n'est pas question que je continue à me torturer ainsi. Mes membres semblent enfin en mesure de fonctionner à nouveau, car je fais volte-face et me dirige au pas de course vers l'entrée, où je balance ma clé sur la commode avant de claquer la porte de l'appartement. L'ascenseur est encore à l'étage et je m'y engouffre au moment où mon prétendu petit ami surgit sur son paillasson, une simple serviette autour des hanches. J'ai juste le temps de lui faire un doigt d'honneur, puis la cabine se ferme, l'effaçant de mon champ de vision pour me laisser libre de pleurer. À son expression, je sais qu'il ne cherchera pas à me retenir. Tout ce que j'ai pu entrevoir sur son beau visage, c'était un intense soulagement. Celui que je sois au courant, celui d'être débarrassé de moi sans cris ni scène. Voilà : j'ai passé trois ans de ma vie à adorer un garçon qui n'en valait pas la peine, et en trois minutes tout s'est brutalement terminé. Je me sens plus seule que jamais.

Lorsque je suis arrivée, je pensais que je ne pouvais pas être plus mal, que rien ne pouvait me blesser davantage. Eh bien, j'avais tort. Bon sang, oui, j'avais tellement tort ! Là, clairement, ça ne peut pas être pire. En une semaine, tout mon univers s'est écroulé. J'ai perdu Chantal et mon amoureux. Qu'est-ce que j'ai fait pour mériter ça ? OK, j'ai toujours eu une existence privilégiée, mais je n'ai jamais fait de tort à personne. Une autre idée me vient alors à l'esprit, obsédante et dérangeante. Si ça se trouve, sa mère a également mis le grappin sur papa, ce qui serait le comble de l'horreur pour moi. Je n'avais rien remarqué jusqu'à aujourd'hui, mais maintenant je ne songe qu'à ça et aux paroles des deux chauffeurs, après l'enterrement de Chantal.

Tremblante et indécise, je me gare sur le parking d'une grande surface à la sortie de Metz avant de risquer un accident. Il faut que je réfléchisse posément – ce qui est loin d'être simple dans mon état –, ou au moins que je parle à quelqu'un pour ne pas devenir folle. Mais avec qui m'épancher puisque Zoé travaille et que je n'ai pas d'autre amie proche ? Et où aller ? Dans mon studio ? Trop déprimant. Sans compter que je pourrais croiser Olivia à tout moment.

Soudain, deux visions se superposent dans mon esprit. Celle de Mathieu et Liv, mais aussi celle de mon père et Audrey. Plus j'y pense et plus il me semble évident que ces deux-là ont dépassé le stade du patron et de l'employée. Toutefois, ce ne sont que des suppositions. Je dois savoir si mes doutes sont fondés, et le plus vite sera le mieux. Cette détermination toute nouvelle m'indique exactement ce que je dois faire. Car me préoccuper de la vie de Thierry Martin a l'avantage de me faire oublier, l'espace de quelques heures, le marasme qu'est devenue la mienne.

Le trajet du retour se déroule comme dans un rêve, ou plus précisément un cauchemar, dont je ne garde qu'un vague souvenir. À croire que mon cerveau s'est mis en mode pilote automatique pour me permettre de rentrer à Forbach. Parvenue devant la maison, je me gare et sors de mon Audi tel un zombie. Il n'y a plus aucun véhicule aux alentours, et j'en suis profondément soulagée. Je n'aurais pas supporté de me retrouver face à des gens qui m'auraient tapé sur l'épaule en m'expliquant à quel point ils partageaient mon chagrin. Aussi silencieusement que pour entrer chez Mathieu, je me glisse à l'intérieur. Dans le salon, j'entends des chuchotements. En m'approchant, je constate qu'il s'agit de papa et d'Audrey qui sont tendrement installés sur le canapé. Le manque de décence de mon père, le jour des funérailles de sa femme, me laisse sans voix.

Suffoquée par le dégoût, je me dirige vers la cuisine où j'avise les bouteilles de vin rouge entamées, celui qui a été proposé au cours de la petite réception. Sans même y réfléchir, je m'empare de l'une d'elles et d'un verre, pour filer à toute vitesse vers ma chambre, au second étage. Là, je me retrouve désœuvrée, complètement perdue. Je devrais téléphoner à Zoé, mais je ne tiens pas à la déranger pendant son service. Sur mon bureau, j'aperçois le courrier que j'ai récupéré ce matin et que j'ai monté sans avoir le courage de l'ouvrir. Il y a des cartes de condoléances que j'écarte, une lettre de la fac, une pub de ma boutique de fringues préférée, et une dernière missive dont la calligraphie m'est si familière que je manque de défaillir. Chantal… Elle m'a écrit ? Mais quand ? Où ? Comment ? Avec empressement, je me mouche et essuie mes larmes, avant de reprendre l'enveloppe et de m'allonger sur mon lit. Puis, je la déchire et déplie le feuillet qui se trouve à l'intérieur.

Ma chère petite fille,

Quand tu recevras ce courrier, je ne serai plus là. J'aurai tiré ma révérence définitivement. Mais je ne pouvais pas partir sans t'expliquer les motivations de ce geste.

Tu es et tu demeureras pour toujours ma plus grande histoire d'amour. Lorsque je t'ai vue pour la première fois, avec ta tignasse rousse et tes yeux si clairs, j'ai eu un coup de foudre absolu et je n'ai jamais regretté de m'être occupée de toi comme si je t'avais mise au monde. Hélas, il n'y avait pas que toi… Il y avait aussi tout le reste. Ton père que j'ai chéri au-delà de la raison et qui m'a rendue si malheureuse.

La semaine dernière, il m'a annoncé qu'il souhaitait divorcer, qu'il aimait une autre femme comme jamais il n'avait aimé personne, pas même moi. Peux-tu imaginer mon choc ? Oh ! il m'a souvent trompée, mais il revenait à la maison tous les soirs et, comme je t'avais, toi, j'ai ravalé ma fierté et accepté. Je pensais d'ailleurs, très stupidement, qu'il en avait fini avec ses aventures sans lendemain. Mais

*cette fois, tout est différent, m'a-t-il dit. Pour moi aussi :
entre ma petite Noah devenue une adulte et qui ne va
pas tarder à quitter le nid, et mon mari qui ne veut plus
de moi, j'ai compris que j'ai tout perdu. Alors, j'ai décidé
qu'il vaut mieux arrêter de souffrir.*

*Je connais la femme dont il est épris et je sais que je ne ferais
pas le poids. Dès que je l'ai aperçue, j'ai pressenti qu'elle
serait une source de problèmes. Ce n'est pas de ta faute, mais
en te liant d'amitié avec cette fille, Olivia, et en demandant
à ton père d'embaucher Audrey, tu as laissé entrer le loup
dans la bergerie, sans même en avoir conscience. Et voilà
le résultat. Notre famille est en train d'imploser et je ne
peux rien y changer.*

*Pourtant, j'aurais pu empêcher un tel désastre, car j'ai
surpris Mathieu et Olivia en train de s'embrasser à Metz,
un jour où je participais à une formation, il y a six mois
de cela. À ce moment-là, j'aurais dû réagir, te raconter
ce que j'avais vu, et interdire formellement à Thierry de
recruter la mère de cette garce. Seulement, si j'avais agi
ainsi, il aurait fallu t'expliquer mes motivations et j'avais
peur de te faire de la peine. J'avoue que c'était lâche et,
finalement, je n'ai que ce que je mérite. C'est sans doute
pour cette raison que la trahison de ton père est si difficile
à supporter. Réaliser que je n'ai pas le courage de préserver
ceux que j'aime me mine au point de me rendre malade.
Je m'en veux terriblement et je refuse de faire endosser le
poids de ma propre culpabilité à autrui, surtout à toi,
mon petit ange.*

*Aujourd'hui, je t'en conjure, méfie-toi d'Olivia, car c'est
une vipère, une sournoise qui te jalouse et ne cherche qu'une
chose : vivre ta vie à ta place pour s'extraire de la pauvreté
dans laquelle elle et sa mère évoluaient jusqu'à présent.
Mener grand train, voilà ce à quoi elles aspirent toutes
les deux. Quant à Mathieu, je regrette de te l'annoncer
ainsi, mais il n'a rien du prince charmant. Tu es belle et*

adorable, mais tout porte à croire qu'il n'a vu en toi que ce que ta famille pouvait lui apporter. J'avoue que j'ignore qui je méprise le plus : Mathieu de n'avoir pas décelé le trésor que tu es, les deux arrivistes qui rêvent d'aisance financière et sont prêtes à tout pour cela, ton père qui n'a jamais eu la moindre considération pour sa fille et sa femme, ou moi-même pour n'avoir pas été capable de protéger ma famille.

Le pire, c'est que j'ai accepté de ne pas avoir d'enfants pour rester avec Thierry, que j'ai renoncé à mon désir le plus cher pour lui, et tu peux m'expliquer pour quoi ? Pour être jetée comme une vieille chaussette trouée. Je regrette de ne pas avoir eu le courage de te dire adieu, mais je veux que tu saches que je t'aime. Pendant toutes ces années, c'est toi qui m'as permis de garder la tête hors de l'eau, toi qui m'as donné l'impression d'un semblant de bonheur, alors que rien dans mon couple ne m'en apportait. J'espère que tu seras heureuse et que jamais tu ne connaîtras le chagrin à l'état pur, celui qui me mine depuis si longtemps et qui vient de remporter la partie.

Je t'embrasse, mon ange, comme je t'aime, infiniment. Et de là où je serai, je veillerai toujours sur toi.

Chantal, ta maman.

Lorsque je termine de lire, mes mains tremblent, mon nez coule, et les larmes ont inondé tout mon visage. Arrivent ensuite les sanglots déchirants qui accompagnent la culpabilité que je ressens avec une intensité terrifiante. Tout est de ma faute et je ne crois pas que je réussirai à m'en remettre un jour. Pendant une éternité, je pleure avant de me redresser pour chercher un mouchoir. Tandis que je me dirige vers le bureau, j'aperçois la bouteille posée sur la commode, à l'entrée de ma chambre. Mue par une impulsion que je ne parviens pas à dominer, je me sers et avale le contenu en quelques gorgées. Le vin, un grand cru, est excellent, mais c'est la chaleur qu'il diffuse en moi qui me fait du bien. Alors, j'en verse à nouveau. Tout est bon pour anesthésier ce désespoir oppressant. Et ce moyen en vaut bien un autre, pas vrai ?

Ce que j'ignore, c'est que ce verre marquera le début d'une descente aux enfers. Je croyais avoir touché le fond ? Eh bien, je me suis trompée. Je peux creuser encore, l'avenir se chargera de me le démontrer de la plus abominable des manières. Parce que ce verre, précisément, est le premier d'une longue série. Et après cet été, le pire de mon existence, l'alcool régira ma vie, faisant de moi une ivrogne incapable de se regarder dans une glace.

1

Noah

Marienbronn – 14 mois plus tard

— Bonne chance, Noah. Soyez forte, vous pouvez y arriver. Je compte sur vous, murmure la psychologue en me serrant la main.

C'est bête à dire, mais cette femme va me manquer. Beaucoup. C'est en partie grâce à elle que j'ai repris le contrôle de ma vie. À elle et à Zoé. D'ailleurs, quand on parle du loup… installée dans la salle d'attente, mon amie patiente, feuilletant distraitement une revue. Lorsqu'elle m'aperçoit, elle se précipite vers moi et m'enlace avec fougue.

— Oh ! Noah ! Comme je suis contente de te voir ! Tu as si bonne mine.

Je grimace, sceptique. Ce n'est pas ainsi que je qualifierais les choses, mais je présume qu'elle veut me faire plaisir. Moi qui accusais déjà près de quinze kilos en trop, j'en ai accumulé autant au cours de cette année. Parce que, oui, boire, ça fait grossir.

— Hey, Zoé, comment vas-tu ?

— C'est à toi qu'il faut le demander.

Nous nous embrassons et sortons de l'établissement. Sur le pas de la porte, je me tourne vers l'aide-soignante qui se trouve à l'entrée et lui fais un dernier signe. Elle me répond par un clin d'œil et lève le pouce en guise d'encouragement.

29

Je suppose que c'est sa manière de m'assurer que tout se passera bien. Sauf qu'elle n'en sait rien. Et, en toute honnêteté, je suis terrifiée par ce qui m'attend. Est-ce que je serai assez forte pour ne pas replonger ? *That is the question…*

Sur le parking, mon Audi pleine à ras bord patiente sagement. Zoé vient de se débarrasser de sa voiture, qui a rendu définitivement l'âme. Elle fera donc une partie du trajet vers le Royaume-Uni en ma compagnie et c'est très bien ainsi. Je m'installe derrière le volant avec appréhension. C'est désagréable et, en même temps, assez sain quand on y réfléchit, car tant que je serai inquiète, je resterai sur mes gardes. Or, c'est exactement ce qu'il faut. Ne jamais oublier…

C'est mon amie de toujours qui m'a incitée à me faire interner ici pour une cure d'un mois. Une cure de désintoxication. Mais ça, je pense que tout le monde l'aura compris. Quand elle a pris les choses en main, je n'étais plus qu'une épave. Une épave bouffie d'alcool, incapable de commencer sa journée sans un demi-litre de vin. Mon père savait que je vidais consciencieusement sa cave, mais il a choisi de faire comme s'il n'avait rien remarqué. Du reste, à quoi est-ce que je m'attendais ? À ce qu'il se préoccupe de moi ? Comment l'aurait-il pu, alors qu'Audrey et Liv sont venues s'installer à la maison trois semaines à peine après l'enterrement de Chantal ? J'aurais dû me révolter, leur expliquer à quel point ils me débectaient tous autant qu'ils étaient. Mais une fois de plus, je me suis tue et j'ai ravalé mes griefs.

— Alors, comment est-ce que tu te sens ? s'enquiert Zoé, tandis que je quitte le parking.

— Difficile à dire. La dernière année s'est déroulée comme dans un brouillard dont je ne garde qu'un vague souvenir. En ce moment, j'ai juste l'impression d'émerger.

Par miracle, mes résultats scolaires sont toujours honorables. Plus excellents, mais assez bons pour me permettre de valider ma licence et d'intégrer un master. On peut me faire beaucoup de reproches, et la liste que j'ai dressée moi-même est longue, néanmoins je n'ai jamais raté un seul cours. J'y allais ivre la plupart du temps, mais j'étais là, et tout laisse à penser que mon cerveau retenait quand même deux ou trois trucs.

— Comment ça ?

Face à son regard intrigué, je poursuis :

— Je suppose que j'ai touché le fond, le jour où tu m'as tourné le dos en m'expliquant que tu n'acceptais plus de me voir ni de me parler alors que j'empestais la vinasse à 10 heures du matin. Tes mots étaient cruels et ton attitude, brutale, mais c'est ce qui m'a obligée à réfléchir à la situation. Zoé, je t'aime comme une sœur, et je n'aurais jamais supporté de te perdre, toi aussi. Et puis, il y a eu la convocation de ma prof d'espagnol, qui avait deviné le problème et m'a certifié qu'elle s'arrangerait pour que je sois virée si je ne me ressaisissais pas.

Cette enseignante devait avoir un sixième sens, car au cours de notre entrevue, elle a suggéré que je m'inscrive au programme Erasmus, permettant à tout étudiant de passer une année à l'étranger. Elle avait sans doute compris que quitter mon environnement était ce qui pouvait m'arriver de mieux. J'ai complété les documents d'inscription ce soir-là, ronde comme une queue de pelle, et je les ai déposés le lendemain. Je ne me souvenais même plus de ce que j'avais noté.

Tout ce que je savais, c'est que Zoé avait rempli un dossier similaire pour partir. Mon amie attendait l'occasion de s'éloigner de sa famille tordue depuis que nous étions entrées à la fac. Selon toute probabilité, elle ne serait donc pas à Metz l'année suivante. Je devais saisir cette chance, me montrer courageuse et reprendre ma vie en main. Ça, c'était la théorie et elle était très jolie. Mais en pratique, les choses ne se sont pas vraiment passées ainsi. Parce que, si je voulais arrêter de boire chaque matin au réveil, je ne pouvais pas m'empêcher de me servir un verre au petit déjeuner, quand bien même je me détestais d'être incapable de résister.

— Je suis désolée, Noah. Je n'en pouvais plus de te regarder te détruire. Il te fallait un électrochoc, murmure Zoé, les larmes aux yeux.

— Disons que ça a été un bon début, même si je suis persuadée que ton intervention n'aurait pas suffi. J'avais besoin d'aide, je ne pouvais pas m'en sortir seule et je refusais de l'admettre.

— Mais dans ce cas…

Il est vrai que je n'ai jamais eu l'occasion de retracer avec elle la chronologie des événements. Deux semaines avant d'entrer en cure, j'ai été hospitalisée pour être sevrée, je n'avais droit à aucune visite. Ensuite, quand j'ai été transférée à Marienbronn, il m'a semblé nécessaire de prendre du recul. J'ai donc demandé à Zoé de ne pas venir me voir.

— Quelques jours après, un dimanche, Liv a invité Mathieu à la maison pour déjeuner, alors qu'elle savait parfaitement que je serais présente. Mon père n'a pas moufté, il s'en fichait complètement. Et Audrey ? Eh bien, elle trouvait normal que sa fifille chérie ramène son copain, quand bien même c'était mon ex et que ladite fifille me l'avait volé au pire moment de ma vie. Enfin, pas tout à fait, pour être exacte, car leur histoire avait commencé bien avant. C'est du moins ainsi que je vois les choses et cela s'est confirmé par la suite.

— J'avais des soupçons, chuchote mon amie. Mais je pensais que je me faisais des films, parce que je n'aimais pas Liv. Et donc ? Que s'est-il passé à ce déjeuner ?

— Durant tout le repas, je n'ai pas pipé mot, me contentant de boire verre sur verre. C'est d'ailleurs très simple : je n'ai jamais parlé à Audrey, jamais répondu aux rares questions qu'elle m'a posées et, depuis les obsèques de Chantal, Olivia est invisible à mes yeux. Elle n'a, du reste, jamais cherché à s'expliquer, contrairement à Mathieu qui a tenté de m'appeler à plusieurs reprises. Évidemment, j'ai toujours refusé de décrocher. Pourtant, c'est lui qui est à l'origine de ma décision de combattre mon alcoolisme. Grâce à toi j'ai pris conscience de mon problème, grâce à lui je suis passée à l'action. Pendant tout le déjeuner, il n'a pas cessé de me jeter des regards emplis de pitié. De la pitié ! Tu te rends compte ? D'abord, j'en ai été mortifiée, mais c'est ce qui m'a donné le coup de fouet qu'il me fallait pour réagir. Ça et ma meilleure amie.

— Noah, souffle-t-elle, les yeux brillants de larmes.

J'ai du mal à dominer mon émotion. Zoé m'a sauvé la vie, c'est la seule personne qui ne m'a jamais jugée et qui a cherché à m'aider. C'est elle qui a pris rendez-vous avec une addictologue, qui m'y a accompagnée et qui s'est assurée que je ne manque de rien.

— Voilà comment l'idée de changer s'est insinuée en moi, s'est vissée à mes tripes, pour devenir une évidence. Soit j'agissais, soit je crevais. C'était aussi simple que ça, il n'y avait pas d'autre option.

Ma voix est éraillée lorsque je prononce cette dernière phrase. Longtemps, nous restons silencieuses, chacune perdue dans ses pensées. Puis Zoé brise le silence.

— Je sais ce que tu as vécu. J'ai cru que j'allais mourir quand… enfin… tu vois de quoi je parle… J'ai passé des mois avec une corde sous le lit et, chaque soir, je me demandais si je n'allais pas me pendre. Sans Chantal et sans toi, je n'aurais jamais réussi à m'en remettre. Ce n'est donc qu'un juste retour des choses, si j'ai pu t'aider.

— Mais surmonte-t-on réellement une telle épreuve ? Que ce soit le drame qui t'a frappée, ou le suicide de Chantal, ou même mon addiction à l'alcool : est-ce qu'on triomphe vraiment ?

Mon amie ferme les yeux, puis répond avec conviction :

— Triompher, oui, je pense que c'est possible. Oublier… c'est autre chose. Mais à bien y réfléchir, il ne vaut mieux pas. Au moins, on reste vigilantes.

Le GPS est déjà programmé et nous avons une longue route avant d'arriver à notre première étape, Calais, où nous devons passer la nuit. Durant les heures suivantes, la musique est inutile, car nous avons un an de bavardages à rattraper. Et même si nous nous sommes éloignées l'une de l'autre pendant plusieurs mois, la spontanéité et l'humour qui ont toujours caractérisé notre relation reviennent au galop.

Le soir même, installées à la terrasse d'un hôtel, nous partageons un repas, tout en discutant encore et encore.

— Quand je pense que ton paternel ne sait même pas que tu es partie en cure. Il t'a téléphoné ?

Je serre les lèvres, contrariée. Zoé vient d'appuyer là où ça fait mal. Déjà, lorsque le sujet a été évoqué avec la psy, au centre, j'ai compris que j'étais terriblement blessée par son indifférence flagrante.

— Non, rien du tout. Pas un appel. Il me croit en Écosse depuis le début de l'été et ne cherche pas plus loin, comme toujours.

Pour une raison que j'ignore, j'ai rechigné à lui révéler que j'entrais en *rehab*. Était-ce une façon de me protéger, ou un refus d'admettre ouvertement devant lui que j'avais un sérieux problème ? Je suppose que c'est un savant mélange des deux. Mon père et moi n'avons jamais été proches. Pourtant, ce n'est pas faute d'avoir essayé de tisser un véritable lien avec lui. Mais de toute évidence, cela ne l'a jamais intéressé. Depuis la mort de Chantal, le fossé qui s'est creusé entre lui et moi est plus large que le Grand Canyon. C'est simple, hormis « bonjour » et « au revoir », nous n'avons eu quasiment aucun échange. Début juillet, je lui ai indiqué que je souhaitais me rendre plus tôt à Édimbourg, et il n'a rien demandé, se contentant de m'informer qu'il avait payé un an de loyer pour l'appartement de la résidence universitaire, et qu'il avait effectué un virement substantiel afin de couvrir les frais liés à mes vacances et à mon installation. Et voilà, tout avait été dit, il n'y avait rien à ajouter.

2

Noah

Édimbourg

L'après-midi est déjà bien avancé quand j'arrive enfin aux abords d'Édimbourg. Hier, en fin de matinée, nous nous sommes arrêtées à Cambridge, où Zoé intégrera une prestigieuse faculté en première année de master. Malheureusement pour moi, mes résultats n'étaient pas assez bons pour me permettre d'y être admise. Pas plus qu'aux États-Unis, où j'aurais rêvé de passer une année. Le seul établissement qui a accepté ma candidature se trouve en Écosse. Sur le principe, ce n'est pas un problème, en tout cas cela n'en aurait pas été un si j'avais pu poursuivre mon cursus à l'université d'Édimbourg. Mais même là, je n'ai pas été prise. Je dois donc me contenter de la Heriot-Watt University, bien moins cotée, et surtout située à l'extérieur de la ville. L'avantage, c'est que je ne serai pas tentée de me précipiter au pub à la première contrariété. Tant que Zoé était avec moi, je me sentais relativement forte. Mais maintenant que je suis seule, l'angoisse me tenaille et je sais déjà que ce n'est pas près de passer.

Au sortir d'un rond-point, je chope la peur de ma vie lorsque je me rends compte que je roule à droite et non à gauche, comme c'est censé être le cas ici. La vache ! J'ai intérêt à être plus attentive, sinon il n'est pas sûr que j'arrive entière sur le campus, qui se trouve à l'ouest d'Édimbourg, en pleine cambrousse.

Selon les instructions qui m'ont été envoyées par mail, je dois me rendre à la résidence L pour récupérer les clés du F3 que j'occuperai avec une autre étudiante. D'après les quelques renseignements que j'ai glanés avant de partir en cure, les garçons et les filles sont hébergés dans des bâtiments séparés, et il existe des immeubles mixtes pour les couples. Il y a également des logements différents, en matière de prestations, selon ce qu'on peut s'offrir.

Comme à son habitude, mon père a choisi le nec plus ultra, à plus de quatre cents euros par semaine. En résumé, il a payé seize mille euros juste pour ma location. Même si on pourrait croire que tout cela est fort généreux de sa part, je le connais assez pour avoir compris depuis longtemps qu'il agit ainsi uniquement pour acheter mon silence et s'épargner d'éventuels reproches. Sans compter qu'il peut se vanter de ce que je lui coûte auprès de ses relations, montrant de cette manière à tous quel extraordinaire papa il est. Avec un soupir dégoûté, je m'arrête, histoire de me repérer. Qu'est-ce que c'est vert, ici !

Une demi-heure plus tard, je me présente enfin à l'accueil du bâtiment, après avoir dû demander mon chemin à deux reprises. Lorsque je décline mon identité, la réceptionniste qui se trouve en face de moi entre mon nom dans son ordinateur, puis écarquille les yeux, visiblement étonnée.

— Vous êtes Noah Martin ? s'exclame-t-elle en anglais avec un fort accent écossais.

Sans comprendre pourquoi elle semble aussi interloquée, je confirme mon identité.

— Absolument.

— Ben ça alors…

Perplexe, je l'observe, tandis qu'elle pianote furieusement sur son clavier.

— Il y a un souci ?

— Plutôt, oui. Il a dû y avoir un problème avec votre dossier, parce que, pour nous, vous êtes un garçon.

— Pardon ? Vous avez dû commettre une erreur. Je sais bien que ce n'est pas très commun pour une fille de se prénommer ainsi, mais je ne fais pas figure d'exception.

Elle tourne son écran vers moi et me montre un document scanné, celui que j'ai complété et signé. Effectivement, à la question portant sur le sexe, j'ai coché la case « masculin ». Soudain, un souvenir flou refait surface. Dans mon esprit, je me revois remplissant le formulaire, un soir de cuite mémorable, en riant comme une bossue. Si ce que je soupçonne s'avère exact, voilà la cause de cet imbroglio. Bien imbibée, j'ai trouvé très spirituel de mettre des croix n'importe où. Oh merde ! C'était peut-être très drôle sur le coup, quand j'étais bourrée, mais aujourd'hui que je suis sobre, ça ne l'est plus du tout.

— Les secrétaires de votre université ont dû se tromper, il n'y a pas d'autre explication, finit par dire l'employée.

J'acquiesce, trop mal à l'aise pour révéler que je pourrais être à l'origine de ce quiproquo. Après tout, ce n'est pas comme si elle allait appeler la faculté de langues pour demander qui est responsable de cette bourde. Mon honneur devrait donc rester sauf, et je ne mourrai pas de honte dès mon arrivée. La jeune femme face à moi semble pour sa part plutôt perturbée, si j'en juge par son visage cramoisi et son attitude crispée.

— L'ennui, c'est que nous vous avons affectée dans un appartement en colocation avec un étudiant, à l'étage réservé aux hommes.

Voilà qui explique son malaise évident. Je présume que c'est elle qui a procédé à l'attribution des logements. Sans doute se reproche-t-elle de ne pas avoir effectué les vérifications d'usage, comme jeter un coup d'œil à la pièce d'identité jointe au dossier.

Décidée à arrondir les angles, histoire de me racheter, je tente de minimiser les inconvénients de la situation.

— Est-ce que c'est grave ? Je veux dire que vous avez

37

peut-être des places ailleurs, ou que la cohabitation entre deux personnes de sexe différent n'est pas absolument interdite.

J'ignore comment ça se passe en Écosse, mais en France on n'en ferait pas forcément un drame.

— De toute façon, il n'y a pas vraiment le choix. Dans les résidences haut de gamme, tout est complet. Et vous avez déjà payé d'avance. Si vous étiez arrivée il y a deux semaines, nous aurions peut-être pu trouver une solution. Malheureusement, la rentrée commence après-demain, et tous les étudiants sont installés à l'heure qu'il est. Est-ce que c'est un problème pour vous de partager l'appartement avec un homme ? La cuisine, le séjour et les sanitaires sont communs, mais vous avez bien évidemment votre chambre. Elle est spacieuse et très agréable. De plus, ici, vous bénéficiez d'une laverie, d'une salle de fitness et d'un espace de détente. Sans compter que vous avez un accès illimité à la piscine, aux terrains de tennis et au gymnase, qui dispose d'un équipement de basket et de badminton. Bref, vous ne serez aussi bien dans aucun des autres bâtiments du campus. C'est le plus luxueux et le plus moderne.

Que répondre à cela ? Je vois bien que la réceptionniste se demande si la boulette ne va pas lui retomber dessus. Après tout, je pourrais faire un scandale et me plaindre auprès du directeur. Bien entendu, je n'en ferai rien, mais elle l'ignore et doit flipper face à d'éventuelles répercussions. Avouez que ce serait moche, quand on sait que j'en suis probablement l'unique responsable.

— Il n'y a pas de problème. Je pourrai m'accommoder de la proximité avec un étudiant, ne vous inquiétez pas.

Le soupir de soulagement qu'elle pousse sans même s'en rendre compte me met encore plus mal à l'aise.

— Votre colocataire s'appelle Aksel Lloyd, il est canadien.

— D'accord.

Avec un peu de chance, c'est un Québécois qui parle le français. Ce serait assez cool. Et puis, je ne vois pas pourquoi ça se passerait moins bien qu'avec une fille. Au contraire. Comme j'aime faire la cuisine et confectionner des gâteaux, nous devrions trouver un terrain d'entente. Tout le monde sait que le cerveau d'un mec n'est guidé que par son estomac et ses hormones. À défaut de pouvoir agir sur ces dernières, je peux sans doute me débrouiller pour qu'on cohabite en toute sympathie grâce à mes petits plats. Enfin, sauf si je tombe sur un végan extrémiste, qui risque de ne pas apprécier la bonne vivante que je suis.

— Dans ce cas, vous êtes au troisième étage, appartement 311. Les locaux communs sont au rez-de-chaussée, tout comme la laverie. Le complexe sportif est dans le bâtiment en face. Si vous avez besoin de quoi que ce soit, je suis encore là pendant la prochaine demi-heure. N'hésitez pas, conclut-elle en consultant sa montre.

Avec un sourire serein, je hoche la tête.

— Merci, je ne manquerai pas de vous téléphoner s'il y a un souci.

— Gardez à l'esprit qu'il n'y a aucune autre possibilité pour le moment. Au fait, vous a-t-on déjà dit que vous ressembliez beaucoup à Adele ?

Je sursaute à ce brusque changement de sujet. Oui, on m'en a souvent fait la remarque. Si mes yeux sont d'un bleu très clair, quand les siens sont verts, mes cheveux sont de la même couleur et j'ai la peau criblée de taches de rousseur. Nous partageons également une morphologie identique, puisque mon postérieur est aussi large que l'Australie et que le sien est loin d'être maigrichon. Pour rappel, j'accuse à l'heure actuelle un surpoids de trente kilos qu'il va me falloir perdre. Selon la psychologue, je ne dois surtout pas me priver de manger pour ne pas me sentir frustrée, mais privilégier les activités sportives. Vous pouvez le croire, ça ? Moi, la contemplative, je vais devoir me bouger l'arrière-train pour éliminer toute cette cellulite. Je défaille, rien que d'y penser.

Avec une mimique amusée, je lui fais remarquer :

— C'est à cause des cheveux.

Puis, confiante et décidée à faire de cette année celle du

renouveau, je récupère mon sac, les clés qu'elle me tend, et me dirige vers l'escalier. Si le prix à payer pour rattraper mes propres bourdes, c'est de vivre avec un Canadien, ça devrait être dans mes cordes.

3

Aksel

Voilà deux semaines que je suis arrivé. J'ai eu le temps de visiter la région et de partir en week-end dans les Highlands. Je commence presque à me sentir comme chez moi ici. Installé sur le canapé, je sirote tranquillement ma bière en compagnie de Sean, le seul autre Canadien de Vancouver sur le campus. Et une vieille connaissance, puisque nous nous côtoyons depuis le jardin d'enfants. Après toutes ces années à se croiser et à fréquenter les mêmes endroits, nous avons sympathisé, bien que je le trouve un peu basique, voire neuneu.

— Tu penses que ce mec, Noah, sera d'accord pour qu'on échange nos piaules ? demande-t-il avec une lueur d'espoir dans les yeux.

— Ça, on ne le saura que si on lui pose la question. Mais pourquoi est-ce qu'il refuserait ?

— Euh, ben, parce que je partage mon appart avec cinq personnes et que c'est vachement moins bien qu'ici.

Évidemment, vu sous cet angle, ce n'est pas gagné. Mais je reste persuadé que ça se tente. D'après ce que j'ai cru comprendre, mon colocataire doit arriver aujourd'hui : on sera vite fixés.

— Tu as pris des renseignements sur son compte ? s'enquiert Sean après avoir lâché un rot sonore.

— Non. Tout ce qu'on m'a dit, c'est que ce type est français et qu'il est étudiant en langues étrangères.

— Un mec qui étudie les langues, tu ne trouves pas ça chelou ? Et les Français, quelles grandes gueules !

Je me retiens de lui répondre qu'il ne faut pas s'en tenir à de simples a priori. La preuve : je suis en cinquième année d'architecture et il y a autant de filles que de garçons dans ma promo. Sean, pour sa part, est inscrit en robotique. Mais, déjà, la porte de l'appartement s'ouvre.

Alors que je me lève pour accueillir mon coloc avec un sourire, histoire de l'amadouer, je vois apparaître une tête rousse et ce n'est certainement pas celle d'un homme. L'instant d'après, je suis scotché par deux yeux d'un bleu plus pur que le ciel des Maldives. Mais qu'est-ce que cette meuf fait ici ? Et comment s'est-elle procuré les clés ? On n'entre pas chez les gens comme ça !

Tout en m'approchant d'elle, je l'interpelle d'un ton peu amène.

— Eh oh ! Qui êtes-vous ?

— Bonjour, je m'appelle Noah et je vais habiter ici, avec vous, de toute évidence.

— Noah ? Ce n'est pas un prénom de mec ? fait Sean en nous rejoignant.

Pour un peu, je lui ficherais une taloche à l'arrière du crâne, tellement il est chiant avec ses préjugés à la con.

— La preuve que non. C'est ce qui arrive quand on a un père fan de tennis et complètement gaga d'un certain joueur, rétorque-t-elle du tac au tac.

Occupé à la détailler, je ne me mêle pas de la conversation. Je ne peux pas vraiment dire qu'elle est belle, même si elle a un regard fantastique. Elle est petite, boulotte pour ne pas dire grosse, et rousse. Pas vilaine, mais pas assez jolie pour me donner envie de lui faire visiter ma chambre.

Décidé à ne pas perdre l'essentiel de vue, je déclare d'un ton froid :

— Il doit y avoir une erreur, l'étage n'est pas mixte.

Je ne suis pas ce qu'on appelle un type souriant. En

réalité, sous cette rudesse apparente se cache un garçon réservé qui en a assez bavé pour les dix prochaines années. Et mes emmerdes, je les dois à une femme. La conséquence directe est que mon unique préoccupation consiste à tenir les autres loin de moi, surtout les filles. Enfin, pas toutes, puisque j'ai rencontré une super nana, Tina, avec qui je m'amuse de temps à autre. Je ne suis qu'un homme après tout. La seule chose que je lui demande, c'est de ne pas me coller. D'ailleurs, je l'ai prévenue : du sexe sans attache, c'est tout ce que je peux lui offrir. Quant à Sean, sa discrétion est absolue, voilà pourquoi je préfère cent fois partager mon quotidien avec lui plutôt qu'avec cette meuf sortie de je ne sais où.

— Je confirme qu'il y a eu une erreur, concède-t-elle. Mais je suis malgré tout logée dans cet appartement. Il n'y a plus de place ailleurs.

Sean me jette un regard insistant. C'est maintenant qu'on doit tenter le coup. Ouais, maintenant ou jamais.

Arborant mon air le plus aimable, je me lance.

— Écoute, Noah, Sean ici présent est mon cousin.

— Et alors ? C'est lui mon colocataire ?

Je souffle, déjà à bout de patience. Elle le fait exprès ou quoi ? Mais je me reprends, déterminé à faire preuve d'un minimum de courtoisie.

— Non, c'est moi. Je suis Aksel, mais tout le monde m'appelle Ax.

Ses yeux s'écarquillent, puis elle me sourit.

— Salut, Ax. Ravie de faire ta connaissance.

Ses pommettes sont roses et, sans vouloir me vanter, je sais que j'en suis la cause. Je fais souvent cet effet aux filles. Noah tend sa main et je m'oblige à la serrer. Pas trop fort pour ne pas lui faire mal, mais assez fermement pour ne pas donner l'impression d'être une lopette. Puis, sans me laisser déconcentrer, j'enchaîne.

— Bref… Comme je viens de te le dire, Sean est mon cousin et nous préférerions habiter ensemble.

43

Elle fronce les sourcils et semble enfin percuter. Eh bien, ce n'est pas trop tôt !

— Qu'est-ce que vous proposez ?

— Tu pourrais échanger ta chambre contre la sienne.

Elle hoche la tête et j'en suis déjà à penser que l'affaire est dans le sac. Seulement, ce serait trop facile, n'est-ce pas ?

— Où est-ce qu'il réside ?

Merde ! Si elle s'intéresse à son logement actuel, c'est sûr qu'elle ne va pas être d'accord. Avant que j'aie le temps d'enjoliver la situation, cet abruti de Sean réplique sans réfléchir.

— Dans le bâtiment F, un peu plus loin. L'appartement 110.

L'étudiante française ne répond pas et tourne sur elle-même jusqu'à repérer la porte sur laquelle son nom est inscrit : « N. Martin ». Comment est-ce que j'aurais pu deviner qu'il s'agissait d'une nana ? Elle s'approche du battant, l'ouvre et entre dans la pièce. Si sa piaule est la même que la mienne – et c'est fort probablement le cas –, elle ne voudra pas changer. C'est foutu d'avance. Et là, ça va méchamment compliquer les choses pour moi, parce que je refuse tout net de cohabiter avec une femme.

4

Noah

Lorsque j'entre dans la chambre qui m'a été attribuée, je ne peux retenir un léger soupir de satisfaction. Elle est parfaite. Spacieuse, elle comporte un lit double, une armoire, un bureau, une bibliothèque et plusieurs étagères. Avec une déco bien choisie, je serais bien ici. Je m'approche de la fenêtre qui donne sur la campagne environnante. Non, vraiment, cette pièce est formidable. Et le peu que j'ai aperçu du reste de l'appartement est tout aussi agréable. Ce logement est d'ailleurs étonnamment vaste pour deux étudiants. Je ne savais pas à quoi m'attendre, mais certainement pas à un lieu si chouette.

Dommage qu'il faille en changer. Même si j'adore déjà cet endroit, je rendrai service à ces deux garçons. Et ce n'est pas plus mal. Celui avec qui je dois cohabiter me semble beaucoup trop dangereux. Physiquement, il est canon et je me connais assez pour deviner que je risque vite d'avoir le béguin pour lui, s'il a la bonne idée de se montrer sympa. Or, après l'affaire Mathieu, je ne tiens pas à m'amouracher d'un type qui n'a aucune raison de s'intéresser à moi. Quand on est bâti comme lui et qu'on a son visage, on ne le tourne pas en direction d'une petite rouquine boulotte. Alors, tout bien réfléchi, déménager n'a rien de dramatique.

Sans compter que l'autre résidence est peut-être mixte. Encore mal à l'aise d'être à l'origine de l'erreur dont la secrétaire se sent responsable à tort, je réalise que je dispose d'un moyen de rectifier le tir, sans pour autant avoir à avouer que je suis l'unique fautive de cet imbroglio. Aussitôt, j'appelle l'accueil avec le téléphone posé sur mon bureau. Je reconnais la voix de la jeune femme qui m'a reçue lorsqu'elle décroche.

— Bonjour, je suis Noah Martin, nous nous sommes vues tout à l'heure.

— Ah, Noah ! Un problème avec le logement ?

— Euh, non, il est parfait. Simplement, le cousin du Canadien qui est censé résider avec moi propose d'échanger nos chambres. Je voudrais être sûre que c'est possible.

Elle reste silencieuse un instant.

— Vous savez que vous êtes dans le meilleur immeuble ? En matière de prestations, vous ne trouverez pas mieux sur tout le campus.

— Il m'a dit qu'il était dans le bâtiment F, appartement 110. Vous connaissez l'endroit ?

— Patientez, je vais me renseigner.

J'attends environ cinq minutes, avant qu'elle reprenne le combiné.

— Noah, le bâtiment F est le plus éloigné des facultés. Le logement 110 est une colocation de six personnes, avec deux occupants par chambre. Le prix du loyer s'élève à la moitié de celui qui a été déboursé par vos parents. Sans compter qu'il est situé au premier étage, avec une vue plongeante sur le local à poubelles. Vous êtes sûre de vouloir permuter ? Parce que, sans chercher à vous influencer, ça sent la grosse arnaque. En tout cas pour vous. Sauf si vous avez envie de passer les dix prochains mois dans un taudis, sans aucune intimité.

— Un taudis ?

— Excusez-moi, j'exagère. Mais je vous certifie que c'est l'effet que ça vous fera par rapport à cet appartement.

— Très bien, merci.

Soulagée, je lâche un petit soupir. Heureusement que j'ai eu la présence d'esprit de me renseigner, sinon j'aurais accepté sans savoir où je mettais les pieds. Et il y a fort à parier qu'une fois installé, le fameux Sean n'aurait plus été d'accord pour déménager.

— Alors, vous voulez vraiment changer ? demande l'employée avec ironie.

— Non, finalement je crois que je vais rester où je suis.

— Sage décision. Ne vous laissez pas embobiner, Noah. Les garçons ont souvent tendance à imaginer qu'ils peuvent profiter d'une jeune femme seule.

— Merci encore, et désolée de vous avoir dérangée.

— Je vous l'ai dit, n'hésitez pas à faire appel à moi en cas de problème.

— Je n'y manquerai pas.

Je raccroche et me poste près de la fenêtre pour me perdre dans la contemplation du paysage. Maintenant, il va falloir annoncer à l'autre escroc que je refuse son offre foireuse. En même temps, ce type n'est pas un ami proche, ça ne devrait donc pas me toucher. Hélas pour moi, je suis le genre de personne qu'on qualifie communément de « sympa ». Si je peux rendre service, je le fais sans me poser de questions. J'ai toujours été ainsi, tout comme je déteste m'engueuler avec les gens. A fortiori s'il s'agit de mes premiers contacts dans ce pays. Mais je ne pousserai pas la gentillesse jusqu'à sacrifier mon propre confort à celui d'un inconnu qui a délibérément cherché à me truander. J'ai trop besoin de mon intimité. Oui, je vais transformer cet endroit en nid douillet et tout ira pour le mieux.

Deux minutes plus tard, on frappe à ma porte.

— Entrez !

— Waouh ! Géniale, la piaule, lance le petit blond, les yeux si grands ouverts qu'ils semblent sortir de leurs orbites. Donc, c'est bon pour toi ? On échange ? Je peux t'aider à transporter tes bagages, si tu veux.

Oh ! comme c'est aimable de sa part ! me dis-je avec cynisme.

Je suis toujours devant la fenêtre, mais je fais maintenant face aux deux Canadiens qui se tiennent sur le seuil. J'attaque d'emblée, le regard rivé sur ces blaireaux.

— Mon père a déboursé seize mille euros pour que je vive ici. As-tu les moyens de me rembourser la différence avec ce que t'a coûté ton logement ?

Sean rougit furieusement, se tourne vers son cousin et baisse la tête.

— Vous me prenez vraiment pour une bleue, tous les deux ! Qu'est-ce que vous imaginiez ? Que j'accepterais de laisser cette pièce spacieuse pour une colocation à six, à raison de deux par piaule, dans un clapier qui donne sur le local à poubelles ? Non, mais vous rêvez !

Ma voix grimpe dans les aigus à mesure que je parle.

— Le loyer de cet endroit se monte au double de celui de ton appartement, et l'intégralité de la somme a déjà été versée. Donc, je me répète : est-ce que tu crois que je vais dire oui juste pour tes beaux yeux, Sean ?

— Euh, non… mais… euh… comme c'est mon cousin, je pensais que…

— Eh bien, tu as mal pensé. Mais il y a une autre solution. Ton cousin, puisque tu sembles tellement tenir à lui, peut laisser sa chambre à celui ou celle qui partage la tienne dans le bâtiment F, appartement 110. De cette façon, vous serez ensemble. Alors ? Personnellement, je me fiche complètement de savoir avec qui je cohabiterai ici.

Ax baisse la tête et tourne le dos pour regagner le séjour. Comme je l'avais supposé, lui non plus n'est pas prêt à sacrifier une pièce spacieuse et lumineuse dans un environnement cosy pour être avec Sean.

— Après tout, votre sens de la famille devrait prévaloir sur tout le reste. Alors, j'ai envie de dire que ce problème est le vôtre et ne me concerne pas. À vous de le régler.

Sean lance un regard chargé de regrets en direction du lit et finit par sortir à son tour, sans pour autant fermer la porte. Je les entends chuchoter, mais je ne comprends pas ce qu'ils se racontent. Parce que je suis curieuse comme un pot de chambre, j'approche silencieusement, l'oreille tendue.

— T'inquiète pas, mon pote, murmure Ax. Je vais tellement la pourrir, cette conne, qu'elle te suppliera de lui filer ta piaule dans deux semaines.

Mes sourcils s'arquent sous l'effet de la surprise. Alors c'est ça son plan ? Mais il est lamentable, ma parole ! S'il pense qu'il lui suffira de se montrer odieux pour que je renonce, il se fourre le doigt dans l'œil jusqu'au coude. Je n'ai pas traversé les pires épreuves, ces derniers mois, pour m'aplatir devant un mec qui se croit tout permis, sous prétexte qu'il n'est pas désagréable à regarder. La trahison de Mathieu m'a laissé un goût amer encore trop présent. Tout ça pour dire que les hommes, j'en ai soupé pour un moment. Et le fameux Aksel ne fera pas exception. Si je suis à Édimbourg, c'est pour me recentrer sur moi-même et fuir le bazar qui m'a menée aux portes de l'enfer. Certainement pas pour replonger dans les ennuis à cause du premier Casanova venu, si mignon soit-il.

Deux semaines après mon arrivée, je quitte le bâtiment de la faculté emmitouflée dans mon gilet rouge préféré. En cette seconde quinzaine de septembre, il fait beaucoup plus frais à Édimbourg qu'en France, du moins dès la fin d'après-midi. Ma scolarité se passe globalement bien. Étudier ici est passionnant, car tout se fait en anglais. Outre la langue de Shakespeare, l'allemand et l'espagnol, je peux travailler le néerlandais. L'ambiance est cool, nous sommes en groupes d'une vingtaine d'élèves de même niveau, et les locaux où se déroulent les cours sont bien conçus. Donc, et logiquement, tout devrait rouler, pas vrai ? Et pourtant, les choses ne sont pas si simples.

La vérité, c'est que je peine à m'intégrer. Et cela n'a aucun rapport avec le fait que je sois la seule Française. Après tout, il y a une Suisse et un Belge, avec qui je discute de temps à autre. Non, le problème est ailleurs. Je ne blâme personne, parce que j'ai une grosse part de responsabilité dans ce qui m'arrive. Habituellement, après les cours, les autres filent boire un verre au pub. Au début, ils m'invitaient à chaque fois. Mais à force de s'entendre opposer un refus, ils ont fini par laisser tomber. L'ennui, c'est qu'ensuite ils dînent ensemble et partagent des moments dont je suis exclue. Enfin, dont je me suis volontairement exclue, si on veut appeler un chat un chat.

Non seulement je passe mes soirées toute seule à bosser, mais en plus j'ai l'impression fort désagréable d'être considérée comme la snob de service, la miss princesse qui n'a aucune envie de se mêler à la populace. Et je suis sûre de ne pas me faire d'idées, puisque j'ai surpris une conversation entre deux filles dans les toilettes, pas plus tard que cet après-midi. Vous savez comment on me surnomme ? « La Grosse Adele » ! J'avoue que l'apprendre n'a pas été plaisant. Depuis que cette chanteuse a sorti son premier tube, on me fait systématiquement remarquer que je lui ressemble et ça commence à me soûler.

Alors, oui, on pourrait arguer que j'ai décidé de jouer la carte de la solitude en toute conscience. Mais avais-je seulement le choix ? Combien de temps aurais-je tenu en me rendant au pub quotidiennement ? Chaque matin, je me lève avec la conviction que c'est pour mener un nouveau combat, et chaque soir quand je me couche je me dis que c'est encore une journée de gagnée. Autant éviter les tentations. Je suppose que, si les autres avaient connaissance de ma situation, ils ne réagiraient pas ainsi. Toutefois, je n'ai aucune envie de me confier à qui que ce soit sur ce sujet. Qui voudrait se vanter d'être une ivrogne en rémission ? Pas moi. Je préfère être la « grosse Adele », plutôt que l'alcoolo repentie qui inspire la pitié.

Lorsque j'entre dans mon bâtiment, je prie le ciel pour que mon coloc ne soit pas à l'appartement. Parce que, lui, pour me pourrir, c'est clair qu'il me pourrit la vie et pas qu'un peu. Je passe mon temps à ranger son bordel et à faire sa vaisselle. Et avec ça, il n'est même pas foutu de me répondre quand je lui dis bonjour. En revanche, ça ne lui pose aucun problème de se servir dans le réfrigérateur, quand bien même il s'agit de ma nourriture.

Le lendemain de mon arrivée, j'ai confectionné une tarte aux pommes, genre « la tarte de la réconciliation », vous voyez ? J'ai aussi cuisiné des pâtes à la *carbonara*, faisant en sorte qu'il y en ait assez pour deux. Évidemment, il s'est comporté comme si je n'existais pas, si bien que j'ai entreposé son assiette dans le frigo en me disant que je la réchaufferais le jour suivant et que, de cette façon, je n'aurais pas à me remettre derrière les fourneaux. Seulement, à mon réveil, j'ai découvert la vaisselle sale dans l'évier. Ce pauvre con s'était enfilé les spaghettis et la moitié du dessert, ne me laissant rien d'autre qu'une maigre part, puisque j'en avais déjà mangé un morceau la veille !

Mais comme je suis pleine de bonne volonté, je m'entête à vouloir pacifier notre cohabitation, qui est partie du mauvais pied. Ainsi, depuis deux semaines, je continue à préparer le dîner pour deux et il ne rate pas une occasion de se remplir la panse. Et là, je sature. Il n'est pas question que je l'entretienne indéfiniment, alors qu'il n'est même pas fichu de murmurer un minable merci. Ce n'est pourtant pas grand-chose que de faire preuve de la politesse la plus élémentaire.

Chaque samedi, je nettoie tout l'appartement, y compris la salle de bains commune, qui est dans un de ces états après son passage ! C'est à se demander s'il ne le fait pas exprès. Quand je lave mon linge, eh bien, je fais également le sien, puisqu'il le jette dans ma corbeille sans la moindre gêne. Et comme l'idiote de première que je suis, je vais jusqu'à le repasser. Vu de l'extérieur, on peut sûrement se dire que je suis la reine des cruches. Mais la vérité est plus complexe. J'y ai réfléchi à de nombreuses reprises et j'en suis venue à la conclusion très déplaisante que ça me fait du bien de prendre soin de lui. Enfin, il faut que je m'explique… M'occuper de ce malotru me donne le sentiment d'avoir un lien avec une personne, de ne pas être complètement seule. Bien sûr, Zoé et moi, nous nous téléphonons souvent et nous nous envoyons des tonnes de messages, mais ce n'est pas pareil. Elle est loin…

Cela dit, pour ce qui est de l'intégration, mon amie ne vaut pas mieux que moi, puisqu'elle ne parle à personne. Dans le genre asociales, on est des championnes de classe internationale !

Devant la porte de l'appartement, j'inspire un bon coup en priant toujours et encore pour qu'Ax ne soit pas là. Oh ! il n'est pas envahissant, c'est juste que je suis épuisée d'être sans cesse ignorée. Il est évident que la conversation que j'ai surprise le jour de mon arrivée n'est pas étrangère à son comportement exécrable, mais il n'empêche que…

Oh ! nom de Dieu ! Mais qu'est-ce que… ?

Debout sur le seuil du salon, je ne parviens pas à détourner mon regard du spectacle qui se déroule sous mes yeux ébahis, à moins de trois mètres de moi. Sur le canapé, mon charmant colocataire est installé, nu comme un ver, tandis que sa copine – une certaine Tina, d'après ce que j'ai cru comprendre – est en train de le chevaucher plus impérieusement que si elle tournait une scène d'un film X. La vache ! De l'endroit où je me trouve, je ne peux rien rater, pas même le fait qu'il porte un préservatif – un bon point pour lui, soit dit en passant – ni qu'il a l'air de s'enquiquiner, puisqu'il sirote une bière pendant qu'elle continue son rodéo.

Dégoûtée par ce porno auquel je n'ai pas demandé à assister, je me détourne pour regagner mes pénates et m'y réfugier. Déjà, le week-end dernier, quand il a organisé une fête avec ses potes et des nanas qui ont fini à moitié à poil, j'ai dû nettoyer le bazar et tout ramasser derrière eux, y compris les bouteilles vides et les emballages de capotes. Mais aujourd'hui, il a dépassé mes limites. Si c'est juste pour me faire suer, qu'il aille au bout de son idée. Il ne peut pas tout faire pour que je parte et en même temps manger mes plats et mes gâteaux, genre « Je ne veux pas d'elle, mais j'accepte bien volontiers qu'elle prépare mes repas ». C'est tout ou rien.

Tourner en rond, enfermée dans ma chambre, en les sachant à quelques mètres, ne me convient guère. Il est impératif que j'évite toute contrariété, histoire de ne pas me donner un prétexte pour rechuter. Je décide donc de filer à la salle de sport plus tôt que prévu. Habituellement, j'y fais un saut en début de soirée, mais là, impossible de rester ici. Ça, c'est la grande nouveauté ! Comme je refuse de me restreindre sur la nourriture, je n'ai pas vraiment le choix : il faut que je m'arrange pour ne pas prendre de poids, à défaut de maigrir.

Du coup, je me suis mise au footing. La première fois, j'ai cru que j'allais mourir au bout de cinq minutes, alors j'ai alterné marche et course. Puis, chaque jour, après les cours, j'ai recommencé, pour finir par marcher de moins en moins et par courir de plus en plus. Lorsqu'il pleut ou qu'il fait trop froid, comme aujourd'hui, je squatte un des tapis de course de la salle de sport. Et je dois reconnaître que ça fait du bien à mon organisme, à ma tête, et même à mes kilos superflus, puisque j'en ai perdu deux. Comptez sur moi pour ne pas partir à leur recherche.

Aussitôt dit, aussitôt fait : me voilà vêtue d'un legging qui s'arrête au-dessous du genou, d'un large T-shirt et de mes baskets. Lorsque je sors de mon antre, mon coloc et sa douce sont toujours occupés à leur petite affaire, même si la position a varié. J'essaie de ne pas laisser deviner que la vision de leurs corps nus me trouble, et à quel point je suis choquée par ma propre réaction. C'est comme si je scannais l'intégralité de la scène, notant la silhouette musclée d'Ax et celle si parfaite de Tina. Afin de bien montrer à cet abruti que ce n'est pas avec de telles méthodes qu'il me convaincra de déménager, j'entre dans la pièce qui fait office de salon, séjour et cuisine, et me dirige vers le réfrigérateur où je récupère une bouteille d'eau.

Puis, tranquillement, je rebrousse chemin comme si de rien n'était. Comme s'ils n'étaient pas là. Ou, pire, comme s'ils étaient de simples figurants n'ayant aucune espèce d'importance à mes yeux.

— Ax, merci de désinfecter le canapé, quand vous aurez terminé. Il n'est pas question que je passe derrière toi une fois de plus et que je nettoie ton bordel, quel qu'il soit.

Sur ces paroles emplies de sagesse, je quitte le logement, en prenant soin de ne surtout pas claquer la porte. Ce serait leur faire trop d'honneur.

5

Noah

« Bonne poire un jour, bonne poire toujours » ! Je ne sais pas quel est l'imbécile qui a inventé cet adage – à moins que ce ne soit moi –, mais il avait fichtrement raison. Depuis le soir où j'ai surpris Aksel sur le canapé avec Tina, notre relation est passée de glaciale à polaire. Lorsque je suis revenue de la salle de sport, ils avaient tous deux disparu.

J'en suis à un point où je l'évite systématiquement, ce qui est ridicule. Cet abruti ne devrait pas me donner envie de déserter mon chez-moi quand même ! Les choses se sont aggravées, du moins de mon côté, depuis que plusieurs filles de mon groupe ont appris que nous étions en colocation. Dès lors, elles n'ont eu de cesse de me parler de lui. Comme si j'en avais quelque chose à faire ! L'ennui, c'est qu'elles m'ont seriné à quel point il est sympa et souriant, deux traits de sa personnalité que je n'ai jamais eu l'occasion de découvrir. Résultat : je suis jalouse. Visiblement, je dois être la seule nana sur le campus qu'il déteste sans raison valable. Après tout, je voulais juste rester dans l'appartement loué pour moi par mon père. Où est le mal ? C'est dingue quand même ! Il n'avait qu'à rejoindre son cousin, au lieu de me prendre en grippe pour un motif aussi puéril.

En ce samedi, alors que môssieur fait la grasse mat', j'ai déjà nettoyé la cuisine, le séjour, la salle d'eau et ma chambre. Je suis même allée à la laverie, où j'ai fait tourner

55

deux machines. Là, je suis en train de repasser mes affaires et les siennes. Dernièrement, je me suis rendu compte que, quand son drap de bain est trop humide ou sent mauvais, il n'a aucun scrupule à emprunter le mien. Tout comme j'ai découvert des traces de dentifrice sur la serviette dont je me sers pour sécher mes cheveux. Ça commence à bien faire, et ce sans-gêne me sort désormais par tous les trous. Qu'il l'ouvre une fois, une seule, et je jure de lui sauter à la gorge. Ma gentillesse a des limites que cet âne bâté a tant et si bien dépassées qu'il les a perdues de vue.

D'humeur franchement querelleuse, je récupère mon enceinte portable ainsi que mon téléphone afin d'écouter un podcast des *Grosses Têtes*. C'était l'émission préférée de Chantal et, à force de la subir, j'ai fini par l'apprécier, parce que ce qui s'y dit est souvent très drôle. Exprès, je mets le volume à fond, m'attendant à voir mon stupide coloc surgir d'un moment à l'autre en râlant. Je n'espère que ça pour lui balancer quelques vérités bien senties. Ah, il a juré de me pourrir pour me pousser à partir ? Eh bien, nous allons être deux à jouer à ce petit jeu, et rira bien qui rira le dernier. Après tout, cet abruti a beaucoup plus à perdre que moi, et il ne va pas manquer de le découvrir s'il ne l'a pas encore compris.

Moins de cinq minutes plus tard, la porte de sa chambre s'ouvre violemment, tandis qu'il émerge, tout juste vêtu d'un boxer noir. Mince, je n'imaginais pas qu'il était aussi bien bâti ! Du grand art, ce corps… Ni trop massif, ni trop musclé, mais assez bien dessiné pour que je sois admirative face à son torse imberbe, ses abdominaux saillants et ses épaules incroyablement carrées. Bon sang ! Comme si j'avais besoin de baver devant lui et de rejoindre son fan-club déjà assez fourni. Je vaux mieux que ça, tout de même !

Finalement, je me détourne et éteins le fer à repasser avant d'avoir trop envie de le lui jeter à la tête, ce qui pourrait m'aider à conclure la discussion houleuse que nous risquons d'avoir, lui et moi, à en juger par son air mauvais quand il s'approche.

— Non, mais ça ne va pas de faire autant de raffut ? T'es folle ou quoi ? s'écrie-t-il, manifestement furieux d'avoir été réveillé.

Bordel, il est 11 heures ! Ce n'est pas comme si j'avais mis du metal à pleins tubes au beau milieu de la nuit !

— Eh oh ! C'est bon, oui ! T'as vu l'heure ? Pendant que tu te la coules douce sous ta couette, j'ai déjà nettoyé tout de fond en comble et fait ta lessive. Alors, à ta place, j'arrêterais de râler et je dirais merci ! Tiens, voilà ton linge.

Sur ce, je lui tends une corbeille avec ses jeans et ses T-shirts repassés, et ses caleçons et chaussettes pliés. Ni une ni deux, il s'en saisit et la retourne, si bien que les fringues atterrissent en vrac à ses pieds. Cette ultime provocation signe la fin de ma période de patience et de bonne volonté. J'en ai ras la casquette de ce rustre.

— Je ne t'ai jamais rien demandé ! s'exclame-t-il, le regard torve. Et certainement pas que tu te transformes en fée du logis pour moi ! À quoi tu joues ? À la parfaite petite épouse ? Mais va maigrir à la salle de sport et oublie-moi, espèce de connasse !

Alors c'est comme ça ? On en vient aux insultes ? Parfait ! Je vais pouvoir me lâcher, et déverser la colère que je garde pour moi depuis des jours.

— Dis donc, pauvre type, je ne sais pas si tu es au courant, mais c'est compliqué de faire comme si tu n'étais pas là, lorsque tu utilises mes affaires en imaginant que tout ce qui se trouve ici est à toi. Je te signale que si une serviette est propre, elle n'est pas automatiquement destinée à ton usage personnel, c'est peut-être simplement qu'elle m'appartient, ducon ! Tu manges mes provisions, tu fous un bordel que tu n'es jamais fichu de ranger et qui donne des airs de porcherie à cet appartement. Tu te sers dans mon linge et tu colles tes frusques sales dans ma corbeille. Tu n'es même pas capable de nettoyer tes traces de freinage quand tu passes aux toilettes, et c'est moi la chieuse ? Non, mais je rêve ! Tu crois que j'ai le choix ? Que j'ai envie de vivre dans un dépotoir ? Que je n'ai pas autre chose à faire que séparer tes fringues crades des miennes, parce que tu n'as jamais eu l'idée brillante de les mettre à part ? Que ça me plaît de ramasser les cadavres de bouteilles de bière et les emballages de capotes ? Tu ne fais jamais tes courses, tu ne ranges jamais ta merde, et tu me donnes des leçons de morale ? Mais ferme ta gueule, espèce de sale profiteur !

— Mais je…

— Tu veux me pourrir, comme tu l'as si bien dit à l'autre pignouf qui croyait qu'il pouvait m'arnaquer ? Pas de problème ! Mais va au bout des choses et pas juste quand ça t'arrange. Dorénavant, considère que l'assiette dans le réfrigérateur est pour moi et seulement pour moi, que les gâteaux qui refroidissent ne te sont pas destinés, et qu'il est interdit de te servir de mes serviettes quand les tiennes puent un peu trop à ton goût. D'ailleurs, tout en toi sent mauvais, de tes pieds à ta bouche ! Si tu avais un minimum de jugeote, tu m'aurais remerciée et tu aurais proposé de partager la facture des courses. En contrepartie, ton dîner serait prêt chaque soir, et ton linge, lavé et repassé. Mais profiter de ma gentillesse comme tu le fais et m'expliquer, en jouant au grand seigneur, que tu ne veux surtout rien de moi, j'appelle ça de l'escroquerie pure et simple. Maintenant, si tu ne peux plus voir ma tête en peinture, pas de problème, je ne te retiens pas. Tu as toujours la possibilité de vivre chez Sean et de suggérer à quelqu'un d'autre de s'installer ici. Seulement, je suis à peu près sûre que ton sens de la famille s'arrête là où commence ton petit confort. Alors, avant de l'ouvrir et de m'insulter, fais d'abord ton autocritique. Il me semble qu'il y a du boulot !

Puis, sentant que je suis sur le point d'en venir aux mains, je choisis le repli stratégique. C'est mieux pour tout le monde, surtout pour moi. Il n'est pas question que je laisse qui que ce soit me gâcher la vie comme ça a déjà été le cas par le passé. Oh non ! C'est fini !

Je plie donc la table à repasser et la range dans le placard du couloir, tout comme le fer que je rêve plus que jamais de lui coller sur le front. Or, tout le monde sait que ce serait une mauvaise idée. Calmement, je récupère ma corbeille désormais vide, file un gros coup de pied dans ses habits et prends le reste de mes affaires pour les rapporter dans ma chambre. Là, parce que je suis à fleur de peau, je m'oblige à revêtir ma tenue de sport. Il faut que je décompresse, que j'évacue ce stress trop dangereux pour moi. Puisque je ne peux plus boire, je n'ai pas d'autre choix que de pratiquer une activité physique.

Quand je ressors, Ax et ses fringues ont disparu. Tant mieux, tout ce que je demande, c'est qu'on me fiche la paix.

Une demi-heure plus tard, je commence à me sentir mieux. Les effets des endorphines, très probablement. Je cours inlassablement sur le tapis, essayant de repousser mes limites aussi loin que je le peux sans m'arrêter. L'exercice physique a du bon, car quand je fais enfin une pause, ma colère s'est apaisée. Peu importe la réaction d'Ax à l'avenir, je m'en tamponne le coquillard. Maintenant au moins, il sait ce que je pense de lui.

La bouteille d'eau collée à ma bouche, je ne vois pas un type approcher. Alors, quand il me tape sur l'épaule, je ne peux m'empêcher de sursauter.

— Hello, fait-il avec un sourire avenant.

Dans son genre, il est plutôt mignon, quoique quelconque par rapport à mon maudit colocataire. Blond, les cheveux courts et les yeux bleus, il est à peine plus grand que moi.

Prudemment, je réponds :

— Salut.

— Je m'appelle Hans. Ravi de faire ta connaissance.

— Noah.

Il n'y a pas de mal à discuter gentiment, non ? En tout cas, il n'a pas l'air dangereux. Aussi, je m'oblige à me détendre.

— Je viens de Berlin, et toi ?

— Française.

Bon, je pourrais peut-être me montrer un peu plus loquace, parce que là je frise quand même l'impolitesse.

— Euh… Je t'ai aperçue plusieurs fois dans les couloirs et à la salle de sport. Tu es dans le bâtiment L, n'est-ce pas ?

À le voir sourire comme ça, j'ai l'impression qu'il est du genre réservé et a pris sur lui pour me parler. Si je me trompe, ce type est un excellent acteur.

— Oui, et toi ? Tu es ici pour un an, comme moi ?

Durant la demi-heure qui suit, nous discutons, et je reconnais que c'est très agréable. Je lui plais, il ne s'en cache pas, et je finis par penser que ce serait sympa de passer du temps avec lui. Au moins, je me sentirais moins seule grâce à un garçon qui semble m'apprécier, lui !

Le tapis de course est relégué aux oubliettes pour aujourd'hui et c'est tout naturellement que je le laisse me raccompagner jusqu'à mon étage. Au moment où nous nous quittons, j'accepte de boire un café avec lui le lendemain. J'aurais pu dire oui pour ce soir, mais je n'ai pas envie de précipiter les choses et de risquer de me retrouver dans une situation qui pourrait me dépasser. Depuis que j'ai cessé de m'enivrer, j'ai besoin de tout maîtriser dans ma vie. Ça me rassure.

Autant dire que, lorsque j'entre dans l'appartement, j'ai presque oublié ma dispute houleuse avec Ax. Dans la mesure où je n'y suis pas allée avec des pincettes, maintenant au moins il aura une bonne raison de me mépriser. Je ne me fâche pas souvent mais, quand j'explose, je ne contrôle pas forcément mes paroles, qui peuvent vite devenir excessives. D'ailleurs, depuis quand est-ce que je n'ai pas pété un câble ? Des lustres, me semble-t-il. Durant plus d'un an, l'alcool a servi d'anesthésiant, de soupape. Désormais, il faut que je réapprenne à vivre avec mes angoisses et mes peurs, sans aucune béquille. Et l'exercice est loin d'être simple.

Quelle n'est donc pas ma surprise quand je découvre Aksel Lloyd assis sur le canapé, comme s'il m'attendait.

Ne rêve pas ! me dis-je. *Ce genre de retournement de situation ne risque pas d'arriver, ma pauvre fille. Ou alors, s'il t'attend, c'est pour t'engueuler.*

Imitant sa manière d'agir, je fais comme s'il n'existait pas et me dirige vers le réfrigérateur pour récupérer une bouteille d'eau minérale. Ma consommation est pharao-

60

nique, mais c'est normal étant donné les circonstances. Je reconnais qu'il est parfois difficile de résister à la tentation, quand je vois les canettes de bière que mon colocataire achète et sirote régulièrement. Elles agissent sur moi tels des aimants, même si je m'efforce par tous les moyens de les ignorer. N'empêche que ce serait facile d'en attraper une et de laisser l'alcool couler dans mes veines. Oui… si simple… si attrayant… surtout lorsque je suis seule dans l'appartement, comme c'est le cas la plupart du temps.

Au moment où je quitte la pièce pour regagner ma chambre, Ax se lève et me suit. Mais qu'est-ce qu'il me veut encore ? Notre prise de bec de tout à l'heure ne lui a pas suffi ?

— Noah…, murmure-t-il d'une voix douce, juste au moment où je m'apprête à lui refermer le battant au nez.

— Quoi ?

J'ai répondu brusquement, pour bien lui faire comprendre que je l'ai mauvaise et que ce ne sont pas deux mots d'excuse qui régleront le problème.

— Je… je… je suis désolé.

— Désolé de quoi ? De manger ma nourriture ? De m'engueuler quand j'essaie de maintenir cet endroit en ordre ? De m'avoir traitée de grosse ?

— Quoi ? Ah non ! Eh oh ! Je n'ai jamais dit ça !

— Ah bon ? Et me suggérer d'aller maigrir à la salle de sport, c'était quoi ? Un super compliment sur ma silhouette de rêve ? Tu te fous de moi ?

Pour la première fois, je vois Aksel dépité, comme s'il découvrait enfin ce principe universel qui veut que chaque parole, chaque acte, a des conséquences. Je suis bien placée pour le connaître, moi, ce principe, puisque j'assume toujours mes conneries passées. Sans une once de pitié, je poursuis, bien décidée à enfoncer le clou :

— Et qu'est-ce qui me vaut ce changement d'attitude ? Tu as peur de perdre ta cantine préférée ? Gratuite en prime ! Ou alors tu viens de comprendre qu'une boniche à domicile pouvait avoir son utilité ?

Il s'empourpre et ne répond pas tout de suite, ce qui me laisse à penser que je n'ai pas tapé très loin du mille.

— Je te demande pardon, je ne cherchais pas à me montrer désagréable, c'est juste que…

— … que tu voulais vivre avec Sean et pas avec moi, je l'ai bien compris, merci ! L'ennui, c'est que ton cousin n'a pas les moyens d'habiter ici et tu le sais. Comment avez-vous pu imaginer un seul instant que j'accepterais votre deal foireux ?

— En réalité, Sean n'est pas mon cousin.

— Alors là, c'est le pompon ! Tu es encore plus débile que je ne le supposais, et ce n'est pas peu dire ! Va au diable, connard !

Sur ces mots, je lui claque la porte au nez sans lui laisser la possibilité de s'expliquer, folle de rage à l'idée de n'avoir pas compris plus tôt que leur histoire était montée de toutes pièces. Quand je pense que j'avais des scrupules à les séparer. Quelle idiote ! Pendant un moment, je marche de long en large dans la chambre, incapable de me calmer. C'est dingue, je suis presque aussi énervée que le jour où j'ai découvert Liv dans le lit de Mathieu. Enfin, non, j'exagère… Mettons que je n'ai simplement plus l'habitude d'être dominée par mes émotions. J'irais même plus loin : je n'ai plus l'habitude de ressentir une telle agitation, puisque avant j'étais trop bourrée pour ça. Nom d'une pipe, il faut absolument que j'arrête de tout ramener à mon passé, sinon je ne risque pas d'avancer !

J'en suis toujours à m'autoflageller quand on toque à ma porte. Mais qu'est-ce qu'il me veut encore ? Maintenant que je lui fiche la paix, il devrait être content, non ? Pourquoi est-ce qu'il continue à s'acharner ? Je choisis de ne pas répondre, trop contrariée pour ça.

— Noah ? Je suis en train de préparer des sandwichs pour le déjeuner. Tu en veux un ? J'ai acheté du pain frais à la boulangerie pour nous deux.

Alors celle-là, je ne l'ai pas vue venir ! La Terre serait-elle sortie de son axe ? Durant un instant, je reste indécise. Mais très vite, je me ressaisis. Ces deux dernières semaines, j'ai espéré un geste, un signe de sa part. Maintenant que l'occasion se présente pour lui de pacifier notre relation, il vaut mieux que je me montre cool. Après tout, nous avons environ neuf mois à passer ensemble sous le même toit, il est préférable d'arranger les choses avant d'en arriver à une situation inextricable qui ne permettra plus à aucun de nous de revenir en arrière.

— Noah ?

— J'arrive.

J'entends son pas s'éloigner et je récupère des affaires propres pour prendre une douche rapide. Je me sens poisseuse et ce n'est pas très agréable.

— Tu le veux à quoi ton casse-dalle ? fait-il quand je me poste à l'entrée de la pièce.

— Euh, pareil que toi, je ne suis pas très difficile. Est-ce que j'ai le temps de faire un brin de toilette ?

— Bien sûr. Une bière ? propose-t-il le plus naturellement du monde.

Je ferme les yeux, mal à l'aise. Heureusement qu'il me tourne le dos et ne peut pas voir mes pommettes prendre feu.

— Euh, non merci. Un Coca pour moi, ça ira très bien.

Puis, je me sauve vers la salle de bains. Lorsque je me regarde dans la glace, je ne peux m'empêcher de sourire : aujourd'hui, en une seule matinée, il s'est passé plus de choses qu'au cours de ces deux dernières semaines. Non seulement j'ai mis les points sur les *i* avec Ax, mais en plus j'ai rencontré Hans à l'espace fitness. C'est pas mal, quand on sait que mes journées étaient engluées dans une routine qui me donnait l'impression d'être octogénaire. Vêtue d'un jean, d'un T-shirt, de grosses chaussettes et d'un gilet confortable, je rejoins mon colocataire dans le séjour. Sur la table m'attend une assiette contenant un club sandwich alléchant. Visiblement, il essaie par tous les moyens de se rattraper.

Après m'être installée, je lui souris pour la première fois depuis mon arrivée.

— Merci.

— Tu n'as pas à me remercier, j'ai assez profité de tes talents de cuisinière. Je suis désolé. Vraiment désolé. Je me suis comporté comme un idiot et je le regrette. Après tout, tu n'es responsable de rien.

— Si je comprends bien, ce que tu m'offres, c'est le « sandwich de la paix ».

Après ces paroles murmurées sur le ton de la plaisanterie, je mords dedans avec appétit. Effectivement, il est aussi bon qu'il en a l'air. Ax m'observe avec une moue amusée et m'imite.

— Alors ? On est amis ? lance-t-il, la bouche pleine.

— D'accord.

— Et je pourrai continuer à me jeter sur tes super gâteaux ?

À ces mots, je m'esclaffe.

— Ça, faut voir… Mes pâtisseries se méritent, jeune homme.

Il rit à son tour, puis redevient plus sérieux.

— Tu sais, j'aurais sans doute essayé de pacifier notre relation avant, si tu te joignais de temps en temps aux autres. Mais tu ne le fais jamais.

Ces mots, prononcés d'une voix douce, sonnent comme un reproche et je tique immédiatement.

— Comment ça ?

— Tous les étudiants étrangers se retrouvent au pub. Mais tu n'y vas jamais. Et quand j'ai parlé à une fille qui est en cours avec toi, elle a déclaré que tu étais trop hautaine pour les suivre, que tu ne faisais aucun effort pour apprendre à les connaître.

Si je m'écoutais, je protesterais avec vigueur. Mais, en toute honnêteté, c'est probablement l'impression que je donne. À force de tenir les autres à distance, je n'ai réussi qu'à creuser un fossé entre eux et moi. Maintenant, il faut non seulement que je justifie mon attitude, mais en plus que je trouve une excuse valable qui expliquerait mon refus de sortir, quitte pour cela à mentir.

— C'est faux, je ne snobe personne. Simplement, je suis de nature réservée et je n'accorde pas facilement ma confiance. L'an dernier, j'ai perdu ma mère et c'est encore difficile pour moi. Tu vois ?

OK, ce n'est pas la vérité, même si on s'en rapproche quand même, si bien que ce n'est pas tout à fait un mensonge non plus. Le truc, c'est que je n'ai pas envie de raconter des salades à Aksel, mais ne peux pas tout lui révéler.

— Oh ! je suis vraiment désolé pour toi. C'est terrible !

Sa voix a changé du tout au tout. Maintenant, j'y décèle de la compassion et une gentillesse qui me touchent profondément.

— Cela dit, peut-être que ça te ferait du bien de sortir. Tu ne crois pas ?

Merde ! Je n'avais pas prévu ça.

Afin de corriger le tir et de justifier mes refus répétés, je décide de modifier ma tactique.

— J'ai également des soucis de santé. Je prends des médicaments qui sont incompatibles avec l'alcool. Mon médecin m'a formellement défendu d'en consommer. Alors, je me suis dit qu'il valait mieux me tenir à l'écart. Si c'est pour me cantonner à l'eau minérale et les regarder tous picoler et s'amuser sans pouvoir participer, je ne vois pas l'intérêt. Ils me considèrent comme une snob, mais que penseraient-ils si je n'acceptais jamais de trinquer avec eux ?

— Je l'ignore. Peut-être que tu pourrais tout simplement leur dire la vérité.

— Et passer pour la malade de service ? Non, merci. Et puis, est-ce que tu aurais envie de raconter ta vie à des gens que tu connais à peine ?

Aksel reste silencieux un instant, puis il finit par acquiescer.

— Je comprends. À ta place, je ne sais pas comment je réagirais. Mais ce n'est pas trop grave, quand même ?

Je fronce les sourcils avant de saisir qu'il fait référence à ma pseudo-pathologie, celle qui m'empêche d'aller au pub. Pour quelqu'un qui n'apprécie prétendument pas le mensonge, j'ai fait fort. Maintenant que c'est sorti, je n'ai pas le choix, je dois continuer sur ma lancée.

— C'est un sujet que je n'aime pas évoquer. Mais pour faire court, oui, c'est sérieux, même si ma vie n'est pas en danger. Je dois juste prendre des médicaments incompatibles avec une quelconque consommation d'alcool. C'est tout ce que tu as besoin de savoir...

— Oui, mais c'est quoi ? Un problème sanguin ?

— Aksel...

— Je ne cherche pas à me montrer indiscret, mais il faut quand même que je sache de quoi il retourne. Imagine que tu fasses un malaise dans l'appartement et que je sois obligé d'appeler les secours. Je dois pouvoir leur expliquer. Ne t'inquiète pas, je n'en parlerai à personne.

Nom d'une pipe ! C'est quoi son délire ? Et moi ? Qu'est-ce que je réponds à ça ? Je ne vais tout de même pas m'inventer une maladie ! C'est n'importe quoi ! Si Chantal était là, elle froncerait les sourcils de désapprobation, c'est sûr.

Puis, sans raison apparente, je songe à ma grand-mère paternelle, qui n'arrêtait pas de se plaindre de son taux de sucre, tout en se gavant de pâtisseries. Elle, c'est clair qu'elle était incroyablement douée pour jouer les mourantes. Pourquoi n'ai-je pas hérité de son talent ?

— Il s'agit d'une forme de diabète très rare.

— Ah oui ? Mais dans ce cas, pourquoi est-ce que tu fais des gâteaux, puisque tu ne peux pas les manger ?

C'est une excellente question, ça, Noah ! Pourquoi est-ce que tu fais des gâteaux si tu es prétendument diabétique ? Hein ?

Ce qui est terrible, quand on commence à raconter des craques, c'est qu'on s'empêtre vite dans ses mensonges. Et ensuite, bon courage pour se sortir de ce bazar. Dans mon cas, ça fait moins de dix minutes que je m'essaie à l'exercice, et je ne sais déjà plus quoi répondre à ses interrogations somme toute légitimes. Pourtant, je n'ai pas le choix. Il faut que je donne le change, sinon il comprendra vite que je le banane.

— J'adore faire de la pâtisserie, ça me détend.

J'aime aussi manger des gâteaux, mais tout porte à croire que ma gourmandise, placée en tête de liste si je devais faire mon autoportrait, est sur le point de devenir un secret qui devra être mieux gardé que le code de l'arme nucléaire.

— Et puis, c'est plutôt toi qui te charges de dévorer mes douceurs, non ?

— Pas faux, admet-il, vaguement contrit.

— Pour résumer ma situation : je peux consommer des aliments sucrés, mais en petites quantités. En revanche, impossible de boire ni même de goûter un dessert alcoolisé. Et encore une fois, ce n'est pas lié à la maladie, mais aux médicaments qui me permettent de mener une vie quasiment normale.

— Il me semble que les diabétiques se piquent, ce n'est pas ton cas ?

Bon sang, quand est-ce qu'il va me lâcher avec ça ? Plus j'en parle et plus je risque de me trahir, il est temps de passer à un autre sujet.

— Non, pas pour le moment. Mais ça me pend au nez si je ne respecte pas mon traitement. Maintenant que tu es au courant, je veux que tu me jures de ne rien dire à personne. C'est très important pour moi. J'espère que je peux compter sur ta discrétion.

— Bien sûr, ne t'inquiète pas, je suis une tombe. Merci d'avoir partagé ton secret avec moi et de m'avoir fait assez confiance pour cela. Je sais que j'ai été stupide et odieux, mais je te promets que tu ne regretteras pas la deuxième chance que tu m'accordes.

— Tout va bien. Bon, comment on s'organise à l'avenir ? Je ne vais pas me taper tout le boulot jusqu'à la fin de l'année. J'accepte de m'occuper du linge, de la cuisine et de la vaisselle, mais il faut que tu fasses ta part.

— Pas de problème. Je peux gérer le ménage.

Je le regarde, les sourcils arqués, une moue sceptique plaquée sur le visage. Ce que j'ai vu de lui jusqu'à présent ne plaide pas en sa faveur.

— Vraiment ?

— Tout à fait.

— Très bien. Et comment on s'arrange pour les courses ?

Je ne tiens pas à paraître pingre, mais il n'est pas question que je continue à raquer. Je suis d'accord pour préparer à manger, mais certainement pas pour banquer pour deux. Olivia venait toujours dîner chez moi et je ne lui ai jamais rien demandé. Et pour quel résultat ? Elle m'a piqué mon mec !

— Euh… comme tu veux. Je vais payer pour cette semaine, c'est le minimum, vu que tu as tout pris en charge depuis ton arrivée.

— Super, on fait comme ça. En revanche, pour les bières, il va falloir te débrouiller, parce que je n'ai pas l'intention d'en acheter.

— Maintenant que je sais ce que je sais, il n'y en aura plus dans le frigo. J'irai picoler chez Sean ou au pub, mais je te promets que je n'en rapporterai plus.

— Mais, Ax ! Tu as parfaitement le droit de boire ou d'inviter tes amis. Ce n'est pas parce que j'ai un problème d'ordre médical que tu dois être pénalisé.

— C'est sympa, mais je m'arrangerai autrement. À quelle heure devons-nous prendre le car pour nous rendre au supermarché ?

La grande surface la plus proche se situe à une quinzaine de kilomètres du campus. Ici, il y a une petite épicerie qui propose quelques produits de base, mais c'est hyper cher et je ne trouve jamais ce dont j'ai besoin au moment où j'en ai besoin. Depuis mon arrivée, je vais donc deux fois par semaine au centre commercial pour y faire les courses. Apparemment, Ax aussi.

— Pas la peine, on utilisera ma voiture.

— Tu as une bagnole ?

Sa surprise manifeste me fait sourire.

— Oui, je suis venue avec. Ça m'a permis de déposer ma meilleure copine à Cambridge et c'était plus pratique pour les bagages.

— Je comprends mieux pourquoi tu avais autant

d'affaires, s'esclaffe-t-il en se levant. J'ai un plan prévu ce soir avec des potes, tu veux te joindre à nous ?

— Un plan de quel genre ?

— Discothèque. Et demain, balade à Édimbourg.

— C'est chouette comme programme, mais j'ai du travail en retard. Il faut que je bosse ce week-end et j'ai accepté de boire un café avec un ami.

— Ah bon ? C'est qui ?

Je le dévisage, amusée, mais reste muette. Ce n'est pas parce que nous avons tous deux opté pour une trêve des confiseurs stratégique que je dois lui raconter ma vie. Comme je n'ai aucune intention de lui révéler le nom de mon rencard – d'autant qu'il y a toutes les chances pour qu'il ne le connaisse pas –, je me rends dans ma chambre afin de récupérer mon manteau, ainsi que mes clés.

Alors que nous quittons l'appartement, le téléphone d'Aksel sonne. Lorsqu'il voit le numéro s'afficher sur l'écran, il me demande de l'attendre en bas. Apparemment, c'est son oncle. Je sors donc du bâtiment seule et avance vers ma voiture sans pour autant m'installer, de manière à ce qu'il puisse me repérer plus facilement. En approchant de l'Audi, j'aperçois un petit post-it jaune sur le pare-brise, coincé sous l'essuie-glace. Je ne sais pas qui peut me laisser un message, si ce n'est peut-être les vigiles qui tournent régulièrement sur le campus. Surprise, j'attrape le bout de papier et découvre une inscription brève que je ne comprends pas.

He's mine.

Qu'est-ce que ça peut bien vouloir dire ? Est-ce que ça m'est adressé ? Probablement pas, il doit y avoir une erreur. Sans vraiment y prêter attention, je glisse le feuillet dans la poche de ma veste et fais signe à Aksel qui vient juste d'émerger de l'immeuble.

— Waouh ! Chouette, la bagnole, lance-t-il en s'approchant.

J'ai conscience d'être privilégiée. Toutefois, ce confort

matériel, je le paye bien assez cher. Parce que mon père s'assure que je ne manque de rien, il attend de moi que je ne critique aucun de ses choix de vie. Et cela me pèse de plus en plus. Comment expliquer ce sentiment ambigu ? D'aucuns diraient que ce n'est pas un problème, que je peux vivre sans me préoccuper de mon paternel. Moi, je ne vois pas les choses ainsi. J'aimerais bien, mais c'est impossible. Ne pas pouvoir dire ouvertement ce que je pense en échange de cette aisance financière me donne la sensation désagréable de me vendre, comme si j'étais une espèce de prostituée. OK, la comparaison n'est pas forcément très pertinente, mais c'est quand même un peu ça. Je déteste être obligée de m'écraser face à son autorité, je ne supporte plus son égoïsme et sa froideur, et je ne peux même pas le lui montrer, parce que je sais déjà comment il réagirait. Il me dirait simplement que, si ça ne me plaît pas, rien ne me retient. En revanche, il ne se gênerait pas pour me couper les vivres. Or, je me sens encore tellement fragile que l'idée de devoir m'assumer, de tirer la langue en fin de mois et de ramer entre un job que j'exécrerais et mes études est tout simplement inconcevable. Pourtant, je pressens qu'un jour prochain il faudra que je lui explique ma vision des choses. Si je ne le fais pas, il est évident que je finirai par replonger dans mon enfer personnel.

— Ça te dérange si je conduis ? demande Ax, le regard empli d'espoir.

Je pouffe et lui tends le trousseau.

— Vas-y, joue à l'homme.

Mon colocataire éclate de rire, tandis que nous nous installons dans la voiture.

6

Aksel

Mon téléphone vibre dans ma poche, au moment où je prends la direction de l'appartement. C'est Tina qui me relance encore. Ça ne fait jamais que trois fois aujourd'hui. Obéissant à la règle que je me suis fixée et à laquelle je dois me tenir coûte que coûte, je renvoie à nouveau son appel vers la messagerie. Je ne comprends pas ce qui lui arrive ! J'ai toujours été clair et honnête avec elle : du sexe entre nous et rien de plus. On a couché ensemble quelques fois, c'était sympa, mais maintenant c'est terminé, et moi, je passe à autre chose. Le plus fou dans cette histoire, c'est que je me comporte ainsi pour la protéger. Mais bien évidemment, elle n'a aucun moyen de le savoir, puisque je n'ai pas l'intention de le lui expliquer. Alors, tant pis. Si elle pense que je suis un salaud, ce n'est pas mon problème. Après tout, je ne lui ai rien promis.

Comme cela arrive de temps en temps, je viens de buller pendant près d'une heure avec Sean. L'immeuble dans lequel il vit est situé à une quinzaine de minutes à pied de celui où je loge. Tout compte fait, je préfère de loin vivre avec Noah plutôt qu'avec mon compatriote. La porcherie que j'ai découverte dans sa colocation me fait encore grimacer de dégoût. Entre les déchets alimentaires qui jonchent le plan de travail de leur cuisine, l'odeur d'humidité qui émane de la salle de bains et les relents de chaussettes dégueulasses qui m'ont pris à la gorge lorsque nous sommes arrivés dans sa chambre, l'ensemble est franchement écœurant de crasse et de puanteur. À ce rythme, dans deux semaines, ils seront envahis par les rats. Je suppose que, si je n'avais pas une fée du logis à domicile, je ne réagirais pas ainsi. Mais qu'est-ce que j'aime ce parfum de propre, quand j'ouvre la porte de l'appartement ! J'adore la fraîcheur printanière si agréable sur mes fringues, parce qu'elle met des lingettes assouplissantes dans le séchoir. Et je suis littéralement dingue de l'odeur des gâteaux qu'elle prépare pour moi, et sur lesquels je peux me jeter avec la bonne conscience de celui qui fait sa BA de la journée en empêchant une pauvre diabétique d'en manger.

— Noah ? Tu es là ?

Aucune réponse. Elle doit être sortie avec son Allemand. Oh ! ça ne me dérange pas spécialement. Mais ce mec n'a pas intérêt à déconner, sinon je jure que je m'occuperai personnellement de son cas. Parce que Noah, elle est géniale. Comment ai-je pu être assez stupide pour ne pas le comprendre tout de suite ? Cette fille est gentille, drôle, et super attentionnée. C'est d'ailleurs ce que je préfère en elle : sa prévenance. Chaque fois que je vais faire quelques longueurs – soit trois soirs par semaine, quand j'ai fini mon service en tant que sauveteur à la piscine du campus –, je trouve à mon retour une assiette avec des mets tous plus succulents les uns que les autres. Et comme je crève toujours la dalle après avoir nagé dix kilomètres, autant dire que je regagne l'appartement dare-dare. Le week-end dernier, elle m'a même prêté sa bagnole pour m'éviter de me coltiner le bus. Depuis, elle laisse ses clés sur la commode de l'entrée pour me permettre de m'en servir si j'en ai besoin.

Alors, quand on a une amie et une colocataire comme celle-là, on la traite avec respect et on la protège. Du moins, c'est ainsi que je vois désormais les choses. Noah prend soin de moi au quotidien, et moi je prends soin d'elle à ma façon, en la préservant de tous les connards qui empoisonnent la vie d'une femme seule. Parce que j'ai deviné que sous son caractère facile de nana sans problème apparent se cache un aspect plus sombre de sa personnalité. Souvent, lorsqu'elle croit que je ne la regarde pas, j'aperçois un voile de tristesse assombrir son visage. Oui, Noah traîne au moins autant de casseroles que moi, et c'est pour ça que je veux être l'élément fort de notre binôme.

Mais je dois me presser, si je ne veux pas être en retard au boulot. Dans ma chambre, je récupère mon sac de sport et j'y range une grande serviette, avant de me rappeler que mon maillot se trouve toujours dans la salle de bains, où je l'ai suspendu après l'avoir rincé avant-hier. Ni une ni deux, je me dirige vers la pièce en question, dont j'ouvre la porte à toute volée. Et là, nom de Dieu ! Noah est nue comme un ver, debout dans la douche, le bras tendu pour attraper son peignoir. Lorsqu'elle m'aperçoit, elle pousse un cri strident.

Rouge de confusion, je parviens tout juste à grogner un vague mot d'excuse.

— Désolé.

Si je suis mal à l'aise, je ne parviens pas à détacher mon regard de son corps. Sa peau est laiteuse et ses formes, tout en rondeurs. Elle est loin d'être mince, mais ce n'est pas non plus la petite grosse que j'imaginais. Je dirais plutôt qu'elle me fait penser à la Vénus de Botticelli. En tout cas, elle en a la couleur de cheveux, ce blond vénitien si lumineux.

— Ax !

Son hurlement m'oblige enfin à me détourner et à reculer en fermant le battant derrière moi. Qu'est-ce qui s'est passé au juste ? Et pourquoi est-ce que mon sexe est aussi dur que du béton armé ? Réaliser que cette nana, que je voyais comme une petite sœur, une super copine, peut me mettre dans cet état est déroutant. C'est vrai quoi ! Jusqu'à présent, elle n'a jamais éveillé le moindre trouble en moi. J'ai l'impression très désagréable qu'elle vient de me balancer une gifle magistrale. Au sens figuré bien sûr, mais ce ne serait pas pire si elle m'en avait vraiment collé une.

Merde, c'est Noah, quoi !

Dans mon dos, la porte s'ouvre et, lorsque je pivote vers elle, mes pommettes sont toujours en mode surchauffe. Je crois qu'elle ne se rend pas compte de mon émoi et c'est une bonne chose. Peut-être que je vais parvenir à oublier l'image de son corps nu. Enfin je l'espère sincèrement, parce que sinon je suis dans une panade terrible. Non seulement Noah n'est pas le genre de fille qu'on peut sauter pour le fun, mais en plus elle sort déjà avec un mec. Et quand bien même elle serait célibataire, il n'est pas question qu'une relation naisse entre nous. Pour sa sécurité, cette option n'est pas envisageable.

— Tu peux m'expliquer ce que tu fiches ici ?

À voir son visage, qui a viré au cramoisi, la situation est tout aussi gênante pour elle que pour moi, mais probablement pas pour les mêmes raisons.

— Je… je… je suis désolé. Vraiment.

— Je croyais que tu étais à la piscine !

Pointant l'index vers la salle de bains, je tente de m'expliquer.

— C'est ce qui était prévu, mais j'ai oublié mes affaires ce matin et j'ai fait un crochet pour les récupérer. Mon maillot est sur le radiateur. Encore une fois, je te présente mes plus plates excuses, je ne voulais pas te mettre mal à l'aise.

Noah reste silencieuse un instant, avant de sourire avec malice.

— Ce n'est pas de ta faute, mais de la mienne. J'aurais dû fermer à clé. Tu ne pouvais pas deviner que mon prof de néerlandais serait absent et que je rentrerais plus tôt. Je regrette juste que tu aies vu, sans y avoir été préparé psychologiquement, une des plus belles pièces du musée des horreurs.

Je fronce les sourcils, ne comprenant pas à quoi elle fait allusion. Quelles horreurs ? Quand elle désigne sa silhouette d'un geste de la main, je ne peux m'empêcher de rire. Ma colocataire souffre d'un léger problème de surpoids et, de toute évidence, l'image qu'elle a d'elle-même n'a rien de très

flatteur. Pourtant, si elle savait à quel point elle est jolie !
Ses cheveux sont magnifiques, ses yeux si lumineux… Et
je ne parle pas de sa peau parsemée de taches de rousseur.
Désormais, j'ai la certitude qu'il n'y en a pas que sur son
visage. D'ailleurs, cette simple idée me met à nouveau
dans tous mes états.

— Je dois y aller, si je ne veux pas me faire allumer par
le responsable de la piscine et par l'entraîneur.

En réalité, rien ne presse, je suis encore dans les clous.
Mais il est préférable que je me tire fissa, parce que la
situation devient un peu trop bizarre pour moi.

Sans perdre de temps, je récupère mon maillot que je
balance dans le sac et je file vers la porte d'entrée.

— Je prépare des lasagnes, ce soir, ça te convient ?

— Génial !

Je lève mon pouce en signe d'approbation, avant de
refermer derrière moi.

Ouais, c'est génial ! Ça le serait plus encore si je réus-
sissais à comprendre pourquoi mon corps a réagi de cette
manière. Et je ne parle même pas de mon cerveau qui
semble s'être réduit à un amas gluant. L'avoir surprise à
poil est perturbant et en prendre conscience me dérange.
Parce que j'ai comme l'impression que l'image de son corps
n'est pas près de s'effacer de mon esprit de sitôt.

Bon sang, c'est la merde !

7

Noah

Ce soir, j'ai rendez-vous avec Hans et il va falloir que je prenne décision. Continuer à le faire poireauter n'est pas très sympa de ma part. Je ne comprends d'ailleurs pas ce qui me retient. Ce mec est mignon et semble tenir à moi. Ax m'a expliqué l'autre jour qu'il lui trouvait l'œil un peu vicieux, mais j'apprécie sa compagnie. Il est drôle et gentil, c'est tout ce que je demande. Et puis, détail non négligeable, il s'intéresse à moi. Ce n'est pas comme si les hommes se bousculaient à ma porte. Par conséquent, je ne peux pas trop faire la fine bouche.

Si tu as besoin de dresser la liste de ses qualités, ce n'est pas franchement bon signe, parce que ça signifie qu'au fond de toi tu sais déjà que tu ne seras jamais amoureuse de lui, persifle ma conscience. *C'est pour cette unique raison qu'il te semble inoffensif.*

Mais est-ce si important que je sois amoureuse ? Non, parce que j'ai aimé éperdument Mathieu et quand on voit où ça m'a menée... À l'époque, je pensais naïvement que tout était parfait entre nous, mais je m'aperçois avec le recul que je n'avais aucun point de comparaison, puisqu'il a été mon seul amant. Si je n'avais pas été aussi folle de lui, je serais sans doute tombée moins bas. Ne pas donner autant de pouvoir à l'autre, c'est garder le contrôle de sa vie. En l'état actuel des choses, cela me semble préférable, voire nécessaire. Toutefois, j'ai envie de fréquenter quelqu'un. Je devrais être échaudée, mais ce n'est pas le cas. La passion est un sentiment exaltant qui rend plus fort. Du moins jusqu'au moment où elle prend fin. Dans mon esprit, sortir avec un garçon serait une belle manière de tourner la page, de faire une croix définitive sur celui qui a été mon premier amour.

— Noah ? Tu veux manger un bout avec moi ? crie une voix de l'autre côté de la porte.

Dire que les choses ont évolué entre Ax et moi est un euphémisme. À partir du moment où je lui ai balancé ses quatre vérités, il a changé radicalement de comportement. Pour faire court, ce n'est plus le même homme. Il est prévenant et n'oublie plus jamais de me remercier quand je m'occupe de son linge, tout comme il participe aux dépenses alimentaires et essuie la vaisselle. J'adore notre relation à la fois simple et un peu embrouillée.

Enfin, pour être tout à fait franche, Aksel me plaît beaucoup. Je l'ai senti dès le premier jour et c'est bien mon problème. Lorsqu'il se montrait odieux, c'était facile de résister. Mais maintenant qu'il est super sympa, la situation se corse méchamment. D'emblée, j'avais compris et accepté que cette attirance ne soit pas réciproque. Mais depuis qu'il m'a surprise toute nue dans la salle de bains, il ne me regarde plus de la même façon. Avant j'étais comme une petite sœur – il le répétait d'ailleurs souvent –, tandis qu'aujourd'hui… eh bien… aujourd'hui, je ne sais plus exactement comment il me perçoit. Mais certainement pas comme sa frangine, c'est sûr. Il continue à prendre soin de moi, tout comme je prends soin de lui, mais ce n'est plus aussi naturel ni aussi spontané qu'au début. Ainsi, à de multiples reprises, je l'ai surpris en train de m'observer, l'air songeur. Sans compter qu'il est beaucoup plus souvent à l'appartement et semble rechercher ma compagnie.

Malheureusement, il ne se passera jamais rien entre nous. Je m'y refuse. Ce mec est beaucoup trop dangereux. Pour le moment, il ne s'agit que d'un simple coup de cœur que je peux contrôler sans trop de difficultés, mais j'ai la conviction que, si nous étions ensemble, je pourrais tomber très amoureuse de lui. Et ça, pas question ! Après la trahison de Mathieu, je ne suis plus capable de faire confiance à un homme et à lui moins qu'à tout autre. Faut-il rappeler que je l'ai surpris à poil sur le canapé avec Tina ? J'avoue qu'il m'arrive de regretter que notre rencontre n'ait pas eu lieu bien avant. Avant que toutes mes illusions soient détruites par des événements dramatiques. Maintenant, je dois être forte, afin de rester maîtresse de ma vie. C'est une nécessité pour avancer et ne plus jamais replonger dans les affres de la dépendance.

Ce point est le plus sensible. Si je parviens à tenir le coup pour le moment, c'est beaucoup moins facile que je ne l'avais imaginé. Et j'y songe souvent. Trop souvent… Jusqu'à ce que je me soigne, la boisson était devenue un poison dont il fallait que je me débarrasse. Je détestais mon addiction, tout comme je me détestais de ne pas pouvoir m'en passer. Mais ces derniers jours, il m'arrive d'y penser avec une certaine forme de nostalgie. Toutes mes émotions étaient anesthésiées par l'alcool, et cela avait quelque chose de réconfortant, pour ne pas dire de confortable. Donc, oui, c'est hyper dur de me faire à l'idée que je ne pourrai plus jamais avaler la moindre goutte, pas même dans une forêt-noire – mon dessert préféré – ou dans un baba au rhum. J'imagine que ce serait plus facile si je pouvais en parler avec quelqu'un, mais la seule personne en qui j'ai confiance ici, c'est mon colocataire, et je refuse qu'il ait une image négative de moi. Il y a toujours Zoé, mais je sais que si je commence à lui faire part de mes délires, elle va s'inquiéter. Or, elle a déjà assez de problèmes à gérer avec sa famille de fous sans que je rajoute les miens.

— Noah !

Bon, il me reste quinze minutes à attendre avant l'heure de mon rendez-vous avec Hans et, si je ne réagis pas, Ax va penser que je me sens mal. Il est génial, mais peut vite se révéler étouffant. Dès que nous sommes ensemble, il me surprotège et me traite comme si j'étais une petite chose fragile en sucre. Malheureusement pour moi – parce que ça ne m'aide pas à surmonter mon béguin –, je trouve cet aspect de son caractère attendrissant et j'adore me faire dorloter. Je présume que c'est parce que j'en avais l'habitude avec Chantal, et qu'ensuite le manque a été à la fois brutal et intense.

— J'arrive !

J'ouvre la porte au moment où il retourne vers la cuisine. Percevant ma présence derrière lui, Ax se met à pester.

— Bordel ! Tu ne pourrais pas répondre ? J'ai cru que tu étais malade ! J'ai préparé des sandwichs au poulet. Tu en veux un ? J'ai ajouté de l'avocat comme tu aimes et…

Mon colocataire vient de pivoter sur lui-même et me donne l'impression d'avoir avalé du papier de verre, vu la difficulté qu'il semble subitement éprouver à déglutir. Je souris, très fière de moi. Ça m'a pris plus d'une heure, mais je me suis apprêtée comme jamais avant aujourd'hui.

— Waouh ! Qu'est-ce qui se passe ? Tu es super jolie ce soir !

— Comment ça, « ce soir » ? Serais-tu en train d'insinuer que je suis un véritable thon le reste du temps ?

— T'es bien une meuf, toi ! Incapable d'accepter un compliment sans y voir une critique.

J'éclate de rire et me penche vers lui pour embrasser sa joue. C'est assez inédit, parce que ni lui ni moi ne sommes particulièrement tactiles. On se fait la bise le matin avant de partir à la fac, mais pas plus, si ce n'est qu'il m'enlace certains jours pour me remercier de le nourrir. D'ailleurs, sa réaction est bizarre, car il reste figé et, pour la première fois depuis que je le connais, je remarque que ses pommettes sont en train de rosir. Je m'apprête à le charrier quand le bruit de la sonnette retentit. Aussitôt, je me redresse pour aller ouvrir.

— Tu es sûre que tu es bien avec ce type ? lance Aksel de l'entrée du séjour. Parce que, tel que je le vois, ton Hans est un queutard qui cherche seulement un plan cul. Je suis un mec, je sais de quoi je parle.

80

Les sourcils froncés, je lui fais face après avoir appuyé sur le bouton de l'interphone pour déverrouiller la porte de l'immeuble.

— Depuis quand tu te mêles de ma vie privée ? Est-ce que je m'occupe de tes histoires de fesses avec Tina ?

— Laisse tomber, grogne-t-il avant de se précipiter dans sa chambre.

Décidément, je ne capte rien à son attitude étrange de ce soir. Si je n'interdisais pas à mon imagination de déborder, je pourrais presque me figurer qu'il est ennuyé de me voir nouer une relation avec Hans. Enfin, si on peut parler de relation bien sûr, puisque pour le moment il ne s'est rien passé de significatif entre nous. Il s'agit d'un flirt platonique entre deux étudiants qui me convient parfaitement, même si cela pourrait éventuellement déboucher sur autre chose par la suite. Mais ça, mon colocataire l'ignore.

— Waouh ! Noah ! Tu es superbe ! s'écrie Hans en arrivant sur le palier.

Je souris à ce compliment que je prends exactement pour ce qu'il est. C'est bizarre, parce qu'il y a moins de dix minutes, j'étais persuadée qu'Ax se moquait de moi alors qu'il prononçait les mêmes mots. Que faut-il en conclure ?

— Tu permets qu'on fasse un selfie ensemble ? s'enquiert-il avec une mimique tellement charmante que je ne vois pas comment je pourrais refuser.

Nous nous rapprochons l'un de l'autre et fixons son téléphone, hilares, puis il s'écarte et pianote sur son écran tactile.

— Je l'ai postée sur Instagram.

Rapidement, il range son mobile dans la poche de sa veste, sans me montrer le cliché.

— Tu as dîné ?

— Oui, juste avant de venir.

Au cours de nos conversations, j'ai compris que Hans n'était pas issu d'une famille aisée et qu'il n'avait pas les moyens de m'offrir un repas au restaurant. Je pourrais proposer de payer pour nous deux, mais je m'y refuse. En effet, je n'aimerais pas qu'il pense que j'achète son amitié ni qu'il veuille profiter de moi. Dans la mesure où je ne le connais pas très bien, je préfère rester prudente. Et puis, comme me l'a affirmé Aksel dernièrement : « Un gars a l'impression qu'on lui coupe les couilles quand la nana règle les dépenses occasionnées par les sorties. » Donc pour le moment, chacun s'acquitte du montant de ses consommations et c'est très bien comme ça.

— Il a un problème avec moi, Ax ? questionne mon potentiel petit ami.

— Pourquoi est-ce que tu me demandes ça ?

— Chaque fois que je suis là, soit il me regarde de travers, soit il disparaît.

Tout en l'écoutant, je remise le sandwich qui m'attendait dans le réfrigérateur. Dommage, il avait l'air alléchant. Dire que je n'ai même pas eu le temps de croquer dedans ! Et comme par hasard, maintenant que je ne peux plus manger, j'ai faim.

— Non, ne t'inquiète pas. Il est juste protecteur avec moi.

— Tu ne trouves pas que c'est une attitude bizarre pour un mec qui est censé n'être que ton colocataire ?

Cette remarque me dérange et je dois me mordre la lèvre pour ne pas lui demander de quoi il se mêle. Au fond, il a peut-être raison, mais ce n'est pas son problème. C'est le mien. Et j'aime la relation que j'entretiens avec Aksel, quand bien même elle est ambiguë.

Passant outre, je lui propose de s'installer dans le salon et file vers la chambre d'Aksel. Dès que je toque, il m'invite à entrer. Je m'aventure rarement dans son antre, parce que nous avons toujours considéré que nos piaules étaient en quelque sorte notre territoire, et nous sommes assez intelligents tous les deux pour respecter l'intimité de l'autre. C'est probablement pour cette raison que notre binôme fonctionne.

— Oui ?

La chambre d'Ax est l'exacte réplique de la mienne, mais au lieu d'être beige, elle est bleue. Il est couché sur son lit et je ne peux m'empêcher d'admirer son corps. C'est d'autant plus troublant que je sais ce qui se cache dans son pantalon, puisque j'ai été témoin de ses ébats avec Tina, au début de notre cohabitation.

— Je vais partir. J'ai rangé les sandwichs dans le réfrigérateur. Je mangerai le mien en rentrant. Tout va bien ?

— Bien sûr, pourquoi ?

— Je ne sais pas, je te trouve un peu bizarre, ce soir. Qu'est-ce qui t'arrive ?

Ax déploie sa longue silhouette pour se lever et s'approcher de moi. Quand il est assez près, il chuchote à mon oreille, de manière à n'être entendu que par moi :

— Je n'aime pas ce mec, je crois que tu perds ton temps avec lui. Il cherche juste à te sauter. Chaque fois que tu as le dos tourné, il mate ton cul en se léchant les babines, c'est dégueulasse ! Et je te parie ce que tu veux que, une fois qu'il aura eu ce qu'il cherche, il ne t'adressera plus la parole.

— Cher monsieur Lloyd, ce que je fais de ma vie et de mes fesses ne te regarde pas, je crois te l'avoir déjà dit tout à l'heure.

— Mais bon sang, tu ne vois pas que tu es en train de te faire embobiner par un serial baiseur ?

Je ris, mais ne réponds pas. Mon adorable Canadien suppose que nous sortons ensemble, et je ne l'ai jamais détrompé, même si ce n'est pas le cas, enfin pas encore. J'ignore pour quelle raison je lui ai caché la vérité. Peut-être est-ce ma façon de me préserver. Une manière comme une autre de maintenir une certaine distance entre lui et moi. Le procédé peut sans doute paraître discutable, voire stupide, mais ces derniers temps, j'ai souvent l'impression que notre amitié pourrait facilement se métamorphoser en un sentiment différent. Or je tiens trop à cette complicité pour risquer de tout foutre en l'air.

— Je ne me permets pas de juger ta relation avec Tina. Merci de garder tes réflexions pour toi.

— Pourquoi est-ce que tu réagis aussi mal ? Je peux quand même dire ce que je pense, non ?

— Bien entendu. Mais moi, je ne suis pas obligée de t'écouter et encore moins de prendre en compte un avis que je n'ai pas demandé.

— De toute façon, tu comprendras vite ton erreur. Mais ne viens pas te plaindre après, je t'aurai prévenue. Quant à Tina…

— Je ne veux surtout rien savoir !

Sur cette exclamation – le cri du cœur –, je fais volte-face pour quitter la chambre, mon colocataire sur mes talons.

Hans se lève dès qu'il nous aperçoit.

— Je mets mon manteau et j'arrive.

Lorsque je le rejoins, emmitouflée dans mon écharpe beige, Aksel est en train de lui murmurer quelque chose à l'oreille. Instantanément, je me crispe, méfiante. C'est que je connais l'oiseau ! Ce cher Mr. Lloyd n'est pas réputé pour sa diplomatie. Au contraire, il a tendance à balancer tout ce qu'il pense sans le moindre filtre. Pour Hans, cela pourrait se révéler brutal. D'ailleurs, il est plus rouge qu'une tomate. Qu'est-ce que je disais ?

— On y va ?

Je fusille Ax du regard, le défiant d'en rajouter. Le pire, c'est qu'il n'est pas gêné pour deux sous ! Hans me rejoint et se dirige vers le palier avec un soulagement manifeste. Visiblement, il est impatient de quitter l'appartement. Cette précipitation a le don de me contrarier un peu plus. Mince alors, Aksel n'a pas le droit d'effrayer les garçons que j'invite !

— Au fait, tu accepterais de me prêter ta bagnole ? demande mon Canadien, en me retenant par le bras sur le pas de la porte.

— Pas de souci, la clé est sur la commode.

Spontanément, il me serre contre lui et m'embrasse sur la joue.

— Merci, t'es la meilleure.

— Sois prudent et ne conduis pas si tu as bu.

— Oui, maman. À demain…

Avec un petit sourire amusé, je rejoins Hans, qui patiente

devant l'ascenseur. Tandis que nous entrons dans la cabine, il chuchote, visiblement scandalisé :

— Il est complètement malade, ce type !

À cette remarque, je ne peux m'empêcher de tiquer. J'ai conscience qu'Ax peut se révéler particulièrement pénible. Toutefois, j'estime qu'on n'a pas à le critiquer quand il a le dos tourné et ne peut pas répondre. Cette réaction est bizarre quand on y réfléchit, mais c'est plus fort que moi. Du reste, je n'ai pas plus apprécié les commentaires désagréables que ce dernier tenait sur Hans lorsque nous étions dans sa chambre.

— Pourquoi ? Qu'est-ce qu'il t'a dit ?

— Il m'a menacé, tu te rends compte ?

J'écarquille les yeux, étonnée. Ça ne ressemble pas à mon coloc de se montrer agressif gratuitement. Encore que…

— Menacé de quoi ?

— De me casser la figure, si je me comporte mal avec toi.

— Dans ce cas, tu sais ce qu'il te reste à faire.

Amusée, je me mords la lèvre inférieure pour m'empêcher de rire. Ax est quand même culotté, parce que dans son genre il m'en a fait voir des vertes et des pas mûres, au début de notre cohabitation. Malgré tout, il y a quelque chose de touchant dans sa manière de vouloir me préserver. Ce même quelque chose le rend encore plus spécial. Depuis la mort de Chantal, personne n'a jamais pris autant soin de moi, si on excepte Zoé. Et bon sang de bonsoir, c'est terriblement agréable.

8

Noah

Hans me propose d'aller prendre un verre à la cafétéria qui se situe à quelques bâtiments de l'immeuble où j'habite avec Ax. Cet établissement est très prisé par les étudiants, parce que le décor y est chaleureux et qu'il est ouvert tard. Cependant, un samedi à 21 heures, je ne pense pas que ce soit bondé, puisque aucune boisson alcoolisée n'est servie. Les soirs de week-end, le campus est plus ou moins déserté, et les seuls endroits où se poser sont cette cafèt' et le pub qui se trouve complètement de l'autre côté. Sinon, pour sortir en boîte, il faut se rendre à Édimbourg. Je n'y suis allée qu'une fois, pour m'y balader avec Aksel un dimanche après-midi, et jamais *by night*.

Tandis que nous passons à proximité de ma voiture, j'y jette un rapide coup d'œil, comme je le fais toujours. C'est devenu un automatisme. Immédiatement, un carré jaune attire mon attention. C'est quoi, ça ?

— Eh, Noah, qu'est-ce que tu fais ?

Sans écouter mon compagnon, je m'avance et récupère un post-it glissé sous l'essuie-glace. C'est l'exacte réplique de celui que j'ai trouvé en septembre. À la lueur du lampadaire, je déchiffre le message inscrit en noir sur le papier :

He's mine.

Les sourcils froncés, je réfléchis un instant. La première fois, j'ai cru qu'il s'agissait d'une erreur. Or, se tromper deux fois de la même façon est assez improbable.

— Qu'est-ce qui te prend ? s'enquiert Hans. Le parking est surveillé, tu veux avoir des ennuis ? Remets ce papier en place, il n'est pas à toi !

— On se calme. C'est ma voiture, je n'enfreins aucune loi.

Surpris, il me dévisage comme si une corne m'avait poussé sur le front.

— Ah bon ? Mais t'es riche alors ?

Cette remarque m'agace. Non, je ne roule pas sur l'or, mais mon père, oui, assurément. Toutefois, je n'ai jamais considéré que cet argent m'appartenait et je n'aime pas en parler. Je décide donc d'arranger un peu la vérité à ma sauce.

— En réalité, mes parents me l'ont prêtée. Ils en possèdent deux et n'utilisaient plus celle-ci.

— Eh bien, tu en as de la chance !

Je ne relève pas, parce que son avis n'a pas la moindre importance. Quand je prends conscience de mon état d'esprit, à savoir que je me fiche de ce qu'il pense, l'idée de le fréquenter me paraît soudain moins séduisante. Pourtant, il est mignon et plutôt gentil, mais il semblerait que ça ne me suffise pas. C'est curieux comme on peut changer d'opinion d'une minute à l'autre. Au fond de moi, je sais qu'Ax n'est pas étranger à ce nouvel état d'esprit. Sans même que je m'en rende compte, il a instillé le doute en moi. Finalement, je crois que je vaux mieux qu'une relation tiède avec un garçon qui m'attire à peine.

En hâte, je repars en direction de la cafétéria. Il faut que je coupe court à cette discussion, car je n'ai aucune envie de répondre aux questions qu'il me posera nécessairement si nous ne changeons pas de sujet.

— Alors ? Tu as passé une bonne journée ? Raconte…

Ravi que je m'intéresse à lui, Hans ne se fait pas prier et entame un monologue dans lequel il est question de lessives et de courses. Rien de bien affolant, mais c'est toujours mieux que d'évoquer ma famille.

Nous sommes en train de nous installer à une table, lorsque je sens mon portable vibrer. Redoutant un message de mon père – il m'en envoie généralement le samedi soir, quand il daigne le faire –, je le sors de ma poche et y jette un rapide coup d'œil. Avec surprise, je découvre qu'il s'agit d'Aksel. Je lui ai communiqué mon numéro pour qu'il puisse me joindre en cas d'urgence et il ne s'en est jamais servi jusqu'à présent.

Ne reste pas avec ce mec, il est complètement perché !

À son texto est joint un lien vers le compte Instagram de Hans. À vrai dire, je ne comprends pas pourquoi mon colocataire m'envoie ce SMS maintenant. Ça ne peut vraiment pas attendre ? Malgré tout, je clique sur le lien et, lorsque je vois le selfie de tout à l'heure et surtout le commentaire que Hans a ajouté, je me sens immédiatement mal à l'aise.

Elle n'est pas jolie, ma nouvelle copine ? Je sens que je vais beaucoup m'amuser ce soir. Au bout d'un moment, il faut passer aux choses sérieuses. J'ai fait un stock de capotes. Faites comme moi les amis, sortez couverts ! ! ! #inlove #girlfriend #sexislife #saturdayfuck #jaimeles-meufsrondes #inmybedtonight

Quand on sait que je suis complexée par l'image que j'ai de moi-même en général et de mon corps en particulier, le choc est rude. Qu'il veuille s'envoyer en l'air n'est pas le problème. Mais j'entends qu'on y mette les formes avec un minimum d'élégance, ce dont il semble totalement dépourvu. Ses hashtags sont insultants et me donnent l'impression de n'être qu'un vulgaire morceau de viande. Il est où le respect dans tout ça ? Sans compter que le ton avec lequel il parle de moi à ses amis me gêne profondément. Et je ne suis pas la seule à trouver que les bornes ont été dépassées, puisque Ax a jugé bon de me prévenir immédiatement. Enfin, quand je dis qu'elles ont été dépassées, là, il les a carrément perdues de vue.

Hans revient vers la table avec nos consommations et, avisant ma mine contrariée, il s'enquiert :

— Il y a un souci ?

— Pardon ?

— Tu as les sourcils froncés, comme si tu étais préoccupée. Qu'est-ce que tu regardes ? Laisse-moi voir…

Ce disant, il tente de m'enlever l'iPhone des mains. Je resserre ma prise, bien décidée à ne pas le lâcher.

— Eh ! Mais ça va, oui ? Arrête ! Tu veux quoi ? Me piquer mon smartphone pour fouiner dans ce qu'il contient ?

Désarçonné par ma riposte assez brutale, il se renfrogne et se rassied.

— Oh là là ! Pas la peine de monter sur tes grands chevaux ! Je n'ai rien fait de mal.

Je me calme aussitôt, comprenant que j'ai réagi trop vivement. Pour faire bonne figure, je tente de me justifier.

— Le téléphone, c'est personnel. Ce qu'il y a dans le mien ne regarde que moi.

— Pas quand tu es en ma compagnie, *liebling*. Mais tu ne m'enlèveras pas de l'idée que tu fais beaucoup d'histoires pour rien. Si tu y tiens, je te montre le mien, je n'ai aucun secret pour toi.

— L'ennui, Hans, c'est que tu te goures totalement sur l'issue de cette soirée. Sur ton compte Insta, tu as indiqué que tu avais fait un stock de préservatifs, convaincu que je serais d'accord pour coucher avec toi. Mais ce n'est pas le cas et tu aurais été plus avisé de me poser la question avant. J'avoue que je n'apprécie pas trop cette façon de faire. Pas plus que tes hashtags désobligeants.

— Mais quoi ? Où est le problème ?

Manifestement, il ne veut pas comprendre. Pour mon interlocuteur, me sauter est acté et me demander mon avis ne semble pas entrer dans ses projets. Franchement, il y a de quoi s'inquiéter… Pour tenter de désamorcer la panique qui me gagne de manière assez fulgurante, je change de sujet. Mais au fond de moi, je sais d'ores et déjà que ce rencard sera le dernier. Me forçant à sourire, je l'interroge :

— Alors, tu as passé du temps avec tes amis cette semaine ?

Cette question est nulle, mais elle en vaut bien une autre. D'autant que ses réponses ne m'intéressent pas le moins du monde.

— Mais oui, j'ai bu un verre avec deux copines suisses hier soir. Ce sont des chaudes, si tu vois ce que je veux dire. D'ailleurs, tant que j'y suis, est-ce que tu as déjà fait des trucs à plusieurs ? Ça te brancherait d'essayer ?

Là, je prends vraiment peur. Sa façon de ne pas vouloir comprendre que je refuse de coucher avec lui est flippante.

Inconscient de mon malaise, Hans poursuit comme si de rien n'était.

— Par contre, il va falloir régler le problème de l'épilation.

Je me redresse, pas certaine de savoir à quoi il fait allusion, même si j'en ai une vague idée.

— De quoi tu parles ?

— De ta chatte ! Je déteste les filles poilues.

Là, ça va trop loin. Furieusement, je me mets à réfléchir pour trouver une solution afin de me sortir de ce bourbier. Qu'est-ce qu'ils ont tous à agir comme si mon avis ne comptait pas ? Déjà mon père, et maintenant cet espèce d'obsédé sexuel.

— Mes poils se portent à merveille et je n'ai pas l'intention de les raser pour toi.

Ma voix est froide et mon ton indique clairement que c'est non négociable.

— Dans ce cas, je ne te brouterai jamais. Dommage, non ?

— Mais, Hans ! Tu as compris ce que j'essaie de te dire depuis tout à l'heure ?

— Ton langage corporel n'exprime pas la même chose. Je sens bien que je te plais. C'est un non qui signifie oui, en fait. Avoue, petite coquine… Alors, tu as envie que j'appelle les deux autres ?

Sa suggestion est si culottée que j'en reste bouche bée. Au secours ! Pourquoi est-ce que je tombe systématiquement sur des losers ? J'en ai marre, mais qu'est-ce que j'en ai marre ! Tout ce qui l'intéresse, c'est me faire participer à une partouze, je rêve !

— Tu m'excuses ? Il faut que j'aille aux toilettes, j'ai une de ces envies de pisser…

Merci, je me passerais bien des détails !

— … mais tu peux peut-être en profiter pour réfléchir sérieusement à ma proposition, non ?

Dès qu'il a tourné le dos, j'enfile mon manteau avec l'intention de m'enfuir en courant. Malheureusement, ça ne servirait à rien, parce qu'il connaît mon adresse. Il pourrait donc facilement me suivre. Sur une impulsion, j'attrape mon iPhone et compose le numéro d'Aksel.

— Noah ? Qu'est-ce qui t'arrive ? Un problème ?

— Oui, et de taille. Hans est en train de fantasmer sur notre présumée soirée orgiaque et je ne sais pas du tout comment me débarrasser de lui. Aide-moi !

— T'exagères ! Explique-lui que tu n'es pas intéressée et rentre, que veux-tu que je te dise ? Écoute, Noah, tu sais que je t'aime bien, mais tout à l'heure, tu m'as fait comprendre que mon avis sur la question ne compte pas. Alors, maintenant, ça me gêne d'intervenir dans ta vie privée. Tu ne peux pas te débrouiller toute seule ?

— Ce n'est pas si facile. Il veut que je couche avec lui et deux de ses copines. Je lui ai dit et répété que je n'étais pas intéressée, mais il ne m'écoute pas.

— Ah oui, quand même !

— Mmm. Et je ne pense pas qu'un simple non suffira à le décourager. Tu avais raison, il a vraiment deux câbles qui se touchent et qui se rejoignent dans son slip. La preuve, il est persuadé qu'il peut me dicter où et comment m'épiler alors qu'on ne s'est même jamais embrassés. Je te jure que je commence à flipper grave.

— Quoi ? Tu ne sors pas avec lui ?

— Mais non ! Qu'est-ce qui te fait croire que c'est le cas ?

— Ben, vous avez passé beaucoup de temps ensemble dernièrement.

— Et alors ? Ça ne veut rien dire ! Toi et moi, on partage

notre appartement, les corvées et nos repas, ça ne signifie pas qu'on couche ensemble.

— Pas faux. Où es-tu ?

— À la cafétéria.

Après un petit silence, Ax murmure :

— Ne bouge pas, j'arrive. Tu me fais confiance ?

— Euh, oui, bien sûr.

— Dans ce cas, ne t'étonne de rien. D'accord ?

— Fais vite, je t'attends.

Je raccroche avec précipitation, lorsque j'aperçois Hans qui revient vers la table.

— Tu étais en ligne ? Avec une copine, je suppose… Et si tu lui demandais de nous rejoindre ? Plus on est de fous, plus on rit…

Je suis tellement furieuse qu'il n'y a plus aucun filtre dans mes propos pour le ménager.

— Tu penses sérieusement que la situation prête à rire ? Mais je ne veux pas de toi ! Quand est-ce que tu le comprendras ?

— Je peux te donner plein d'orgasmes, tu sais. Réfléchis avant de refuser.

Bordel, plus bouché que ce fêlé, tu meurs !

— Si je veux un orgasme, je peux très bien me débrouiller toute seule. Et non, je ne parlais pas à une copine, je n'ai aucune intention de raconter les saloperies auxquelles tu rêves à mes amis. Tu ne penses donc qu'à ça ?

— Mais, Noah…

— Il y a un détail que tu ne sembles pas vouloir imprimer. Je n'ai pas l'intention de coucher avec toi, on ne sort pas ensemble ! Arrête de te raconter des histoires !

Le regard de Hans se met à briller d'une lueur malsaine qui me rend soudain nerveuse.

— Dans ce cas, qu'est-ce que tu fiches ici avec moi ?

— Je pensais que nous étions amis.

Mon excuse est un peu capillotractée – traduisez « tirée par les cheveux » –, car nous savons, lui et moi, que la situation était plus ambiguë. On flirtait souvent et il n'a jamais caché que je lui plaisais. Une attirance que je croyais même partager jusqu'à aujourd'hui. Je peux donc comprendre qu'il le prenne mal. Cela dit, avant ce soir, il n'avait pas montré cette facette de sa personnalité, qui n'est pas très rassurante. Un obsédé dans toute sa splendeur.

— Quoi ? Tu te fous de moi ? Depuis le début, on se tourne autour. Il est temps de passer aux choses sérieuses, maintenant. J'en ai marre d'attendre. Tu as peur ? Pas grave, tu verras que je ne suis pas un mauvais coup, loin de là… Oh bordel, mais qu'est-ce qu'il fiche ici, lui ?

Pas besoin de pivoter vers la porte d'entrée, je connais déjà l'identité de celui qui vient de pénétrer dans la cafétéria. Sa main se pose sur mon épaule, me faisant sursauter. J'aime son contact, bien plus que je ne le devrais. D'autant que je le sens avec une acuité assez étonnante, quand on sait que je porte deux pulls. Novembre en Écosse est non seulement froid mais également pluvieux. Je passe donc mes journées et mes nuits à cailler, moi qui suis de nature frileuse.

En même temps, si tu voulais le soleil et la chaleur, il fallait opter pour une fac en Californie, souffle cette maudite petite voix intérieure avec ironie.

En même temps, ce n'est pas comme si j'avais eu le choix, puisque mes résultats étaient insuffisants.

À qui la faute ?

Ça va, je suis au courant ! grogne ma fierté, ou ce qu'il en reste.

— Noah, tu viens ? On rentre, lance mon colocataire en attrapant mon bras pour m'aider à me lever.

— Eh, mais qu'est-ce qui te prend, espèce d'abruti ? s'écrie Hans.

Ce garçon est inconscient. Ax mesure au moins vingt centimètres de plus que lui, sans compter qu'il a une silhouette athlétique, quand celle de l'étudiant allemand est mince, presque maigrichonne.

— C'est à moi que tu t'adresses ? rétorque mon sauveur avec agacement. T'es tout seul dans ton froc, pour oser me parler comme ça ? Si je te pète le clavier, tu crois que tu auras encore envie de me traiter d'abruti ?

Ses yeux lancent des éclairs et ses narines frémissent de colère. Jamais Aksel Lloyd ne m'a paru plus beau qu'en cet instant. Face à lui, Hans donne l'impression d'être fade.

— De quel droit est-ce que tu donnes des ordres à ma petite amie ?

Le hoquet de surprise qui m'échappe est tellement sonore que nos voisins de table cessent de discuter pour ne pas perdre une miette de la conversation. Ax se tourne vers moi et lève un sourcil ironique qui semble vouloir dire : « Tu vois ? Je te l'avais dit. » Je hoche la tête négativement, pour bien lui faire comprendre que je n'ai jamais été la petite amie de qui que ce soit depuis mon arrivée à Édimbourg.

— Pardon ? Ta petite amie ? Noah ne peut pas être ta petite amie puisque c'est ma meuf !

Cette fois, c'est Hans qui pousse un cri de protestation. La seconde suivante, Ax m'attrape par la nuque et plaque sa bouche sur la mienne. Je sais que cette mise en scène est uniquement destinée à nous débarrasser de l'autre fou, mais il n'empêche que je suis chavirée par l'effet que ses lèvres ont sur mon corps. Et je ne parle pas de mon cerveau. Il m'enlace, les bras croisés derrière mon dos, et s'adoucit sensiblement. Son baiser se fait séducteur, câlin, plus délicat. Et je ne résiste pas. C'est tellement bon que je pourrais en pleurer. Jamais je n'ai rien ressenti de tel, pas même avec Mathieu, qui me tenait lieu d'amant parfait jusqu'à présent. À l'époque de notre relation, il me semblait difficile de pouvoir un jour égaler notre alchimie. Mais là, c'est… si dévastateur que j'en oublie jusqu'à l'endroit où je me trouve. Lorsque je sens sa langue sur mes lèvres, je lâche prise, vaincue. J'entrouvre ma bouche pour lui permettre d'approfondir notre étreinte. Malheureusement, cela ne se produit pas, puisqu'il se redresse. Puis, me maintenant toujours contre lui, il tourne la tête vers Hans dont les yeux sont sortis de leurs orbites et la mâchoire traîne par terre.

— Mais qu'est-ce que…

— Noah est à moi. Alors tu vas enlever ta photo d'Instagram et ton commentaire débile auquel personne ne croit. Elle a seulement voulu être ton amie, et en sombre crétin que tu es, tu n'as même pas envisagé cette possibilité un seul instant. Pauvre con, si tu lui avais plu, tu ne crois pas que vous seriez dans un pieu en train de vous envoyer en l'air, au lieu de discuter dans une cafétéria pourrie ?

Hans ne répond pas. D'ailleurs qu'y aurait-il à dire ? Ax a raison, nous en sommes conscients tous les trois. Si j'avais eu des sentiments pour Hans, je n'aurais pas lambiné pendant des semaines, me dérobant systématiquement les quelques fois où il a essayé de m'embrasser, ou renvoyant dans leurs buts ses mains baladeuses.

— Je suis désolée si tu as mal interprété la situation, Hans. Je ne cherchais pas à te blesser. Et si mon attitude prêtait à confusion, je te prie de m'en excuser.

La vérité, c'est que je suis honteuse. Au regard qu'il me lance, je suis sûre que je l'ai humilié. Je ne sais pas ce qu'il croyait, ni pour qui il se prenait – Rocco Siffredi ? – mais tout porte à croire que je me suis méchamment trompée sur son compte. Dans ces conditions, le revoir est désormais impossible, et risquer de revivre une situation aussi humiliante est inenvisageable. De toute façon, depuis que j'ai goûté aux lèvres de mon colocataire, plus rien n'est envisageable avec personne d'autre que lui. C'est du délire, cette histoire ! Je sais qu'Ax a agi ainsi pour le décourager, mais je n'aurais jamais imaginé, pas même dans mes rêves les plus fous, que ce baiser me ferait perdre la tête à ce point. Maintenant, je suis dans une panade incroyable. Comment vais-je pouvoir continuer à vivre avec Aksel comme avant, alors que j'ai un tel *crush* pour lui ? Et surtout, comment puis-je être avec un autre mec quand je ne songe qu'à recommencer ? À se demander si je n'ai pas craqué pour mon coloc depuis le début et si je ne suis pas sortie avec Hans juste pour tenter de l'oublier. Plus j'y pense et plus je me rends compte que c'est probablement ce qui s'est produit. Pourtant, au fond de moi, je sais que rien n'est possible entre nous. Je ne peux pas et je ne veux pas. Aksel Lloyd a les moyens de me broyer, de me détruire et de me faire replonger. C'est un homme à femmes, il ne se contenterait pas d'une fille comme moi. Il n'y a qu'à voir Tina et son corps parfait pour comprendre que je n'ai rien en commun avec celles qu'il fréquente. Comme si ça ne suffisait pas, je sais aussi qu'il refuse toute complication. La seule chose qui l'intéresse, c'est du sexe sans attaches ni conséquences. Or, tomber amoureuse de lui serait si facile que je refuse de m'engager sur cette pente savonneuse.

— Noah, on s'en va.

Je récupère mon sac pour lui emboîter docilement le pas vers la sortie.

— Salope ! hurle Hans de l'endroit où nous étions et dont il n'a pas bougé.

Mon chevalier servant se tourne et fait un pas dans sa direction. Aussitôt, l'autre se ratatine sur sa chaise, paralysé par la trouille.

— Ferme ta gueule ! Si je te souffle dessus, tu tombes à la renverse, alors je te déconseille d'insulter ma copine. Un mot, un seul, et tu repars en Allemagne dans un hélicoptère de la Croix-Rouge ! Les connards comme toi traitent de salopes les filles qui refusent justement de l'être.

Puis, sans attendre, il m'attrape par le bras et me tire à l'extérieur. Pétrifiée de honte, je rentre la tête dans les épaules en me jurant de ne plus jamais revenir dans cet endroit. Je suis plutôt d'un naturel réservé, le genre de fille qui n'aime pas se faire remarquer. On peut donc aisément imaginer comment je prends le fait de m'être ainsi donnée en spectacle. Pas bien, c'est le moins qu'on puisse dire.

En silence, nous regagnons l'appartement. Aksel me tient toujours contre lui et je ne cherche pas à mettre de distance entre nous. Il a l'air un peu troublé et n'engage pas la conversation, ce qui m'arrange bien. Tandis que nous passons à proximité de ma voiture, je m'aperçois qu'elle n'a pas bougé, ce qui signifie qu'il n'est pas sorti, comme il en avait l'intention. L'espace d'une seconde, je me demande si je ne devrais pas lui parler du post-it. Et puis, je décide que non. J'ai déjà assez de problèmes comme ça, je ne vais pas en rajouter, pour un truc qui n'a aucune importance. À l'évidence, il s'agit d'une erreur ou d'une mauvaise blague. Dans un cas comme dans l'autre, ça ne vaut pas la peine qu'on s'y attarde.

Une fois chez nous, mon coloc me lâche et se dirige vers le frigo pour y récupérer une canette de Coca. Il n'y a plus d'alcool ici depuis que je lui ai confié mes pseudo-ennuis de santé.

Après avoir retiré mon manteau et mes bottes, je m'installe sur le canapé, attendant avec appréhension la discussion à suivre. Si je me prends une soufflante *made in* Ax, je ne l'aurai pas volée. Comment ai-je pu être aveugle à ce point ?

— Je t'avais dit qu'il était perché, ce mec !

Malgré moi, je rougis comme une collégienne qui vient de se faire choper en train de fumer dans les toilettes.

— Je sais. Mais je m'en suis vraiment rendu compte ce soir seulement. Quand il a commencé à parler de partouzes et de capotes, j'ai compris qu'il avait un problème. Pourtant, il était gentil…

— Tu plaisantes ? Hans n'est pas gentil, il a un pet au casque ! Qu'est-ce qui s'est passé exactement ?

Je lui raconte en quelques mots la façon dont les choses se sont déroulées. À mesure que je lui explique, il s'énerve de plus en plus.

— Heureusement que je suis venu ! Remarque, je me doutais qu'il y avait un malaise. C'est pour ça que j'ai annulé ma sortie.

— Tu as annulé ? Mais non, Ax ! Il ne fallait pas !

— Appelle ça un mauvais pressentiment, mais j'étais sûr que tu aurais besoin de moi. Alors, tu peux aussi dire tout simplement merci, au lieu de râler. T'es bien une Française, toi !

— Tu sais ce qu'ils te disent les Français ? Tu as envie qu'on parle des Canadiens peut-être ?

Nous nous dévisageons en chiens de faïence, puis éclatons

98

soudain de rire. Ce genre de joute verbale entre nous est assez courant et nous trouvons ça très amusant. Lorsque nous sommes calmés, je décide d'aborder le sujet sensible, à savoir notre presque roulage de pelle.

— À propos de ce qui s'est passé, quand tu m'as… euh… enfin, tu vois à quoi je pense…

Je suis tellement gênée que j'en bégaie. C'est dingue quand même ! Tout ça pour un simple baiser de comédie.

— Quand je t'ai embrassée ? Tu peux le dire, tu sais, ce n'est pas un gros mot.

Au moins, il y en a un de nous deux qui est à l'aise avec ça.

— Oui, je… eh bien…

Aksel pouffe et s'approche de moi pour m'enlacer, avant de me taper gentiment sur l'épaule. Et l'espace d'une seconde, je l'imagine faire le même geste avec un chien fidèle. Pas très flatteur pour moi, tout ça.

— Il m'a semblé que les circonstances l'exigeaient, pour que ce connard comprenne que je ne plaisantais pas. Rien de tel que la preuve par l'image.

— Mais ça ne signifiait rien, n'est-ce pas ?

Sa réponse est importante, même si j'ignore à quoi m'attendre. Dans un sens comme dans l'autre, elle déterminera la suite de notre histoire. Elle m'incitera à poursuivre cette belle amitié ou à franchir une nouvelle étape, bien plus risquée, celle-là.

— Non, ça ne signifiait rien. Oh ! ce n'était pas désagréable, loin de là. Mais tu es mon amie et je ne mettrai jamais notre incroyable complicité en péril pour un plan cul sans avenir.

Bon. Au moins, c'est clair.

Ax est brutal dans ses mots, mais je ne pourrai jamais lui reprocher d'être hypocrite ou de chercher à m'enfumer. Son honnêteté, si peu diplomate soit-elle, est tout à son honneur. Du reste, quoi qu'il dise ou fasse, je lui trouverai toujours des excuses et des circonstances atténuantes. Mon ami est trop précieux à mes yeux pour que je me formalise de ses sautes d'humeur et de ses remarques à trois balles.

Il n'y a qu'à voir à quelle vitesse je lui ai pardonné l'enfer qu'il m'a fait vivre, au début de notre colocation. On peut penser ce qu'on veut, mais j'ai fait la gueule à certaines personnes bien plus longtemps et pour moins que ça. Cela étant, ce soir, il a été là pour moi. Un coup de fil pour appeler au secours, et il est arrivé en courant. Ça compte quand même, non ?

Pour clore cette discussion qui me met mal à l'aise, je décide de regagner ma chambre. Je ne sais plus où j'en suis et j'ai besoin de réfléchir au calme. Deux possibilités s'offrent à moi : continuer à faire l'autruche et à me voiler la face, ou choisir d'affronter mes sentiments tout à fait inappropriés pour Aksel. Bref, une sérieuse remise en question s'impose. Je me lève donc et essuie une miette imaginaire sur ma cuisse, histoire de me donner un semblant de contenance.

— Tant mieux, me voilà rassurée. Bon, eh bien, je te souhaite une excellente nuit. À demain. Et encore merci pour tout.

— À demain, Noah. Fais de beaux rêves.

C'est loin d'être gagné. Mon cerveau est en ébullition, si bien que je doute franchement de pouvoir fermer l'œil.

9

Aksel

Quand Noah émerge de sa chambre, ce dimanche matin, voilà plusieurs heures que je suis debout. Je me suis réveillé au milieu de la nuit, et j'ai ensuite été incapable de me rendormir. Même si j'ai prétendu le contraire, notre baiser m'a remué. C'était spontané, une manière comme une autre de me débarrasser de cet idiot qui voulait se la faire. S'il n'y avait que ça, je suppose que je pourrais facilement surmonter le tumulte de mes pensées. Malheureusement, ce n'est pas tout…

Pourquoi ai-je annulé ma sortie d'hier soir ? Pourquoi est-ce que je traque le compte Instagram de Hans depuis plusieurs jours maintenant, à la recherche de la moindre faille ? Parce que c'est bien de cela qu'il s'agit. Je n'ai jamais aimé ce type, alors qu'il n'est pas pire qu'un autre. Ce qui me dérangeait – il faut avoir l'honnêteté de le reconnaître –, c'était le fait qu'il prenne de l'importance dans la vie de Noah. Comme si ça allait changer quelque chose entre nous. Elle a le droit de fréquenter qui elle veut. Seulement, à mes yeux, ce mec était fourbe, vulgaire, pas digne d'être son petit ami. De quel droit est-ce que je m'arroge le pouvoir de décider à sa place ? Qui suis-je pour cela ? À ce rythme, personne ne sera jamais assez bien pour elle. Que dois-je en conclure ?

À 3 heures du matin, la vérité m'a explosé à la figure,

101

quand je me suis réveillé en sursaut, le sexe si dur qu'il en était douloureux. Dans mon rêve, j'étais en train de l'embrasser encore et encore. Cela me semblait si réel que j'en ai eu le souffle coupé. Après, impossible de retrouver le sommeil. C'est à ce moment-là que j'ai compris : Noah me plaît beaucoup, trop sans doute.

N'est-ce pas pour cette raison que j'ai arrêté de traîner avec Tina ? Je me souviens parfaitement du moment où je lui ai annoncé que c'était fini. Elle a blêmi et s'est mise à pleurer. Pourtant, j'avais fait en sorte de rompre au pub, histoire qu'on soit en terrain neutre. Mais le moins qu'on puisse dire, c'est qu'elle l'a mal pris, bien plus mal que je ne l'avais supposé. Finalement, elle est partie en me traitant de tout un tas de noms d'oiseau. Ça ne m'a fait ni chaud ni froid. Pour bien replacer les événements dans leur contexte, il faut savoir que j'ai pris cette décision peu après avoir fait la paix avec Noah, même si j'avais déjà pris mes distances avant. La coïncidence est troublante, pas vrai ? Il n'y a que moi pour ne pas avoir voulu voir ce qui crevait pourtant les yeux. Notre complicité, cette sensation de plénitude quand nous sommes ensemble ne sont que la face émergée de l'iceberg. Les signes d'autre chose, d'un sentiment plus intense, plus confus, plus terrifiant aussi.

Il serait facile de ne pas résister et d'approfondir cette attirance qui semble d'ailleurs réciproque à en juger par sa réaction, hier soir. Bon sang, quel séisme, quand j'ai senti son corps se blottir contre le mien ! Oui, rien ne serait plus simple que de me laisser aller. Seulement, je ne peux pas. La possibilité que Kate Miller me retrouve est assez réelle pour que je ne puisse pas l'occulter. Et si une chose pareille se produisait, Noah serait en danger. Dans ces conditions, je ne peux pas envisager d'autre lien que celui de l'amitié avec elle, quand bien même je crève d'envie d'aller plus loin. L'exposer volontairement serait criminel de ma part. Or, je ne suis pas le genre de mec qui agit d'abord et réfléchit après. Je n'ai pas toujours fait passer les besoins des autres avant les miens, mais cette fois c'est différent.

Noah compte énormément, bien plus que n'importe qui dans mon entourage immédiat. Et je refuse de la perdre ou même de la voir s'éloigner.

Tandis qu'elle est sous la douche, je récupère mon téléphone sur un coup de tête. Il est 7 heures ici, 23 heures chez moi, et j'ai envie d'entendre les voix familières de mes parents. J'irais même plus loin, j'en ai un besoin vital. C'est dire à quel point je suis mal. Afin de pouvoir discuter tranquillement, je m'isole dans ma chambre.

Ma mère décroche à la deuxième sonnerie.

— Allô ? Ax, c'est toi ?

Bon sang, que ça fait du bien ! Elle me manque beaucoup, tout comme mon père. Je suis fils unique et j'ai toujours eu une relation privilégiée avec eux. Ce sont des gens adorables qui m'aiment inconditionnellement.

— Oui, m'man. Je suis désolé de te déranger si tard, j'avais juste envie de te parler.

— Oh ! mon chéri ! Toi aussi, tu nous manques. Beaucoup, beaucoup.

Mes yeux sont humides et ma gorge est nouée par l'émotion. Sans cette garce de Kate Miller, je serais avec eux en ce moment, dans notre belle maison à Vancouver, et certainement pas en train de me peler les miches à l'autre bout du monde.

— Comment vas-tu ? s'enquiert ma mère d'une voix douce.

Maman me connaît bien. Elle a dû deviner que je n'étais pas au mieux de ma forme.

— Bof…

— Oh ! Aksel ! J'aimerais tellement être près de toi. Tu n'imagines même pas. Comment se passe la colocation avec ce Noah ?

— En réalité, Noah n'est pas un garçon, mais une fille.

— Oh…

Je ne lui en ai pas parlé avant, parce que cela me semblait sans intérêt sur le coup, d'autant que j'étais convaincu de réussir à la faire dégager au profit de Sean. Durant un long moment, je raconte tout à ma mère : la manière affreuse dont je me suis comporté, celle, incroyable, dont Noah a réagi. Et cette façon unique qu'elle a de prendre soin de moi. J'évoque même le trouble que je ressens ces temps-ci quand je suis près d'elle. En silence, maman m'écoute, devinant sans doute ce que je refuse de m'avouer.

— Tu as le béguin, Ax, finit-elle par murmurer avec un calme olympien.

— Peut-être, mais tu sais que rien n'est possible.

— Et pourquoi ?

— Tu as oublié ce qui est arrivé à ma dernière copine ?

— Aujourd'hui, la situation est totalement différente. Non seulement tu es loin de Vancouver, mais Kate est enfermée dans un centre psychiatrique. Pourquoi est-ce que tu devrais renoncer à vivre ta vie, sous prétexte que tu as peur ? Si tu réagis de cette façon, elle aura gagné.

Ces mots font vaciller mes certitudes plus que je ne le voudrais. Putain, j'aimerais tant que ma mère ait raison ! Hélas, je ne peux pas m'empêcher d'être terrifié.

— Elle est enfermée, mais pour combien de jours ou de semaines ? Cette femme n'est jamais restée longtemps dans leurs unités de soins, tu le sais très bien. Son cher paternel, le juge fédéral Miller, y veille personnellement.

— Oui, mais là, ce n'est pas pareil. Kate Miller est à des milliers de miles de toi et hors d'état de nuire. Tu ne crains plus rien, alors ne t'enferme pas dans ta bulle comme ça a déjà été le cas par le passé. Je t'en supplie, Ax, ne te coupe pas des autres. Tu mérites tellement mieux !

— J'adorerais suivre ton conseil. Tu peux me croire, il n'y a rien que je désire plus en ce moment. Mais c'est plus fort que moi : je refuse de mettre la vie de qui que ce soit en danger.

Soudain, je perçois une voix masculine, vaguement étouffée.

— Ax, j'actionne le haut-parleur. Papa veut te dire deux mots.

L'instant d'après, mon père, si calme et si rassurant, s'invite dans la conversation.

— Ah ben quand même ! J'ai cru que je devais prendre rendez-vous pour discuter avec mon fils ! s'exclame-t-il avec cet humour pince-sans-rire qui le caractérise.

— Salut, papa ! Ça va ?

— Très bien, fils. Mais c'est plutôt à toi qu'il faut poser la question. Cet appel si tardif…

— J'avais envie de vous entendre. Vous me manquez.

— Mon garçon…

James Lloyd n'est pas du genre à s'émouvoir facilement, mais là, je sais qu'il est troublé. Cette histoire de fous a mis l'équilibre de ma famille à rude épreuve et je m'en sens partiellement responsable, quand bien même c'est faux. Après tout, je n'y suis pour rien si Kate Miller est folle à lier. Le pire, c'est que Noël approche et que nous ne pourrons pas nous voir à cette occasion. C'est la première fois que je passerai les fêtes de fin d'année loin de mes parents et j'en suis malade.

Parce que j'ai besoin de savoir où en est la situation, je leur pose la question qui me trotte dans la tête depuis plusieurs jours.

— Est-ce que vous croyez qu'elle est déjà sortie ?

— Quoi ? Non, je ne pense pas. En tout cas, Rob ne m'a rien dit et je sais qu'il se renseigne régulièrement.

Papa est prof à l'université de Vancouver, où il enseigne l'histoire. C'est l'aîné d'une fratrie de quatre garçons. Le deuxième, mon oncle Rob, est avocat au tribunal de la ville. Le troisième, Gary, est dentiste à Miami, en Floride. Vient enfin le plus jeune, Christopher, que tout le monde surnomme Kit et qui est mon oncle préféré, car il est à peine plus âgé que moi. Comme disait souvent ma grand-mère, Kit est un « accident de préménopause ». Il est chef cuisinier, et a déménagé à Londres, l'an passé, juste après son divorce. C'est chez lui que je me rendrai pendant les vacances de Noël. À vingt-huit ans, ce gars est extrêmement doué dans son domaine et courtisé par les plus grands

105

restaurants du monde. En revanche, sa vie personnelle est un véritable désastre, puisque sa femme l'a quitté et qu'il ne s'en est toujours pas remis. Les fêtes de fin d'année promettent d'être vachement fun, entre un angoissé qui a le mal du pays et un dépressif qui ne s'imagine plus aucun avenir amoureux.

— Tu veux que j'appelle Rob pour lui demander d'aller aux nouvelles ?

— Oui, s'il te plaît, papa.

— Ax, à mon avis, elle est toujours internée. Je n'ai rien vu ni entendu de suspect, et le juge Miller ne fait aucune vague. Maman l'a croisé l'autre jour en ville, il a baissé la tête et a filé sans demander son reste.

— Et alors ?

— Son attitude est radicalement différente de ce qu'elle était par le passé. Il fut un temps où il redressait les épaules et nous défiait du regard. Cette époque est révolue et je pense qu'il a enfin compris de quoi sa gamine est capable. Si une fille te plaît, je ne vois pas ce qui t'empêcherait de la fréquenter. À la moindre alerte, je te préviendrai tout de suite.

Nous discutons encore un petit moment et je finis par raccrocher pour permettre à mes parents de se coucher. Plus perdu que jamais, je m'avachis sur mon lit avec un soupir. Et si mon père et ma mère avaient raison ? Pour eux, rien ne permet de penser que Kate est sortie de la clinique où elle est censée être internée. Refuser de vivre, c'est admettre que ses actes ont des conséquences sur ma vie et donc qu'elle a une certaine forme d'emprise sur moi. De toute façon, que ce soit aujourd'hui, dans une semaine, dans un mois ou dans un an, je serai toujours confronté au traumatisme qu'a laissé cette affaire.

Je finis par traîner mes doutes jusqu'au séjour, où Noah est en train de boire son café et de manger des tartines de pain de mie grillé. Lorsqu'elle m'aperçoit, elle se fige aussitôt, la bouche encore pleine. Un peu de confiture d'abricot est étalée sur son menton et je trouve ça tellement attendrissant que je craque.

— J'ai menti, hier soir, quand j'ai prétendu que notre baiser ne signifiait rien. Tu me plais beaucoup. Ça fait des jours que je pense à toi, et pas comme à une amie. Ah ! et pendant que j'y suis, j'ai laissé tomber Tina parce que je ne pouvais pas me sortir l'image de ton corps nu de la caboche. Alors je suis bien content que tu ne sois finalement pas en couple avec ce petit branleur de Hans !

Voilà. Ça, c'est dit. Je me sens beaucoup plus léger d'un coup.

10

Noah

D'une main tremblante, j'applique du fard sur ma paupière. Ce soir, je sors avec Aksel, alors pas question de rater mon maquillage. Si on m'avait dit ce qui arriverait aujourd'hui quand je me suis levée ce matin, jamais je n'aurais voulu y croire. Et pourtant...

Après sa déclaration fracassante, il s'est installé en face de moi et nous avons longuement discuté. Même s'il est terriblement séduisant, je suis celle des deux qui aurait tendance à freiner des quatre fers. Je ne tiens pas à être blessée comme je l'ai été par Mathieu. J'étais si amoureuse... Mais il m'a trahie au moment où j'avais le plus besoin de lui, et j'en ai été profondément marquée. Sans compter que son infidélité correspond peu ou prou au début de ma descente aux enfers. Il m'est donc impossible de ne pas associer ces deux moments de ma vie, le second étant pour partie la conséquence du premier. Sachant cela, on peut comprendre ma méfiance. Après tout, je m'en suis sortie, mais à quel prix ? Quelque chose me dit que si Ax s'amusait au même petit jeu, ce serait encore plus effroyable pour moi et je refuse de prendre un tel risque.

Pour en revenir à ce matin, j'ai essayé tant bien que mal de lui expliquer que j'avais peur d'entamer une relation. Mais comment présenter les choses sans mentionner les événements douloureux qui m'ont amenée à cet état d'esprit ? Je suis intimement convaincue qu'il n'a pas compris. Pourtant, il s'est voulu rassurant, m'a juré que notre amitié était plus importante que tout à ses yeux et qu'il ne laisserait jamais rien ni personne me faire du mal. Mais puis-je seulement le croire, alors qu'il ne sait pas vraiment où il met les pieds ? Tout est si compliqué. Et je ne parle pas de mon cerveau qui va finir par exploser à force de cogiter.

Finalement, j'ai accepté une virée en discothèque. Il me proposait cette sortie avec tant d'insistance que je n'ai pas pu refuser. Ce n'est pas l'idée du siècle, un dimanche soir, et je me suis promis que ce genre de sortie resterait exceptionnel, car cela m'oblige à redoubler de vigilance. En effet, il y aura de l'alcool à gogo, une ambiance propice à boire, et je ne veux pas tenter le diable. Sans compter que j'ai cours demain matin à 8 heures, ce qui signifie me lever tôt, donc j'aime autant ne pas rentrer trop tard.

Devant la glace, vêtue d'un jean et d'un chemisier noir, des Dr. Martens aux pieds, je suis en train de lisser mes cheveux en leur conservant quelques boucles pour leur donner du volume. À la pesée d'aujourd'hui, j'ai pu constater que j'avais perdu trois kilos supplémentaires, ce qui porte le total à cinq depuis ma sortie de *rehab*. La route est encore longue, mais je suis ravie de voir que la pratique presque quotidienne du sport commence à porter ses fruits. Me voilà donc, ce soir, pomponnée comme une adolescente à son premier rendez-vous. Pour une nana qui ne voulait plus rien avoir à faire avec les membres de la gent masculine, je fais quand même beaucoup d'efforts pour me présenter sous mon meilleur jour ! C'est tout le paradoxe de celle qui prétend ne pas être intéressée par les hommes, mais qui rêve d'en séduire un.

Après un dernier coup d'œil au miroir, je décrète que le résultat est acceptable. Sans attendre, je quitte la chambre pour retrouver Aksel dans le séjour. Apparemment, il m'attend. Vêtu d'une chemise bleu ciel et d'un jean délavé, il est à tomber. Comment ce mec si fascinant peut-il s'intéresser à moi ? Je sais que ce cas de figure est souvent exploité dans les romances, mais là on est dans la vraie vie, pas dans une fiction. Et pourtant… même avec mes vingt-cinq kilos en trop, je lui plais. Ce n'est pas son regard brillant qui me fera croire le contraire.

— Sais-tu seulement à quel point ça a été dur de ne pas te sauter dessus aujourd'hui ? murmure-t-il d'une voix rauque et grave qui me colle des frissons.

Les joues brûlantes, je réponds dans un souffle :

— Mieux que tu ne le penses.

Et pour cause, j'ai aussi ressenti cette impatience, même si je m'en défends. J'ignore pour quelle raison nous n'avons pas déjà enclenché la vitesse supérieure. C'est juste que, après le petit déjeuner, Ax a dû se rendre à la piscine. Il m'a proposé de l'accompagner, mais j'ai refusé, prétextant que je devais aller à la salle de sport et, ensuite, potasser mes cours pour demain. Tu parles d'un programme pourave ! La vérité, c'est que j'ai décliné son offre parce que j'ai eu la trouille. Impossible de m'afficher en maillot de bain pour le moment.

Mais si tu couches avec lui, il te verra nécessairement à poil, ironise ma conscience à juste titre.

Pas faux, sauf que ce ne sera pas en plein jour devant tout un tas d'étudiants dont certains que je connais.

Tu chipotes, parce que le résultat sera le même : vous deux nus dans un lit, lumière ou pas.

J'aurai bien le temps d'aviser quand le moment sera venu.

Tandis qu'Ax se lève et s'approche, je chasse cette petite voix de ma tête. Déglutissant avec difficulté, je fixe un point devant moi, jusqu'à me retrouver le nez à deux centimètres de sa chemise. Il soulève mon menton du bout de l'index et rive son regard au mien. Ses yeux ont sur moi un pouvoir hypnotisant, envoûtant. Il est si près que des effluves de son eau de toilette parviennent à mes narines, me rappelant les parfums de la bergamote et des agrumes. Et mince alors, ça sent super bon ! Il n'en porte pas tous les jours, en tout cas je n'ai jamais remarqué celle-là sur lui. Ce qui signifie qu'il s'est mis sur son trente et un juste pour moi. Mon ego,

111

si douloureusement éprouvé ces derniers mois, est en train de revenir à la vie et danse la gigue.

Ses lèvres effleurent doucement les miennes, comme pour me demander la permission de m'embrasser. J'apprécie… Incapable de prononcer un mot, je ferme les yeux, histoire de lui faire comprendre ce que je ne peux pas dire et, par la même occasion, me soustraire à son regard trop intense à mon goût. À peine mes paupières sont-elles closes que je sens sa bouche prendre possession de la mienne. Parce que c'est bien de cela qu'il s'agit : de possession. Aksel est à l'évidence en train de marquer son territoire, et ce qu'il me fait n'a rien à voir avec une simple pelle. Il m'envahit, prend autant qu'il donne, se délecte, explore et caresse. Je n'ai jamais été embrassée de cette façon, pas même par Mathieu, que je trouvais pourtant doué dans ce domaine. Là, aucune comparaison n'est possible. Nos langues, qui s'étaient d'abord montrées prudentes, s'en donnent désormais à cœur joie. Elles se cherchent pour mieux s'éviter ensuite, puis reviennent à l'assaut l'une de l'autre la seconde suivante.

Avec un grognement, Ax lâche mon menton pour me serrer dans ses bras. Il est beaucoup plus grand que moi, si bien qu'il est obligé de se baisser pour m'enlacer, mais ça ne semble pas le déranger. Et moi… alors moi… m'abandonnant à la puissance des sensations qu'il éveille, je ne sais plus où je suis ni qui je suis. C'est violent, intense, au point que j'ai l'impression de ne plus parvenir à respirer. J'aime cette idée d'être protégée de tout et de tout le monde, de m'en remettre à lui, parce qu'il est assez fort pour nous deux. Et puis, je me sens vivante, plus vivante que je ne l'ai jamais été. C'est comme si j'étais l'héroïne de cette scène… vous savez… celle du baiser entre Steve McQueen et Faye Dunaway dans un film que Chantal adorait, *L'Affaire Thomas Crown*.

Là, tout de suite, maintenant, s'il décidait de m'emmener dans son lit, je le suivrais sans la moindre hésitation. Mais alors que les choses sont en train de déraper, il s'écarte brusquement.

— On devrait y aller, les autres nous attendent.

Perdue, je cligne des paupières, incapable de reprendre contenance. Qu'est-ce qui vient de se passer ? Pourquoi s'est-il arrêté ? C'était si agréable, il faut qu'il recommence tout de suite !

— Aksel ?

Ma voix est rocailleuse comme si j'avais fumé un paquet de blondes. J'ai besoin de comprendre ce qui lui arrive, sinon je suis sûre de péter un câble avant qu'on soit à la discothèque.

— Écoute, Noah, je n'ai qu'une envie, c'est te sauter sur le canapé, puis sur l'évier, puis dans ma chambre, et après dans la tienne, dans la douche… Enfin, bref, tu piges l'idée générale et…

— Mais alors, pourquoi est-ce que tu…

— Avec toi, j'aimerais faire les choses bien, tu vois ? Tu n'es pas une pétasse qu'on prend, qu'on retourne et qu'on baise. Toi, je te respecte et je veux que ça fonctionne entre nous. C'est pour ça qu'on ne doit pas brûler les étapes.

Son raisonnement est flatteur pour moi, mais étrangement je n'en éprouve aucune joie. Au contraire, je suis envahie par une vague de panique qui me noue l'estomac, comme si j'étais prise au piège. Pourquoi ? En substance, Aksel a sous-entendu qu'il tenait assez à moi pour qu'on devienne un couple. Jusque-là, rien d'anormal, cela me va parfaitement. Mais qui dit « couple » dit confidences, et implique de connaître l'autre intimement. Et cette simple perspective me fait flipper. Comment réagirait-il s'il apprenait que, il y a moins de six mois, j'étais soûle du matin au soir ? Que mon petit déjeuner se composait d'un demi-litre de rouge et qu'avant midi je débouchais déjà la deuxième bouteille ? C'est à la fois pathétique et sordide, si bien que j'en conçois un sentiment de honte intense. Oui, j'ai honte de moi et je n'ai aucune envie de lui avouer cette vérité-là. Sans compter qu'il pigerait également que je lui mens depuis des semaines avec ma maladie imaginaire. Aksel me plaît comme personne avant lui, mais son idée

113

de couple est dangereuse, très dangereuse même. Alors, je fais quoi ?

— Est-ce que tu comprends ce que j'essaie de te dire ? insiste-t-il.

— Euh… oui, oui…

— Alors, qu'est-ce que tu en penses ?

— D'accord. C'est cool.

C'est cool ? Non mais au secours ! Quelle truffe, cette Noah ! Comment est-ce que je peux me montrer aussi empotée ? Je ne suis quand même pas débile à ce point !

En silence, nous enfilons nos doudounes et descendons vers le parking. Lorsque nous sommes à proximité de ma voiture, je lance un regard furtif sur le pare-brise, comme si je m'attendais à y voir une fois de plus un post-it. Au lieu de jeter les deux autres, je les ai rangés dans mon agenda. C'est pourtant bien à la poubelle qu'ils auraient mérité d'être balancés, parce que je suis convaincue qu'il s'agit d'une mauvaise blague. Mais quelque chose me pousse à les conserver, même si je ne sais pas exactement quoi. Soulagée de ne pas trouver de petit papier jaune, ce soir, je tends les clés à Aksel comme à chaque fois que nous sommes ensemble. Il adore conduire et dans la mesure où, pour moi, c'est un vrai challenge de rouler à gauche avec un véhicule qui n'est pas prévu pour, ça m'arrange.

Durant tout le trajet, je papote de choses et d'autres, tentant par tous les moyens de faire oublier mon attitude de godiche dans l'appartement. Sérieusement, ce mec beau comme un astre me fait quasiment une déclaration et tout ce que je trouve à répondre, c'est « D'accord, c'est cool ». J'avoue que, sur ce coup, je n'ai pas fait preuve d'un sens de la répartie très développé. Ax joue le jeu et agit comme s'il n'avait rien remarqué. Et quand nous approchons d'Édimbourg, j'ai retrouvé un minimum de confiance en moi.

Une demi-heure plus tard, nous arrivons sur place. Il se gare dans une rue voisine peu passante et caresse ma joue avant de descendre de la voiture.

— Tu sais, je regrette presque d'avoir accepté cette

soirée, lorsque Sean me l'a proposée vendredi dernier, murmure-t-il tandis que nous nous dirigeons vers le Why Not Nightclub, situé sur George Street.

Cette avenue est une des artères principales du centre-ville, tout près de St Andrew Square Garden. L'immeuble imposant devant lequel nous nous arrêtons fait plutôt penser à un bâtiment administratif, avec ses grandes colonnes. Et à moins de le savoir, on ne peut pas imaginer qu'il s'y trouve une discothèque.

Une fois à l'intérieur, après avoir fait la file pendant quelques minutes, nous rejoignons un groupe qui nous fait des signes. L'ambiance est survoltée et la musique électro si forte qu'on ne s'entend pas parler. Sur la piste, des jeunes gens se défoulent, gesticulant dans tous les sens. Afin de pouvoir avancer au milieu de cette foule dense, Ax me tient par la main. J'espère que la mienne n'est pas trop moite. Même si j'aimerais les ignorer, je note les nombreux regards admiratifs des filles que nous croisons, et ce n'est claire-ment pas sur moi qu'ils sont posés. Lorsque je découvre que Tina est avec les amis de mon nouveau petit copain, je me renfrogne. L'œillade furibonde qu'elle nous lance me donne juste envie de m'enfuir. Pourtant, cela ne l'empêche pas de se lever et de se jeter sur Aksel pour lui faire la bise. Enfin, la bise… mon cul, oui ! Il est obligé de lâcher ma main pour la repousser, tellement elle est collante. Voilà qui n'est pas de bon augure pour la suite de la soirée, et même pour notre relation. Alors, c'est à ça que ressemblera la vie de couple avec lui ? Me méfier en permanence de toutes les femmes que nous rencontrerons ? J'avoue que cette perspective est peu réjouissante.

Elle l'est d'autant moins que cela soulève certaines questions. Que se passera-t-il si je ne lui suffis pas au lit ? Après tout, je n'ai jamais été très originale en matière de sexe. J'ai besoin de beaucoup de temps pour parvenir à l'orgasme, ce qui agaçait régulièrement Mathieu. Dans ces conditions, notre histoire est-elle déjà en danger ? À partir de quand devrai-je commencer le décompte qui me mènera lentement mais sûrement vers le moment inéluctable où il se lassera et me quittera pour une fille plus jolie et plus expérimentée ? Tina, par exemple, qui me regarde toujours de travers et a l'air déterminée à le reconquérir coûte que coûte. Sa façon de minauder devant lui me file la nausée, mais que puis-je y faire ? Et cette manie qu'elle a de parler super fort et de nous la jouer « fille enjouée » avec leurs amis communs, juste pour attirer son attention, me rappelle ma propre attitude… quand j'étais au collège ! Je devrais cesser de m'inquiéter, car si Ax se montre sympa avec elle, il ne semble pas sensible à ses manœuvres. Mais est-ce vraiment le cas ? Sean me propose une bière, que je refuse aussitôt.

— Elle ne peut pas boire ! T'es con ou quoi ? s'exclame mon petit ami avec agacement.

— Ah oui, mince ! Désolé, j'ai oublié. Tu veux que j'aille te chercher autre chose ?

— Un Coca, s'il te plaît.

Il va falloir que je m'habitue à être la seule qui se contente d'un soda, à voir le contenu des verres qui jonchent déjà la table basse devant moi. Une bouteille de vodka est d'ailleurs en train de me faire de l'œil et je m'oblige à détourner le regard. Une fois de plus, je réalise que c'est plus dur que je ne l'avais imaginé. L'angoisse, le fait de ne pas me sentir à l'aise dans ma relation avec Aksel, la peur de la nouveauté aussi, tout ça me fragilise, et la tentation de boire est de plus en plus grande.

Heureusement, Ax n'attend que quelques instants avant de m'entraîner vers la piste où nous nous déhanchons sur un tube qui passe souvent à la radio en ce moment. Décidant que la meilleure défense est encore l'attaque, je choisis de profiter autant que possible de cette soirée, plutôt que de me morfondre. Contre toute attente, mon partenaire danse super bien. Il est fabuleusement sexy et bouge avec aisance, malgré sa silhouette imposante. Sans prévenir, il se colle à moi. Nos corps se frottent l'un à l'autre et, immédiatement, je suis submergée par une bouffée de désir. Comment ce diable d'homme s'y prend-il pour parvenir à me mettre dans un tel état en trois frôlements ?

— J'ai envie de toi, tu n'as pas idée.

Son souffle au creux de mon oreille me trouble au moins autant que les mots qu'il vient de prononcer. Et je ne parle pas de la lueur qui s'est allumée dans ses yeux. S'il continue comme ça, c'est la combustion spontanée assurée avant la fin de la chanson. Ses mains ne quittent pas mes hanches, pas même quand il me fait pivoter pour que je me retrouve dos à lui. Sans surprise, son corps se rapproche du mien jusqu'à ce que nous soyons parfaitement emboîtés et, l'instant d'après, une protubérance se colle contre le bas de mes reins. Dans la mesure où je ne suis pas une oie blanche, je sais très bien qu'il s'agit de son érection. Le constater me met littéralement en transe. Et imaginer que j'ai ce pouvoir est grisant, pour ne pas dire euphorisant. D'ailleurs, quand il me ramène plus près de lui, ses bras passés autour de ma taille, je le laisse faire.

— Tu sens comme j'ai envie de toi ? chuchote-t-il à nouveau.

Incapable de parler, je hoche simplement la tête. Ses lèvres cherchent les miennes et les trouvent sans difficulté, parce que je n'attends que ça. Dès que nos bouches entrent en contact, j'oublie tout, comme la première fois à la cafétéria, et tout à l'heure dans l'appartement. Très vite, sa langue s'invite dans le jeu et je me tourne pour lui faire face et mieux l'étreindre. Combien de temps restons-nous à nous galocher comme des fous ? Je n'en ai aucune idée. Si un type ne nous avait pas bousculés, nous y serions sans doute encore.

— Viens, on sera plus tranquilles sur le canapé.

Malheureusement, je sais déjà que notre moment de grâce est terminé. D'abord, je n'ai aucune envie de l'embrasser sous les yeux de ses amis et de son ex, question de pudeur. Ensuite, et ça rejoint le premier point, je ne suis pas adepte de l'exhibitionnisme. Nous devons d'ailleurs partager ce sentiment, car Aksel se fait plus distant dès que nous

sommes installés. Bon, il m'enlace tout de même étroitement, sa main se glissant dans mon décolleté et ses doigts
caressant distraitement le creux de mon épaule jusqu'à la
lisière du soutien-gorge. Mais il ne s'aventure pas plus bas
et j'aime autant.

Pour passer le temps, je regarde les gens autour de moi,
admirant certains danseurs, et le laisse discuter avec ses
potes. Leur conversation est particulièrement animée. Il
est question de rugby et de l'équipe écossaise qui vient de
perdre contre les Irlandais. J'avoue que je n'y connais pas
grand-chose, si bien que je me contente de les écouter sans
intervenir. À plusieurs reprises, Ax me demande si je vais
bien, m'embrasse la tempe et colle son nez dans mes cheveux
comme pour me renifler. Cette attitude a quelque chose de
primaire, de bestial, et de délicieusement excitant. Les yeux
mi-clos, j'essaie d'imaginer le reste de la nuit et ce qui se
passera lorsque nous rentrerons à la maison. Nul doute que
je ne dormirai pas dans mon lit, ou pas en solitaire si on
opte pour ma chambre. J'en ai tellement envie que je sens
déjà ma culotte toute moite, et ce ne sont pas ses papouilles
qui vont faire baisser ma température corporelle.

Au bout d'une demi-heure environ, les amis avec lesquels
Aksel discutait décident de faire un tour sur la piste. Les
voyant se lever, je suppose, en toute logique, que nous allons
nous joindre à eux. Mais il me retient d'une simple pression
du bras. Je me réinstalle donc à ma place et patiente jusqu'à
ce que nous soyons seuls sur le canapé, sans personne qui
nous observe avec curiosité. À l'instant où ils sont sur le
dance floor, mon compagnon se redresse et se penche sur
moi pour m'embrasser. Je lui réponds aussitôt, délicieusement
surprise par notre alchimie qui s'intensifie toujours plus. À
mesure que nous échangeons des baisers, Ax semble avoir
du mal à se contrôler, car une de ses mains s'est glissée
sous mon haut pour caresser mon ventre.

— Dis, tu as des taches de rousseur ici ? souffle-t-il à
mon oreille.

Amusée par cette question étrange, je pouffe.

— J'en ai partout.

Le regard de braise qu'il me lance suffit à balayer toutes mes réticences. Cette fois, je prends l'initiative en attrapant sa chemise et en le tirant vers moi. Voracement, je me jette sur sa bouche et m'en empare comme si ma vie en dépendait. Il rit contre mes lèvres, mais se montre au moins aussi passionné. C'est si incroyable que je me demande un instant si nous ne ferions pas mieux de rentrer tout de suite. À quoi bon attendre, quand on sait ce qu'on désire ? J'en ai marre d'être ici, dans la cacophonie et les odeurs saturées, mélange de sueur et de parfums de toutes sortes. Alors que je m'écarte pour lui suggérer de partir, il se redresse, visiblement contrarié.

Près de nous se trouve Tina, les mains sur les hanches. Je comprends qu'elle vient de l'attraper par la manche pour nous interrompre.

— Qu'est-ce que tu veux ? fait-il, sans cacher son irritation.

— Il faut que je te parle ! s'écrie-t-elle pour couvrir le bruit de la musique.

— Tu ne vois pas que je suis occupé ?

Sur ces mots pleins de discernement – ironie, quand tu nous tiens –, il lui tourne le dos pour me faire à nouveau face. Deux secondes plus tard, il est tiré en arrière sans ménagement.

— Oh ! ça ne va pas, non ?

— C'est important, il faut qu'on discute seul à seul. Maintenant !

Aksel me dévisage, l'air indécis quant au comportement à adopter. Avec un soupir dépité, je hoche la tête.

— Vas-y…

— Tu es sûre ?

— Mais oui ! De toute façon, j'ai comme l'impression qu'elle ne nous fichera pas la paix tant qu'elle n'aura pas pu s'exprimer. Autant en finir tout de suite. Et quand tu reviendras, si tu es d'accord, on pourrait rentrer à l'appartement. Qu'est-ce que tu en dis ?

— J'en dis que je vais expédier cette histoire à la con vite fait. Prépare les tickets du vestiaire, qu'on puisse récupérer nos affaires sans traîner.

Je ris, pour lui montrer à quel point je sais faire preuve d'ouverture d'esprit. Mais bien entendu, ce n'est qu'apparent. La méfiance vient de se jeter sur mon cœur comme la faim sur le monde. Lorsque je le vois s'éloigner en direction d'un couloir qui mène aux toilettes – à en croire le panneau lumineux sous lequel il passe –, je ne peux m'empêcher de penser qu'il est bien plus assorti à cette sublime créature qu'à une rouquine trop ronde. Avec les doutes vient le besoin de me rassurer, et je ne connais qu'un moyen pour cela. La bouteille de vodka n'a pas bougé, elle est tout juste à quelques centimètres de ma main. Je suis seule, personne ne me prête la moindre attention. Ce serait si facile de tendre le bras, de la saisir et d'en avaler une ou deux gorgées.

Non, ne fais pas ça ! hurle ma conscience. *Depuis des mois, tu te bats pour rester sobre et tu fais preuve de courage. Ne jette pas tous ces efforts aux orties. Choisir cette option, c'est prendre un aller simple pour l'enfer.*

Pourtant, la tentation est tellement forte que je sens des fourmillements au bout de mes doigts. Puis, soudain, le visage dégoûté de Zoé apparaît dans mon esprit avec tant de réalisme que j'en ai le souffle coupé. Et la seconde d'après, c'est celui d'Aksel qui se superpose sur le sien, avec la même expression déçue. Aussitôt, j'ai un brusque mouvement de recul qui me fait tomber en arrière sur le canapé. Tremblante et malheureuse à l'idée d'avoir été sur le point de flancher, je me lève en hâte et me précipite vers les toilettes. Il faut que je m'asperge la figure avec de l'eau froide et que je quitte cet endroit. Avec Ax de préférence…

— Comment as-tu pu me faire ça ? Tu refuses de me considérer comme ta petite amie, mais tu sors au vu et au su de tous avec ce thon obèse ! Heureusement que ma copine Ann m'a prévenue. C'est dégueulasse de ta part de me traiter de cette façon !

Le cri de Tina me parvient au moment où je longe le corridor. Ils sont dans un renfoncement du couloir, juste après la porte menant vers les W-C. Oubliée, mon envie de me rafraîchir ! Le plus discrètement possible, je m'approche. Près d'eux, il y a un vieux canapé, ainsi qu'un portique abandonné. Personne ne s'aventure là, d'autant qu'il y a un panneau d'interdiction collé au mur. Visiblement, Ax et Tina ne se sont pas sentis concernés par cet avertissement, puisqu'ils ont passé la barrière qui se résume à une simple chaîne en métal.

— Arrête ! Je t'avais prévenue, je t'avais dit que je n'avais rien à t'offrir d'autre que…

— … que du cul ! Oui, je suis au courant. Mais qu'est-ce qu'elle a de plus que moi ? Hein ? Elle n'est même pas belle ! Putain, elle est carrément moche avec ses cheveux orange et son gros cul !

Aksel ne répond pas et j'en suis profondément blessée. Depuis que je les espionne, il n'a pas pris ma défense une seule fois, ne l'a pas contredite quand elle a affirmé que j'étais un cageot.

— Tu pourrais éviter de prononcer « cul » à tout bout de champ, s'il te plaît ? Tu deviens vulgaire, en plus d'être grossière.

Voilà, c'est tout. Pas un mot pour indiquer qu'il me trouve assez jolie pour lui, qu'il aime ma personnalité. Que dalle… Quelle désillusion ! J'imagine qu'il essaie de désamorcer la bombe, mais quand même, ce n'est pas très agréable de m'apercevoir que je ne compte finalement pas tant que ça pour lui.

Désamorcer la bombe ? s'insurge ma conscience. *Mais quelle bombe ? Il te déçoit alors que vous n'êtes ensemble que depuis quelques heures, et tu lui cherches déjà des excuses ? Ma pauvre amie, tu es vraiment irrécupérable !*

— Mais c'est la vérité ! s'énerve Tina de plus belle. Ne va tout de même pas prétendre qu'elle est plus jolie que moi !

— Je n'ai pas dit ça…

C'est bon, j'en ai assez entendu. Ça suffit. Alors que je

121

m'apprête à rebrousser chemin, il attrape son téléphone, le consulte rapidement et fronce les sourcils. Je le connais assez bien pour comprendre que cette soudaine raideur n'est pas anodine. Il se passe quelque chose, mais quoi ? Tina est loin d'avoir perçu les mêmes signes que moi, parce qu'elle se met à chouiner et se jette sur lui pour s'accrocher à son cou.

— Ax, je t'aime. Je n'arrête pas de penser à toi, je t'en supplie, à genoux s'il le faut, ne me laisse pas tomber.

Non seulement il ne la repousse pas, mais il la console. C'est à la fois minable et horriblement humiliant. La meuf m'insulte et elle se fait cajoler. Et moi ? Qu'est-ce que je deviens, dans tout ça ? Je sais qu'il ne faut pas tout ramener à soi, mais il y a un minimum syndical, non ?

Aussi furieuse que peinée, je décrète que la blague a assez duré. À l'instant où je fais un pas en arrière, mon futur ex-petit ami lève la tête et nos regards se croisent, par-dessus celle de Tina qui me tourne le dos. Dans le sien, je lis de la résignation et de la gêne, tout ce que je déteste. D'ailleurs, il n'attend pas longtemps, car la seconde d'après il l'embrasse. Et pas un bisou timide. Non, une bonne grosse galoche, exactement comme celles qu'il m'a roulées sur la piste de danse et sur le canapé.

C'est trop, je ne suis pas capable de supporter plus. Soit je me tire tout de suite, soit je me précipite sur la première bouteille venue. Or, et je le pense avec une certitude absolue, Aksel Lloyd n'en vaut pas la peine. Je ne gâcherai pas des mois d'efforts constants à me battre contre moi-même et cette putain d'addiction pour tout foutre en l'air à cause d'un sombre connard qui séduit les filles en rafale. D'ailleurs, si ça se trouve, il ne s'est intéressé à moi que pour s'amuser, ou pour gagner un pari. Ah ben oui, c'est une explication qui se tient, si on réfléchit sérieusement à la question !

Écœurée comme jamais, je leur tourne le dos et file vers la sortie où je récupère mon anorak ainsi que mon sac. Comme j'ai son ticket de vestiaire, je réclame sa veste, dans la poche de laquelle je saisis mes clés, avant de la redonner pour qu'elle soit remise sur cintre. Puis, sans demander mon reste, je prends la direction de ma bagnole. Qu'il rentre comme il voudra, ce n'est pas mon problème. Des larmes brillent déjà dans mes yeux, mais je m'oblige à les contenir.

Le trajet jusqu'à l'Audi me rappelle une situation similaire, il y a plus d'un an, quand j'ai quitté l'appartement de Mathieu après l'avoir surpris au lit avec Olivia. Et ce souvenir me rend plus triste encore. Décidément, je ne comprendrai jamais rien aux hommes. Enfin, si, je réalise que j'ai tout intérêt à cesser de m'enticher de mecs qui semblent trop bien pour moi. C'était le cas avec Mathieu, ça l'est à nouveau avec Aksel. Lorsque je disais que j'étais une cause perdue, je ne mentais pas.

11

Aksel

Le téléphone qui vibre dans la poche arrière de mon jean nous interrompt au moment où je commence à perdre patience. Je veux bien rester calme pour préserver la cohésion du groupe, mais Tina ferait perdre la boule à un saint. Encore deux minutes de jérémiades larmoyantes et je lui offre la soufflante de sa vie. Mes mains tremblent, tellement je suis agacé par son attitude aussi insupportable qu'imprévisible. Mais qu'est-ce qu'elle me fait, celle-là, ce soir ? Et je ne parle même pas de la façon dont elle a insulté Noah. Si elle s'imagine pouvoir me récupérer comme ça, elle se fourre le doigt dans l'œil jusqu'où vous savez ! Cela étant, je refuse de me montrer trop brutal à son égard. D'abord, parce qu'elle fait partie de notre bande depuis le début et que ça pourrirait l'ambiance du groupe. Ensuite, parce que, au fond, sa colère est loin d'être injustifiée. Attention, je ne cautionne ni son comportement irrationnel ni les termes qu'elle emploie pour parler de ma nouvelle copine. Mais je vois bien qu'elle ne comprend pas pourquoi je me suis affiché ce soir avec Noah devant nos amis communs, privilège que je ne lui ai jamais accordé. Avant, on se retrouvait chez elle ou chez moi pour baiser, et le reste du temps on se comportait comme des potes.

Une nouvelle vibration m'offre l'occasion de grappiller quelques secondes de calme dans cette confrontation pénible au possible. Comme la plupart des mecs, je déteste les scènes et celle-là ne fait pas exception. Les sourcils froncés, je découvre qu'il s'agit d'un texto de mon père.

Désolé de te déranger, mais Rob m'a appelé après le message que je lui ai envoyé et il semblerait que Kate Miller ait quitté l'établissement où elle était internée jusqu'à présent. Il est en train de se renseigner auprès de ses contacts et me tiendra au courant dès qu'il aura du neuf. Je ne veux surtout pas t'alerter, mais je te demande de faire preuve de la plus grande prudence. Je t'embrasse, mon fils. Papa

Oh bordel de merde ! Ce n'est pas possible ! La panique m'envahit brutalement, tandis que je prends conscience des conséquences de cette révélation. Et la première, c'est que tout est fini entre Noah et moi. À partir de cet instant précis, je ne peux plus la considérer autrement que comme ma colocataire. Elle va sans doute me voir comme un salaud de première, mais rester en couple revient à la placer dans l'œil du cyclone. Or, je tiens trop à elle pour ça. S'il le faut, je déménagerai, mais il n'est pas question de la mettre en danger sciemment.

Alors que je mesure le sacrifice qui m'est imposé – enfin, que j'exige de moi-même –, un sixième sens me fait lever la tête. Nos yeux se croisent. Contrairement à ce qu'a prétendu Tina, Noah est une femme magnifique. Elle a une classe et une élégance naturelles, et ce quelque chose qui pousse un homme à vouloir la choyer et la protéger. Malheureusement, ce ne sera pas moi, même si la simple idée qu'elle soit avec un autre mec me vrille les tripes. Le seul moyen de tout arrêter maintenant est de passer pour un enfoiré, ainsi la décision d'en finir une bonne fois pour toutes avec moi viendra d'elle.

Quand Tina se jette sur moi pour m'embrasser, je ne la repousse pas. Pourtant, je sens le regard de Noah toujours braqué sur nous. J'ai envie de vomir et de me rincer la bouche à l'eau de Javel, mais je réponds malgré tout au baiser de cette peste. Intérieurement, un séisme terrifiant fait rage. Je me débecte, mais je suis convaincu qu'il n'y a aucune autre solution. Au bout de quelques secondes, je ne peux plus supporter le contact de ces lèvres qui se collent aux miennes telles des ventouses, et je me redresse pour découvrir que ma belle rousse est partie, exactement comme je l'avais prévu. Cela n'enlève rien à la douleur que je ressens. Au contraire, elle s'intensifie. Je l'imagine déambulant seule dans les rues d'Édimbourg, déboussolée et ne comprenant pas ce qui vient de se passer.

— J'étais sûre que, nous deux, ça ne pouvait pas finir comme ça. Et surtout pas pour un boudin pareil.

Cette fois, c'en est trop. Tant pis pour le groupe. Tant pis pour tout, d'ailleurs.

— Tu vas fermer ta grande gueule ? Qu'est-ce que tu crois ? Qu'il te suffit de tortiller du cul pour que je rapplique ventre à terre ? Mais tu rêves ! C'est quoi ton truc ? Tu rabaisses les autres pour te valoriser ? T'as vraiment besoin de ça ?

Tina rougit et tente de se défendre.

— Mais non, je…

— Depuis tout à l'heure, tu n'as pas arrêté de critiquer Noah. Tu prétends qu'elle est moche, c'est faux. Elle est super jolie au contraire. Tu dis qu'elle est obèse, alors qu'elle est simplement ronde.

Cette connasse prétentieuse répond à ces mots avec un rire cynique qui me donne envie de la gifler. Si elle était un mec, je jure que je lui aurais déjà envoyé une beigne.

— Tina, toi et moi, c'est fini. Il est temps que tu l'intègres une bonne fois pour toutes. Et Noah n'a strictement rien à voir dans cette rupture. Je ne suis pas amoureux de toi, je ne l'ai jamais été et je ne le serai jamais.

— Et d'elle ?

— Ça ne te regarde pas, tu m'entends ? Tu t'occupes de tes fesses et tu me fiches la paix !

— Comment ta Miss Monde réagira-t-elle quand elle apprendra que tu m'as embrassée ?

— Parce que tu crois que tu vas semer la merde ?

Mais, pauvre naze, Noah le sait déjà, elle était là, à trois mètres de nous, depuis le début. Tu vois ? Je n'ai besoin de personne pour tout foutre en l'air, et certainement pas de toi. Au contraire, je me débrouille très bien tout seul. Alors, maintenant, tu m'oublies, c'est clair ?

Sur ces paroles qui suintent le mépris, je lui tourne le dos et décide de rejoindre mes potes. Certains sont en train de se lever pour rentrer. Je suis sûr que Noah a pris la bagnole, je demande donc à la cantonade si quelqu'un peut me ramener. Au vestiaire, quand l'employé m'indique que mon manteau est posé à l'écart, car une jeune femme qui ressemble à Adele a récupéré un trousseau de clés dans la poche puis rendu le ticket sans emporter la doudoune, je pousse un soupir de soulagement. Au moins, elle ne traîne pas seule, dehors, sous la pluie.

Deux bonnes heures plus tard – après une dernière bière chez Sean pour me donner du courage –, j'insère doucement la clé dans la serrure de notre appartement. Il est silencieux et plongé dans le noir, mais je sais qu'elle est là, puisque la voiture est à sa place. Avec un peu de chance, elle dort déjà. Le plan, si tant est que j'en aie un, c'est de l'éviter dans les jours à venir et d'attendre que la situation se tasse avant que nous ayons une discussion. Cela dit, une telle explication est-elle seulement envisageable ? Et pour lui dire quoi ? Je ne peux pas lui révéler la vérité, ce qui signifie qu'elle n'aura aucun moyen de comprendre mon changement d'attitude si brutal. Ce n'est pas tant que mon histoire doit rester un secret bien gardé, mais je crains par-dessus tout son jugement. Trop de gens ont vu en moi un manipulateur, le véritable coupable. C'était déjà difficile à supporter venant d'inconnus qui ne m'étaient rien. Mais si cela devait être l'avis de Noah, je pourrais aisément basculer dans le désespoir. Et, dès lors que ma santé mentale est en jeu, je tiens à me préserver.

Soudain, je me fige. Debout au milieu du couloir, je

tends l'oreille. Un bruit… Ce sont des sanglots. Merde ! La porte de sa chambre n'est pas fermée, c'est pour cette raison que je l'entends pleurer. Découvrir qu'elle est malheureuse et blessée me fend le cœur. La gorge nouée et les yeux humides, je me dirige vers ma propre piaule. Mais au moment d'y pénétrer, je m'immobilise. Je ne peux pas, non, je ne peux pas la laisser dans cet état. On pensera ce qu'on veut de moi, mais je sais que je ne suis pas un fumier. Qu'elle puisse imaginer le contraire me rend malade. Alors, mû par une force que je ne parviens pas à canaliser, j'entre chez moi, je me déshabille pour enfiler un bas de survêtement ainsi qu'un T-shirt, puis je ressors afin de la rejoindre. Avant même qu'elle se soit rendu compte de ma présence, j'ai soulevé la couette et je me suis allongé dans son lit. Lorsqu'elle comprend ce qui se passe, elle sursaute violemment, mais je l'empêche de se lever d'un bond en glissant mon bras autour de sa taille.

— Je suis désolé, Noah. Tellement désolé…

Raide comme la justice, elle reprend sa place initiale sans chercher à se débattre.

— Tu n'as rien à faire ici, retourne dans ta chambre, grogne-t-elle entre deux hoquets.

— Je t'en prie…

— Dégage, j'ai dit !

— Noah…

— Tu ferais mieux d'appeler Tina pour qu'elle vienne te réchauffer les pieds, parce que je refuse d'être prise pour une idiote. Tu l'as embrassée sous mon nez alors que trois heures plus tôt tu m'expliquais vouloir faire en sorte que notre histoire fonctionne.

— Je sais, je…

— Tu te crois où, connard ? Dans un harem ? Tu penses vraiment que tu peux passer de l'une à l'autre comme ça te chante ? Va te faire voir !

Affligé par sa peine, je ne bouge pas, la laissant m'insulter. Je l'ai bien cherché et je l'accepte comme une punition méritée. La vérité, c'est que j'aurais dû garder mes distances et continuer à la considérer comme une de mes meilleures amies. J'ai franchi les limites. Pourtant, je ne regrette rien, parce que les sensations que ses baisers m'ont procurées, nom de Dieu, c'est de la bombe !

— Je n'en peux plus de tomber sur des enfoirés, tu comprends ? J'en ai marre d'être la cocue de service ! Qu'est-ce que je vous ai fait pour mériter ça ? Hein ? poursuit-elle avec hargne.

Ses mots m'interpellent tout de suite. Clairement, elle ne parle pas que de moi. Il y a eu un autre mec avant, et il l'a blessée en la trahissant. Bordel ! Si j'avais pu imaginer que ça lui était déjà arrivé, j'aurais trouvé un moyen différent de la repousser, plus en douceur. Mais y en avait-il réellement un ?

— Je ne t'ai pas trompée. Tina s'est ruée sur moi, ce n'est pas pareil. Le temps que je réagisse, elle m'avait déjà sauté dessus.

— Et en plus, tu me prends pour une demeurée ? Je t'ai vu ! Tu m'as dévisagée, puis tu t'es penché sur elle. Jamais elle n'aurait pu te surprendre, tu es beaucoup plus grand qu'elle. Alors arrête de vouloir m'enfumer, ça ne marche pas !

— Noah…

— Fous-moi la paix !

— Écoute-moi une minute sans m'interrompre et, ensuite, si tu exiges toujours que je parte, j'obéirai.

Elle se fige soudain, me confirmant silencieusement que j'ai capté son attention.

— La vérité, c'est que, oui, je l'ai embrassée, parce que je n'ai trouvé aucun autre moyen de te montrer que je regrettais d'avoir laissé les choses aller aussi loin entre nous. Tu me plais beaucoup, c'est un fait. Mais je tiens encore plus à ton amitié. Quand j'en ai pris conscience, je n'ai pas su comment faire machine arrière.

Justification fumeuse, je le concède. Mais mon inspiration étant en panne, je n'ai rien de mieux à proposer sur l'instant. Noah pivote de manière à être allongée sur le dos. Je suis toujours sur le flanc, si bien que, dans le flot de lumière déversé par la pleine lune à travers la vitre, je vois les larmes rouler sur ses tempes et se perdre dans ses magnifiques cheveux.

— Tu es un sale con qui ne mérite pas d'être mon ami. Si tu l'avais été, tu m'aurais simplement parlé. D'ailleurs, à quel moment est-ce que tu as fait cette incroyable découverte ? Quand tu avais ta langue dans ma bouche, ou quand Tina était en train de te nettoyer les amygdales avec la sienne ?

Dépité, pétri de honte face à mon comportement inqualifiable, je pousse un soupir tremblant. Je m'en veux tellement de lui faire de la peine. C'est insupportable.

Tu n'as pas le choix. Tant que tu ignores où se trouve Kate Miller, Noah ne doit pas paraître trop proche de toi, souffle ma conscience. *Tu as pris la bonne décision. Elle est intelligente, elle comprendra.*

Avec amertume, je songe que les choses sont sans doute plus compliquées. Pour elle comme pour moi.

— Noah, ne sois pas méchante, ça ne sert à rien. Je le savais à l'instant où on s'est embrassés pour la première fois. Malheureusement, j'ai refusé d'écouter la voix de la raison. Maintenant, je regrette. Mais je t'en supplie, ne me rejette pas. Je tiens énormément à toi. Tu n'imagines pas à quel point.

— Waouh ! Si faire souffrir est ta manière de montrer ton attachement, je crois que je préférerais ne t'inspirer que de l'indifférence. J'aurais mieux fait de me casser une jambe le jour où je t'ai rencontré et je me mords les doigts de t'avoir accordé ma confiance, Aksel Lloyd, ajoute-t-elle d'une voix tremblante qui me brise le cœur.

Soudain, elle tourne son visage vers moi pour m'observer. Et là, je craque, ce qui est inédit depuis mon arrivée à Édimbourg. À Vancouver, durant des mois, j'ai vécu l'enfer sur terre, mais je me suis toujours obligé à rester fort. Seulement, perdre Noah à cause de Kate Miller, souffrir une fois de plus par sa faute est insupportable. Alors, je me mets à pleurer comme un gamin, miné par le remords d'avoir blessé Noah. Contre toute attente, sa main se pose sur ma joue et la caresse avec délicatesse. Fébrilement, je m'essuie les yeux tout en tentant de juguler ce flot d'émotions. Et au bout d'un long moment, je finis par me calmer. Pendant tout ce temps, elle continue à effleurer mes cheveux, mon visage, de façon si apaisante que j'en ai le souffle coupé.

— Je me suis conduit comme un salaud et voilà que tu me consoles. C'est le monde à l'envers.

— Je trouve aussi. D'ailleurs, tu ne me mérites pas. Tu le sais, ça ?

Soulagé, bien qu'anéanti à l'idée de ce que nous aurions vécu si nous avions pu former un couple, je m'approche encore un peu pour la serrer dans mes bras. Mais elle me repousse immédiatement.

— Je veux que tu dégages de ma chambre, assène-t-elle d'un ton sec.

Je pensais que le plus dur était passé, il semblerait que ce ne soit pas le cas.

— Noah… J'ai reconnu mes torts et je t'ai demandé pardon plusieurs fois. Qu'est-ce que je peux faire de plus ?

— Me laisser seule. Va-t'en.

La mort dans l'âme, j'accède à sa requête et sors de la pièce en refermant doucement la porte derrière moi. Il vaut mieux attendre qu'elle se remette de cette déception dont je suis l'unique responsable. J'espère juste qu'il n'est pas trop tard et que je ne suis pas allé trop loin. J'étais son ami et je l'ai trahie. Elle aurait donc toutes les raisons de me dégager de sa vie. Or, et je le réalise pleinement à cet instant précis, la perdre serait terrible…

12

Noah

Quinze jours se sont écoulés depuis ma déconvenue dans la discothèque d'Édimbourg. Désormais, plus rien n'est comme avant. J'évite Aksel autant que je le peux, mais ce n'est pas facile, parce qu'il passe de plus en plus de temps dans notre appartement. Donc, c'est moi qui me sauve à chaque fois qu'il est là. Et qu'est-ce que je fais ? J'évacue ma colère et ma peine sur le tapis de course de la salle de fitness. Au début, je ne courais qu'une demi-heure par jour. Maintenant, je peux tenir jusqu'à une heure et demie. En fait, je suis devenue accro au sport. Qui aurait pu imaginer une chose pareille ? Si je veux être précise, ce n'est pas l'exercice en tant que tel que je kiffe. Non, ça, ça me barbe toujours autant. En revanche, l'impression de sérénité provoquée par les endorphines libérées après l'effort est incroyablement agréable, et ce sentiment de dépassement de soi me rend fière de celle que je suis en train de devenir. Sans compter que, comme je ne mange pas grand-chose, l'appétit m'ayant désertée, j'ai perdu cinq kilos supplémentaires en deux semaines. Soit un total de dix à mon compteur. Je commence à me sentir mieux dans ma peau, tout comme j'apprécie à nouveau l'image que me renvoie le miroir.

Je sais que, un jour ou l'autre, Ax et moi devrons nous expliquer. Il y a trop de non-dits, de rancœur de mon côté et de malaise du sien pour que les choses s'arrangent sans une discussion à cœur ouvert. Seulement, je ne suis pas encore prête pour le grand déballage. Je me sens trop déçue par sa conduite ignoble pour appréhender la situation avec sérénité. Comment lui pardonner, quand il m'a tant blessée ?

Il est déjà tard lorsque je me rends dans la cuisine pour me préparer une tasse de thé. Ça aussi, c'est devenu un rituel dont j'aurais du mal à me passer. L'eau est en train de chauffer dans la bouilloire quand j'entends la porte de sa chambre s'ouvrir. L'instant d'après, je sens sa présence dans mon dos. Troublée, je rougis. Seigneur ! Je pourrais me coller des claques tant ça m'énerve de réagir toujours si bêtement quand il est à proximité. Ce mec est un connard de première, j'en ai fait l'amère expérience, alors pourquoi ne suis-je pas capable de le détester ? Ou mieux, de me montrer indifférente ? Tout serait tellement plus simple !

— Noah… je…

— Fous-moi la paix !

Ce n'est pas la première fois que je l'envoie se faire voir chez les Grecs. Je dirais même que c'est devenu une habitude. Depuis le soir où je l'ai surpris en train d'embrasser Tina, je n'arrête pas de le rabrouer. Pourtant, il ne se passe pas un jour sans qu'il essaie de me parler. À se demander si cet homme n'est pas masochiste.

— Écoute, je m'inquiète. Tu t'imagines que je ne remarque pas que tu as perdu beaucoup de poids en très peu de temps ? Que tu ne manges quasiment plus rien ? Même si tu es persuadée du contraire, je fais attention à toi.

— Mais oui, c'est ça ! Si ça te fait du bien d'y croire, tant mieux pour toi. Pour ma part, j'ai du mal à avaler une telle couleuvre. Tu t'inquiètes ? Ben, j'ai envie de dire que c'est ton problème.

— Arrête…

Quinze jours de colère réprimée sont en train de se libérer, me faisant trembler de fureur. Ah, il veut une explication ? Eh bien, il va l'avoir ! Mais je ne garantis pas le résultat, parce que je suis loin d'être en mode diplomate.

— J'arrête quoi au juste ? Hein ?

Mon ton est agressif et je crache les mots comme je tirerais des balles. Cette attitude ne me ressemble pas, mais j'en ai marre d'être prise pour l'idiote de service.

— Non, parce que tu as beau me répéter que tu tiens à moi, j'ai de sérieux doutes. Après tout, quand on se préoccupe réellement d'une personne, on la défend, on s'inquiète de ce qu'elle pourrait penser et on n'apprécie pas que quiconque la critique. Or, ce soir-là, Tina m'a traitée de thon, de mocheté, de rousse obèse, et pas une fois je ne t'ai entendu lui faire la moindre réflexion à ce sujet. Apparemment, tout ce qui te dérangeait, c'était qu'elle se montre vulgaire. Si c'est ça, ton amitié, tu peux te la garder, je n'en veux pas. Mieux, je m'assieds dessus.

Il sursaute, puis baisse la tête, si bien que je ne peux pas observer son visage. Dommage, car le démon qui sommeille en moi aurait adoré y lire de la gêne, voire un certain malaise. Mais il ne me laisse même pas cette joie malsaine. Lorsque enfin il redresse les épaules et arrime son regard au mien, j'y vois surtout une détermination peu commune.

— Je l'ai engueulée, tu peux me croire ! Mais tu étais déjà partie. Tu as envie de savoir ce que ça m'a fait de l'embrasser ? J'étais écœuré, à deux doigts de dégobiller ! Depuis, je l'évite autant que je peux et, les rares fois où je l'ai croisée, j'ai refusé de lui adresser la parole. Je suis sûr que Tina n'est pas foncièrement mauvaise. Malheureusement, elle est tombée amoureuse de moi, et découvrir que ses sentiments n'étaient pas payés de retour l'a sans doute rendue amère. Sans compter qu'elle était énervée parce que je n'ai jamais voulu d'une relation suivie avec elle. Or, en nous voyant ensemble, elle a immédiatement pigé que c'était tout ce à quoi j'aspirais avec toi. Elle s'est sentie humiliée et on peut la comprendre. Mais cela n'excuse pas la cruauté de ses mots, tu as raison. Je te jure que je ne voulais pas que les choses se passent ainsi. Il n'en reste pas moins que je maintiens ce que j'ai affirmé ce soir-là dans ta chambre. Je tiens plus à ton amitié qu'à n'importe quoi d'autre. Alors, même si tu me plais, je refuse qu'on soit en couple. La vérité, c'est que je suis convaincu que je finirais par tout bousiller.

— Tu ne crois pas que tu aurais dû y penser avant de m'expliquer à quel point tu désirais qu'on soit ensemble ? Est-ce que c'était seulement sincère, d'ailleurs ? Avoue que je suis en droit de me demander ce que tu peux bien me trouver ! À côté de Tina, je ne fais pas le poids. Je dirais même plutôt que je le fais trop.

— Noah, arrête de te dévaloriser ! Ce n'est pas parce que tu n'as aucune confiance en toi que je partage ton opinion.

— Tu sais, j'ai étudié tous les scénarios possibles qui me permettraient de comprendre pourquoi tu aurais pu avoir envie de plus. J'ai imaginé qu'il s'agissait d'un pari avec tes potes ou que tu avais fait ça pour la rendre jalouse. Remarque, si c'est le cas, tu as parfaitement réussi ton coup.

Sa mine scandalisée est plus explicite que n'importe quel discours.

— C'est vraiment ce que tu penses ? Mais quelle image est-ce que tu as de moi au juste ?

— Celle d'un connard qui sort avec une fille et qui galoche son ex à la première occasion sous ses yeux. Tu te figures qu'un mec bien agirait de cette façon ? J'ai un scoop pour toi, la réponse est non.

— Je t'ai expliqué que je n'ai pas cherché ce qui est arrivé avec Tina. Pourquoi est-ce que tu ne me crois pas ?

— Parce que, vous, les hommes, vous n'êtes tous qu'une bande de porcs immondes !

Je sais que je suis allée trop loin dans mes propos, mais c'est le cri du cœur. Celui d'une femme meurtrie.

— Putain…, lâche-t-il, la mine atterrée.

Je secoue la tête, mal à l'aise. Aksel n'est pas Mathieu, mais c'est plus fort que moi, je ne peux pas m'empêcher de faire l'amalgame entre les deux.

— Quelle enflure t'a blessée au point de t'amener à penser autant de mal des mecs ?

Alors que je ne m'y attendais pas, les larmes se mettent à rouler sur mes joues, bientôt suivies de sanglots. Merde, j'ai déjà tellement chialé que je n'imaginais même plus en avoir en stock. Aussitôt, Ax se précipite vers moi et me prend dans ses bras. Ça fait si longtemps que nous n'avons pas été proches physiquement que je ne songe même pas à le rembarrer. La vérité, c'est que ces gestes tactiles m'ont manqué. Et je ne m'en aperçois que maintenant, tandis qu'il me berce pour me réconforter. Avec délicatesse, il me ramène vers le canapé où nous nous installons, toujours enlacés. Durant ce qui me semble une éternité, je pleure sur le désastre qu'est ma vie. Sans déconner, j'ai à peine vingt et un ans, pourtant ça fait des lustres que je ne suis plus insouciante. À cet instant précis, j'ai l'impression d'en avoir soixante et de trimballer mon chagrin comme Jésus portait sa croix.

— Je t'en prie, parle-moi, murmure Aksel au bout d'un long moment.

— Non, je…

— Noah, je dois savoir pour comprendre.

Puis-je seulement lui raconter ma relation avec Mathieu sans lui dévoiler le reste ? Pas sûr… En même temps, j'ai besoin de m'épancher. Si ça pouvait me permettre de surmonter le traumatisme lié à l'ignoble trahison de mon ex, ce serait une bonne chose, non ? Je ne sais pas, je ne sais plus, je suis complètement paumée. En fin de compte, je décide de prendre le risque. Ax est digne de confiance et fiable, il ne juge pas les gens, c'est d'ailleurs ce que j'apprécie le plus dans sa personnalité. Alors, je me lance.

— J'ai rencontré Mathieu au lycée. Il était un peu plus âgé que moi et il a été mon premier amour. Mon premier amant aussi. On a été ensemble pendant trois ans. Je t'ai dit que ma mère était morte, mais ce n'est pas tout à fait la vérité. Enfin, si… Celle qui m'a mise au monde est bien décédée dans un accident de voiture quelques mois après ma naissance. Je n'ai d'elle que quelques photos et aucun souvenir. Par la suite, mon père s'est remarié avec la femme qui m'a élevée. Chantal est entrée dans ma vie quand j'étais encore bébé, si bien que je n'ai connu qu'elle dans le rôle de mère. Mais tu sais, que je ne sois pas sa fille biologique n'avait aucune importance, car elle s'est montrée merveilleuse avec moi et m'a donné tant d'amour… Hélas, elle était malheureuse dans son couple depuis longtemps, parce que mon père la trompait souvent. C'est un homme égoïste, ombrageux et très froid. Il a toujours été comme ça et j'espère ne surtout pas lui ressembler. Bref, il y a un an et demi environ, elle s'est suicidée, parce que mon cher papa voulait divorcer. Il était tombé amoureux d'une autre. Si tu veux mon avis, il a été rattrapé par le démon de midi, parce que sa nouvelle conquête était plus jeune que lui. À l'époque, Mathieu faisait un stage et il était très souvent absent.

Aksel s'insurge aussitôt.

— Quoi ? Il ne t'a pas soutenue ?

Sa remarque me pousse à m'interroger sur le comportement distant de mon ex au moment où ce drame a eu lieu. Ai-je pu compter sur lui ? La réponse est sans la moindre équivoque : non. Pas une seule fois. Je suppose que j'aurais déjà dû me poser des questions à ce moment-là, mais j'étais anéantie et trop préoccupée pour me rendre compte que quelque chose ne tournait pas rond. Pour moi, nous étions amoureux, c'était un fait acquis. Quelle erreur monumentale j'ai commise !

À contrecœur, j'admets que Mathieu n'était pas à la hauteur, que je méritais mieux.

— Non. Il a surtout brillé par son absence.

— Quel connard, grogne-t-il tout en me caressant le dos.

Sa voix emplie de colère tranche avec ses gestes si doux. C'est assez déstabilisant et je suis obligée de faire une pause avant de poursuivre mon récit.

— Le jour de l'enterrement, j'étais horriblement triste. C'était même pire que ça. J'étais dévastée d'avoir perdu ma maman. Parce que c'est ce qu'elle était pour moi : ma maman.

Son étreinte se resserre, mais il n'intervient pas.

— Après les funérailles, j'ai grimpé dans ma voiture pour me rendre chez Mathieu. J'avais besoin de réconfort et il était évident, dans mon esprit, qu'il était le mieux placé pour me consoler.

— Logique.

— En arrivant, j'ai d'abord cru qu'il n'était pas rentré, puis j'ai entendu des bruits bizarres.

— Oh oh !

— Oui, comme tu dis… Bref, je me suis approchée de la chambre et j'ai découvert qu'il était en train de s'envoyer en l'air avec une autre.

— Merde…

— Voilà, tu sais tout. Ai-je satisfait ta curiosité ? Autre chose pour ton service ?

Ces deux dernières questions sont emplies d'ironie. Je suppose que c'est ma manière de minimiser le choc et le chagrin que j'ai ressentis à ce moment-là.

— Pas tout à fait. Tu avais déjà rencontré la meuf ?

Il est plus rapide que moi à percuter, parce que j'espérais qu'on occulterait cet aspect de l'histoire.

— Oui. C'était une de mes amies.

— Bordel ! Encore un dernier point. Qui a trouvé le corps de ta mère ?

J'inspire un grand coup, soudain tremblante. Cet aveu est de loin le plus difficile et le plus douloureux. Mais il est indispensable qu'Aksel connaisse tous les éléments qui composent le tableau sordide de cette période précise de ma vie.

— C'est moi.

Un silence de plomb suit ces deux mots. Deux putains de mots, mais si difficiles à prononcer. Raconter cela à voix haute fait resurgir le sentiment de culpabilité qui m'a incitée à me perdre dans l'alcool.

En silence et sans me demander mon avis, celui que je considère toujours comme mon ami me soulève et me porte jusque dans sa chambre sans le moindre effort apparent.

Là, il m'allonge sur le lit, toujours muet. Je n'ai rien à ajouter. Tout a été dit. Lorsqu'il se couche à mes côtés et me reprend dans ses bras, je ne le repousse pas. Malgré son comportement inadmissible, je suis convaincue qu'il partage mon chagrin. Et pour la première fois depuis ces événements dramatiques, j'ai l'impression de ne pas être seule. Alors que je suis sur le point de m'endormir, soudain épuisée, il se contente de murmurer :

— C'est un miracle que tu t'en sois sortie après ça.

S'il savait...

13

Noah

Après la soirée pendant laquelle j'ai raconté à Aksel une partie de mon calvaire, notre relation a pris une nouvelle tournure. « Drôle » ou « étrange » sont des termes qui conviendraient bien pour qualifier ce changement. Oh ! il n'y a plus rien de charnel, en tout cas de son côté. Pour ma part, j'essaie d'oublier que nous avons été un couple l'espace de quelques heures. J'ai choisi de me concentrer sur ce qu'il veut bien me donner, à savoir son amitié indéfectible. Chaque nuit, nous dormons ensemble, et chaque matin il m'escorte jusqu'à ma salle de cours. Dès que son emploi du temps le lui permet, il m'attend à la sortie de la fac. Pour lui faire plaisir, j'ai poussé jusqu'à m'acheter un maillot de bain afin de l'accompagner à la piscine. Maintenant que j'ai perdu un peu de poids, ça me complexe moins de montrer mon corps. Et puis, merde quoi, je suis comme je suis ! Jamais je n'aurai une silhouette de rêve à l'instar de celle de Tina. Si l'idée a été difficile à intégrer, elle fait son chemin et je me sens mieux dans ma peau. Pour faire court, je m'accepte telle que je suis, avec mes kilos en trop, mes cheveux couleur de feu et mes taches de rousseur. De toute façon, à quoi est-ce que ça me servirait d'envier les autres filles, si ce n'est à me faire du mal inutilement ?

D'aucuns pourraient penser que je suis faible, que j'ai pardonné trop facilement et qu'Aksel m'a roulée dans la farine. À ceux-là, je répondrais que je ne suis pas dupe, que je n'ai rien oublié. Mais dans la vie, il faut savoir choisir ses batailles. La mienne, c'est d'essayer de vaincre mon alcoolisme et elle requiert toute mon énergie à chaque instant. Vu sous cet angle, on comprend sans doute mieux pour quelle raison je n'ai pas le courage de m'embrouiller avec les rares personnes qui me sont proches. Et quoi qu'on puisse dire, Ax en fait partie. En fin de compte, ils ne sont que deux dans ma *team* : Zoé et lui. Alors j'ai passé l'éponge, non pas pour lui, mais pour moi.

Cela n'enlève rien au fait que je trouve extrêmement toxique d'être si intimes, tout en occultant l'attirance physique que nous avons l'un pour l'autre. Enfin, quoi ! Personne ne dort chaque nuit dans le même lit que son meilleur ami ! Pourtant, il y tient et je ne peux rien lui refuser. En fait, si, je suis faible, mais je préfère penser que la véritable force réside ailleurs. C'est une manière comme une autre de me voiler la face. Pendant certains moments de lucidité, je me dis que cette histoire finira mal, que je souffrirai encore quand tout se terminera. Mais la plupart du temps, je me délecte de sa présence, sans me poser de questions.

En cette journée grise et froide, je suis concentrée sur mon prof de néerlandais qui raconte une légende de son pays. Il faut que je fasse particulièrement attention pour ne pas perdre le fil, car cette langue est celle que je maîtrise le moins. Autant tout est facile en anglais, en allemand et en espagnol, autant dans cette matière, les choses sont plus compliquées. Je profite de la pause pour me rendre aux toilettes où je prends un cachet de paracétamol, sentant déjà poindre un début de migraine. Sans compter que je suis d'une humeur de dogue, parce qu'Ax doit sortir avec sa bande ce soir, alors même que nous sommes en plein milieu de la semaine. L'un de ses amis fête son anniversaire, à ce qu'il paraît.

À mon retour dans la salle de cours, un papier jaune sur mon cahier attire immédiatement mon regard. Ah non, merde ! Ça ne va pas encore recommencer ! Depuis le deuxième post-it sur mon pare-brise, je n'avais plus été ennuyée. Mais là, il semblerait qu'un petit plaisantin ait décidé de s'amuser à mes dépens, une fois de plus. Je n'ai pas besoin de m'approcher pour deviner ce qui est marqué dessus. Toutefois, un rapide coup d'œil me confirme que le message n'a pas changé.

He's mine.

« Il est à moi », si on traduit littéralement. Qui est ce *he* ? Et que signifie cette phrase qui me met si mal à l'aise ? Je n'y comprends rien et je n'aime pas ça.

Ce n'est pas la première fois que je me demande si Tina pourrait être l'instigatrice de ce petit jeu malsain. Après tout, ces mots lui correspondraient et le début de cette histoire collerait, au niveau du timing, puisque j'ai eu le premier papier jaune peu de temps avant que ma relation avec Ax évolue de la simple cohabitation vers cette amitié équivoque. Seulement, si c'était elle, soit il y en aurait eu plus, soit elle aurait arrêté depuis le soir à la discothèque. Après tout, à cause de ses manigances, notre idylle naissante a été tuée dans l'œuf. Je présume qu'elle a eu ce qu'elle voulait, non ? À l'occasion, il faudra quand même que j'en parle à mon colocataire, histoire de savoir ce qu'il en pense. Est-ce moi qui me fais des films ou est-ce autre chose ? Bref, je ne capte rien à rien et cela me rend nerveuse. Comme je l'ai fait avec les précédents, je cache le bout de papier dans mon agenda. Et de trois. Combien y en aura-t-il encore ? C'est fou quand même !

Le cours se poursuit, m'obligeant à penser à autre chose, même si la sensation de malaise que j'éprouve se prolonge durant les deux heures qui suivent. Lorsque nous remballons enfin nos affaires, il est 18 heures. Pendant que nous regagnons la sortie, je demande à mon voisin – un étudiant japonais – s'il a vu qui avait placé le post-it sur mon cahier. Il secoue la tête, n'ayant de toute évidence rien remarqué. Je pose également la question à la fille qui se trouvait derrière moi, mais elle m'explique que pendant la pause elle était à l'extérieur en train de fumer une clope. Me voilà bien avancée…

— Noah !

La voix d'Aksel me fait immédiatement oublier cette histoire. Il m'attend dans le couloir, adossé contre le mur, une jambe repliée. Avec sa silhouette élancée et ses épaules carrées, ses yeux sombres et sa chevelure de jais qui retombe en boucles naturelles sur ses épaules, cet homme est tout simplement un canon ambulant. Et je ne parle pas de ses traits fins et harmonieux, de sa mâchoire franche, de sa peau mate, de sa bouche sensuelle et de sa dentition parfaite, ou encore de ces fossettes qui apparaissent au creux de ses joues quand il sourit. Toutes les femmes sans exception, y compris les profs, bavent sans retenue devant lui. Il n'est pas à proprement parler beau – en fait, si, il l'est carrément –, mais il a un charme fou auquel aucune nana hétéro ne peut résister. Ténébreux, diaboliquement ténébreux, c'est ce qu'il est.

Je le rejoins avec un sourire et nous marchons en direction de l'appartement. À cette heure, il fait déjà nuit et une brume épaisse nous empêche d'y voir à plus de trois mètres. Souvent, je regrette de ne pas avoir pris la peine de visiter les environs quand le soleil brillait et que les températures étaient plus clémentes, c'est-à-dire en septembre et au début d'octobre. Maintenant, vouloir faire du tourisme tient plus de la témérité que de la curiosité. Je ne repars en France que mi-juin, il faudra que j'en profite au printemps, parce que l'Écosse est un pays magnifique, du moins ce que j'en ai déjà découvert.

— Quand est-ce que tu prends l'avion ? s'enquiert Ax, alors que nous avancions jusqu'à présent en silence.

— L'avion ? Quel avion ? De quoi est-ce que tu parles ?

— Tu ne rentres pas chez toi pour Noël ?

Outch ! Il aborde tout de go le sujet qui fâche. Parce que, non, je ne retourne pas en France pour les fêtes. Ce serait le meilleur moyen de foutre des mois d'efforts en

144

l'air. Comment pourrait-il en être autrement alors que je me retrouverais face à mon paternel et à sa nouvelle copine, celle avec qui il semble filer le parfait amour ? Et je ne mentionne même pas Liv qui sera sans doute accompagnée de Mathieu. Cela ne ferait que souligner l'absence de Chantal et me rappellerait mes propres errances. Le risque est définitivement trop élevé.

— Non, Ax. Je reste ici.

Il s'arrête tout net et me dévisage, la mine stupéfaite.

— Quoi ? Toute seule ?

Je souris, contente de pouvoir le rassurer.

— Pas tout à fait, car mon amie Zoé me rejoint. Elle non plus n'a pas envie de rentrer en France.

— Et ton père, ça ne le dérange pas ?

Je me mords la lèvre inférieure, indécise. Je ne sais pas trop ce que je peux lui révéler et ce qu'il est préférable de garder pour moi.

— Disons que, entre nous, c'est compliqué. D'ailleurs, il n'a pas réagi quand je lui ai annoncé que je ne revenais pas pendant les congés de fin d'année.

Je ne précise pas que c'était par texto, il y a deux semaines, et que M. Martin n'a toujours pas daigné répondre, ce qui n'a rien d'inhabituel en ce qui le concerne.

— Et ta copine Zoé ?

— Si ma relation avec mon cher papa n'est pas au beau fixe, celle qu'elle entretient avec sa famille est carrément dramatique.

— Dans quel sens ?

— Alcool, drogue, délinquance. Et tu devras te contenter de cela, car je n'envisage pas d'entrer dans les détails. J'estime que ce n'est pas à moi de te raconter sa vie. Bref, nous sommes toutes les deux très contentes de notre sort, ne t'inquiète pas pour nous.

— Ben si, justement.

C'est adorable de sa part, mais aussi un peu intrusif. Autant dire que je préfère changer de sujet. Aksel est un petit malin, il captera vite ma tactique. Mais avec un peu de chance, il aura assez de jugeote pour piger que la question est sensible. Je décide donc de lui retourner sa question.

— Toi, tu repars au Canada ?

— Non, j'ai prévu de me rendre chez mon oncle à Londres. Tu veux venir avec moi ?

— Euh, non. Je ne peux pas laisser Zoé seule.

— Dans ce cas, qu'elle se joigne à nous. Je suis sûr que Kit n'y verra aucun inconvénient. Il paraît que Londres, à Noël, c'est quelque chose.

— Oui, il paraît. Mais tu crois que ça ne le dérangera pas ? Et puis, où dormir ? Les hôtels sont super chers dans cette ville en temps normal, alors en cette saison…

— Mais non, tu n'as pas compris. On logera chez Kit. Je peux lui téléphoner dès ce soir.

— Il aura assez de place pour accueillir trois personnes ?

— Il a une chambre d'amis. Si tu l'occupes avec ta copine, je pense qu'il acceptera de partager son lit avec moi.

— Tu sais que sorties de leur contexte, tes paroles sont super glauques ?

Ax éclate de rire et me prend par les épaules pour que je me remette en route. Durant quelques minutes, je réfléchis à sa proposition particulièrement attrayante.

— Je reconnais que l'idée de passer les fêtes à Londres est très tentante. Toutefois, j'attendrai que ton oncle ait donné son accord pour appeler Zoé. Je crois pouvoir dire sans trop me tromper qu'elle sera ravie d'échanger les températures polaires qui sévissent en Écosse contre un séjour dans la capitale britannique. Sans compter que le prix du billet de train ne sera pas le même.

Ax m'observe, visiblement perplexe. Il doit se demander de quoi je parle.

— Les tarifs des chemins de fer sont hyper élevés ici, si j'en juge par les cent soixante-dix livres que ça lui coûte pour venir me voir. Et à ce prix, elle ne sera même pas en première classe ! Comme elle n'a que sa bourse Erasmus et ses économies, chaque dépense est comptée.

D'après ce que mon amie m'a raconté dernièrement,

de Cambridge à Londres, il lui en coûtera moins de trente livres et à peine une heure de transport contre cinq – avec un changement – pour me rejoindre dans ce qu'il faut bien appeler mon trou perdu.

— Pourtant, elle serait quand même venue te voir ? finit-il par demander.

— Oui, elle aurait consenti à ce sacrifice, quitte à ne manger que des conserves ensuite. Pour la soulager, je pensais lui offrir le voyage, mais cette peste s'est vexée et a refusé tout net, par fierté. Remarque, j'aurais dû m'en douter, car les rares fois où je lui ai prêté de l'argent, elle en a été malade.

Contrairement à Liv qui n'hésitait jamais à m'en emprunter à la première occasion.

Cette réflexion me rappelle, une fois de plus, à quel point je me suis fait berner. Et aujourd'hui encore, je m'en veux d'avoir autant manqué de discernement.

14

Noah

En début de soirée, Aksel se rend à la fête. Dire que ça me fait suer est un euphémisme. La vérité, c'est que je suis dépitée qu'il sorte et, plus encore, je suis inquiète à l'idée qu'il rencontre une fille dont il pourrait tomber amoureux. Sans compter que cette garce de Tina sera présente, puisqu'elle fait partie de sa bande de copains. Décidément, notre amitié ambiguë va finir par avoir des conséquences désastreuses, du moins pour moi. Et c'est malsain, parce que j'espère plus de lui que ce qu'il veut ou peut me donner. J'ai pris, il y a quelque temps, la ferme résolution de mettre de la distance entre nous et j'espérais pouvoir m'y tenir. Cela ne m'empêche pourtant pas de passer les heures suivantes à me traîner comme une âme en peine ou, si on tient à appeler un chat un chat, à l'attendre. Mon Dieu, mais c'est tellement pathétique !

Vers 21 heures, on sonne et je me précipite, imaginant en toute logique qu'il a oublié ses clés. Ça lui arrive de temps à autre, il n'y aurait donc rien de surprenant à ce que je trouve sa mine déconfite derrière la porte. Quand j'ouvre, il n'y a personne. J'avance et inspecte le palier, mais l'endroit est désert. Pourtant, les lampes des communs sont allumées, ce qui signifie que quelqu'un se trouvait bien dans le couloir avant que j'ouvre. Je tends l'oreille : un silence profond règne autour de moi. Encore une mauvaise blague ! J'ignore

149

qui s'amuse à mes dépens, et ça commence sérieusement à me gaver. Aussitôt, je me ressaisis, il faut vraiment que j'arrête de voir le mal partout ! Si ça se trouve, c'est juste une erreur ou quelqu'un qui a sonné par inadvertance et qui est entré ensuite dans le logement voisin. Ce n'est pas parce que je ne fréquente personne d'autre qu'Ax sur le campus que tout le monde me veut du mal.

Rassurée et un peu agacée par ma propre réaction, je m'apprête à pivoter sur moi-même pour retourner dans l'appartement, bougonnante et ronchonnante. Soudain je l'aperçois, collé à la porte. À nouveau, ce post-it sur lequel quelqu'un a juste inscrit :

He's mine.

Bon sang, mais qu'est-ce que ça peut vouloir dire ? Si on cherche à me faire peur, c'est réussi ! Je peux continuer à jouer à l'autruche, cela ne changera rien au problème. Il n'y a plus aucun doute possible, pas d'erreur sur la personne, je suis directement visée. Et non, ce n'est pas de la paranoïa.

Toutefois, je n'ai pas la moindre idée de la conduite à adopter. Dois-je en parler à Aksel ? Aller voir la police ? Mais pour leur dire quoi ? Que je suis harcelée à coups de post-it ? C'est d'un ridicule ! Les flics ont certainement assez de chats à fouetter pour ne pas se prendre le chou avec une étudiante flippée. Comme pour les précédents, je range le bout de papier jaune dans mon agenda. C'est le quatrième. Combien y en aura-t-il encore ? Je n'en sais rien et ça m'inquiète. L'écriture semble féminine, mais de là à accuser Tina, il y a un pas que je ne m'autorise pas à franchir trop vite. Pourtant, qui d'autre qu'elle aurait des raisons de vouloir m'intimider de cette manière ?

Parce que j'ai impérativement besoin d'entendre une voix amie, je décide d'appeler Zoé. Elle répond dès la deuxième sonnerie.

— Noah ? Tout va bien ? Il y a un problème ?

Aussitôt, je souris. Mon amie est une stressée de la vie quand il s'agit de moi et elle le prouve une fois de plus.

— Pourquoi toujours penser au pire ? N'ai-je pas simplement le droit de discuter avec ma BFF ?

— Si, bien sûr. Mais tu m'as déjà téléphoné avant-hier. Donc, je me pose des questions.

Habituellement, nous nous appelons en FaceTime une fois par semaine, le dimanche soir en général. Il est normal que mon coup de fil l'inquiète. Plus encore, parce qu'elle craint que je ne replonge à tout moment.

— Ne t'en fais pas. J'avais juste envie de papoter. Ça roule ?

— Euh oui, attends un instant.

Je perçois un bruit de fond qui s'atténue au bout de quelques secondes.

— Je suis désolée, mais j'étais dans la cuisine en train de faire la vaisselle et il y avait plein de monde autour de moi.

— Quoi ? Tu fais la vaisselle pour toute ta colocation ?

— Non ! Ici, ça ne se passe pas comme chez toi. C'est chacun pour sa pomme. Et t'as pas intérêt à laisser traîner un objet ou un vêtement, parce qu'en moins de temps qu'il ne faut pour le dire, il aura disparu. Tu es certaine que tout va bien ?

— Mais oui. Je dois juste te parler d'une proposition que m'a faite Aksel aujourd'hui.

Je lui raconte notre discussion concernant les vacances de fin d'année.

— C'est sûr, ça m'arrangerait. Mais je ne tiens pas à m'imposer. Et puis, tu penses réellement que c'est une bonne idée ? Je trouve que votre histoire d'amitié est cheloue au possible. C'est vrai, ça ! Depuis quand est-ce que les potes s'attendent à la sortie des cours et pioncent dans le même plumard ?

— J'en suis consciente, mais que veux-tu que je te dise ?

— À moi, rien. Mais avec lui, une sérieuse conversation devient inévitable et ça urge carrément. Je n'ai aucune envie de me montrer rabat-joie ou quoi que ce soit de ce genre, mais je n'aimerais pas que tu souffres parce que ce type te mène en bateau. Je te connais, tu es gentille et serviable. Trop souvent, tu ne remarques pas que tu es en train de te faire enfumer. Et sans chercher à remuer le couteau dans la plaie, vois où ça t'a menée avec cette pétasse de Liv. Pas de blagues, sois prudente.

Je passe outre son avertissement. Je sais qu'il est frappé au coin du bon sens, mais je suis certaine qu'Ax n'est pas comme ça.

Ah oui ? Et qu'est-ce qui te permet d'en être si sûre ? Tu pensais la même chose de Mathieu et de Hans, alias monsieur l'obsédé sexuel. Tu as beau t'en défendre, tu ne vois que le bon côté des gens et, s'ils n'en ont pas, tu leur en inventes un. Ta naïveté quand tu évalues les qualités humaines d'autrui est confondante, ma pauvre fille, se moque ma conscience à juste titre.

Je ne veux pas que Zoé pense que je l'invite pour tenir la chandelle si tout va bien, ou pour me consoler en cas de drame. Aussi je me sens obligée de lui proposer une autre option.

— Tu n'es pas forcée d'accepter ce séjour à Londres pour Noël, tu sais. Si tu préfères, je peux venir à Cambridge.

— Tu veux rire ? Ici, c'est l'enfer. Nous sommes dix dans la coloc et personne ne quitte la ville pour plus de deux jours. Je te rappelle que je partage ma chambre avec deux autres filles, inutile de te dire qu'on est à l'étroit. Si es sûre de toi et de l'oncle de ton ami, je suis partante. Au moins, je pourrai t'avoir à l'œil. Pas question de te laisser avec deux mecs. Et puis, qu'est-ce que je m'ennuie ! Tu sais que j'ai du mal à aller vers les autres, mais même entourée de tant de monde, je me sens très seule. Si ça continue, je vais me refaire l'intégrale de la comtesse de Ségur, comme quand j'étais môme et que je passais les récréations cachée derrière un arbre, le nez dans un bouquin.

Je ne peux retenir un grognement ironique. Mais n'importe quoi !

— L'intégrale de la comtesse de Ségur, hein… Du moment

152

que tu ne lis pas *Les Mémoires d'un âne* en imaginant qu'il s'agit de ton autobiographie.

— Très drôle, très spirituel. Bravo, Noah, tu es en grande forme.

Prise d'un fou rire, je parviens à peine à acquiescer. J'avoue que je suis assez fière de ma répartie.

— Cela dit, et plus sérieusement, poursuit Zoé, on passe les fêtes ensemble, c'est non négociable.

— Oui, maman poule.

À sa voix déterminée, je sais déjà qu'elle ne pense qu'à me protéger. Son passé douloureux n'est pas étranger à ce besoin impérieux de préserver ceux qu'elle aime. Pour autant, nous n'en parlons jamais et je respecte son choix. Certaines personnes doivent s'épancher pour avancer, Zoé n'est pas comme ça.

Nous papotons encore quelques minutes, mais elle doit raccrocher car on l'appelle en hurlant. L'endroit où elle vit a l'air d'être une maison de fous et j'aurais du mal à supporter une telle promiscuité. Malheureusement, mon amie n'avait pas les moyens de s'offrir mieux et elle est bien obligée de s'en contenter. En attendant, cette discussion entre filles m'a fait du bien et m'a permis d'oublier pendant quelques instants l'incident de ce soir. Lorsque je vais enfin me coucher – parce que, soyons clairs, j'en ai ras la casquette de poireauter –, je laisse plusieurs lampes allumées. Pour Aksel, quand il rentrera…

J'ignore à quel moment je me réveille, mais dès que j'ouvre les yeux, je comprends que ce n'est pas l'alarme de mon téléphone qui m'a tirée du sommeil. Non, il s'agit d'un bruit et plus précisément d'un rire. Je consulte ma montre et découvre qu'il est 2 heures du matin. Mince, mon idiot de colocataire a l'air complètement soûl et est en train de faire des siennes. D'ailleurs, j'entends ses pas qui semblent prendre la direction de ma chambre.

— Noaaaaaaah…, murmure-t-il derrière la porte qui n'est plus fermée à clé depuis des lustres.

La manière qu'il a de prononcer mon prénom, la voix pâteuse et visiblement très gaie, m'indique que j'avais raison et qu'il a abusé de la boisson ou d'autre chose. Fait chier ! Pourquoi est-ce qu'il vient me casser les pieds dans cet état ? Son sans-gêne m'agace tellement que je grogne, soudain de mauvaise humeur.

— Va te coucher chez toi et laisse-moi dormir, Ax !

Cela ne l'empêche pas d'entrer dans ma chambre comme s'il était dans la sienne.

— Mais jeeee peeeux pas ! Ché trop dur, tout seul !

— Tu es complètement torché, alors barre-toi. Tu reviendras quand tu auras cuvé. Et maintenant, fous-moi la paix !

— Rhooo, t'es méchante ! Vilaine Noah !

À ces mots, je ne peux m'empêcher de sourire. J'ai de la chance – enfin si je peux m'exprimer ainsi –, car mon coloc a l'alcool joyeux. En attendant, je sens des relents de vodka jusqu'ici et ça me dérange au point que j'ordonne, cette fois avec plus de fermeté :

— Tu pues du bec, va empester ailleurs !

Et le voilà qui se met à chouiner comme un petit garçon. Non, mais au secours !

— Mais moi, je t'aime d'amour.

Visiblement, il a besoin d'aide pour trouver le chemin de sa chambre. Je me lève donc rapidement et m'approche de lui, histoire de l'inciter à reculer. Il se laisse guider, mais s'appuie lourdement sur moi, si bien que nous chancelons jusqu'à sa porte.

— Minute, je dois pisser. Tu me donnes un coup de main ?

J'ouvre de grands yeux hallucinés. Et puis quoi encore ? Il me prend pour qui ? Dame pipi ? Non, mais je rêve ! Qu'est-ce que j'ai fait pour mériter ça ?

Ne sois pas trop dure avec lui, chuchote la petite voix intérieure qui intervient un peu trop souvent à mon goût. *Tu as fait pire, il n'y a pas si longtemps que ça. À combien de reprises t'es-tu réveillée baignant dans ton urine ou*

154

*ton vomi, et parfois même les deux ? S'il y en a une qui
n'a pas de reproches à faire à ce garçon, c'est bien toi.*

Évidemment, vu sous cet angle, je suis mal placée pour
juger qui que ce soit. Cela ne m'empêche pas de faire preuve
d'un manque flagrant de patience. C'est tout le paradoxe
de la situation.

Je l'aide à se diriger vers les toilettes, puis je le laisse se
débrouiller, postée devant la porte. Quand celle-ci s'ouvre,
je crains un instant qu'il ne soit pas rhabillé. Mais, ouf, il
a remonté caleçon et pantalon !

Tant bien que mal, nous marchons en trébuchant vers sa
chambre. C'est compliqué, parce qu'Aksel est plus grand que
moi et du genre costaud. Avec un soupir de soulagement,
je le lâche enfin près de son lit. Il s'affale sur son matelas
avec un rire que je trouve particulièrement communicatif.
Moi-même, j'ai beaucoup de mal à garder mon sérieux. Je
suis sur le point de regagner mes quartiers quand je me
rends compte qu'il porte encore ses boots, son écharpe et
qu'il va passer une mauvaise nuit s'il reste comme ça. Je
me baisse donc pour délacer ses chaussures et les retirer,
ainsi que ses chaussettes. Lorsque je me relève, je pousse
un petit cri épouvanté, car je réalise que non seulement Ax
s'est redressé et est à présent assis, mais qu'il me regarde
d'un drôle d'air.

— T'es malade ! Tu m'as fait une peur bleue. Et arrête
de me fixer comme ça, t'es vraiment flippant ! Je croyais
que tu t'étais endormi… Mais puisque tu es réveillé, on
va te déshabiller pour que tu sois à l'aise. Hop, un dernier
effort, cher monsieur Lloyd !

— Oh oui, me déshabiller…, susurre-t-il avec un sourire
qui m'inspire instantanément de la méfiance.

Rien dans le ton qu'il emploie n'est amical. Même s'il
est torché, sa voix est séductrice. Mais enfin, à quel jeu
joue-t-il, là ? Et moi, pourquoi est-ce que j'ai soudain des
papillons dans l'estomac ? Ce mec est ivre, bon sang, ivre !

— Allez, arrête de déconner et aide-moi. Plus vite on

aura enlevé ton pantalon et ton pull, plus vite tu pourras ronfler tranquillement.

— Tu restes avec moi, hein ?

Il n'y a pas à dire, Aksel est complètement bourré. Je parie dix balles que demain il ne se souviendra plus de rien ou, si c'est le cas, qu'il en sera mortifié. Et ce ne serait que justice, puisque je suis exactement dans le même état d'esprit à cet instant précis. Comment est-ce que je peux craquer alors qu'il est si pitoyable ? Non, mais quelle honte !

Toujours accroupie devant lui, gênée au dernier degré, je viens de dégrafer son jean pour le faire glisser le long de ses jambes musclées. Lorsque c'est fait, je me relève et grimace en sentant les articulations de mes genoux craquer. Amorphe, Ax se contente de m'observer les yeux mi-clos.

— Tu sais que tu sens hyper bon ?

Intriguée, je le dévisage. Si son regard trouble ne laisse aucun doute sur le fait qu'il est toujours bien imbibé, sa voix n'est plus pâteuse.

— Je prends deux douches par jour. Ceci explique sûrement cela.

— Moi aussi, je veux prendre des douches avec toi, ma Noah que j'aime d'amour.

Ne prends pas garde à ses propos, il n'est pas lui-même, me prévient ma conscience une fois de plus.

— Mais oui, c'est ça ! On se demande vraiment ce que tu as fumé ce soir. La moquette ?

Je ferais mieux de le border très vite et de retourner dans ma chambre, parce que je ne peux plus ignorer la réaction aussi imprévisible que troublante de mon propre corps. C'est comme si tous mes signaux d'alarme clignotaient et avaient viré au rouge.

La situation est embarrassante, mais ce ne serait pas la première fois. Non, il y a autre chose… comme de l'électricité dans l'air. Et je l'admets, cette tension me déstabilise. Décidée à ne pas tenter le diable, je fais un pas pour reculer, mais suis presque aussitôt propulsée en avant par un bras musclé qui entoure ma taille et me ramène vers lui.

— Mais qu'est-ce que…

Je n'ai pas le temps de terminer ma phrase qu'il soulève, d'un geste étonnamment leste, le large T-shirt que je porte la nuit et enfouit son visage contre ma poitrine nue. Pétrifiée, j'ai besoin de trois secondes pour comprendre ce qui se passe, mais ce sont trois secondes de trop, car il profite de ce moment d'inattention pour attraper un de mes tétons entre ses lèvres et glisser sa main dans ma culotte. Avant que je puisse réagir, il se met à caresser mon sexe, lequel s'humidifie illico. Oh non !

— Ax, Ax, Ax ! Arrête, ce n'est pas une bonne idée !

— Mais siiiii…

Je devrais saisir son poignet pour l'obliger à stopper ses attouchements, mais c'est plus fort que moi, je n'y arrive pas. Entre sa bouche qui embrasse mes seins avec un savoir-faire frisant le grand art et ses doigts qui me pénètrent à présent, je ne sais plus où donner de la tête.

Honte à toi, Noah Martin ! Ce garçon est ivre et tu te sers de lui de manière dégradante et scandaleuse ! Tu imagines, si un homme avait agi de cette façon avec toi à l'époque où tu étais incapable de rester sobre plus de quelques heures ? N'aurais-tu pas trouvé ça immoral ? Retourne immédiatement dans ta chambre et ferme ta porte à clé ! hurle ma sempiternelle voix intérieure.

Au moment où je pose la main sur son avant-bras pour essayer de le freiner, son pouce se met à jouer avec mon clitoris. Oh non ! Pas ça ! Comment est-ce que je vais bien pouvoir… La seconde suivante, il mord mon téton, assez fort pour me faire mal, mais pas trop quand même. Une onde de plaisir passe directement de mes seins à mon entrejambe et j'explose sous ses doigts, incapable de contrôler quoi que ce soit. Pendant tout le temps que dure mon orgasme, Aksel continue à me caresser, prolongeant ce moment irréel.

Lorsque enfin je reviens à la réalité, je me sens accablée par la honte. Merde ! Mais qu'est-ce que j'ai fait ? Ce n'est pas croyable d'être conne à ce point ! D'un geste vif, je retire sa main et m'écarte brusquement.

Eh bien ! Ce n'est pas trop tôt !

Toujours dans les vapes, il ne proteste même pas. Alors, pour me racheter un semblant de conscience – et c'est carrément mission impossible à ce stade –, je tire la couette et soulève ses jambes pour le faire basculer et le coucher. Il pose sa tête sur l'oreiller avec un soupir de satisfaction et je rabats la couverture sur lui, essayant par tous les moyens de ne pas fixer mon attention sur la bosse énorme qui s'est formée dans son caleçon. La seconde suivante, il dort profondément, me laissant désemparée.

Sans demander mon reste, je quitte sa chambre et regagne la mienne. Mais je ne ferme pas ma porte. On ne sait jamais, il pourrait se trouver mal.

Mais bien sûr ! C'est beau d'y croire, raille la petite voix avec mauvaise humeur.

Allongée dans mon lit, j'oscille entre effarement et mortification. Comment vais-je pouvoir le regarder en face après cet épisode si gênant ? Je tente de me rassurer comme je peux en me disant qu'il ne se souviendra peut-être de rien demain matin. Après tout, moi aussi, j'étais souvent prise d'amnésie quand j'avais trop bu. Avec un peu de chance, c'est ce qui se passera et on pourra faire comme si rien ne s'était jamais produit.

C'est beau d'y croire ! répète ma conscience avec sarcasme.

15

Aksel

Un marteau piqueur cogne dans mon crâne et me tire du coma dans lequel j'étais plongé. Avec un gémissement rauque digne d'un vieux fumeur asthmatique, je me redresse. La vache ! Je n'ai pas fait dans la dentelle hier soir.

Note pour moi-même : l'association vodka-pétards est une très mauvaise combinaison qui mène à une gueule de bois carabinée.

Plus jamais je ne m'amuserai à ce petit jeu, je ne joue clairement pas dans la même division que mes pochtrons de copains. Il est vrai que d'habitude, je me contente de deux ou trois bières avant de revenir à l'eau ou au Coca. Mais cette fois… je ne sais pas. Pour ma défense, j'étais tendu et préoccupé. Gérer le désir que m'inspire Noah et feindre l'indifférence devient chaque jour plus compliqué. Le pire, c'est que j'ai moi-même insisté pour qu'on passe nos nuits ensemble, parce que je dors mieux si elle est à mes côtés. Au moins, quand je me réveille en sursaut après un cauchemar – et ça arrive souvent –, je sens sa chaleur rassurante. Mais la contrepartie de cette proximité nocturne, c'est que je reste des heures à bander comme un adolescent. Alors, hier soir, j'ai voulu décompresser. Ça peut se comprendre, non ?

D'un geste mal assuré, je me lève pour chercher mon téléphone. Dépité, je comprends qu'il doit être dans mon blouson, et celui-ci ne se trouve pas dans la chambre. Pas grave, je verrai ça plus tard… Tout en me massant les tempes et en bâillant à m'en décrocher la mâchoire, je finis par quitter mon lit pour gagner la cuisine. Avant toute chose, j'ai besoin d'un expresso et d'un cachet d'aspirine.

Sur la table où nous prenons nos repas, mon adorable Noah a déjà préparé un verre de jus d'orange et deux comprimés. J'avale le tout d'une traite et récupère une dosette pour faire couler mon café. Avec un sourire bienheureux, je savoure la première gorgée du nectar brûlant. Bon sang, ça fait du bien ! Même si la migraine est toujours présente, elle devient un peu plus supportable.

Toutefois, je ne suis pas assez remis pour aller en cours. Tant pis… C'est la première fois que je sèche, mais je ne suis pas en état. Ce qu'il me faut, ce sont quelques heures de sommeil supplémentaires. Ma mère dirait que, quand on boit trop, il faut savoir assumer et qu'aucune excuse n'est recevable. Mais elle n'est pas là, je vais donc agir selon mon idée. Ma veste est posée sur le dossier d'une chaise et j'y récupère mon portable. En quelques clics sur l'application de l'université, j'envoie un message à la secrétaire de la scolarité pour lui indiquer que je suis malade et que je serai absent aujourd'hui.

Lorsque ma tasse est vide, je la rince dans l'évier. Alors que je m'apprête à l'essuyer, j'ai comme un flash, dans lequel je renifle Noah, le nez plongé dans son nombril. C'est très bref, mais assez intense pour que j'en reste interloqué. Cette vision est si réaliste que j'ai l'impression de sentir son odeur. Décidément, il va falloir que je trouve rapidement une solution, parce que je suis en train de perdre la boule et pas qu'un peu. Mais d'abord, je dois dormir pour combattre ces maudits vertiges. En tout cas, plus jamais je ne me mettrai aussi minable. La leçon est bien retenue.

Parvenu à l'entrée de ma chambre, je suis obligé de me pincer les narines, tellement ça pue la vieille vodka pourrie, le tabac froid et la sueur. Sérieusement, c'est nauséabond. Impossible de me recoucher ici dans ces conditions. Même si j'aère, il faudra un quart d'heure au bas mot pour évacuer cette odeur immonde. Et après, la pièce sera glaciale. Or ma tête tourne, j'ai besoin de me poser le plus vite possible. Sans prendre la peine de réfléchir, je claque la porte et me dirige vers la piaule de Noah. Je suis sûr qu'elle ne m'en voudra pas d'avoir squatté son chez-elle. Et si je me débrouille bien, ma colocataire ne s'en apercevra même pas.

Son lit, impeccablement fait, est si tentant que je ne résiste pas. Avec un sourire heureux à l'idée des quelques heures que je passerai entre ces draps qui sentent divinement bon, car elle les change plus souvent que moi, je me déshabille. En moins de temps qu'il n'en faut pour le dire, je suis sous la couette et déjà en train de fermer les paupières. Au moment où je m'apprête à sombrer dans un sommeil réparateur, mes doigts touchent un bout de tissu sous l'oreiller. Je ne devrais pas m'en préoccuper, mais tout ce qui concerne Noah éveille ma curiosité. Alors, j'ouvre un œil et je soulève le coussin. Il s'agit du T-shirt jaune vif qu'elle porte parfois pour dormir. À l'instant où je plonge mon nez dans le vêtement, le flash revient, mais plus net et plus long. Ce n'est pas un rêve ni un fantasme, mais un souvenir. Et si ce que je pense est exact, c'est un souvenir récent, très récent même, genre de la nuit dernière.

Consterné, je me laisse aller en arrière, la main devant le visage. Mais putain de bordel de merde, qu'est-ce que j'ai fait ?

16

Noah

Assise dans la voiture qui file vers Londres, je jette de fréquents regards en direction d'Aksel, tout en essayant d'être aussi discrète que possible. Il conduit, une fois de plus. Depuis l'épisode de sa nuit de beuverie, il m'évite clairement. Et comme je suis mortifiée de l'avoir laissé me toucher de cette façon sans la moindre résistance, ça m'arrange. Rien de neuf sous les tropiques : je ne suis ni courageuse ni téméraire. Mais on commence à avoir l'habitude, n'est-ce pas ? Si j'avais un peu de cran, je me serais déjà opposée à mon père, par exemple, au lieu de fermer les yeux et la bouche, tout ça parce qu'il m'entretient.

— Dis-moi, Ax, ce sont tes parents qui payent pour ton année ici ?

Mon chauffeur fronce les sourcils et se crispe imperceptiblement. Cette réaction est furtive, mais pas assez pour que je ne la remarque pas. C'est que je commence à bien le connaître !

— Oui, enfin en partie.

Il ne me raconte pas tout et, si je n'ai pas envie de me montrer indiscrète, j'aimerais quand même en savoir davantage.

— Et toi ? J'ai cru comprendre que ton vieux est plein aux as.

Voilà une des méthodes favorites d'Aksel Lloyd :

163

retourner une question qu'on lui a posée pour éviter d'avoir à y répondre.

— Je devine ton manège, jeune homme, mais tu ne t'en tireras pas comme ça.

— OK. Mes parents ont effectivement payé la moitié de mon séjour. J'ai eu un souci, il y a quelques années, et la personne qui m'a fait du tort a été obligée de me verser des dommages et intérêts. Je me suis servi d'une partie de cette somme pour régler le reste.

— Du tort ? Comme quand on te renverse en voiture, ou un truc comme ça ?

— Voilà. Un truc comme ça.

— Waouh ! Tu as été blessé ?

— On peut changer de sujet ? Ce n'est pas un épisode de ma vie que j'aime évoquer. D'ailleurs, je ne le raconte jamais. Tu es la première avec qui j'en discute.

— Et Sean ? Il est au courant ?

— Oui. Il n'est pas mon cousin, mais nous sommes de vieilles connaissances, puisque je le côtoyais déjà au jardin d'enfants. Il vient de Vancouver, tout comme moi. Quand l'affaire a éclaté, ça a fait du bruit, donc oui, il sait parce qu'il en a forcément eu vent. Et maintenant, parle-moi de ton paternel, au lieu de jouer les fouines.

Une fouine, moi ? Flûte, je suis percée à jour. Mais pas gênée pour autant, je lui lance, avec un petit rire moqueur :

— Pardon ? Dis donc, vouloir en apprendre plus sur quelqu'un qu'on apprécie, ce n'est pas être une fouille-merde !

— Justement. Je suis très intrigué par le fait que tu n'évoques presque jamais ton papa chéri. Pourtant, à ce que j'ai cru comprendre, il banque méchamment pour sa petite fille adorée.

Aussitôt, je retrouve mon sérieux. À ma mine décomposée, Ax se rembrunit et pose sa main sur la mienne tout en tenant le volant de l'autre.

— Excuse-moi, j'ai l'impression d'avoir commis la boulette du siècle. Si tu continues à me regarder de cette manière, je fais pipi dans mon caleçon, tellement tu es flippante.

Même s'il essaie de plaisanter, je ne parviens pas à prendre les choses à la rigolade. L'ennui, c'est qu'il a mis le doigt à l'endroit où ça fait mal. Mais comme je ne tiens pas à plomber l'ambiance, je prends sur moi pour ne pas le lui montrer.

— Désolée pour ma réaction sans doute excessive. Oui, mon père est très généreux de son argent, mais c'est bien tout ce qu'il accepte de m'accorder. Son attention, son temps et son amour ne font pas partie du package.

— Tu exagères… Pourquoi est-ce qu'il payerait autant s'il ne tenait pas à toi ? Ce que tu dis n'a pas de sens.

— C'est pourtant la vérité. Il a toujours été comme ça avec moi, froid, distant et très absent. Je suppose que c'est son tempérament, mais cela n'en est pas moins blessant. Jamais je n'ai réussi à briser la glace entre nous et j'en ai souvent souffert. C'est pour cette raison que Chantal et moi étions si fusionnelles, nous passions tout notre temps ensemble.

— Elle te manque ?

À cette question, je sens mes yeux briller de larmes que je tente désespérément de contenir.

D'une voix enrouée, je parviens tout juste à murmurer :

— À ton avis ?

— Mais elle manque sans doute aussi à ton père.

— Oh non ! Il voulait divorcer, il avait eu un coup de foudre pour une autre femme qui s'est installée chez nous peu après les funérailles. Tu n'imagines pas à quel point j'ai trouvé ça indécent. J'ai ensuite appris qu'il avait souvent trompé ma belle-mère et qu'elle avait systématiquement feint de l'ignorer.

— Ça, c'est un truc sur lequel je ne pourrais pas passer l'éponge. Pour moi, la fidélité est la clé de voûte d'un couple. Même une galoche, ce n'est pas possible. Je ne partage pas, point final.

Je pivote vers lui et le dévisage d'un air surpris. C'est une blague ?

— S'il y en a un qui n'est pas en droit de tenir un tel discours, c'est toi ! Je ne sais pas si tu es frappé d'amnésie ou si Alzheimer te guette, mais je te rappelle que c'est exactement ce que tu m'as fait dans la discothèque d'Édimbourg.

— Évidemment, j'aurais dû me douter que tu exhumerais cette fichue histoire à la première occasion.

— En même temps, c'était presque trop facile. Tu m'as carrément tendu le bâton pour te faire battre.

— J'ai parlé trop vite, j'aurais mieux fait de me taire. Écoute, Noah, je t'ai demandé pardon et je suis toujours mortifié par mon comportement de ce soir-là. Tu peux me croire, ça ne me ressemble pas.

Je suis sûre qu'il dit vrai et qu'il est du genre loyal. Néanmoins, dans la mesure où cet épisode est encore sensible pour moi, il est préférable de ne pas chercher à en savoir plus sur ses motivations ce soir-là. OK, il a merdé une fois, mais ça ne fait pas de lui un monstre. Il faudrait que je passe à autre chose, d'autant qu'il s'est effectivement excusé à de multiples reprises.

— Je pense que tu es sincère et que tu ne cherchais pas intentionnellement à me blesser. Mais le résultat est quand même là. Bon, on parle d'autre chose ?

Aksel me jette un regard en biais, mais ne pipe mot. Afin de lui montrer que je ne lui en veux plus, en tout cas pas pour ça, je tourne ma main de manière à ce que nous soyons paume contre paume. Très naturellement, nos doigts s'entrelacent. De là à imaginer qu'il tente un rapprochement, il y a un pas que je ne suis pas prête à franchir. Avec lui, je ne sais jamais sur quel pied danser, aussi je choisis la prudence, c'est encore ce qui convient le mieux. À l'évidence, il a ses propres secrets, et tenter de creuser le sujet ne servirait qu'à le braquer. Or, j'ai appris au cours des derniers mois que respecter ceux qu'on aime, c'est aussi accepter qu'ils ne vous disent pas tout. Aksel s'épanchera quand il en éprouvera le besoin ou l'envie, et je ne lui forcerai pas la main.

— De ton père par exemple ? réplique-t-il après un petit silence. C'est quoi son job ?

— Décidément, la vie de mon paternel te passionne ! Très bien. Pour faire court, il a repris l'entreprise de transport créée par ses parents. Ça marche très bien, il est spécialisé dans le tourisme en bus. Il s'attend d'ailleurs à ce que je collabore avec lui à la fin de mes études. Seulement, cette simple idée me donne de l'urticaire. J'adorerais travailler dans le milieu de l'édition, mais je n'ose pas le lui dire. Voilà, tu sais tout. C'est vrai qu'il a de l'argent, même s'il est loin d'être millionnaire. Et, oui, il est généreux, mais c'est une façon de s'offrir une bonne conscience et de me dominer.

— Te dominer ?

Ax ne semble pas comprendre à quoi je fais référence. Il faut que je lui explique, sinon il va penser que je divague.

— Tant que j'accepte son fric, je fais ce qu'il m'ordonne, sans jamais la ramener, tu vois ? En clair, il m'achète.

— Waouh ! C'est tordu, on parle de ton père quand même !

— Oui et on parle d'un homme égoïste qui a toujours agi comme il le voulait sans jamais se préoccuper du mal qu'il pouvait occasionner autour de lui.

— Dans ce cas, qu'est-ce qui t'empêche de gagner ton indépendance et de lui renvoyer son pognon à la figure ? Trouve-toi un boulot !

À ses sourcils froncés, je devine qu'il est sérieux. En réalité, il me propose une perspective que j'ai très souvent écartée, par facilité et par paresse probablement. Je me rappelle que Chantal a un jour évoqué la possibilité que je travaille pendant l'été à l'hôpital où elle était infirmière. Mais mon père a refusé tout net. Pas question que sa fille nettoie la merde des autres, selon ses propres termes. En revanche, il n'a jamais suggéré que j'intègre l'entreprise de transport à ses côtés, ce qui aurait semblé plus logique.

Je suppose qu'il ne souhaitait pas m'avoir dans les pattes. À partir de là, j'ai abandonné l'idée, alors que j'aurais pu chercher un job n'importe où ailleurs. Mais c'était tellement plus confortable de me prélasser au bord de la piscine en bonne mollassonne que je suis. Je réalise aujourd'hui que c'était une erreur et que mon attitude désinvolte ne m'a pas rendu service.

— Et qu'est-ce que je pourrais faire, hein ? Des ménages ? Serveuse dans un bar ?

— Eh ! Je ne savais pas que tu étais snob à ce point ! Il n'y a aucun travail déshonorant. Tu m'entends ? La vérité, c'est que t'es juste une gamine pourrie gâtée qui n'a jamais eu à lever le petit doigt et qui trouve plus simple de laisser papa casquer, au lieu de s'assumer pour être libre.

Cette analyse me coupe le souffle, tant elle manque de diplomatie. Vexée, je retire illico ma main et me ratatine contre la portière. Plutôt que de lui rentrer dans le lard tout de suite, je préfère regarder par la fenêtre pour digérer la brutalité de ses paroles.

En ce 22 décembre, la lande est recouverte de neige et il fait un froid polaire. Pourtant, qu'est-ce que c'est beau ! Ce paysage si rude et si sauvage est extraordinaire, comme figé dans le temps. Sur notre route, en direction de Leeds dans un premier temps, nous ne croisons pas beaucoup de véhicules. Admirer cet environnement pendant quelques minutes silencieuses me permet de retrouver un semblant de calme. Ax est le genre de mec à dire tout haut ce qu'il pense, sans filtre. Partant de ce postulat, on peut s'attendre au pire avec lui. Cela étant, je n'aurais jamais imaginé qu'il serait si brutal avec moi.

— Tu ne réponds pas ? finit-il par demander.

— C'est que je suis estomaquée par ta classe et ton tact. Charmante, l'opinion que tu as de moi ! De quel droit me juges-tu aussi sévèrement ?

— Le problème, ce n'est pas la façon dont j'ai parlé, mais plutôt la teneur de mes propos. Je suis désolé que ça ne te plaise pas, Noah, mais je le pense vraiment. Si tu le décidais, tu pourrais te défaire de l'emprise de ton père. Seulement, une telle résolution impliquerait que tu subviennes à tes besoins. Et visiblement, tu n'en as pas envie.

Il a tout à fait raison. Je le sais. Mais cela ne signifie pas que ce n'est pas douloureux à entendre. Parce que tout le monde connaît bien l'adage : il n'y a que la vérité qui blesse.

— Et comment est-ce que je ferais, monsieur le petit malin ? Je n'ai aucune qualification ni aucune expérience professionnelle. Je n'ai jamais travaillé de ma vie.

— Tu te fous de moi ? Et ta licence en langues étrangères ? Tu parles un anglais parfait et c'est un Canadien qui te l'assure. Tu maîtrises également l'allemand de manière remarquable, l'espagnol et le néerlandais. Ce genre de profil est forcément recherché dans le domaine international ou la traduction.

— Mais je n'ai pas encore mon master, il me reste l'année prochaine pour le boucler. Ensuite, je pourrai y voir plus clair.

— Plus clair pour quoi ? Tu affirmes toi-même que tu ne veux pas intégrer l'entreprise familiale et que le milieu de l'édition te branche. Postule, bon sang !

— Quoi ? Comment ?

— En envoyant des candidatures spontanées à des éditeurs, en leur proposant de te tester, est-ce que je sais ? Sincèrement, Noah, à la façon dont tu m'as décrit tes relations avec ton père, tu te vois rentrer et lui dire non quand il décrétera que tu dois bosser pour lui ?

Je frémis à cette perspective. Ax a raison, une fois de plus. Si je repars chez moi, que je vis même à temps partiel – traduisez par : le week-end – dans la maison où j'ai grandi, jamais je ne serai assez forte pour me défaire de l'emprise paternelle. C'est encore pire que ça quand on y réfléchit. Si je retourne à la maison, je replongerai. Je ne réussis à m'en sortir que parce que je suis loin de lui, loin d'eux, et que j'ai mis une distance géographique avec les drames qui ont jalonné mon existence ces deux dernières années. Cela signifie aussi qu'à l'été, au moment où il faudra faire le voyage en sens inverse, je me retrouverai dans une position intenable. Cette simple perspective me mine, je dois commencer à envisager une autre solution et vite. Mon avenir et ma vie tout entière en dépendent. Cette prise de conscience est terriblement perturbante, mais c'est la triste réalité.

— Tu ne réponds toujours pas ? insiste-t-il.

— Pourquoi ? Tu as vu juste, tu le sais très bien. Je ne peux pas repartir chez moi en juin. Mais si je ne reviens pas, mon père me coupera les vivres jusqu'à ce que je fasse ce qu'il exige de moi. Et alors, qu'est-ce que je vais devenir ?

— Eh ben, mon chou, tu fais comme tout le monde. Tu te sors les doigts du cul et tu cherches un job. La plupart des étudiants y sont contraints et ils n'en meurent pas.

— Sauf toi. T'es quand même gonflé ! Tu m'abreuves de beaux discours, tu me sers ton analyse et tes sages conseils, mais de toute évidence, tu ne les appliques pas à toi-même. Je te signale que tu ne bosses pas.

— Des clous, oui ! Évidemment que je travaille ! Je suis maître-nageur trois soirs par semaine.

— Ah bon ?

Dire que je suis étonnée est un euphémisme. OK, il est à la piscine du campus presque tous les jours après les cours, mais j'ignorais qu'il y était employé.

— Eh oui, princesse ! Je gagne ma croûte, car la pension que me versent mes parents ne suffit pas. Ils ont déjà fait un énorme sacrifice pour que je sois logé dans les meilleures conditions, je ne pouvais pas leur en demander plus. Et il n'était pas question pour moi de débloquer l'intégralité de la somme qu'on m'a versée. Mon père ne l'aurait jamais accepté. Sans compter que je ne profiterai pas d'une aisance matérielle gagnée au prix de ce que j'ai subi. Quand j'ai su que je venais ici, j'ai immédiatement postulé un emploi d'agent d'entretien. Tu vois, j'étais prêt à faire le ménage et à récurer les chiottes. J'ai eu une entrevue par Skype avec le directeur du centre sportif. Lorsque je lui ai appris que j'avais mon brevet de sauveteur et que j'avais bénéficié d'une bourse de l'université parce que je faisais partie de l'équipe nationale de natation, il a décidé de me recruter en tant que maître-nageur.

Admirative et vaguement jalouse de son courage, je garde le silence. Il a réussi à dégoter un boulot quand je passais mes journées à me lamenter, un verre à la main. C'est sûr, il est bien plus débrouillard que moi, ou en tout cas plus volontaire.

Consciente qu'il attend une réaction de ma part, je finis par murmurer :

— Il faut que j'y réfléchisse.

— Fais donc ça, mais ne traîne pas trop. Le genre de job que tu cherches ne se trouve probablement pas à tous les coins de rue, mais n'est sans doute pas aussi rare qu'un cheveu sur la tête de Bruce Willis ou qu'un string sur le cul de la reine d'Angleterre.

À ces mots, je m'esclaffe. Ce qu'il est drôle avec ses expressions si imagées ! Il n'y a que lui pour balancer une énormité pareille avec la mine de celui qui récite un psaume de la Bible. Je ne retrouve mon sérieux que lorsque nous arrivons à proximité de Sheffield. Durant de longues minutes, j'ai essayé de parler, mais chaque fois que mes yeux croisaient les siens, le fou rire me submergeait à nouveau.

Nous faisons enfin une halte bien méritée – la première depuis notre départ d'Édimbourg – sur une aire de stationnement au bord de la route. Ici, la neige est moins dense et vire à la gadoue. Quelle différence entre la verdoyante Écosse, si pittoresque, et le paysage beaucoup plus morne du nord de l'Angleterre…

Une demi-heure et un thé plus tard, nous repartons en direction du sud. J'ai pris le volant, pour permettre à Aksel de se reposer, et je sens son regard qui ne me quitte pas. À un moment, alors que nous sommes en train de discuter tranquillement, son téléphone portable bipe. Il le récupère dans la poche de sa veste pour consulter le message envoyé, puis le range avec un sourire lumineux comme je lui en ai

171

rarement vu. Apparemment, il est très content de ce qu'il vient de lire et ma curiosité est aussitôt piquée.

— Bonnes nouvelles ?

— Excellentes !

— Tant mieux.

J'attends, espérant qu'il m'expliquera de quoi il retourne, mais non, il ne semble pas décidé à partager son secret. J'en suis presque vexée. Ce mec veut toujours tout savoir de moi et ne raconte jamais rien sur lui. Ça devient pénible à la fin ! Je décide donc d'insister.

— Mais encore ?

— Encore rien. Du moins, rien qui te concerne.

Ben voyons ! Facile !

— Dans ce cas, ne me pose plus aucune question sur ma famille, parce que tu pourrais te faire envoyer sur les roses façon Noah, et je pense que ça ne te plairait pas du tout.

J'ai conscience d'avoir recours à une forme de chantage affectif et, oui, c'est lamentable. Mais aux grands maux les grands remèdes.

— Oh ! ne prends pas la mouche, miss ! C'est une histoire personnelle.

J'arque un sourcil et arbore une moue ironique. Il ne se payerait pas un peu ma tête, lui ?

— Ah oui ? Rappelle-moi de quoi nous avons discuté il y a moins d'une heure ? Allez, Aksel Lloyd, un petit effort, je suis sûre que tu n'as pas oublié !

Face à son silence obstiné, je poursuis, bien décidée à ne pas me gêner pour lui mettre le nez dans sa propre mouise.

— Aucune réponse ? Dans ce cas, laisse-moi te rafraîchir la mémoire. Tu avais envie de tout savoir sur mon père, si mes souvenirs sont exacts, ce qui impliquait nécessairement d'évoquer mon histoire personnelle. Et là, dès qu'il s'agit de toi, il ne faut surtout rien demander. Avoue que c'est l'hôpital qui se moque de la charité.

Ax s'empourpre et esquisse une petite grimace contrite. Il doit se rendre compte que je n'ai pas tout à fait tort.

— D'accord. Sauf que je ne suis pas le seul concerné,

voilà pourquoi je ne peux pas te dévoiler le contenu du message. Reconnais qu'il est toujours délicat de partager ce genre d'information. C'est comme si je racontais tes confidences à mes potes. J'avoue que je me sentirais assez mal à l'aise. Tu vois ce que je veux dire ?

Bien sûr que je comprends. Zoé préférerait se faire torturer plutôt que de dévoiler mes secrets à qui que ce soit. Pareil pour moi. J'ai vaguement évoqué son contexte familial, mais sans entrer dans les détails.

Tandis que j'actionne le clignotant pour doubler une voiture, je finis par abonder dans son sens.

— OK, c'est normal. Je n'insisterai donc pas. De quoi est-ce qu'on discute alors ?

— Peut-être de ce dont on évite de parler depuis près de trois semaines ?

À ces mots, mes joues deviennent brûlantes. C'est une blague ? Il n'est tout de même pas en train de citer l'épisode nocturne qui me laisse un souvenir aussi cuisant qu'excitant ? Mais je me ressaisis immédiatement pour m'en tenir à la ligne de conduite que j'ai décidé d'adopter dès le lendemain de cette nuit, à savoir démentir en bloc. Aussi, je m'enquiers, avec la plus parfaite mauvaise foi :

— C'est-à-dire ?

Hélas, tout dans mon attitude indique que je sais parfaitement à quoi il fait allusion.

— Tu joues les ingénues, mais quand je t'observe, cramoisie et tremblante, je me dis que tu as très bien pigé de quoi je veux parler.

Ah ben si, c'est exactement ça. Quel mufle, ce mec, d'aborder un moment aussi gênant sans la moindre délicatesse !

— Mais non, je…

— Je fais référence à cette nuit-là, quand tu as joui sur ma main pendant que je suçais tes seins, m'interrompt-il sans tenir compte de ma protestation. Eh, fais attention !

Je mets un brusque coup de volant pour me rabattre alors que la voiture a failli faire une embardée dangereuse.

Bon, quelle est la meilleure tactique ? Le plus simple est de persister à nier. Après tout, il était complètement soûl, il ne se rappelle sans doute pas grand-chose.

L'espoir fait vivre ! ironise l'habituelle petite voix intérieure. *Il vient tout juste de te démontrer à quel point tu t'es plantée en imaginant que l'excès d'alcool avait provoqué une amnésie. Pour un mec qui est censé avoir fait un black-out, il a quand même des souvenirs vachement précis.*

En désespoir de cause, je décide d'opter pour un silence prudent. Je me connais… Si je commence à l'ouvrir, je vais parler à tort et à travers pour surmonter ma nervosité. Or, c'est ce que je dois à tout prix éviter si je ne veux pas m'enfoncer davantage.

— Tu es étonnamment muette, Noah, finit-il par faire remarquer au bout d'un long moment.

— Je crois que tu te fais des films, Ax. Il ne s'est rien passé. Tu racontes des conneries.

Je garde ma ligne stratégique bien à l'esprit : nier, nier et nier encore. Même si je dois me le répéter mille fois, c'est la seule option envisageable pour épargner ma dignité.

— Pourquoi est-ce que tu mens ? J'étais peut-être bourré, mais je te jure que je me souviens très bien.

— Peut-être que tu as rêvé. Ça arrive, tu sais…

— Quand je vois ta tête, je suis sûr que non. Je ne comprends pas pourquoi tu refuses de reconnaître la vérité. Nous n'avons rien fait de mal. Et puis, on sait très bien que c'était autant de ma faute que de la tienne.

Aussitôt, je sens la moutarde me monter au nez.

— Ma faute ? Je n'ai pas cessé de te répéter que c'était une mauvaise idée, de te demander d'arrêter ! Pourquoi est-ce que j'aurais une quelconque responsabilité dans ce qui est arrivé ?

À l'instant où les mots sortent de ma bouche, je réalise que j'ai commis une bourde intersidérale. En cherchant à me défendre, je viens d'admettre qu'il m'a touchée et que je l'ai laissé faire. Ma tactique consistant à tout réfuter vient de tomber à l'eau, aussi sûrement et aussi douloureusement que moi quand je plonge et que je fais un plat monumental. Je savais que je devais me taire, que parler était une grossière erreur.

— Je croyais que j'avais rêvé…, réplique-t-il, moqueur.

Qu'est-ce que je disais ? J'étais sûre qu'il saisirait la balle au bond ! C'était couru d'avance. Foutue pour foutue, autant me montrer franche. Persister à mentir ne sert désormais plus à rien.

— Oui, eh bien, ce n'est pas un épisode dont je suis très fière. Tu comprendras donc que je n'avais aucune intention de m'en vanter.

— Pourquoi ?

Son ton est soudain plus grave et je sens qu'il me dévisage, visiblement préoccupé.

— Je ne sais pas… J'ai l'impression que tu n'étais pas conscient de tes actes, que vu ton état j'aurais dû te repousser plus fermement, que j'ai abusé de toi.

— Noah ! C'est n'importe quoi ! Je crevais d'envie de te toucher depuis des semaines. Il faut qu'on arrête ça tout de suite.

Perplexe, je fronce les sourcils.

— Arrêter quoi ?

— Arrêter de faire comme si l'attirance qu'il y a entre nous n'existait pas, comme si nous n'étions que de simples amis. Ça a sans doute été le cas au début, mais ce n'est plus vrai depuis longtemps.

Je n'en crois pas mes oreilles ! Mais de qui est-ce que ce crétin se moque ? Je suis tellement furieuse que j'ai du mal à dominer les tremblements qui m'agitent. Dans cet état, je deviens dangereuse, je pourrais provoquer un accident à tout moment. Malgré mes efforts, je ne parviens pas à me ressaisir, ma colère est incontrôlable. Aussi, quand j'avise un panneau indiquant une aire de repos, j'actionne le clignotant. Lorsque nous sommes enfin garés, je me tourne vers lui et pointe un index accusateur dans sa direction.

— À qui la faute ? C'est un peu trop facile de me faire la leçon maintenant, alors que c'est toi qui m'as jetée, qui as embrassé Tina devant moi quand je croyais que nous formions un couple. Tu n'arrêtes pas de tergiverser. Un jour, tu veux… le lendemain, tu ne veux plus… Tu sais quoi ? Tu me donnes le vertige à force de changer d'avis toutes les cinq minutes. Je peux admettre mes torts si j'en ai, ce n'est pas un problème. Mais dans ce cas précis, je refuse d'endosser la moindre responsabilité. Si notre relation est un foutoir sans nom, c'est de ta faute et uniquement de ta faute. Pas question de me sentir coupable parce que tu es une véritable girouette !

Après cette tirade qui me laisse à bout de souffle, je reste immobile et silencieuse. J'ai dit ce que j'avais à dire, il n'y a rien à ajouter. Quand Aksel déboucle sa ceinture, je crois un instant que c'est pour reprendre le volant, parce qu'il suppose – à juste titre – que je suis trop énervée pour conduire. Imaginez ma surprise lorsqu'il se penche sur moi pour poser fougueusement sa bouche sur la mienne.

Et comme je suis la fille la plus faible du monde, je ne résiste pas. Pas même une seconde…

17

Aksel

Fasciné, je ne peux détacher mon regard de Noah qui est
en train d'ouvrir le cadeau que j'ai choisi pour elle. Il s'agit
d'un gros gilet en laine qui m'a coûté un bras et que j'ai
acheté dans une boutique du centre-ville d'Édimbourg. Il
paraît qu'il est tricoté à la main. Dénicher le présent parfait
pour elle a été un véritable casse-tête. Qu'offrir à quelqu'un
qui a déjà tout ? Entre son iPhone dernier cri, son MacBook
qui doit valoir une blinde, ses fringues de marque et son
parfum de créateur, il est clair qu'elle a des goûts de luxe.
Mais en m'arrêtant devant la vitrine de ce petit magasin,
quand j'ai aperçu le ravissant cardigan beige, j'ai aussitôt
pensé à ses jérémiades quand elle se plaint d'avoir froid,
ce qui est récurrent depuis son arrivée en Écosse. OK, il
n'était pas donné et j'ai un peu explosé mon budget cadeaux
pour lui faire plaisir, moi qui n'aime pas jeter l'argent par
les fenêtres. Mais Noah le mérite.

— Oh ! Ax ! Il est tellement joli ! Tu as fait des folies,
il ne fallait pas. C'est trop !

Le sourire lumineux qu'elle affiche en le découvrant me
conforte dans l'idée que mon choix était le bon.

— Tiens, Aksel, c'est de ma part et de celle de tes parents,
indique mon oncle en tendant un paquet dans ma direction.

Lorsque je découvre qu'ils se sont cotisés pour m'offrir
un nouveau smartphone, je ne peux retenir un rire de joie.

Il faudra que j'appelle mon père et ma mère tout à l'heure pour les remercier. Le mien est à deux doigts de rendre l'âme et j'avoue que je suis ravi d'en changer.

Zoé nous remet à tous les trois un paquet que nous acceptons avec le sourire.

— Cette coque est très jolie, je l'adore ! s'exclame Noah en l'embrassant.

Sa copine ne dispose clairement pas des mêmes moyens, mais elle a choisi ses présents avec un soin tout particulier et je suis enchanté par le dernier Stephen King qu'elle m'offre. D'ailleurs, à bien y réfléchir, Noah n'est pas très exigeante non plus, puisque tout semble lui faire plaisir.

— Super ! J'adore Harlan Coben, approuve Kit avant de claquer une bise sur la joue de Zoé pour la remercier.

Je l'imite et lui remets mon cadeau, des écouteurs achetés sur les conseils de ma colocataire et plus si affinités. Son amie semble si touchée qu'elle en a les larmes aux yeux, tout comme elle est très contente des chèques-cadeaux que mon oncle a pris pour chacune d'elles dans la librairie Foyles sur Charing Cross. Cet endroit est incroyable pour qui aime les bouquins, ce qui est le cas de ces deux-là. Et c'est à moi qu'il doit ce tuyau.

— Noah, merci pour cette superbe écharpe en cachemire, fait Kit avec un sourire lumineux.

— Et merci pour les bottines, renchérit Zoé avant de la serrer contre elle.

Je suis presque sûr que son amie n'avait pas de quoi se payer une paire de Ugg, qui risque pourtant de s'avérer fort utile en ce moment, puisque la température extérieure est polaire.

Pour finir, Noah me remet une petite boîte rectangulaire qui éveille aussitôt ma curiosité. Qu'est-ce qu'elle a bien pu choisir pour moi ?

— Bon sang, mais tu es folle ! Tu sais combien ça vaut, une Apple Watch ?

J'avoue que son cadeau, parfaitement raccord avec celui

de ma famille, me ravit même si je suis gêné qu'elle ait fait autant de frais pour moi.

— Ne t'inquiète pas pour ça, ce n'est pas ton problème, mais le mien. Et puis, c'est toi qui m'as dit à plusieurs reprises que tu aimerais en posséder une pour avoir une idée exacte de la distance que tu parcours à la piscine. Alors ? Tu aimes ?

Avec effusion, je la remercie, profitant de l'occasion pour la serrer un peu plus étroitement contre moi.

Nous sommes arrivés à Londres il y a trois jours. Depuis, notre relation évolue tranquillement mais sûrement. Si nos gestes restent amicaux, nous nous montrons désormais plus tactiles l'un envers l'autre, ce qui rend la situation assez équivoque. Pourquoi ce revirement de ma part ? Eh bien, durant le trajet en direction de Londres, j'ai appris par un message de mon père que Kate Miller était désormais hospitalisée dans une clinique privée du Connecticut, aux États-Unis. Voilà pourquoi elle n'était plus au centre psychiatrique de Vancouver où elle avait été internée dans un premier temps.

Peu importe l'endroit où cette dingue se trouve, l'essentiel est qu'elle soit le plus loin possible de moi. Depuis la discussion que nous avons eue dans la voiture, Noah a l'air préoccupée par son avenir. Elle n'a visiblement aucune envie de repartir en France à la fin de l'année universitaire, pas plus que je n'envisage de rentrer à Vancouver dans l'état actuel des choses. En effet, je songe de plus en plus souvent à m'installer en Écosse ou peut-être à Londres, je ne suis pas encore fixé. Il faudra que je prenne bientôt une décision, car je serai diplômé en architecture à l'été. J'aime Édimbourg, si vivante et pittoresque. J'apprécie les gens, que je trouve à la fois accueillants et chaleureux. J'adore les espaces verdoyants dont la beauté me coupe le souffle, les rues du centre-ville souvent bordées de bâtiments époustouflants et si chargés d'histoire. Et par-dessus tout, j'aime l'idée qu'un océan me sépare de Kate Miller. J'espère qu'elle ne saura jamais où je me suis réfugié. D'ailleurs, si mon oncle Rob n'avait pas acquis la certitude, après maintes recherches, qu'elle est hors d'état de me nuire, il y a fort à parier que je n'aurais pas mis le nez dehors de tout mon séjour chez Kit.

Avec une tendresse toute fraternelle, j'observe ce dernier, heureux d'être auprès de lui pour les fêtes. Il sourit à Zoé et je ne crois pas l'avoir vu si serein depuis des années. Après s'être marié jeune – aujourd'hui, il n'a que vingt-huit ans –, il a pris de plein fouet une séparation douloureuse à laquelle il ne s'attendait pas. Pour faire court, sa désormais ex-femme s'est lassée de ses absences et a demandé le divorce sans même avoir la décence de le prévenir. Lorsqu'il a reçu le courrier d'un avocat à son boulot, il s'est effondré et a sombré dans une dépression assez profonde pour provoquer l'inquiétude de toute la famille. Everly était le grand amour de sa vie depuis leur rencontre au lycée. Il n'imaginait pas un instant qu'elle le plaquerait aussi brutalement. D'autant qu'il bossait comme un fou pour offrir à *Madame* le standing auquel elle aspirait. Résultat : il passait plus de temps au restaurant où il était chef que chez lui. Elle n'a pas voulu comprendre et, trois ans après des noces grandioses, la rupture était consommée. Sans compter qu'elle le narguait souvent, s'exhibant avec chaque nouvel amant jusque sur son lieu de travail. Avant de toucher le fond, dans un sursaut d'orgueil, Kit a enfin réagi et accepté un poste en Europe, histoire de laisser cet épisode de sa vie derrière lui et de recommencer à zéro ailleurs. À mon avis, cela a été sa meilleure décision, parce que, s'il était resté à Vancouver, je suis sûr qu'il aurait fini par supplier cette garce de revenir. Or, je suis désolé de sembler aussi trivial, mais on ne ravale pas son vomi – comprenez que leur relation n'aurait eu aucun avenir si elle avait repris.

Pour en revenir à mes propres projets, la seule chose qui me retient de m'installer ici – soit à Londres soit en Écosse –, c'est la peine que cet éloignement occasionnerait à mes parents. Eux et moi entretenons une relation fusionnelle et je sais qu'ils ont été malheureux quand je suis parti. Mais quelle autre option y avait-il ? Aucune. J'adore le Canada en général et Vancouver en particulier, mais pas assez pour y vivre avec la peur au ventre.

Lorsque je reprends pied dans la réalité, mon regard croise celui de Noah, qui me dévisage comme si elle essayait de lire en moi.

Cette nana, je l'ai vraiment dans la peau. J'ai beau essayer de la chasser de mes pensées, elle y revient systématiquement. Depuis l'épisode de la discothèque, je n'ai plus couché avec aucune fille, pas même pour un plan cul d'une nuit. Dans mon esprit dérangé, j'aurais l'impression de la tromper. Je suis convaincu que cette attirance est réciproque, mais il y a une part de moi qui s'efforce de garder Noah à distance pour la protéger, tandis que l'autre ne rêve que d'une chose : prendre une place de choix dans sa vie. Et, si je suis honnête envers moi-même, cette envie s'est transformée en besoin irrépressible depuis ma soirée de beuverie. Bon sang, c'est si dur de ne plus dormir près d'elle, de l'éviter tout le temps, de ne pas pouvoir lui dire la vérité.

Seulement, je ne suis pas encore prêt à lui raconter l'affaire Kate Miller. Je suis terrifié à l'idée qu'elle prenne peur et ne veuille plus entendre parler de moi, ce qui pourrait parfaitement se comprendre. Et ça, non, je refuse de l'envisager. D'autant qu'on en revient toujours à la même chose, à savoir que je tiens trop à Noah pour la mettre sciemment en danger. Mais maintenir cette foutue distance entre nous se révèle de plus en plus difficile à vivre. Surtout depuis que l'autre folle a été localisée… Rien que d'y penser, j'ai les lèvres qui me démangent.

Peu après l'ouverture des cadeaux, nous partageons un brunch succulent préparé par Kit. Zoé est partie s'allonger, il paraît qu'elle n'est pas bien. C'est pour ce motif qu'elle ne nous a pas accompagnés au musée Harry-Potter ou lors de nos virées dans Londres, ces deux derniers jours. J'aime bien l'amie de Noah. Elle est franche, directe, et ne s'embarrasse pas de faux-semblants. C'est une jolie brune aux cheveux courts et aux yeux bleus immenses.

L'unique problème que je lui vois, c'est son rapport bizarre aux hommes. Sérieusement, chaque fois que je suis un peu trop près d'elle – et cela nous arrive souvent dans la mesure où l'appartement n'est pas très grand –, elle se crispe de peur. Inexplicablement, le seul qui peut l'approcher sans provoquer une telle réaction, c'est Kit. Ne me demandez pas pour quelle raison, je n'en ai aucune idée. Toujours est-il qu'avec lui elle semble se détendre. À mon avis, elle a été victime d'une agression, voire d'un viol, et je ne crois pas me tromper.

Le brunch terminé, mon oncle s'en va, boulot oblige. Noah et moi finissons de ranger la cuisine et, dès que la porte d'entrée se referme sur lui, j'attrape ma colocataire par la manche de son pull pour la serrer dans mes bras. Tout naturellement, mes lèvres trouvent les siennes. Bon Dieu, qu'est-ce que ça m'avait manqué ! Ici, c'est compliqué, car nous ne sommes pas chez nous. Par respect pour notre hôte, qui se remet tant bien que mal, je ne veux pas lui sauter dessus. Le petit F3 de Kit n'est pas un baisodrome. Et puis, il y a Zoé. Inutile de nous donner en spectacle.

Quand ma langue cherche à entrer en contact avec la sienne, Noah se raidit et s'écarte. Le regard à la fois limpide et sérieux, elle me dévisage avant de demander, visiblement réticente :

— En quel honneur, ce deuxième câlin en trois jours ?

Je ne peux pas la blâmer. À force de faire deux pas en avant et trois pas en arrière, je l'ai rendue méfiante. Mais cette fois, c'est différent, puisque plus rien ne m'empêche d'être son petit ami.

— C'est tout à fait spontané. Une façon de te remercier pour ton cadeau. Et je te le redis, tu es folle d'avoir dépensé autant d'argent.

— Ne t'inquiète pas pour ça. Si cette montre te fait plaisir, c'est l'essentiel. Cela étant, je savais que tu aimerais, tu en as si souvent parlé…

— Il ne faut pas croire sur parole toutes les conneries que je raconte. Ce serait faire preuve de naïveté.

— Alors, cela signifie que je le suis, murmure-t-elle avec un sourire radieux qui me coupe le souffle.

Noah est la plus jolie femme qu'il m'ait été donné de rencontrer. Plus je la regarde et plus j'en suis convaincu. Oh ! ce n'est pas un canon de beauté au sens propre du terme, mais elle est lumineuse, ses traits sont fins, ses yeux sublimes, ses cheveux fantastiques et ses courbes divines. Oui, bon, je crois que je m'emballe un peu.

Soudain excité, je la tire vers moi avec un grognement d'homme des cavernes.

— Noah, laisse-moi t'embrasser. J'en crève d'envie, je te jure. À tel point que mes neurones ne sont plus connectés.

Cependant, elle résiste de plus belle. Manifestement, un rapprochement ne figure pas dans ses projets immédiats.

— Et après ?

Surpris, je hausse les sourcils. De quoi parle-t-elle ? On s'en fout de ce qui arrivera ensuite. Tout ce qui compte, c'est l'instant présent. Elle et moi, seuls pour la première fois depuis un moment, dans l'espace réduit qu'est la cuisine de mon oncle.

— Comment ça, « après » ?

— Qu'adviendra-t-il quand tu changeras encore d'avis ? Tu es le meilleur ami qu'une fille puisse avoir, mais comme *boyfriend*, tu es carrément toxique. J'en ai marre que tu fasses machine arrière dans les heures qui suivent chaque retour de flamme ! Et je n'ai pas envie de passer les prochains jours à guetter le moindre signe, en espérant que tu daignes à nouveau te souvenir de moi pendant que tu t'amuseras ailleurs. C'est juste insupportable.

Qu'elle me voie comme un mec toxique me dérange profondément. Si c'est l'impression que je lui ai donnée, j'ignore comment y remédier. Pourtant, je tente malgré tout de me justifier.

— Noah, je te promets qu'un jour je t'expliquerai pourquoi c'est si compliqué de faire partie de ma vie.

— Quand ?

— Je n'en ai aucune idée. Bientôt…

— Dans ce cas, désolée, mais je ne suis pas intéressée. Je ne veux pas sortir avec toi. Tu sais que je t'adore, Ax, mais je ne laisserai plus jamais un homme me faire du mal.

— Mais je ne…

Sans tenir compte de ma protestation, elle m'interrompt d'un geste de la main.

— Et tu en as le pouvoir. Alors, il faut que tu restes loin de moi. Pour nous deux, je te le demande : arrête de me faire tourner en bourrique.

Je lis de la tristesse dans son regard, mais aussi une détermination inédite. Mais si elle est décidée, je le suis bien plus encore. Parce qu'en l'entendant m'expliquer qu'elle avait de moi l'image d'un type nuisible, j'ai bien cru la perdre, et cette perspective m'a fait paniquer. Noah compte énormément, beaucoup plus que si elle était juste une amie proche. Alors, oui, j'ai peur de ce qu'elle représente pour moi, car c'est l'exposer sciemment au danger, même si je contrôle la situation pour le moment. En revanche, l'idée même de ne plus jamais l'embrasser est inenvisageable, ce qui m'oblige à me poser les bonnes questions sur ce que cette femme représente dans ma vie. En fait, elle est tout pour moi, et le seul moyen de le lui faire comprendre est de lui parler à cœur ouvert.

— Noah, je pense que je suis amoureux de toi.

Voilà, c'est dit. Au moins, pour la première fois depuis longtemps, je fais preuve de sincérité. Dans l'absolu, rien n'a changé, je suis toujours terrifié par l'éventualité que Kate Miller puisse me retrouver un jour et la blesser. Mais tout bien réfléchi, il me semble que je peux prendre le risque d'aimer Noah, puisque l'autre folle est loin. Si je laissais passer ma chance maintenant, je le regretterais tout le reste de ma vie.

— C'est une blague ? Tu n'as rien trouvé de mieux pour essayer de me mettre dans ton pieu ? Franchement, Aksel, tu me déçois beaucoup.

— Mais c'est la vérité ! Et je te signale que je ne t'ai pas proposé de coucher avec moi. Je n'en ai de toute façon pas l'intention tant qu'on sera ici. Par respect pour Kit, je préfère attendre qu'on soit rentrés à la maison.

Sa mine étonnée me donne envie de rire. Enfin, je m'exprime mal, car « étonnée » n'est pas le terme exact. Je devrais plutôt dire « scandalisée », ce serait plus juste.

— Tu en parles comme si c'était acquis. Mais il me semble que j'ai mon mot à dire. Tu ne manques pas de souffle, espèce de gros prétentieux !

À nouveau, je la tire vers moi et, cette fois, elle ne résiste pas. Son corps collé au mien fait immédiatement monter ma température et je dois faire un effort surhumain pour ne pas la culbuter sur la petite table en formica blanc qui trône au milieu de la cuisine.

— Je ne suis pas prétentieux, mais réaliste. Toi et moi, on sait très bien ce qui se passe quand nous sommes trop près l'un de l'autre, comme maintenant.

Avant qu'elle puisse répondre, je pose mes lèvres sur les siennes pour la réduire au silence. Ce n'est pas que je n'aime pas nos joutes verbales, mais je préfère de loin l'embrasser. D'ailleurs, Noah ne pense même pas à se rebeller. Au contraire, elle attrape mon T-shirt pour me rapprocher d'elle, pendant que ma langue fouille furieusement sa bouche. Oh bordel, je suis au paradis ! Il n'y a pas d'autre endroit où je voudrais être, si ce n'est au creux de son corps. Mes mains, comme dotées d'une volonté propre, glissent sous son pull pour caresser langoureusement son dos, ce qui la fait gémir et m'excite encore davantage.

— Hum, hum…

Un raclement de gorge nous oblige à nous séparer d'un bond. Lorsque je tourne la tête, je découvre Zoé, qui nous observe depuis le pas de la porte.

— Dites donc, bande de cochons, il y a des chambres pour ça, vous êtes au courant ?

Si j'apprécie l'amie de Noah, je la maudis en cet instant précis. Qu'est-ce qu'elle fiche ici ? Ne pouvait-elle pas retourner d'où elle venait lorsqu'elle s'est rendu compte qu'elle nous dérangeait ? J'ai conscience d'être injuste, mais je suis frustré d'avoir été coupé dans mon élan.

— Désolée, grogne Noah, cramoisie. Il y a un souci ? Tu as besoin de quelque chose ?

— Mes médicaments. Ils sont sur le plan de travail.

J'ignore quel est le problème de Zoé, mais elle n'a pas l'air en forme. La voir ainsi réveille mon sens moral, et je saisis un verre que je remplis d'eau pendant qu'elle gobe deux cachets. Lorsqu'elle s'est désaltérée et qu'elle a récupéré le mug de thé fumant que lui a préparé ma jolie rousse, elle repart en direction de la chambre d'amis, me laissant interroger discrètement Noah.

— Qu'est-ce qu'elle a ?

— Truc de fille, révèle-t-elle avec un haussement d'épaules.

— Et ça vous met dans cet état ?

— Ça arrive dans certains cas.

— À toi aussi ?

— Non, je prends la pilule, mon cycle est régulé.

À ces mots, je souris comme si on m'avait attribué l'oscar du meilleur rôle masculin. Avec malice, je me colle à elle alors qu'elle se trouve dos à moi et murmure au creux de son oreille :

— C'est bon à savoir.

Noah rougit une fois de plus, mais reste silencieuse. Alors, pour ne pas la mettre mal à l'aise, j'enchaîne avec jovialité.

— On va le faire, ce tour sur la Millennium Wheel ?

— Absolument.

18

Noah

Il est 11 heures lorsque nous quittons le parking souter-
rain de l'immeuble de Kit. Si je connaissais Londres, pour
y être allée dans le cadre de voyages scolaires, j'ai eu
l'impression de redécouvrir la ville pendant ce court séjour.
L'oncle d'Ax réside tout près de Canary Wharf, et j'adore
ce quartier, juste en face de la City, de l'autre côté de la
Tamise et non loin du Tower Bridge. L'appartement offre
d'ailleurs, de sa terrasse, une vue superbe sur le fleuve et le
Millennium Bridge. C'est assez rare dans la capitale pour
être souligné. Je n'avais pas mesuré à quel point Kit était
un chef brillant, mais je le comprends maintenant, car son
poste prestigieux lui permet de s'offrir ce F3 si bien situé.
À certains égards, cet homme talentueux me fait penser à
Jamie Oliver ou à Cyril Lignac. Pas physiquement – il est
plus ténébreux, avec sa tignasse et ses yeux sombres à la
Jon Snow –, mais parce qu'il est modeste et décontracté, et
que sa façon de concevoir la cuisine est à la fois simple et
pourtant raffinée. Et comme c'est un pédagogue hors pair,
j'ai appris plein de nouvelles recettes et d'astuces diverses.

Ce matin, après le petit déjeuner, nous avons préparé nos
bagages et sommes restés un bon moment avec mon amie
et le beau brun qui nous héberge, avant de nous décider à
lever le camp. Comme nous avons environ huit heures de
route, il était préférable de ne pas traîner.

Normalement, nous devions déposer Zoé à Cambridge, mais elle ne repartira qu'après-demain. Maintenant qu'elle va mieux, elle aimerait en profiter pour visiter la ville, ce que je peux comprendre. Après tout, ma copine a passé les quatre derniers jours allongée dans la chambre d'amis, sans être capable d'autre chose que de maudire le sort et ses règles douloureuses.

Kit, pour sa part, est en train de détrôner Aksel dans le rôle de meilleur ami, tellement il est génial ! Quand il a expliqué qu'il avait quelques jours de repos et a proposé de jouer les guides touristiques, Zoé, habituellement si méfiante, a tout de suite accepté de rester avec lui. Je crois qu'il y a un truc entre eux, mais comme ils sont tous deux bien cabossés par la vie, je ne suis pas sûre qu'ils concluront. En tout cas, le beau brun a déployé des trésors de gentillesse pour la chouchouter pendant qu'elle était malade et, maintenant qu'elle va mieux, le voilà drôlement souriant. De bonnes soupes maison, des tartes aux fruits, des scones et autres douceurs ont été préparés juste pour elle, ces derniers jours. Je sais que mon amie a apprécié chaque repas à sa juste valeur. En étudiante fauchée, Zoé doit souvent se contenter de pâtes nature, alors on peut comprendre à quel point déguster des plats équilibrés a été agréable pour elle.

Détendue et rêveuse, je me tourne vers Aksel, admirant la ligne régulière de son profil, ses bras musclés, ses mains soignées posées sur le volant et ses boucles sombres qui cascadent jusque sur ses épaules. Dans un certain sens, il ressemble à Kit, du moins physiquement. Pour le reste, il est aussi extraverti que son oncle est taciturne, aussi bavard que l'autre est taiseux.

Depuis le jour où nous nous sommes rapprochés dans la cuisine, les choses ont évolué entre nous. Et cette fois, il m'a juré de ne pas faire machine arrière. J'espère sincèrement qu'il tiendra sa promesse, parce que c'est sa dernière chance. Je n'ai pas l'intention de jouer à ce petit jeu pendant le reste de mon séjour en Écosse.

— Noah ? Je peux te demander quelque chose ?

— Bien sûr.

Je suis à présent en train de contempler le paysage que nous traversons en direction du nord. Vivement que nous arrivions ! Je crois pouvoir dire sans trop m'avancer qu'Ax est aussi impatient que moi d'être rentré. Si nous nous sommes beaucoup embrassés et un peu pelotés ces derniers jours, nous avons cruellement manqué d'intimité. Dans notre appartement, les choses changeront et j'en suis ravie. Ce que je ressens quand il me prend dans ses bras et me caresse est tout simplement hallucinant. Alors, imaginez le feu d'artifice que ce sera au moment où il n'y aura plus la barrière des vêtements. Par association d'idées, je repense à la nuit où il m'a touchée, et ce souvenir me trouble une fois de plus. C'était quelque chose, quand même… Dire qu'il était ivre ! Qu'est-ce que ça doit être quand il est en pleine possession de ses moyens comme aujourd'hui ? Si tout se passe comme prévu, ce soir, nous serons amants. De toute façon, cette conclusion est inévitable. C'est à se demander par quel miracle nous n'avons pas encore craqué.

— Allô, Noah, ici la Terre !

— Oh pardon ! J'étais ailleurs…

— Je payerais cher pour savoir à quoi tu pensais. À voir la teinte de tes joues, ça doit être vachement intéressant.

Je m'empourpre un peu plus à cette remarque. Décidément, l'activité favorite de mon colocataire consiste à me faire rougir aussi souvent qu'il le peut. Pour contrer la tournure gênante que prend notre conversation, j'embraye aussi vite et aussi naturellement que possible.

— Tu voulais me parler de quelque chose ?

— Oui. L'autre jour, je t'ai dit que j'étais amoureux de toi et tu n'as pas répondu. J'aimerais que tu m'expliques comment tu envisages notre relation.

Une discussion sérieuse ? Maintenant ? Voilà autre chose ! Si je peux comprendre ses interrogations, je n'ai pas forcément envie de me livrer. Une part de moi tient à rester prudente, étant donné le nombre de fois où il m'a donné de faux espoirs. Je suis donc réticente à répondre.

— Tu me plais, cela n'a rien de nouveau. Mais pour que j'aie le béguin, il me faut plus. Donc *wait and see*…

Ax me lance une œillade énigmatique, mais ne réplique pas. De toute façon, il n'y a rien à ajouter, à moins de vouloir provoquer une dispute.

Pendant tout le temps que dure le trajet, nous papotons de tout et de rien, évitant soigneusement les sujets qui pourraient fâcher. Les quelques pauses que nous faisons servent à avaler un café et à nous galocher dès que nous en avons l'occasion. À mesure que nous approchons d'Édimbourg, nos étreintes gagnent en intensité, et reprendre la route se révèle de plus en plus difficile.

Enfin, en début de soirée, nous arrivons sur le campus. Le regard complice que nous échangeons est suffisant. Aucun doute n'est permis sur le programme pour les minutes à venir : on monte nos affaires, on s'enferme dans l'appartement et on s'envoie en l'air. Ensuite, nous pourrons manger et défaire les valises. Dehors, il fait déjà nuit et de gros flocons nous accueillent. C'est magique, presque féerique. Sans attendre, j'ouvre le coffre et en extirpe mon bagage et mon vanity, pendant qu'Aksel attrape son sac de voyage. Une fois la voiture verrouillée, nous nous précipitons vers l'entrée du bâtiment. Essoufflés et hilares, mais aussi fébriles et impatients, nous nous extirpons de l'ascenseur quelques minutes plus tard. À peine les portes de la cabine se sont-elles refermées qu'Ax me saute dessus pour m'embrasser fougueusement, tout en me poussant vers le mur et en collant son sexe dur contre mon ventre. Ma doudoune est courte, je le sens parfaitement à travers mon jean. Et comment ne pas être excitée par ces hanches qui se frottent à moi ?

Un reste de lucidité m'incite à tourner la tête pour interrompre notre baiser. Immédiatement, il niche son visage dans mon cou, ce qui me colle des frissons partout. Alors, tant que j'en ai encore la force, j'essaie de le tempérer.

— Ax, il faut qu'on entre dans l'appartement, sinon on va finir par avoir des ennuis.

Après quelques secondes, mes paroles semblent faire leur chemin jusqu'à son cerveau, et il grogne tout contre cette petite veine juste sous mon oreille qui bat beaucoup trop vite.

— Où sont les clés ?

— Dans la poche extérieure de mon sac.

Avec un soupir, mon compagnon s'écarte et se baisse pour ramasser ma besace qui est tombée à terre quand il m'a enlacée. L'instant d'après, il se redresse et se fige brusquement face à la porte. Mes yeux cherchent aussitôt ce qu'il a l'air de fixer avec une fascination étrange. Sur le panneau, juste sous le judas, je découvre un nouveau post-it sur lequel, sans surprise, on a inscrit :

He's mine.

Excédée, je fais trois pas en avant pour arracher le bout de papier jaune.

— Encore !

Mon exclamation semble le faire revenir à la réalité, car en quelques secondes Aksel déverrouille et ouvre. Après avoir transporté les bagages, il m'attrape par le bras pour me pousser dans l'appartement et fermer à double tour derrière nous. C'est à cet instant seulement que je remarque sa pâleur. En réalité, il est carrément blême. Ses mains tremblantes et ses lèvres pincées indiquent à quel point il est perturbé. Comment ce mec, passionné il y a trois minutes, a-t-il pu laisser place à un tel mur de glace ? C'est incompréhensible.

— Ax ? Qu'est-ce qui t'arrive ?

Je retire ma doudoune, tandis qu'il se débat avec la fermeture éclair de la sienne. L'atmosphère est devenue électrique, sans que je pige les raisons d'un tel changement.

Au bout de longues minutes d'un silence pesant, Ax me fait enfin face.

— Pourquoi est-ce que tu as dit « encore » ?

— Comment ça ?

— Quand tu as découvert le post-it, tu t'es exclamée « encore ». Est-ce que tu en as reçu d'autres ?

— Euh… oui.

Le mot a à peine franchi mes lèvres que déjà il m'attrape par les épaules, en proie à ce que je qualifierais de crise d'hystérie. Pour ma part, je nage en plein psychodrame, incapable de comprendre ce qui se passe, ni pour quelle raison un minable post-it le rend aussi nerveux.

— Depuis quand ? insiste-t-il.

— Mais bon sang, qu'est-ce qui te prend ?

— Réponds à ma question, putain !

Jamais je ne l'ai vu comme ça. Aksel a un caractère affirmé, mais en règle générale il est plutôt du genre zen. Du moins, jusqu'à maintenant…

— Depuis quand et combien ? répète-t-il d'une voix qui vient de grimper dans les aigus.

Gagnée par la panique que je devine en lui, je file dans ma chambre pour récupérer mon agenda. Il me suit en glissant nerveusement les mains dans ses cheveux. S'il continue comme ça, dans deux heures il sera chauve.

— Ax, arrête ça, enfin ! Pourquoi est-ce que tu te mets dans cet état pour un bout de papier ?

Mais il ne m'écoute pas, ses doigts pianotent fébrilement sur le clavier de son téléphone tandis que sa jambe droite tremble de manière erratique, trahissant sa nervosité croissante.

— Alors ? Combien ? Depuis quand ?

— Merde à la fin, mais est-ce que tu vas m'expliquer ce qui se passe ? Pourquoi est-ce que tu réagis comme ça ? Ax ! Il faut que tu te calmes, là, parce que tu me fais vraiment peur.

— Ah, surtout ne me dis pas de me calmer, ça me stresse encore plus ! hurle-t-il pour toute réponse.

De frayeur, je sursaute, mais ça ne semble pas avoir le

moindre impact sur lui, au contraire. Il m'arrache l'agenda des mains et commence à le feuilleter dans tous les sens.

— Attends ! Tu vas tout déchirer !

Je le récupère et déplie le rabat de la couverture cartonnée. Lorsqu'il aperçoit les billets que j'ai gardés, mon compagnon pousse un cri de rage et se met à les compter frénétiquement.

— Tu m'expliques ? Parce que je suis à deux doigts de la crise de panique et je…

— Quatre… Cinq avec celui d'aujourd'hui. Merde, c'est pas possible ! Pourquoi est-ce que tu ne m'en as pas parlé ?

Que dire ? Je n'ai aucune envie de le contrarier davantage, sauf à vouloir provoquer sa mort par infarctus. Franchement, pourquoi cette réaction disproportionnée ? Je n'y comprends que dalle, mais son air sombre n'augure rien de bon.

Il m'attrape à nouveau par les épaules et me secoue avec rudesse. Cette fois, j'ai carrément la frousse. Je jure qu'il est intimidant, même si au fond de moi je suis convaincue que cet homme ne me ferait pas de mal intentionnellement. Il n'en reste pas moins qu'il ne s'est jamais comporté ainsi auparavant.

— Mais réponds, bordel de merde !

— Arrête de t'en prendre à moi comme ça ! Tu me fais mal !

À ces mots, il se fige et baisse la tête, les pommettes rouges.

— Désolé, je ne voulais pas te brutaliser. Excuse-moi.

— Eh bien, c'est raté !

— Mais si tu te décidais à répondre à mes questions au lieu de lambiner, on éviterait d'en arriver à de telles extrémités.

— Pour dire quoi ? Je ne me rappelle plus quand j'ai trouvé le premier post-it. Euh… attends… ah si, ça y est… C'était le soir où je suis sortie avec Hans. Il était sur le pare-brise de la voiture. J'ignore pourquoi je l'ai gardé. D'abord, je l'ai fourré dans la poche de ma veste et ensuite je l'ai rangé là au cas où. Au cas où quoi ? Je n'en sais fichtrement rien.

— Tu n'en as jamais parlé ! Enfin…

— Je n'avais pas l'intention de te cacher quoi que ce soit, mais je n'ai pas pris cette affaire au sérieux. Au début, j'ai cru qu'il s'agissait d'une erreur, puis j'ai pensé que Tina cherchait à me faire peur quand j'en ai découvert un sur mon cahier de cours. Et puis, merde ! Je n'y peux rien si ta dinde d'ex-copine a voulu me faire savoir que tu n'es pas pour moi. Je ne vais quand même pas me faire engueuler comme une gamine qui aurait piqué des bonbecs pour une histoire de post-it, c'est du délire !

— Tu devais me le dire, putain !

— Comment est-ce que j'aurais pu deviner que c'était si important pour toi ? À quel moment ai-je eu le moindre indice pour supposer que l'affaire était grave ?

Ax ne répond pas. À la place, il fait volte-face et se dirige tel un ouragan vers sa chambre. Est-ce que quelqu'un ici peut m'expliquer ce qui se passe ? Parce que je ne comprends rien à rien !

19

Aksel

Les mains tremblantes et le souffle court, je fais les cent pas dans ma chambre, attendant désespérément que mon père ou mon oncle répondent à mon texto. C'est la merde totale. Ce jour qui devait être le premier de notre vie de couple est en train de virer au cauchemar. Kate Miller m'a retrouvé, elle est là depuis des semaines, et je l'ignorais. Cette situation est injuste, surtout pour Noah – une fois de plus –, mais je refuse de la jeter dans la gueule du loup, et c'est exactement ce qui se passerait si je ne tenais pas compte des avertissements de l'autre folle. Et ça, non, je ne peux pas. Tout comme je ne peux pas lui raconter l'histoire dans son intégralité.

Laisser ma belle rousse s'approcher trop près de moi était une erreur monumentale, je l'ai toujours su. Mais mon attirance pour elle est si violente, notre entente, si incroyable, que j'en ai oublié les fondamentaux, dont le plus important est que je ne dois me lier à personne. Quand est-ce que ça s'arrêtera ? Le point de non-retour est franchi, je suis à bout. Depuis plus de deux ans, cette femme empoisonne ma vie et s'en tire systématiquement à bon compte.

Soudain, le dernier épisode de cette sordide histoire surgit dans mon esprit avec tant de réalisme que j'en ai les larmes aux yeux.

Vancouver
Février de la même année

— *En ma qualité de juge à la cour provinciale de la Colombie-Britannique, je déclare Mlle Kate Miller coupable de tentative de meurtre sur la personne de Laura Ashton. Toutefois, après expertise psychiatrique, la cour a décidé de prendre en considération les circonstances atténuantes pouvant s'appliquer à l'accusée. Aussi, et au vu de son état psychologique fragile, aucune peine de prison n'est requise. En revanche, la prévenue a obligation de se soigner. Les parents de Kate Miller ayant les moyens de payer un séjour en clinique privée, elle devra y rester pour une durée de douze mois. À l'issue de son internement, une nouvelle évaluation psychiatrique sera effectuée. En tout état de cause, Mlle Miller a l'interdiction formelle d'approcher M. Aksel Lloyd à moins de cent mètres, sous peine de se voir immédiatement incarcérée.*

Le bruit sourd et mat du marteau qui s'abat annonce la fin de l'audience. Tout ça pour ça… Mais que leur faut-il pour l'enfermer définitivement derrière les barreaux ? Qu'elle tue quelqu'un ? Cette fille est folle à lier et je ne pige pas pourquoi on lui offre cette énième possibilité de se soigner.

— *Et notre fils, il y pense, ce magistrat de malheur ? grogne ma mère au moment où nous nous levons pour quitter la salle.*

Je jette un regard empli de dégoût vers cette jeune femme qui a fait de ma vie un enfer depuis presque deux ans. Lorsque mes yeux croisent les siens, elle sourit et murmure :

— *Je sortirai bientôt, mon amour, et tu n'auras pas d'autre choix que de comprendre que toi et moi, c'est pour la vie. You're mine…*

Je secoue la tête, découragé. Cette fois, je croyais vraiment qu'elle serait jugée avec impartialité. L'avocat de la partie civile, celui qui défend nos intérêts – ou du moins qui essaie de le faire –, s'approche de nous et pousse un soupir. Lui aussi a l'air dépité. Mais il n'en est pas au même stade de désespoir que moi, loin de là.

— Je suis désolé. Un arrangement à l'amiable a été passé en coulisses avec la famille de Laura Ashton. Les parents de Kate ont accepté de leur verser deux cent cinquante mille dollars contre le retrait de leur plainte. C'est le genre d'offre qui ne se refuse pas quand on vit modestement.

Le pire, c'est que je ne peux pas leur en vouloir. À leur place, j'aurais moi aussi considéré que la proposition était une aubaine difficile à décliner pour qui a passé toute sa vie à tirer la langue. Après le premier épisode, j'ai bien encaissé le demi-million de dollars que les Miller ont déboursé en guise de dédommagement.

— Et le préjudice que subit notre fils depuis deux ans, on en parle ? s'exclame mon père avec rage.

— J'en suis conscient, monsieur Lloyd. Mais dès lors qu'elle a une interdiction de l'approcher, la cour estime que la mesure est suffisante. Légalement, nous ne pouvons pas aller plus loin, car elle ne s'en est jamais prise à lui.

— À lui, non, mais c'est quand même la quatrième jeune femme qu'elle agresse sous prétexte qu'elle est la petite amie d'Aksel.

À l'extérieur de la salle d'audience, mes potes de l'équipe de natation de l'université de Vancouver m'attendent. Leur soutien me fait chaud au cœur, mais ça ne suffit pas à me redonner le sourire. Cette guerre des nerfs ne s'arrêtera donc jamais ? Je suis à bout ! Si personne ne trouve de solution, c'est moi qui ferai une connerie. Et ça risque de se produire plus vite qu'on ne le croit.

— Vous avez douze mois de répit, mais ensuite…, murmure l'avocat à l'intention de mes parents.

Docilement, je les suis, après avoir remercié mes copains et les avoir regardés partir. Ils imaginaient que nous ferions la fête, histoire de clore enfin ce chapitre.

Hélas, ce ne sera pas pour aujourd'hui. Pas plus que je ne me rendrai à la piscine du campus ce soir.

Quelques heures plus tard, nous nous retrouvons tous les trois à table pour le dîner. Je suis fils unique, et ma vie serait idéale si je n'étais pas la proie d'une érotomane persuadée que je suis l'homme de ses rêves. Sa violence va crescendo au fil du temps, et je redoute le pire pour l'avenir. Mes parents aussi.

— Écoute, Aksel, tu es bien sûr que tu n'es jamais sorti avec elle ? Que tu ne lui as pas donné de faux espoirs ? Je veux dire que ce genre de chose est vite arrivé avec une personne fragile…

Excédé, je pose bruyamment ma fourchette. Cette conversation, nous l'avons eue une bonne centaine de fois depuis que tout ce bazar a commencé. J'ai cherché dans ma mémoire, me suis trituré les méninges pendant des heures et des heures, sans jamais trouver un acte, une parole ni un geste qui aurait pu éveiller la moindre illusion chez Kate Miller. Cette fille a fait de ma vie un enfer, mais dès que la justice s'en mêle, c'est la même rengaine. L'avocat de la défense instille le doute, quitte pour cela à avoir recours à des procédés discutables. Et une fois de plus, ce stratagème a fonctionné puisque le juge pense que j'ai provoqué la folie de cette femme. Or, c'est faux et archifaux. Seulement, personne ne semble vouloir me croire, y compris mes propres parents qui en sont venus à se poser des questions.

— Je vous ai déjà dit et répété comment tout est arrivé. Je l'ai rencontrée à un cocktail auquel l'équipe de natation était conviée. On a papoté pas mal, sympathisé un peu. Elle m'a invité à boire un verre dans un bar pour finir la soirée, mais j'ai refusé en lui expliquant que j'avais une petite amie et que ça me semblait déplacé de sortir avec une autre femme. À l'époque je fréquentais Anna. Laquelle, trois jours plus tard, a commencé à recevoir des messages

anonymes. Toujours les mêmes... Des post-it sur lesquels il était juste noté : « He's mine. » On ne savait même pas qui en était l'auteur ! Et puis, Anna a été volontairement renversée par une voiture qui a été identifiée comme celle de Kate Miller. C'était elle, il n'y avait aucun doute possible, mais personne ne l'a vue au volant et elle s'en est tirée comme une fleur. Après l'accident, elle s'est mise à m'appeler à tout bout de champ et à m'envoyer des dizaines de mails par jour. Franchement, vous croyez qu'après ça j'avais envie de sortir avec elle ? Si tel avait été le cas, je n'aurais pas porté plainte pour harcèlement.

— L'avocate de la partie adverse a de nouveau laissé entendre que vous aviez couché ensemble à plusieurs reprises et que tu la gardais sous le coude pour te servir d'elle à des fins sexuelles. Que tu abusais d'elle, ce qui fait de toi un agresseur. Elle a prétendu que tu étais responsable de l'aggravation de ses troubles psychiques, que cette jeune femme allait bien avant que tu débarques dans sa vie. Que tout ça, c'est de ta faute. Et je crains qu'à force de le répéter, cela finisse par s'imprimer dans les esprits comme la seule vérité. Ce qui signifie que tu pourrais passer du statut de victime à celui de bourreau. N'oublie pas que nous sommes en pleine ère de « MeToo » et de « Balance ton porc ». Les femmes sont très écoutées, et c'est une bonne chose. Toutefois, il peut y avoir des excès ou des dérives en sens inverse. Et je pense que c'est exactement ce que cherche l'avocate des Miller.

À ces mots, c'est plus fort que moi, je fonds en larmes. Je n'en peux plus ! Cette situation est humainement intenable. Elle l'est d'autant plus que mon père a raison. L'opinion publique est en train de changer, insidieusement mais sûrement. Cela va faire quatre fois déjà que nous nous présentons devant un juge. Et lorsque je pense à la manière dont l'audience s'est déroulée aujourd'hui, que je la compare aux précédentes, la différence est flagrante.

Au début, tout le monde était indigné par ce que j'avais subi. Mais ces derniers jours, c'est passé crème, comme s'ils étaient blasés, comme si ce n'était finalement pas si grave que ça. Pourtant, le harcèlement n'a jamais cessé. Même quand elle était hospitalisée, Kate Miller trouvait le moyen de m'appeler, de m'envoyer des courriers électroniques ou des lettres. J'ai changé dix-huit fois de numéro de portable. Vous pouvez le croire, ça ? Dix-huit fois ! Et je ne parle même pas des adresses e-mail… Or, quand on s'inscrit à la fac, c'est compliqué de modifier ses coordonnées à tout bout de champ. La secrétaire de mon université ne pouvait plus me voir en peinture, à force. Dès que je me présentais à son bureau, elle faisait une tête de six pieds de long. Avec le temps, elle a fini par en avoir l'habitude, mais il a quand même fallu que je lui explique ma situation. Je suppose qu'elle a compris, mais ça ne nous facilitait pas les choses pour autant.

Alors, il y a six mois, j'ai décidé que j'en avais marre, que ça ne pouvait plus continuer et que je devais vivre ma vie en ignorant purement et simplement cette dingue. Grand mal m'en a pris puisqu'elle a agressé les trois filles dont je m'étais rapproché, jusqu'à tirer avec un revolver sur Laura, la dernière en date. Le plus délirant, c'est qu'elle agit en toute impunité, persuadée que le statut de ses parents la préserverait de tout. Pire : la manière dont la situation évolue tend à prouver qu'elle a raison et que l'argent achète tout et tout le monde.

Lorsqu'elle me voit sangloter comme un gamin, ma mère se lève aussi sec, immédiatement imitée par mon père. Heureusement qu'ils sont là et qu'ils me soutiennent. Grâce à mes parents, je tiens le coup tant bien que mal. Mais c'est terriblement difficile et je craque de plus en plus souvent. Je crains que Kate Miller ne finisse par s'en prendre à eux. Si cela devait se produire, je serais capable du pire. Parce que, même si vous n'avez rien d'un criminel, quand vous passez deux longues années sans dormir tranquille, que vous avez la peur au ventre dès que vous sortez de chez vous ou que vous adressez la parole à une fille, cela peut vous pousser à des actes insensés. Si on ajoute à cela le fait qu'elle a foutu toute ma carrière de nageur en l'air, il y a de quoi péter les plombs. OK, je n'étais pas le nouveau Michael Phelps, mais j'avais tout de même la possibilité de financer mes études grâce à une bourse sportive. On m'en avait même proposé une pour intégrer Harvard. Mais après le premier incident, les choses n'ont plus jamais été les mêmes. Je n'ai plus jamais été le même. Il m'était devenu impossible de m'impliquer comme avant.

Nous nous installons tous les trois sur le canapé où je pleure un bon moment. Toute cette histoire est si injuste !

— Écoute, Aksel, ton père et moi avons longuement discuté de la situation. En réalité, on ne fait que ça depuis des mois, et nous en sommes venus à la conclusion qu'il vaudrait mieux pour toi et pour ta sécurité que tu t'en ailles.

— Quoi ? Mais pourquoi ? Maman ! Ce n'est pas juste ! Toute ma vie est ici, avec vous, dans ma ville, à Vancouver !

— Ax, tu sais que c'est mort pour ta bourse, tu n'étudieras jamais à Harvard. En revanche, tu peux effectuer une année de césure dès la rentrée, pour participer à un programme Erasmus et partir à l'étranger. Tu auras ton diplôme en juin prochain au lieu de cette année. Mais ça peut se révéler une expérience positive.

Voir mon avenir bouleversé à cause d'une psychopathe est une nouvelle injustice. Aussi, je proteste avec vigueur.

— Et à quoi ça me servira, si ce n'est à perdre douze mois ?

— À mettre de la distance entre elle et toi, de façon à ne pas être là au moment où elle sortira.

— Mais pourquoi serait-ce à moi de m'en aller ? Je n'ai rien fait de mal !

— Nous en avons conscience, mon chéri. Mais si tu n'es pas dans les parages et qu'elle ignore où tu t'es réfugié, elle va peut-être jeter son dévolu sur quelqu'un d'autre. En tout cas, c'est ce que nous espérons. Et puis, ça te permettrait de respirer un peu, de vivre comme n'importe quel jeune adulte.

Cette seule phrase a le don de me calmer. Vivre norma-
lement…

— *Qu'est-ce que vous suggérez ?*

— *Ton oncle est à Londres actuellement.*

Si l'idée est tentante, le danger m'apparaît aussitôt. Tel
un vieux flic rompu aux filatures, j'objecte :

— *Je serais trop facile à localiser pour elle.*

— *C'est clair, mais ça nous rassurerait que tu optes*
pour une université qui ne serait pas trop éloignée de chez
Kit, histoire qu'il puisse veiller sur toi en cas de besoin.
Nous l'avons appelé et il est d'accord.

Le contraire m'aurait étonné, cet homme est une crème.

— *Et donc ?*

— *À toi de choisir entre le pays de Galles, l'Écosse,*
l'Irlande, éventuellement la France ou le Danemark.
Qu'en dis-tu ?

— *Je ne sais pas, il faut que j'y réfléchisse.*

— *Bien sûr, prends tout ton temps. Enfin, pas trop*
quand même parce que, si nous voulons t'inscrire, il ne
faut pas traîner.

Nous savons tous les trois que l'instant est grave et ce
qu'impliquerait un séjour prolongé sur un autre continent.
Pour eux comme pour moi, ce serait un véritable déchi-
rement. Pourtant, pour mon bien-être, ils acceptent de ne
pas me voir pendant de longs mois. Si j'avais le moindre
doute sur leur amour pour moi – et je n'en ai aucun -, il
serait balayé aussi sûrement qu'une feuille par un vent
d'automne. Ma voix est enrouée par un accès d'émotion
et de gratitude, quand je murmure :

— *Merci d'être des parents sensationnels et de m'épauler*
comme vous le faites. J'ai toujours pu compter sur votre
soutien inconditionnel et vous n'imaginez pas à quel point
c'est important. Vous êtes les meilleurs, je vous aime tant.

Je ne suis pas le seul à être chamboulé, car mon père
essuie discrètement une larme, tandis que ma mère renifle.

— *Nous serons toujours là pour toi, fils. Et même si*
nous devons souffrir de ne pas te voir pendant un an,

nous sommes persuadés que ça se tente. C'est l'unique façon pour que tu puisses souffler un peu et Dieu sait que tu en as besoin.

Trop ému, je ne réponds pas et retourne peu après dans ma chambre. La perspective de devoir la quitter me crève le cœur. C'est papa qui en a fait un espace génial, sous les combles, au deuxième étage de notre maison. Grâce à lui, j'ai tout le niveau pour moi. Cet endroit est mon repaire et je m'y sens merveilleusement bien... Quand je vois cette pièce où j'ai grandi et vécu tant de choses avec mes potes, je sens une boule de nostalgie naître dans mon ventre, ainsi qu'une amertume incontrôlable face à un tel désastre.

Le lendemain, ma décision est prise. James et Taylor, mes parents, ont raison. Il n'y a aucune autre solution viable pour le moment. Je n'ai rien fait de mal, mais visiblement tout le monde pense le contraire ou se fiche de savoir qu'une injustice a été commise. Je dois recommencer à zéro quelque part où personne ne me connaît, et assez loin pour que Kate Miller ne puisse pas me retrouver. Voilà la seule manière de m'apaiser au moins un peu, car cette tension est devenue insoutenable, même si vivre à des milliers de kilomètres de Vancouver me rend malade. J'ignore où j'irai et au fond je m'en fous, du moment que c'est dans un pays anglophone. Mon français et mon allemand sont trop approximatifs pour que j'envisage de m'installer en Allemagne ou en France. Au quotidien, ce ne serait pas jouable, j'ai trop de lacunes dans ces deux langues.

Vers 21 heures, je descends au salon où papa et maman regardent la télévision. Durant de longues minutes, je les observe du pas de la porte. Bon Dieu, je tiens tant à eux ! Ce sont des gens adorables, équilibrés, qui m'aiment plus que tout au monde.

— Ah, tu es là ! s'exclame mon père quand il remarque ma présence.

J'entre dans la pièce et désigne l'écran géant au mur.

— *C'est quoi ?*

— *Une série sur Netflix.* Outlander. *L'action se déroule en Écosse. C'est beau, n'est-ce pas ? Historiquement, c'est pas mal. Mais enfin, c'est de la romance, hein ! Le genre de feuilleton à l'eau de rose dont ta mère raffole et qu'elle m'impose.*

— *Comme si je t'obligeais à regarder ! Tu te moques de qui, James ? Elle a bon dos, la reconstitution historique ! Avoue que tu ne détestes pas et on n'en parle plus, au lieu de jouer les vieux snobs. J'ai bien vu que les scènes de sexe entre les héros ne te laissent pas indifférent.*

— *Moi aussi, je t'aime, ma chérie, réplique mon paternel avec un clin d'œil à mon intention.*

Je ne peux m'empêcher de m'esclaffer devant leurs chamailleries. Ce sera tellement difficile sans eux ! Ma famille, mon pays, ma ville et mes amis vont également me manquer. Mais mes parents, eux, ce sera bien plus douloureux. À nouveau, l'injustice de ma situation me révolte.

— *Tu ne trouves pas que c'est super beau, Ax ? Regarde-moi ces paysages verdoyants.*

— *À Vancouver, nous avons aussi beaucoup de verdure,* objecte papa. *Je te rappelle que nous passons la moitié de l'année sous la pluie.*

Je ris et m'assieds avec eux, me laissant happer par cette saga télévisée qui oscille entre passé et présent. Combien de moments tels que celui-ci pourrons-nous encore partager ? Il faut que j'en profite au maximum.

Le lendemain, au petit déjeuner, mon père finit par aborder le sujet qui nous préoccupe tous les trois. Jusqu'au moment de répondre, je ne suis pas décidé. Mais, sans raison particulière, je repense à la soirée d'hier…

— *C'est d'accord, j'accepte de partir, même si je n'en ai aucune envie. J'estime que devoir m'exiler est injuste.*

— *Et tu as réfléchi à l'endroit ?*

— *L'Écosse.*

C'est ainsi que j'ai opté pour l'université la moins cotée, histoire de ne pas risquer d'être repéré alors que mes résultats m'auraient permis d'en choisir une bien plus prestigieuse. Pour rendre notre séparation moins douloureuse, mes parents ont puisé dans leurs économies et payé une blinde afin que je loge dans les meilleures conditions. Pour ma part, j'ai pioché dans les dommages et intérêts versés par les Miller pour payer des frais de scolarité qui s'élevaient à environ vingt mille livres sterling.

Voilà comment je me suis retrouvé à partager cet appartement avec un certain Noah Martin, qui s'est révélé être la fille la plus gentille et la plus sexy que j'aie jamais rencontrée.

Édimbourg

Quand je reviens à la réalité, je me rends compte que je suis en train de pleurer comme un gosse. Je ne veux pas qu'il arrive quoi que ce soit à ma colocataire, mais comment éviter le désastre qui se profile à l'horizon ? Kate Miller doit déjà être au courant de tout ce qu'il y a à savoir, puisque cela fait probablement des mois qu'elle m'épie, tel un espion du KGB. Et elle aura forcément remarqué que Noah joue un rôle primordial dans ma vie.

Depuis mon arrivée ici, j'ai réappris à dormir tranquille, à ne pas regarder par-dessus mon épaule à tout bout de champ, à ne plus craindre de parler à une femme au beau milieu de la rue, à m'amuser comme n'importe quel jeune de mon âge sans avoir à me cacher, même si je me suis toujours efforcé de rester prudent en matière de filles. Ainsi, je ne me suis jamais affiché avec Tina par exemple. La seule fois où j'ai fait une exception, c'est avec Noah, et je me suis souvent reproché par la suite d'avoir commis une telle erreur. J'avais raison, tellement raison.

Et maintenant, tout est terminé…

Mon téléphone qui sonne me tire de ces pensées moroses. C'est mon père.

— Ax ? J'ai vu ton message, lance-t-il sur un ton paniqué. Veux-tu que je réserve un billet de retour pour toi ? Tu serais mieux à la maison avec nous. Bon sang, comment a-t-elle pu sortir aussi rapidement ? Et surtout, comment t'a-t-elle retrouvé ?

— Aucune idée, mais si ce que je soupçonne est vrai, elle est arrivée presque en même temps que moi et me surveille depuis un bon moment. Sans le post-it sur la porte, je n'en aurais jamais rien deviné.

— Qui est visé cette fois ?

Il sous-entend « quelle nana », parce que nous savons tous les deux que Kate Miller ne s'attaquera pas à moi, même si son harcèlement est à mes yeux la pire des agressions. Dans son esprit dérangé, je suis le prince charmant. Nom de Dieu, elle est complètement barrée !

— Ma colocataire, Noah.

— Ta colocataire ? Pourquoi n'y ai-je pas pensé ? Dire que tu devais partager l'appartement avec un garçon ! Nous nous étions assurés qu'il ne pouvait pas y avoir de femme dans ce logement. Tu avoueras quand même que nous avons joué de malchance, sur ce coup.

— J'en ai conscience. Ça vient du fait qu'elle porte un prénom souvent utilisé pour les hommes.

— Cela n'explique quand même pas pourquoi Kate Miller s'en prend à elle. Jusqu'à présent, seules tes petites amies ont été agressées. Bon Dieu, Ax, ne me dis pas que tu as ou que tu as eu une aventure avec cette fille !

— Dans ce cas, je ne te le dis pas. Mais ce n'est pas le souci, parce qu'il semblerait qu'elle ait eu les post-it bien avant qu'il se passe quoi que ce soit entre nous. Et puis, ne me blâme pas. Comment aurais-je pu deviner que cette psychopathe était ici ?

— Évidemment, vu sous cet angle… Mais rassure-moi, tu as mis de la distance entre cette Noah et toi, pas vrai ?

Je pousse un long soupir, plus explicite que n'importe quelle réponse.

— Oh non ! Ax ! Tu sais ce que cette pauvre gamine risque à l'heure actuelle ?

Je passe une main tremblante dans mes cheveux. Oui, je le sais. Je l'ai toujours su. Et c'est bien ça le problème. Ma gorge est nouée et mes poumons, brûlants. La culpabilité qui me submerge m'empêche de respirer. Je me déteste d'avoir exposé Noah ainsi. La vérité, c'est que j'ai voulu me convaincre que Kate Miller ne pouvait pas me retrouver, parce que mon attirance pour cette jolie Française était plus forte que la plus élémentaire prudence, plus forte que tout. Et voilà le résultat !

— Je suis désolé, papa, mais je l'aime.

Je ne sais pas pourquoi j'ai dit ça, mais les mots sont sortis tout seuls de ma bouche, et ce n'est finalement pas plus mal. Au moins, maintenant, les choses sont claires. Du reste, je n'ai jamais été aussi sûr de moi.

— Allons, tu exagères sans doute…

— Papa, Noah est l'amour de ma vie, c'est une certitude absolue. Elle est belle, drôle, gentille, intelligente et en même temps elle n'a pas sa langue dans sa poche…

Mon père reste silencieux durant de longues minutes, m'écoutant, tandis que je lui parle de Noah avec enthousiasme. Lorsque je me tais enfin, il murmure avec une gravité que je ne lui connaissais pas :

— Il faut que tu te sépares d'elle, au moins le temps que cette folle dangereuse soit neutralisée. Ton oncle a déjà contacté le juge fédéral pour lui expliquer ce qui se passe. Elle n'a pas respecté les douze mois d'internement imposés par le tribunal, je pense que ses parents ne pourront rien pour elle cette fois. Mais en attendant, mets ton amie à l'abri en quittant votre logement.

— Quoi ? Tu veux que je retourne à Vancouver ? Mais si je ne termine pas mon année, on aura dépensé tout cet argent pour rien.

— Ce n'est pas ce que j'ai dit. Je te demande juste de

prendre de la distance et d'aller habiter ailleurs. Il faut que tu sois assez proche de cette jeune femme pour la protéger, mais continuer à la fréquenter ou vivre avec elle reviendrait à agiter un chiffon rouge sous le nez de Kate Miller. Et ça pourrait finir très mal.

— Mais papa…

— Sois raisonnable, fils. Pour elle, pour toi et pour que votre couple ait une chance de survivre à cette histoire, tu dois partir. Si elle meurt, tu n'auras pas l'occasion de poursuivre votre belle romance. Garde bien cette idée à l'esprit avant de faire un choix qui pourrait s'avérer lourd de conséquences.

Je raccroche peu après, amer et triste. Mon père a raison, ça ne fait aucun doute. Mais avoir conscience d'un problème et prendre des mesures drastiques pour le régler sont deux choses très différentes. Je sais que je n'ai pas d'autre choix, et cette constatation me rend fou. En revanche, ce qui est sûr, c'est que je ne peux rien révéler à Noah tant que la situation ne sera pas éclaircie. Il n'est pas question de lui faire peur, cela l'inciterait à changer ses habitudes. Le seul moyen de protéger ma belle Française, c'est de localiser Kate Miller. Nul doute que cette dingue cherchera à s'en prendre à elle bientôt. Je dois donc m'éloigner pour mieux la surveiller.

Rageusement, je balance mon téléphone sur le lit. Puis je le récupère pour composer le numéro de Sean, tout en sortant ma plus grande valise du placard.

20

Noah

— Comment ça, tu pars ? C'est une blague ?

Figée par la surprise, je dévisage l'homme que j'aime, celui qui m'a avoué dernièrement être amoureux de moi, sans comprendre ce qui lui arrive. Comment ces foutus post-it ont-ils pu avoir un tel impact sur lui ? Car je suis convaincue qu'il est dans un tel état à cause de cette histoire de petits mots. Ce que j'ignore en revanche, c'est pourquoi. Et tout porte à croire que ce n'est pas lui qui éclairera ma lanterne.

Sean fixe ses chaussures, l'air gêné. On le serait à moins.

— Tu me quittes ?

Ax se tourne enfin vers moi. Dans ses yeux, quelque chose semble éteint. On dirait que ce n'est plus le même homme. Pour ma part, ce nouveau rejet me brise le cœur. C'est celui de trop et, si Aksel ne le sait pas, il ne va pas tarder à le comprendre. Comme pour confirmer mes doutes, il ne répond pas à ma question et se contente de hocher affirmativement la tête.

— C'est à cause de Tina ?

Je suis sûre et certaine que cette fille est l'auteure des billets « He's mine ». Il n'y a aucune autre explication possible. Elle me rappelle juste que c'était son mec avant qu'il se détourne d'elle pour regarder dans ma direction. Je suppose qu'en les découvrant Aksel a réalisé qu'il avait encore des sentiments pour elle. Sinon, comment justifier ce revirement à cent quatre-vingts degrés ? Enfoiré ! Ne suis-je même pas digne d'un mot gentil ou d'une excuse, si bidon soit-elle ? Mais qu'il aille au diable ! Depuis le début, il me mène en bateau, se comportant comme ça l'arrange, tantôt en pote, tantôt en petit ami potentiel. En définitive, il m'a rejetée chaque fois que les choses étaient sur le point de devenir plus sérieuses entre nous, comme s'il se dégonflait. Je suis consciente de ne pas être Miss Monde, mais je ne crois quand même pas être moche au point de lui faire honte ! Pourtant, personne ne sait que nous avons été plus que des colocataires, hormis Kit et Zoé, et ils ne vivent pas ici, donc ça ne compte pas.

Selon moi, c'est bien de cela qu'il s'agit. Je ne suis pas assez jolie pour lui et il en est conscient, c'est ce qui explique ses changements incessants. D'ailleurs, j'ai toujours pensé que je n'étais pas à la hauteur, et rien dans son attitude ne m'a permis de supposer le contraire. La preuve…

— C'est parce que tu ne me juges pas assez bien pour toi ? Tu penses toujours à elle ? Dans ce cas, pourquoi avoir tout fait, ces derniers jours, pour qu'on soit en couple si tu es amoureux d'une autre ?

Dans les yeux d'Aksel, je lis une profonde tristesse. Cela devrait me mettre la puce à l'oreille, me pousser à m'interroger sur son comportement qui n'a rien de logique. Malheureusement – ou heureusement –, le choc a laissé place à une colère noire. Je refuse qu'un homme me traite de cette façon et c'est la dernière fois qu'il joue avec moi, peu importent ses motivations. Désormais, Ax Lloyd ne fait plus partie de ma vie. C'est l'unique moyen de ne pas sombrer. Parce qu'il est inutile de le préciser, le risque est grand, immense même. Si je m'écoutais, je me précipiterais sur la première bouteille venue. Seule la fierté m'en empêche et ce n'est pas plus mal. La fureur aussi… C'est cette dernière qui me fait hurler, à bout de nerfs :

— Mais parle, merde ! Je compte si peu pour toi ? J'ai quand même droit à une explication !

Pour toute réponse, il enfile sa veste, tend un sac à Sean, empoigne sa valise et quitte notre appartement, me laissant amère et peinée. En moi, quelque chose s'est brisé. Quelque chose de très précieux : mes illusions. Il faut croire que j'étais plus attachée à lui que je ne l'avais supposé. Pourtant, j'aurais dû me méfier. Depuis notre première rencontre, je savais qu'il avait le pouvoir de me blesser, mais comme un papillon attiré par la lumière, je n'ai pas voulu me montrer raisonnable et je me suis brûlé les ailes. Des larmes roulent sur mes joues, tandis que je suis toujours immobile, face à la porte.

Longtemps après, je me dirige tel un automate vers le réfrigérateur, histoire de vérifier qu'il ne contient pas au moins une canette de bière. Mais il est désespérément vide, puisque nous ne l'avons pas rempli avant de partir en vacances, et que de toute façon il n'y a plus d'alcool ici depuis belle lurette.

Alors que je fouille les placards avec frénésie à la recherche d'une bouteille qui serait miraculeusement planquée, je m'arrête brusquement. Mais qu'est-ce que je suis en train de faire ? Merde, je m'apprête à foutre en l'air près de six mois d'abstinence pour un connard versatile qui n'en vaut pas la peine ! Pas question de flancher, ou alors, autant me tirer une balle tout de suite, ça ira toujours plus vite. Parce que cette lente agonie, non merci, j'ai déjà donné et il n'est pas envisageable de recommencer.

Une énergie toute nouvelle me submerge et je ferme les portes des meubles, pas peu fière de moi et de ma capacité de résistance. À la place, je récupère mon téléphone portable dans la poche de ma veste pour composer le numéro de la seule personne en mesure de me remonter le moral. Zoé décroche dès la deuxième sonnerie.

— Allô ? Ça y est, vous êtes bien arrivés ?

Seul un reniflement lui répond. Entendre le son de sa voix me rappelle les quelques jours incroyables que nous venons de passer à Londres et libère inévitablement les grandes eaux. Oh mon Dieu ! Comment est-ce que je fais pour tomber si bas à chaque fois ? Tout ça parce que je suis une calamité ambulante quand il s'agit de choisir un amoureux. Si j'avais le moindre doute, c'est désormais un fait avéré puisque je me retrouve toute seule en train de me morfondre dans ma chambre, alors que nous devrions baiser comme des lapins en ce moment même.

— Noah ? Qu'est-ce qui t'arrive ? Qu'est-ce que tu as encore fait ?

Pardon ? Non, mais je rêve ! Pourquoi est-ce que ce serait moi la responsable ?

La formule maladroite de Zoé a toutefois le mérite de réveiller ma colère, si bien que je réplique avec ironie, entre deux sanglots :

— Toi, tu es vraiment une amie comme on en fait peu !

— Désolée, je ne voulais pas me montrer désagréable. Simplement… je me disais que tu lui avais peut-être raconté ton passé d'alcoolique. Dis, Noah, tu n'aurais pas fait preuve d'une telle imprudence, n'est-ce pas ? Ce serait le meilleur moyen de le pousser à fuir. Tout le monde n'apprécie pas de fréquenter une personne fragile qui combat ses démons jour après jour. Et la lâcheté chronique de certains hommes n'est pas une légende urbaine. On croit les connaître et puis non, finalement. Alors, c'est ce qui s'est passé ?

— Non… je… je… il est juste parti. Comme ça, sans raison.

— Comment ça, il est parti ?

— On est rentrés et il a découvert un post-it de cette pouffiasse de Tina sur la porte. Ce n'est pas le premier qu'elle me fait parvenir, mais je ne lui en avais jamais parlé. Quand il l'a vu, il a pété un câble et s'est barré. J'en conclus qu'il est toujours amoureux d'elle.

À nouveau, les larmes roulent sur mes joues sans que je puisse les retenir.

— Impossible ! Ax avait l'air fou de toi et on s'est quittés il y a moins de vingt-quatre heures. Tu l'as interrogé ?

212

— À ton avis ?

— Et ? Qu'est-ce qu'il a dit ?

— Rien. Il a refusé de répondre et s'est tiré avec ses bagages. Il a même demandé à son pote Sean de l'aider à transporter ses affaires. Le choc a été rude, car quelques minutes auparavant, on se sautait littéralement dessus.

— Il y a quelque chose qui cloche dans cette histoire, ce n'est pas possible autrement. Cours-lui après et exige une explication. C'est le minimum, non ?

— Mais certainement pas ! Et puis quoi encore ? Au fond, je me fiche de savoir pourquoi ou comment. Ce n'est pas la première fois qu'il me fait le coup, mais je te jure que c'était la dernière !

— Noah…

— Écoute, peu importent ses motivations, le résultat est là et bien là : je suis toute seule comme une conne dans l'appartement, alors qu'il m'avait promis de ne plus jamais me rejeter. Maintenant, ça suffit, j'en ai marre !

— Si c'était le cas, tu ne pleurerais pas comme une Madeleine.

— Oh ! mais je t'interromps tout de suite ! J'en suis carrément malade, si tu veux la vérité. Sauf que ce soir, il est allé trop loin, alors tant pis pour lui. Je ne vais pas cavaler derrière un mec qui ne veut pas de moi.

— Tu as envie que j'en touche un mot à Kit ? Il a peut-être une explication qui tient la route.

— Absolument pas. Aksel Lloyd est adulte et parfaitement capable de faire ses choix. Non, c'est décidé, je refuse d'entendre parler de lui désormais.

— D'accord, concède-t-elle, visiblement sceptique. Mais dans ce cas, pourquoi est-ce que tu m'appelles ?

— Pour que tu me changes les idées. Raconte-moi n'importe quoi qui détournerait mon attention du lamentable foutoir qu'est devenue ma vie en quelques heures.

Un petit silence me répond, puis elle semble enfin prendre conscience de ce à quoi je fais allusion.

— Comment ? Ah non, alors ! Ne replonge surtout pas !

Si tu fais ça, je te raye définitivement de mon existence, tu m'as bien comprise ?

— Zoé…

— Aucun mec ne mérite qu'on se soûle pour lui, pas même quand il est aussi fantastique qu'Aksel. Je croyais que tu avais intégré cette règle après ta mésaventure avec Mathieu.

— Que veux-tu… les démons ont la dent dure et les miens sont particulièrement coriaces. Je t'en supplie, parle-moi… dis-moi quelque chose… n'importe quoi…

Tremblante, j'attends, tout en espérant qu'elle comprendra.

— Cet après-midi, on est allés au British Museum.

— Et ?

— Kit et moi, on s'est donné la main.

Je ferme les yeux, un sourire aux lèvres. En voilà une bonne nouvelle. Enfin, après tout ce temps, mon amie laisse un homme l'approcher.

— Waouh, c'est un véritable exploit ! Je suis très fière de toi !

— Tout à fait d'accord. Et je suis plutôt contente de changer positivement. Je commençais à penser que j'étais devenue un cas désespéré. Six ans que je n'ai pas permis à un mec de me toucher, c'est long.

Effectivement, vu sous cet angle, Kit a accompli un miracle. Depuis le drame qu'elle a vécu, mon amie sursaute dès qu'un membre de la gent masculine se trouve à moins d'un mètre d'elle. Cela a parfois créé des situations bizarres, voire comiques. Enfin pas pour Zoé, qui a développé une phobie des contacts humains. À part moi, personne ne peut avoir la moindre proximité physique avec elle. Du moins, c'était ce que je croyais. Mais depuis peu, et sans que je comprenne pourquoi, l'oncle d'Ax a pu nouer un lien privilégié avec elle, si bien qu'elle a baissé la garde en sa présence, alors qu'elle faisait des bonds quand mon colocataire l'approchait.

— Sérieux ? Mais comment il a fait ? Il t'a assommée ?

214

— Ah, femme de peu de foi, tu es cruelle. Non, il est gentil et ne me brusque pas. Je me sens en confiance avec lui.

— Alors ça ! J'en suis sur le cul !

— Moi aussi, ça m'arrive souvent, surtout quand je suis assise ! s'exclame-t-elle avec un petit rire.

Je m'esclaffe à mon tour. Voilà exactement ce que j'attendais de mon amie. Qu'elle me rappelle que tout ne se résume pas à cet abruti d'Ax. J'entends soudain un bruit derrière elle, puis sa voix assourdie. J'ignore ce qu'elle raconte, parce qu'il me semble qu'elle a couvert le micro de sa main.

— Noah ? Il faut que je te laisse, le dîner est prêt. Mais si tu veux, je peux te recontacter plus tard.

Même si je me sens fragile, je tiens à la rassurer. Aussi, je choisis de montrer une insouciance que je ne ressens pas. Mais parfois, faire semblant a du bon. On peut presque s'imaginer que tout va bien.

— Non, demain, ça ira. Ne t'inquiète pas, je ne ferai pas de bêtise.

— J'espère bien, sinon je prends le train jusqu'à Édimbourg pour te botter les fesses ! De toute façon je te rappelle demain matin. Mais d'ici là, n'hésite pas, téléphone-moi à n'importe quelle heure si tu as un coup de blues.

Je sais déjà que je n'en ferai rien. Zoé n'a pas à subir mes malheurs et mes penchants autodestructeurs, alors qu'elle vit enfin une relation sympa avec un homme. Et puis, ce n'est pas avec n'importe qui, puisque Kit est l'oncle d'Ax. J'aime autant ne pas avoir à discuter avec lui dans les jours à venir. Il faut que la coupure soit nette, comme la brûlure d'un pansement qu'on arrache d'un coup sec.

— Tout ira bien, je te le promets. Passe une bonne nuit et ne te fais pas de soucis pour moi.

— C'est justement quand tu me dis ça que je ne suis pas tranquille, rétorque mon amie.

— Mais non, je t'assure. Profite de ta soirée, tu me raconteras tout demain.

Nous raccrochons quelques minutes plus tard, et je me

retrouve à errer comme une âme en peine dans l'appartement. Finalement, parce que c'est trop dur de me morfondre ainsi, je finis par entrer dans la chambre d'Aksel pour m'allonger sur son lit, avant de m'endormir comme une masse, assommée par le chagrin et la solitude.

21

Noah

Cela va faire quatre jours que je n'ai pas vu Aksel Lloyd ni entendu parler de lui. Seule dans l'appartement vide, je ne parviens toujours pas à faire le deuil de cette relation avortée. Et encore, peut-on réellement parler d'une relation ? Oui, on peut. Parce que celui que j'ai perdu était non seulement mon colocataire et mon meilleur ami, mais il est également le garçon dont je suis amoureuse. Comment combler le vide laissé par ce départ quand son absence me pèse tant ? Ce matin, par automatisme, je suis allée jusqu'à préparer son café avant de fondre en larmes.

Dire qu'en plus c'est mon anniversaire aujourd'hui. J'ai vingt-deux ans en ce 31 décembre et jamais fête ne m'a semblé plus déprimante, pas même l'an passé. Zoé m'a contactée au petit déjeuner par Skype et j'ai pu ouvrir mon cadeau en direct live. Il s'agit d'un roman que je voulais m'acheter, d'une belle écharpe à carreaux – il paraît que ça rappelle les kilts écossais – et d'une grosse boîte de chocolats. J'ai adoré. Ces présents sont d'autant plus précieux que mon amie n'a pas beaucoup de moyens financiers. Ensuite, j'ai eu un texto de ma banque pour m'informer que mon compte avait été crédité de deux mille euros. Cadeau de papa… À la vérité, j'aurais cent fois préféré une carte avec un mot gentil et un bouquet de fleurs.

En attendant, je n'ai aucune nouvelle d'Ax, alors que

j'étais convaincue qu'il me contacterait, ne serait-ce que pour me souhaiter mon anniversaire. Hélas, rien… Et qu'on ne vienne pas me raconter qu'il ne connaît pas la date, c'est faux. Il est parfaitement au courant, puisque Zoé en a parlé pendant notre séjour à Londres et que je l'ai vu noter discrètement l'info dans son téléphone.

Ce soir, j'ai prévu un repas solitaire pour le réveillon, parce que je ne suis pas d'humeur à fêter quoi que ce soit. Des pâtes au pesto et une tarte aux pommes qui refroidit sur le plan de travail. En réalité, je ne l'ai pas confectionnée uniquement pour moi. Je me disais que, si Aksel passait, cela lui rappellerait ce qu'il rate. Inutile de préciser que j'ai beaucoup de mal à accepter son silence, maintenant plus que jamais. Merde, on était amis ! Il ne peut pas l'avoir soudain oublié ! Dehors, la neige a cessé de tomber depuis hier, remplacée par la pluie et un ciel aussi gris que mon moral.

Vers 17 heures, lorsque le téléphone sonne enfin, je me jette dessus sans même vérifier qui cherche à me joindre. Je suis tellement sûre qu'il s'agit de lui ! Alors, imaginez ma déception quand j'entends la voix de mon père.

— Bonjour, Noah.

— Papa, comment vas-tu ?

— Bien, très bien même. Tu ne m'as pas contacté pour Noël, il y a un problème ?

Comme toujours, son ton est empli de reproches.

Toi non plus, ai-je envie de répliquer. Mais pour ne pas changer, je me tais. La nana super courageuse qu'Ax m'a laissée entrevoir au fond de moi n'est pas encore opérationnelle pour le moment. Mais un jour, qui sait…

— Non, aucun. Désolée d'avoir oublié, j'avais prévu de téléphoner demain pour te souhaiter une bonne année. C'est simplement que nous étions à Londres avec Zoé pendant les fêtes et je n'y ai plus pensé. Excuse-moi, j'aurais dû t'appeler, tu as raison.

— C'est bien ce que je crois, jeune fille ! Alors, ce semestre ? Tu as déjà des résultats ?

— Oui, tout s'est bien passé, j'ai validé l'ensemble de mes modules. Je suis major de ma promotion.

— D'accord. Tu as vu que je t'ai fait un virement ce matin ?

Zéro félicitations, pas un petit « Bravo, je suis très fier de toi ». C'est la lose intégrale. S'il fallait compter sur mon père pour me remonter le moral, je pourrais attendre longtemps. Après cinq minutes de conversation, j'ai juste envie d'acheter une corde pour me pendre, ou de m'attacher une grosse pierre au cou et d'aller me noyer. Pour la première fois, je songe qu'il n'y a rien d'étonnant à ce que je sois devenue alcoolique. Avec son incommensurable égoïsme et sa manie de me rabaisser systématiquement, comment est-ce que je pouvais espérer m'en sortir ? Je n'avais aucune chance.

— Oui, et je t'en remercie. Mais ce n'était pas nécessaire, tu sais…

— Tu parles ! Ce n'est rien de fou et puis Olivia a eu la même chose. Audrey trouve d'ailleurs que je suis trop généreux avec toi alors que tu ne te préoccupes jamais de ton père, sauf quand tu as besoin de lui.

Ce reproche, même pas voilé, me fait l'effet d'une véritable bombe. Et pas un petit pétard artisanal, mais la bonne vieille bombe H. Par réaction, je ne peux m'empêcher de le renvoyer dans ses buts.

— Eh bien, je ne pensais pas que tu pratiquais le tir à balles réelles. En tout cas, tu ne fais pas semblant.

— Mais c'est la vérité ! insiste-t-il avec une mauvaise foi révoltante.

— Combien de fois m'as-tu appelée depuis que je suis ici ? Une ? Deux ? Eh bien, je vais te le dire : jamais ! C'est moi qui t'envoie des textos toutes les semaines, et moi qui te téléphone régulièrement. Alors, n'inverse pas les rôles. Quant à l'opinion de ta nouvelle copine, je m'en fous complètement. J'irais même plus loin : son avis, elle peut se le carrer dans un minestrone.

C'est sans doute la première fois que je m'oppose ouvertement à lui. Mais j'en ai marre de ses réflexions désagréables et je n'accepterai certainement pas celles de sa poule.

— Je te conseille de t'exprimer autrement quand tu parles d'elle, car Audrey n'est pas ma copine, c'est ma femme.

Autant dire que cette révélation me coupe littéralement la chique. Je suis tellement choquée que je dois m'asseoir pour ne pas tomber à la renverse. Ce n'est pas vrai ! Comment a-t-il osé nous faire un coup pareil, à Chantal et à moi ?

— Sérieusement ? Depuis quand ?

— Nous nous sommes mariés en octobre.

— Quoi ? Depuis deux mois, tu n'as pas trouvé le temps de me l'annoncer et tu me fais des reproches ? Tu te fous de qui ? Et Chantal ? Tu n'as pas honte ?

— Chantal ? Je ne vois pas le rapport. Laisse-la où elle est, va ! Tu crois peut-être que jouer les veufs éplorés la fera revenir ? Et puis, quel problème as-tu avec le fait que j'aie épousé Audrey ? Tu crains pour ton héritage ? Dans deux ans, je t'associerai à la boîte et quand je prendrai ma retraite, tu me succéderas. C'est toujours d'actualité, tu sais…

Écœurée à un point que je ne peux même pas exprimer, je passe une main tremblante sur mon visage. Qu'est-ce que j'ai fait au bon Dieu pour mériter un père pareil ? Son attitude est consternante, mais je trouve malgré tout le courage de me rebiffer.

— Rien n'est gravé dans le marbre.

— Pardon ? C'est décidé depuis que tu es entrée à la fac et il n'y a aucune raison pour que mes plans changent. Ah, et Mathieu vient d'être recruté en tant que directeur financier, si tu veux tout savoir.

— Et Olivia ? Tu l'as aussi embauchée ? En tant que quoi ? Chauffeur de bus ? Elle est tellement conne qu'elle ne serait pas capable d'autre chose.

— Ces sarcasmes sont indignes de toi, ma fille. Je te rappelle qu'elle était ta meilleure amie, il n'y a pas si longtemps.

— Faux ! C'est Zoé qui a toujours été ma meilleure amie. Et puis, tu parles d'une copine ! Elle m'a piqué mon amoureux. Ce genre d'amitié, je m'assieds dessus. Pour ma propre santé mentale, je n'en veux surtout pas.

— Noah ! Ne sois pas grossière ! Tout ça, c'est de ta faute. Tu n'avais qu'à t'occuper mieux de Mathieu, il ne serait jamais allé voir ailleurs.

Ses accusations brisent un peu plus mon cœur déjà en miettes. Je ne peux pas croire qu'il pense réellement ce qu'il vient de me dire. Pourtant, tout au fond de moi, je suis convaincue que c'est le cas. Il est brutal dans ses propos, il l'a toujours été, mais on ne peut pas le taxer d'hypocrisie. Profondément blessée, je parviens tout juste à chuchoter :

— Tu es tellement injuste.

— Arrête de jouer les victimes et bats-toi, nom de Dieu ! Dans la vie, il y a les baiseurs et les baisés. Jusqu'à présent, tu as choisi de faire partie de la seconde catégorie. Il serait peut-être temps de changer, tu ne crois pas ?

— Pourquoi ? Pour devenir comme toi ? Non merci !

— De toute façon, on ne peut pas discuter avec une tête de mule dans ton genre. Tu n'as jamais rien voulu entendre, hormis les conneries que t'a inculquées cette bécasse de Chantal. Vois le résultat : elle a fait de toi une assistée, incapable de se débrouiller seule.

— C'est toi qui me parles comme ça ? Alors que tu es entouré d'une bande de pique-assiettes qui ne pensent qu'à te soutirer ton fric ?

— En attendant, tu profites de mes largesses autant que les autres, alors tu te tais et tu fais ce que je dis, c'est clair ?

On en revient toujours aux mêmes arguments. Quand il ne parvient pas à avoir le dessus, il sort l'artillerie lourde, à savoir l'argent qu'il me donne et qu'il me reproche ensuite de dépenser. Après cela, invariablement, je la ferme et je m'écrase.

— En tout cas, c'est adorable de ta part de m'avoir prévenue pour ta noce. Merci aussi pour l'invitation. Dire que tu t'es marié sans que ta fille, ton unique famille, soit présente. Qu'est-ce que tu as raconté à tes employés ? Que j'ai refusé de venir ?

Son silence me prouve mieux que des mots à quel point j'ai visé juste. C'est que je connais bien mon tordu de géniteur. Il n'est pas à un mensonge près !

— Si Chantal avait su à quelle vitesse tu la remplacerais, je crois qu'elle en aurait eu le cœur brisé. Vingt ans de mariage, et tu agis déjà comme si elle n'avait jamais partagé ta vie.

— Écoute, je ne l'ai jamais aimée, mais j'avais besoin d'elle pour t'élever. Je n'étais pas capable de tout gérer. Audrey est le grand amour de ma vie. Tu comprendras donc que je ne vais pas pleurer cent sept ans une femme que je supportais à peine.

— Tu as trouvé le « grand amour » ? Si tu as envie d'y croire, grand bien te fasse. Je vous souhaite tout le bonheur du monde.

— L'ironie que je perçois dans ta voix m'indique que tu penses tout le contraire. Pas vrai, jeune fille ?

Je déteste quand il s'adresse à moi de cette façon. Il me donne l'impression d'être une gamine qu'il faut réprimander, alors que je suis une adulte de vingt-deux ans. D'ailleurs, en parlant de ça…

— C'est tout ce que tu avais à m'annoncer, ou vas-tu me sortir un autre scoop de derrière les fagots ?

— Il est préférable que je raccroche. C'est un dialogue de sourds. Tu ne veux rien entendre !

Le sarcasme est une façon comme une autre de se protéger. En tout cas, c'est la seule qui me vienne à l'esprit pour ne pas lui montrer qu'il a le pouvoir de me blesser cruellement.

— Je ne te retiens pas. Retourne auprès de ton grand amour et ne gaspille pas ton énergie avec moi. D'ailleurs, je me demande pourquoi tu m'as téléphoné. Non, mais quelle perte de temps pour toi !

— Il me semblait que c'était le moment idéal pour t'informer des différents changements qui ont eu lieu ici.

— C'est fait. Autre chose ? Non ? Alors, je ne vais pas abuser de ton temps. Merci pour ton appel, tes sermons et tes bons vœux pour mon anniversaire.

222

Sans lui laisser l'occasion de m'engueuler une fois de plus, je coupe la communication, écœurée comme jamais.

L'instant d'après, mon iPhone bipe, indiquant l'arrivée d'un SMS.

Je ne suis pas content du tout de tes manières et de la façon dont tu t'es adressée à moi. Je ne sais pas ce qui se passe en Écosse, mais j'attends avec impatience que tu rentres en France, histoire de te recadrer et de te remettre sur le droit chemin. Ton père, Thierry Martin.

Jamais de la vie, même pas en rêve ! Je crois qu'Aksel avait raison, il faut définitivement que je m'affranchisse de son autorité malsaine. Mais pas aujourd'hui, non, pas maintenant. Parce que là, j'ai l'impression d'avoir touché le fond. Comment peut-il si aisément effacer de sa vie celle qui a toujours été ma mère dans mon cœur ? C'est insensé.

Parce qu'il ne l'a jamais aimée, souffle la petite voix dans ma tête. *Il s'est juste servi d'elle, tout comme il se sert de toi. Cet homme est un monstre d'égoïsme. Quand ouvriras-tu donc les yeux ? C'est ton père, d'accord, mais tu n'as jamais pu compter sur lui autrement que d'un point de vue financier. Et puisque tu es faible, il continue à t'acheter comme il l'a toujours fait. Au fond, tu aurais pu te débarrasser de son influence malsaine depuis très longtemps, mais tu as choisi la facilité. Tu n'as que ce que tu mérites. Comme on fait son lit, on se couche. Maintenant, ce n'est pas la peine de te lamenter si tu n'es pas prête à réagir.*

Assommée par cette constatation que je sais être la vérité, je me laisse aller en arrière avant de me lever d'un mouvement brusque. Oh ! et puis merde ! J'en ai ras le bol de tout ça. À quoi bon m'entêter à rester sobre quand je ne supporte plus ma vie ? Quand je ne me supporte plus moi-même d'être si lâche ? Mue par un démon qui sommeillait jusqu'à présent mais qui vient brutalement de se réveiller, j'enfile ma veste, saisis mon sac, pour filer à l'épicerie du campus ouverte sept jours sur sept. Là, sans même y réfléchir, j'achète deux bouteilles de vin rouge, les plus chères, non sans songer avec cynisme que c'est papa qui régale.

De retour dans l'appartement, je récupère un verre à pied et le tire-bouchon avant de m'arrêter soudain. Mais qu'est-ce que je m'apprête à faire ? Si Zoé me voyait, elle me collerait des claques, c'est sûr. Oui, mais voilà, Zoé n'est pas ici. Je suis seule. Si désespérément seule...

Poussée par un élan qui ressemble à une forme d'instinct de survie, je récupère mon téléphone et compose un numéro que je m'étais juré de ne plus jamais appeler. Mais c'est plus fort que moi, il faut que j'entende sa voix.

Aksel décroche à la deuxième sonnerie.

— Noah ? Pourquoi tu me contactes ? Je t'ai dit que je ne voulais plus...

Seul un sanglot déchirant lui répond.

— Je t'en supplie, aide-moi. J'ai besoin qu'on m'aide...

22

Aksel

Lorsque mon téléphone sonne, je suis en route pour mon ancien appartement. Je n'ai pas l'intention de revoir Noah, mais j'aimerais qu'elle ait le cadeau que j'ai choisi avec soin pour son anniversaire. À défaut de pouvoir le fêter en ma compagnie, elle aura au moins ça. De toute façon, je ne suis pas d'humeur à m'amuser, ni maintenant ni ce soir. En quelques minutes, ma vie a basculé dans un cauchemar dont je n'ai pas trouvé l'issue pour le moment. Avec Sean, on a fouillé tout le campus, impossible de localiser Kate Miller. Je sais qu'elle est là, mais elle reste malgré tout invisible. C'est insensé…

Au Canada, c'est le branle-bas de combat. Mon oncle a tant et si bien fait pression, que les parents Miller ont été obligés d'avouer que leur fille avait vite pris la tangente et que cette histoire de clinique aux États-Unis n'était qu'un leurre, destiné à ne pas éveiller les soupçons après sa disparition. Ils sont désormais poursuivis pour non-dénonciation et entrave à la justice. Cette fois, on m'écoutera peut-être.

En attendant, et tant que cette affaire ne sera pas réglée, Noah doit se tenir à distance, même si c'est une torture de chaque instant pour moi. Je ne pensais pas l'aimer aussi passionnément, pourtant cette rupture et la tristesse que j'ai lue dans ses yeux m'ont permis de comprendre à quel point je faisais fausse route. Pour faire court : Noah est le grand amour de ma vie, comme ma mère est celui de mon père. J'en ai l'intime conviction. Seulement, avec toutes les tornades que je lui ai mises – on ne peut décemment plus parler de vents à ce niveau –, elle pourrait ne plus vouloir de moi. Malgré tout, je préfère prendre le risque de la perdre maintenant, plutôt que d'être responsable de sa mort. Et on peut penser ce qu'on veut, je sais que je ne dramatise pas.

En cette fin d'après-midi, je m'apprête donc à confier son présent – une paire de boucles d'oreilles qui m'a coûté un certain nombre d'heures supplémentaires – à Lilly, une fille de sa promo qui le lui déposera dans la soirée. J'approche du lieu où nous avons rendez-vous, lorsque mon portable sonne. Quand je découvre que l'objet de toutes mes pensées cherche à me joindre, je songe un instant à ne pas répondre. Mais cet appel colle si peu avec son silence des derniers jours qu'un mauvais pressentiment m'envahit. Et si Miller avait déjà fait des siennes ? La probabilité est sans doute minime, mais je ne peux toutefois pas l'occulter complètement. Comment expliquer que Noah veuille me parler le jour de son anniversaire au risque de se prendre un râteau de plus ? En toute logique, ce serait à moi de faire cette démarche, au moins pour le lui souhaiter. Je pense la connaître suffisamment pour savoir qu'elle ne souffre d'aucun penchant masochiste. Si je suis heureux de l'entendre à nouveau, je ne peux pas la laisser se bercer d'illusions. Aussi, et même si ça me coûte, je décide de décrocher pour m'assurer qu'elle va bien et de la rembarrer ensuite.

— Noah ? Pourquoi tu me contactes ? Je t'ai dit que je ne voulais plus…

Seul un sanglot me répond et je sens une peur irrépressible me submerger aussitôt.

— Noah ? Il y a un souci ? Tu as des ennuis ?

L'inquiétude dans le ton que j'emploie pour lui répondre est clairement perceptible.

— Je t'en supplie, aide-moi. J'ai besoin qu'on m'aide… chuchote-t-elle entre deux hoquets.

Nom de Dieu ! Qu'est-ce qui se passe ? À sa voix, le

problème est sérieux et j'imagine déjà que la psychopathe est en train de la menacer ou lui a déjà fait du mal.

— J'arrive !

Sans perdre une seconde, je raccroche et range mon téléphone, puis je me dirige vers la résidence étudiante qui est, heureusement, à quelques centaines de mètres de l'endroit où je me trouve. À mesure que j'approche du bâtiment, je me mets à courir comme si ma vie en dépendait. Parvenu en bas de l'immeuble, je dois m'arrêter un instant pour reprendre mon souffle. Mes oreilles bourdonnent, mes joues sont brûlantes, et mes cheveux sont mouillés par cette horrible bruine qui ne cesse de tomber depuis deux jours. Dommage, je préférais vraiment la neige.

Sur le palier, je décide d'utiliser ma clé pour entrer dans l'appartement, au cas où cette timbrée serait déjà sur place. Une fois à l'intérieur, je ne vois personne, si ce n'est la femme que j'aime assise à la table de la cuisine, une bouteille de vin et un verre devant elle, en train de chialer comme une gamine. Quand elle m'aperçoit, elle pleure de plus belle. Mais que se passe-t-il ici ?

— Noah ? Qu'est-ce qui t'arrive ?

À cet instant précis, je me rends compte qu'un truc cloche, et ce « truc », c'est la bouteille de pinard. Elle ne boit pas d'alcool, elle n'en a pas le droit. Qu'est-ce qui lui prend de vouloir se soûler aujourd'hui ? Parce que c'est bien de cela qu'il s'agit. Le regard dans le vague, Noah ne semble même pas consciente de ma présence. Elle est ailleurs. Mais où ? Et surtout, qu'est-ce qui la met dans cet état ? C'est bien la première fois que je ne comprends strictement rien à une femme.

— Noah !

La main posée sur son épaule, je la secoue doucement en répétant son prénom à plusieurs reprises. Au bout d'un long moment, elle finit par lever des yeux embrumés et éteints sur moi. Là, je dois admettre que je me mets à flipper méchamment. Sans attendre, j'enlève ma doudoune et m'agenouille devant elle pour placer mon visage au

227

niveau du sien. Puis, délicatement, je lui caresse la joue. À cet instant précis, plus rien n'existe, hormis elle et moi, pas même cette folle de Kate Miller.

— Qu'est-ce que tu as ?

— Empêche-moi de verser le vin dans ce verre et de le boire, finit-elle par chuchoter. Empêche-moi de faire la plus grosse connerie de ma vie.

— Pourquoi est-ce que ce serait une connerie ?

Mes yeux piquent tant je suis attristé par son air perdu. Aimer quelqu'un sincèrement, le voir triste et se savoir responsable au moins en partie de son mal-être conduit à se sentir très moche. Et c'est exactement ainsi que je me vois.

— Je ne suis pas malade, je ne l'ai jamais été. En tout cas, pas comme tu le penses, confie-t-elle sans oser croiser mon regard. La vérité, c'est que je suis alcoolique.

Si on m'avait annoncé que les dinosaures étaient de retour sur terre, je n'aurais pas été plus surpris. Qu'est-ce que c'est que cette histoire ? Je n'y crois pas un instant. C'est impossible ! Jamais je n'ai vu Noah avec un verre à la main, son haleine n'a jamais empesté et je suis sûr qu'elle n'a pas été bourrée une seule fois au cours des quatre derniers mois, contrairement à moi qui l'ai été assez souvent.

— C'est une blague ?

Ses yeux s'emplissent de larmes et je fais l'unique chose qui puisse nous aider, elle et moi. Je pose ma bouche sur la sienne. Bon Dieu de bordel ! Qu'est-ce qu'elle m'a manqué ! Tellement… Aussitôt, elle répond à mon baiser, mais je n'approfondis pas. En réalité, je suis trop perturbé par son aveu. Juste avant de l'embrasser, j'ai vu dans son regard à quel point elle était sincère. Et j'avoue que cette révélation inattendue est difficile à appréhender. Depuis le début de notre cohabitation, je la vois comme une jeune femme assez mystérieuse et je me suis souvent demandé ce qu'elle taisait. Au fond de moi, je savais qu'elle ne me disait pas tout à son sujet, qu'elle cachait certains aspects majeurs de sa vie. Mais nous avons tous nos secrets, et j'aurais été mal avisé de la blâmer pour ça. Maintenant, tout est plus clair… Pour autant, cela n'altère pas le moins du monde la force des sentiments que j'éprouve pour elle. Au contraire, je l'aime plus encore. Cette dualité entre sa force et sa fragilité me donnent furieusement envie de la protéger. Et c'est ce que je vais faire. Vouloir l'éloigner était une grossière erreur. Je tenais avant tout à la préserver de Kate Miller, mais il y a une menace bien plus dangereuse qui se dresse désormais face à nous : elle-même. Noah a besoin de mon aide, certainement pas que je lui tourne le dos une fois de plus.

Avec détermination, je m'écarte et me lève. Puis j'attrape la bouteille et la vide d'un coup dans l'évier. Le même traitement est réservé à la seconde, qui attendait, posée sur le plan de travail. Je n'ai pas peur des démons de Noah, je suis sûr d'être de taille à les affronter. Il n'en reste pas moins que je ne comprends pas pourquoi elle ne m'a pas parlé de son addiction plus tôt.

Ça te va bien de penser de cette façon, raille ma conscience. *Tu lui as raconté pour Kate Miller ? Non ! Tu as préféré la quitter sans explication, alors* shut up *! Tu es mal placé pour faire la leçon à qui que ce soit !*

Ce n'est pas faux, même si l'admettre n'a rien de facile.

Cette pensée ne me quitte pas, pendant que je range les bouteilles dans le bac de recyclage après les avoir rincées.

Durant tout ce temps, Noah ne bouge pas, ne parle pas, comme si elle était paralysée. J'avoue que cette apathie soudaine m'inquiète beaucoup. Cela lui ressemble si peu. Il y a forcément quelque chose ou quelqu'un qui a déclenché cet état traumatique. Maintenant, il s'agit pour moi de découvrir qui ou quoi. À bien y réfléchir, je doute que Kate Miller en soit à l'origine, car le malaise de Noah semble plus profond et doit être, selon toute vraisemblance, lié à son passé.

Avec mille précautions, je m'approche à nouveau d'elle pour prendre sa main et l'inciter tout doucement à se lever. Elle finit par s'exécuter et je l'entraîne vers ma chambre où je découvre mon lit défait, ce qui signifie qu'elle a dû y dormir. Sans un mot, je la déshabille pour ne lui laisser que ses sous-vêtements, un ensemble en coton blanc tout simple. Elle a encore maigri. Depuis son arrivée, elle a au moins perdu une douzaine de kilos. Il va falloir qu'on en parle, car fondre aussi rapidement n'est pas sain. Mais pas maintenant...

D'un geste de la tête, je lui intime de s'allonger sur le matelas pendant que je retire mes fringues à mon tour. Elle voulait que je lui change les idées ? C'est exactement ce que je vais m'employer à faire...

23

Noah

Lorsque j'ai appelé Ax, je n'imaginais pas qu'il arriverait en courant. Et pourtant, il est venu… Malgré ce que je m'étais promis, j'ai fini par lui avouer le pire, espérant sans doute inconsciemment que mes révélations le feraient fuir. Mais il est toujours ici, à vider tranquillement les bouteilles que j'ai achetées il y a tout juste une demi-heure. Dans ses yeux, je n'ai lu aucun jugement, aucune critique, seulement de la compassion. Alors, même si je ne veux qu'une chose, le détester, je n'y parviens pas. Je suis amoureuse de cet homme si versatile, et la perspective de le voir à nouveau me repousser, comme chaque fois, me rend malade. À quoi bon s'accrocher encore et encore, si c'est pour souffrir inévitablement ? Il faut croire que je suis une masochiste en puissance, je ne me l'explique pas autrement.

Alors qu'il m'entraîne vers sa chambre, je choisis de ne pas penser à cela, pas plus qu'au reste. C'est trop dur, trop douloureux, j'ai besoin de me déconnecter pour oublier tout ce qui m'empoisonne. En tout cas, je lui serai toujours reconnaissante d'être venu. Il m'a évité de commettre la pire erreur de ma vie. Si j'avais replongé, je crois que je ne me le serais pas pardonné. En plus de détester la terre entière, je n'aurais plus été capable de me voir en peinture, ce qui n'aurait fait qu'aggraver mon mal-être. Et encore, je suis sympa d'en parler en ces termes, j'aurais aussi bien pu évoquer des troubles psychologiques. Parce que c'est bien ce dont il s'agit : j'ai l'impression de devenir folle, que la terre entière s'est liguée contre moi et que ses habitants se sont tous passé le mot pour me pousser à nouveau vers l'alcool et les affres de la dépendance. Ma raison et ma capacité de résistance ne tiennent plus qu'à un fil ténu et fragile, il faut donc que je me ressaisisse et vite.

Ces moments hors du temps avec Ax m'y aideront, j'en suis convaincue. Et puis, s'il doit me quitter à nouveau… eh bien… c'est triste à dire, mais je crois que je commence à m'y habituer. Dieu du ciel ! Y a-t-il un stade au-delà duquel l'être humain se résout à ne subir que des déconvenues amoureuses, ou suis-je juste en train de me transformer en une femme blasée, ce qui serait pire que tout ? Perdre mes illusions, ne plus jamais rêver à rien reviendrait à accepter avec un fatalisme malsain tous les coups durs qui me sont tombés dessus ces derniers mois, et ça, une part de moi le refuse obstinément. Non, je ne laisserai personne m'abattre et certainement pas mon père. Ce serait lui faire trop d'honneur.

Tandis qu'Ax me déshabille, je tente de comprendre par quel miracle nous allons enfin coucher ensemble. Si on m'avait prédit qu'en lui révélant ce que je considère comme mon pire vice je finirais dans son lit, je n'aurais jamais voulu y croire. Et pourtant…

— Noah, tu es tellement belle, souffle-t-il avec une émotion palpable, quand je me retrouve en dessous blancs, face à lui.

Incapable de prononcer le moindre mot depuis que je lui ai confessé la vérité à mon sujet, je ne réponds pas.

— Viens…

Ses gestes sont tendres, particulièrement doux. Il me pousse avec délicatesse vers le matelas sur lequel je m'allonge. Ça tombe bien, parce que mes jambes vacillent. Ma gorge devient soudain sèche, quand il commence à se dévêtir. L'instant d'après, il me rejoint, n'arborant plus qu'un boxer Calvin Klein noir. Seigneur, a-t-on jamais vu

corps plus harmonieusement sculpté que celui d'un nageur ?
Il a tout : les épaules larges et carrées, les bras musclés
mais pas trop, le six-pack et le V bien visibles, les longues
cuisses athlétiques et puissantes. Couché sur le flanc, la
tête posée sur une main, il laisse glisser ses doigts en de
lentes arabesques sur mon ventre.

— Tu sais combien il y en a ?

Troublée par sa proximité, je ne peux m'empêcher de
froncer les sourcils. Puis je décide de jouer la carte de
l'humour. Un petit moment de répit, si bref soit-il, sera
bienvenu pour m'aider à faire redescendre la pression.

— Quoi ? Des seins ? Eh bien, deux, le droit et le gauche.
C'est assez peu fréquent, je dois le reconnaître, mais ça
arrive à des gens très bien. On appelle ça des femmes.

À ces mots, il éclate de rire, ce qui est le but recherché :
détendre l'atmosphère.

— T'es bête ! Non, je parlais de tes taches de rousseur.

— Alors, là ! Tu t'attaques à du lourd, je n'ai jamais
compté. Et quand bien même cette idée saugrenue m'aurait
traversé l'esprit, je serais incapable de les dénombrer, étant
donné qu'il y en a absolument partout, y compris sur mon
dos et mes fesses.

— Tourne-toi, je veux voir ça tout de suite !

Je ris, mais ne bouge pas d'un millimètre. Pas question
qu'il fasse une fixette sur ces marques qui m'ont toujours
gênée. Gamine, on me surnommait Poil de Carotte et j'en
ai longtemps souffert.

— Même pas en rêve ! Tu n'as pas besoin de regarder
mon énorme postérieur.

— Et s'il me plaît à moi, ton cul ? Je ne comprendrai
jamais les femmes et leurs complexes…

Ax se penche sur moi pour m'embrasser langoureusement.
Cette fois, il n'est plus question de plaisanter. Sa langue
s'engouffre dans ma bouche, tandis que sa main s'affaire
dans mon dos pour ouvrir l'agrafe de mon soutien-gorge.
Lorsqu'il m'en débarrasse, mon premier réflexe est de couvrir
ma poitrine avec mes bras, mais je m'astreins à ne pas le

faire. En même temps, ce n'est pas comme s'il ne m'avait jamais aperçue en tenue d'Ève. Faut-il rappeler l'épisode de la salle de bains ? Tout comme il m'a touchée à plusieurs reprises, nos séances de pelotage intensif à Londres ainsi que la nuit où il avait trop bu sont encore bien fraîches dans ma mémoire. Cette pudeur de dernière minute n'a donc pas lieu d'être. Du reste, je ne pense pas qu'il me laisserait faire, puisqu'il est déjà en train de bazarder le bout de dentelle de l'autre côté de la pièce.

— Nom de Dieu ! Qu'est-ce que tu es belle ! souffle-t-il après s'être redressé pour m'observer longuement.

De toute évidence, il est sincère, et l'éclat brûlant que je lis dans ses yeux me rassure assez pour me faire oublier à quel point je déteste ma silhouette. Je l'ai toujours trouvée trop molle et trop grasse, même si je me sens plus légère après les centaines d'heures que j'ai passées à faire la course sur le tapis du centre sportif, heures qui m'ont tout de même permis de perdre plus de quinze kilos.

— Ton corps est une merveille de courbes et de douceur, ajoute-t-il en promenant sa main sur ma peau.

— Le tien est sympa aussi dans son genre.

Ma voix est rendue rocailleuse par une vague de frissons qu'a fait naître sa paume caressante. Là, clairement, on passe aux choses sérieuses. D'ailleurs, quelques secondes plus tard, il s'est débarrassé de ma culotte, et moi, de son boxer. J'ai déjà eu l'occasion de regarder de près les capotes qu'il utilise, il en a laissé traîner une dans la poche arrière de son jean au début de notre colocation. Quand j'y avais lu la mention « XXL », j'avais ri, imaginant que c'était un truc de frimeur pour mieux appâter les filles. Mais maintenant que j'ai une vue plongeante sur son sexe tendu, je ne la ramène plus. Il est long, épais et assez impressionnant pour me laisser médusée. Je n'ai eu qu'un seul amant et il était loin d'être aussi bien doté par la nature. Lorsque je me mets à l'effleurer du bout de l'index, mon compagnon hoquette et pose ses doigts sur les miens.

— Non, ce n'est pas une bonne idée. Si tu t'amuses à ce

petit jeu, tout sera terminé avant même d'avoir commencé. Je suis trop excité pour me contrôler.

— Mais, Ax, j'en ai envie…

— Plus tard…

Sa bouche couvre à nouveau la mienne, avant de voguer sur ma peau, de ma gorge à ma poitrine, dont il happe un téton pour le titiller et le sucer plus durement. L'effet est si intense que mon corps décolle du matelas. Et lorsque sa main s'ajoute à l'équation en se calant entre mes cuisses, je suis au bord de l'implosion. Nom de nom ! Mais comment est-ce qu'il fait ça ? Comment est-il capable de me mettre dans un tel état en si peu de temps ? C'est un magicien, je ne vois pas de meilleure explication.

Durant de longues minutes, ses lèvres torturent mes seins, alternant de l'un à l'autre, tandis que son index et son majeur sont fichés en moi et bougent de plus en plus rapidement. Lorsque son pouce se met à tourner autour de mon clitoris, je me cabre un peu plus, le souffle court. Mais il continue à me tourmenter sans tenir compte de mes gémissements qui vont crescendo. J'ai l'impression de me tenir au bord d'un précipice, sur le point de sauter. Et après des mois d'abstinence – si on excepte la nuit où il m'a touchée –, je ne rêve que d'une chose : jouir. Ce besoin est si irrépressible qu'il en devient douloureux. Mais, invariablement, quand Ax me sent sur le point de basculer, il ralentit le rythme. Alors, quand il s'interrompt une nouvelle fois, au moment où l'orgasme auquel j'aspire tant est plus proche que jamais, je ne peux retenir un cri de protestation.

— Espèce de sadique, je te déteste !

Ax remonte de mes seins à mes lèvres, en insistant bien sur les endroits sensibles, le long de ma gorge, avant de m'embrasser goulûment, sa langue plongée profondément dans ma bouche. Puis, avec un sourire empli de satisfaction, il recommence à me caresser, non sans chuchoter :

— Mais non, tu n'en penses pas un mot…

Et il a raison. Quoi qu'il me fasse, quoi qu'il m'ait déjà

fait, je l'aime. C'est aussi simple que ça. Cette vérité ne souffre aucune contestation. J'en suis la première étonnée, mais c'est ainsi.

Soudain, Ax se redresse, récupère un préservatif dans le tiroir de son chevet et arrache le coin du sachet en aluminium avec les dents. Ce spectacle me fascine assez pour que j'aie envie d'y participer.

— Je peux ?

— Oh que non ! Je te le répète une nouvelle fois, si tu ne tiens pas à ce que j'éjacule ici et maintenant, il ne faut surtout pas me toucher.

— Mais quoi ! J'ai quand même le droit de te caresser, non ?

— Tout à l'heure, au prochain round. Tu pourras faire tout ce que tu voudras avec tes mains et ta bouche. Mais pas maintenant !

OK ! Comme ça, c'est dit. Il donne des ordres et je les exécute. Ça promet !

— Noah, ne fais pas cette tête. Je te jure que, venant de ma part, il s'agit d'un compliment.

Une fois la capote en place, Aksel s'allonge sur moi, m'obligeant à écarter les cuisses pour mieux l'accueillir. Sans attendre, il guide son sexe vers le mien et me pénètre d'un mouvement fluide.

— Oh putain ! Je suis au paradis, geint-il en commençant à bouger. Tu es tellement serrée, c'est si bon…

Le souffle court, j'accorde les mouvements de mon corps aux siens, adoptant le même rythme. Et il a raison, ce que je ressens est divin. Très vite, il accélère la cadence. Appuyé sur ses coudes, il ne me quitte jamais des yeux, comme s'il était à l'affût de la moindre gêne. Mais je n'en ressens aucune, bien au contraire. Dans un soupir, je ferme les paupières pour savourer les sensations que ses va-et-vient me procurent. Chaque fois que son sexe est fiché en moi, je frissonne de bonheur et, chaque fois qu'il se retire, je pourrais hurler de frustration. Quand il m'embrasse à nouveau, mimant l'acte sexuel avec sa langue, je frémis

236

de la tête aux pieds. Et quand une de ses mains englobe mon sein pour en pincer le téton, j'ai envie de pleurer, tellement c'est agréable. Puis, sans crier gare, une boule de chaleur se forme au creux de mon ventre pour gagner en ampleur, envahissant chaque parcelle de mon corps, avant d'exploser, m'offrant l'orgasme le plus intense et le plus violent de toute ma vie. Jamais je n'ai rien éprouvé de tel, j'ai l'impression de m'éparpiller aux quatre coins de la pièce, de me transformer en énergie pure. Et ça dure longtemps, très longtemps, jusqu'à ce qu'Ax me rejoigne dans un grognement. Durant d'interminables minutes, il jouit, semblant vouloir se déverser complètement en moi. Et j'aime cette sensation qui me donne, pour la première fois, l'impression qu'il m'appartient, au moins un peu. Oui, pendant ces quelques instants incroyables, Aksel Lloyd est à moi et seulement à moi.

24

Noah

En sueur, essoufflés, nous échangeons un sourire, conscients que nous venons de vivre une parenthèse enchantée. D'habitude, la première fois fait office de coup dans l'eau. Bon, j'ai peu d'expérience en la matière, mais c'est ce que j'ai toujours entendu dire. Il y a la gêne de se découvrir, la maladresse, le fait d'ignorer ce qu'attend le partenaire. Bref, rien de mémorable. Mais là, je ne suis pas près de considérer ce qui s'est passé comme une expérience moyenne. Oh non, pas le moins du monde. C'est tout le contraire.

— Waouh…

Le visage désormais niché dans le creux de mon cou, encore fiché en moi, Aksel tente de dompter sa respiration. Tout comme lui, je suis extatique, et je ne peux qu'abonder dans son sens.

— Comme tu dis : waouh !

— Je n'ai aucune envie de bouger. Ça te dérange si je t'aplatis comme une crêpe ?

Je ris et il finit par s'écarter pour se rendre dans la salle de bains d'où il revient rapidement. Dès l'instant où son corps quitte le mien, je suis envahie par l'appréhension, redoutant le moment où il m'enverra sur les roses. Entre nous, c'est devenu habituel, pourquoi est-ce que ce serait différent aujourd'hui ? D'autant qu'après ce que je lui ai avoué, il aurait toutes les raisons de s'enfuir. Pourtant, et comme pour démentir mes craintes, Ax s'allonge sur le dos et me prend dans ses bras avant de rabattre la couette sur nous. Ses doigts caressent ma colonne vertébrale en petits cercles qui me troublent une fois de plus, alors que je suis parfaitement comblée.

— Tu me racontes ? demande-t-il d'une voix douce.

— Je te raconte quoi au juste ?

C'est ça, fais l'idiote, raille l'habituelle voix avec cynisme.

— Ne tourne pas autour du pot, Noah, tu vaux mieux que ça et tu le sais très bien. Quand je suis arrivé tout à l'heure, tu étais prostrée devant une bouteille de vin et tu m'as supplié de t'empêcher de boire en expliquant que tu étais alcoolique. Excuse-moi, mais je n'arrive pas à le croire. Je vis avec toi depuis plusieurs mois et je ne t'ai jamais vue boire une goutte d'alcool. Qu'est-ce qui t'a fait paniquer au point de perdre la tête ? Et ensuite, qu'est-ce qui t'a incitée à me contacter, moi ? Pourquoi cet appel au secours ? Il fallait un événement particulièrement grave pour te pousser à revenir vers moi après la façon dont nous nous sommes séparés, il y a quelques jours.

— Je ne suis sobre que depuis six mois. Avant ça, mon existence était un merdier total dans lequel j'évoluais entre deux cuites.

— Sérieusement ? Tu es alcoolique ? J'ai du mal à l'imaginer. Tu sais, on prend tous une biture de temps à autre, il n'y a pas péril en la demeure. Tu n'es pas trop sévère avec toi-même ?

Au point où j'en suis, je décide que la vérité vaut toujours mieux que n'importe quel mensonge. On n'est plus à ça près désormais.

— Ax, pendant plus d'un an, ma vie s'est résumée à une succession quotidienne de beuveries. Comment est-ce que tu crois que j'ai atterri à l'étage des mecs, ici ? J'étais tellement ivre au moment de remplir le dossier d'inscription que j'ai coché la case « sexe masculin » en me poilant comme une banane. Quand je suis arrivée à Édimbourg, je sortais tout juste de *rehab*.

Mon amant rit comme si je lui racontais une blague particulièrement tordante, alors que de mon côté je ne vois rien de drôle.

— C'est vrai ? T'es la meilleure !

— Arrête, ce n'est pas marrant du tout. J'ai pris quinze kilos, j'ai traîné dans des endroits que tu n'imagines même pas, juste pour pouvoir boire, et si j'avais continué dans cette voie, je suis certaine que j'aurais fini par crever dans un caniveau.

— Noah, tu ne dramatises pas un peu ?

— Tu penses que j'exagère, hein ? Si tu savais…

— Quoi ? D'après ce que tu laisses entendre, tu n'as bu que pendant un an. Quel a été l'élément déclencheur ? Ton ex qui se tapait ta copine ?

C'est le moment le plus délicat de mes aveux. Mais si j'ai retenu une leçon, c'est que je ne dois pas lui raconter d'histoires ni m'en raconter à moi-même, je serais trop tentée d'y croire. Or, rien n'est pire que de ne pas regarder la réalité en face.

— Il y a sans doute de ça, mais ce n'est pas l'essentiel.

— C'est déjà pas mal, me semble-t-il. Il y en a qui ont basculé pour moins que ça.

— Je t'ai raconté que j'ai surpris mon ancien amoureux au lit avec une de mes amies, le jour de l'enterrement de ma belle-mère. Eh bien, ce que je ne t'ai pas dit, c'est qu'elle s'était suicidée parce que mon cher papa avait décidé de la quitter pour une autre femme qui se trouve être la mère d'Olivia, la nana qui m'a piqué mon mec. Le pire, c'est que c'est moi qui ai demandé à mon père d'embaucher cette femme pour qu'elle puisse se sortir de la galère financière dans laquelle elle se trouvait. Olivia m'avait suppliée d'intervenir pour l'aider et c'est ce que j'ai fait.

— Tu veux dire que…

— Exactement. Comme me l'a écrit Chantal dans sa lettre d'adieu, j'ai fait entrer le loup dans la bergerie. La mère et la fille ont ruiné ma vie. Elles sont responsables de la mort de celle que je considérais comme ma maman. Aujourd'hui, mon père a téléphoné pour m'assommer de reproches comme d'habitude, et m'annoncer que lui et Audrey se sont mariés en octobre dernier. Ah oui, il m'a aussi appris qu'il avait embauché mon ex dans son entreprise.

— Quoi ? Ton père s'est marié et ne t'a pas invitée ?

— C'est ça…

— Tu crois qu'il était au courant de ton problème ?

— Je ne vois pas comment il aurait pu l'ignorer, puisque j'ai littéralement pillé sa cave.

— Des grands crus, j'espère ?

Je sens son torse bouger, signe qu'il rit à nouveau.

— Il n'a que ça. Bref, le plus triste, c'est qu'il ne m'a même pas souhaité un joyeux anniversaire.

— Mais c'est vrai ! s'écrie Ax en se redressant brusquement. Attends ici.

D'un mouvement rapide, il me repousse et se lève avant de revenir avec une petite boîte qu'il a dû récupérer dans sa veste. Devant ma mine stupéfaite, il annonce, très fier de lui :

— Ton cadeau. *Happy birthday*, ma Noah. Allez, ouvre…

Avec un large sourire, je saisis l'écrin, pendant qu'il reprend sa place à mes côtés. Lorsque je soulève le couvercle, je lâche un cri émerveillé. Il s'agit de boucles d'oreilles composées chacune d'une perle et elles sont juste magnifiques. J'ai dû mentionner au cours d'une conversation que j'adorais les perles de culture à tel point que Chantal m'avait offert un bracelet comportant trois rangs – comme celui qu'arborait Lady Di à une certaine époque – pour mes dix-huit ans. Depuis, je le conserve précieusement, même si je n'ai pas souvent l'occasion de le porter. Avec reconnaissance, je me redresse pour l'embrasser.

— Tu t'en es souvenu ?

— Je me souviens de tout ce qui te concerne, Noah. Je t'aime.

Si ses mots agissent comme un baume sur mon cœur encore blessé par son dernier rejet, ils font également naître un sentiment que je définirais comme un savant mélange d'incrédulité et de contrariété. De quel droit peut-il parler ainsi alors qu'il m'a plantée comme une bouse il y a tout juste quatre jours ? Je vais finir par penser que ce mec est bipolaire. En tout cas, j'ai besoin de comprendre, quitte pour cela à mettre les deux pieds dans le plat et à plomber l'ambiance. Moi aussi, je suis amoureuse, mais j'en ai marre d'être prise pour une idiote.

— Merci pour ce cadeau, j'en suis très touchée.

Puis, sans crier gare, je sors du lit pour enfiler un T-shirt que je pique dans sa commode. Je sais où ils se trouvent, c'est moi qui les range.

— Il y a un souci ? s'enquiert-il en me rejoignant.

Il remet son boxer et se dresse devant moi.

— Qu'est-ce qui se passe ? insiste-t-il, les mains sur les hanches.

Ax est tellement canon que, durant quelques secondes, je perds de vue ce qui me préoccupe. Mais impossible d'oublier. Ses revirements incessants me reviennent comme une aigreur d'estomac persistante. Ce serait trop facile. Je ne peux pas le laisser faire ce qu'il veut avec moi.

— J'ai beaucoup de mal à gober tes belles paroles, alors que tu m'as quittée sans motif valable, il y a quelques jours à peine. Et ce n'est pas comme si c'était la première fois que tu me faisais le coup.

— OK, il faut qu'on parle. Rhabille-toi, sinon je n'arriverai pas à me concentrer.

Rapidement, Ax revêt son jean, son pull et ses chaussettes. Je l'imite et le suis au salon où je m'assieds pendant qu'il nous prépare du thé. Il va peut-être me permettre de comprendre enfin les raisons de son comportement par moments si irrationnel. Après avoir déposé les deux tasses fumantes devant nous sur la table basse, il prend place près de moi.

— Tu te souviens, quand je t'ai expliqué que j'avais eu de l'argent ?

Je fronce les sourcils, cherchant mentalement la conver-

243

sation au cours de laquelle il en a fait mention. Puis soudain, tout me revient. C'était pendant notre trajet vers Londres. Aussi, j'acquiesce d'un hochement de tête.

— Ah oui, une histoire d'accident, c'est ça ?

— Tu as supposé que c'en était un. Moi, je ne t'ai rien dit en ce sens.

C'est vrai, il n'avait donné aucun détail.

— Pour faire court, j'ai été victime d'une femme complètement perchée.

— Comment ça « perchée » ?

— C'est une érotomane, une psychopathe. Elle s'inventait une *love story* avec moi et m'a harcelé jusqu'à ce que la situation devienne invivable.

— Et alors ? Tu as porté plainte ?

— Non, pas tout de suite. Je pensais qu'elle s'arrêterait et finirait par me laisser tranquille. Seulement…

Il hésite et je comprends que ces aveux lui coûtent, probablement autant qu'il a été difficile pour moi de lui révéler mon alcoolisme.

— Seulement ?

— Elle a commencé à s'en prendre aux filles avec qui je sortais.

— Oh…

Je ne suis pas sûre de piger exactement ce que cela implique, mais il semblerait que ce soit assez grave pour lui avoir sévèrement pourri la vie.

— Oui, « oh », comme tu dis… La première a été renversée par un chauffard dont la voiture était la même que celle de Kate Miller. La suivante a été poussée dans les escaliers de la fac par une inconnue qui lui ressemblait étrangement. La troisième a été agressée dans une ruelle sombre, un soir, alors qu'elle repartait de chez moi. Et enfin, elle a tiré sur la dernière en date.

— Alors, elle est en prison actuellement ? Et quel est le rapport avec moi, puisque ces événements dramatiques se sont produits au Canada ?

Logique, non ?

— Ce n'est pas si simple. Ses parents sont des gens haut placés qui ont tout mis en œuvre pour lui éviter une incarcération. Lors du dernier procès en date, on m'a fait passer pour un monstre qui avait abusé d'elle et de sa fragilité.

Ces mots me tirent une grimace épouvantée.

— Mon Dieu ! Quelle horreur ! Ax…

S'il y a bien une chose dont je suis sûre, c'est qu'Aksel Lloyd n'est pas le genre d'homme à abuser d'une femme souffrant d'un trouble mental. Oh non ! Même s'il s'est souvent comporté comme un salaud avec moi, c'est un mec bien, j'en ai l'intime conviction.

— C'est après ça que j'ai décidé de partir à l'étranger. Elle était censée être internée dans une clinique psychiatrique à Vancouver, mais il s'est révélé qu'elle avait été transférée dans une maison de repos aux États-Unis, établissement dont elle s'est enfuie.

— Encore une fois, qu'est-ce que j'ai à voir avec cette femme ?

— Avant de passer à l'acte, elle leur a, à toutes sans exception, fait parvenir des post-it sur lesquels elle avait écrit…

Saisissant enfin où il veut en venir, je complète à sa place.

— … « *He's mine* ».

Je viens de remettre toutes les pièces du puzzle à leur place, tout comme je réalise que ses rejets étaient justifiés par le fait qu'il avait peur pour moi.

— Voilà, tu sais tout. Je ne pensais pas qu'elle me retrouverait aussi vite. Mais il faut croire qu'elle a de bons informateurs. Malheureusement, avec Sean, on n'arrive pas à la localiser.

— Tu es allé voir la police ?

— Pas encore.

— Mais moi, je pourrais m'y rendre avec toi et leur montrer.

— Leur montrer quoi ? On n'a jamais condamné quelqu'un pour envois de post-it intempestifs. J'ai peur, Noah. Non, en vérité, je suis terrifié à l'idée qu'elle puisse s'en prendre

245

à toi et te faire du mal. Et puis, avec un père juge fédéral et une mère qui est une proche collaboratrice du maire de Vancouver, elle s'en sortira toujours. C'est ça le pire.

— On ne peut pas vivre dans la peur ni la laisser nous dicter notre conduite.

— Je sais, mais j'ai l'impression que je ne verrai jamais le bout du tunnel. Depuis près de trois ans, elle détruit ma vie. Et ce, d'autant plus que j'ignore jusqu'où elle est capable d'aller, mais il me semble que c'est très loin. Voilà pourquoi j'ai tenté de te maintenir à distance. Mais entre ce que m'ordonnait le bon sens le plus élémentaire et ce que mon cœur voulait réellement, j'étais écartelé. J'ai essayé de résister, mais plus on passait de temps ensemble et plus c'était difficile. Quand j'ai compris que tu allais sortir avec Hans, j'ai commencé à considérer la situation autrement. Te perdre parce que je m'interdisais d'être heureux, c'était trop dur.

— Mais tu as souvent fait machine arrière.

— À chaque fois qu'on m'apprenait qu'elle n'était pas là où elle aurait dû être.

— Dans ce cas, qu'est-ce qui a changé aujourd'hui ?

— Quand tu m'as appelé et que tu as pleuré en me suppliant de t'aider, j'ai cru qu'elle s'en était prise à toi ou qu'elle te menaçait. Et j'ai paniqué à un point que tu n'imagines même pas. J'ai beau dire et faire, Noah, je n'arrive pas à rester loin de toi. Je t'aime trop pour ça.

D'eux-mêmes, mes bras enlacent la nuque d'Ax qui me serre aussitôt contre lui.

— Il va falloir qu'on soit super discrets, qu'on ne commette aucune erreur, chuchote-t-il dans mes cheveux.

— Comment comptes-tu procéder ? Et pourquoi ne s'en est-elle pas prise à Tina ?

Ce prénom m'écorche toujours autant la bouche, mais il faut bien qu'on aborde la question.

— Je n'ai aucun plan en tête, mais il va falloir que je te protège, c'est mon unique priorité. Pour Tina, la situation était différente, car on ne se voyait qu'ici, et seulement de temps à autre. D'ailleurs, elle n'était pas officiellement ma petite amie et personne ne savait qu'on baisait ensemble. Tandis qu'avec toi tout était différent. On allait en cours ensemble, je n'arrêtais pas de te reluquer, de t'attendre à la sortie ou de faire les courses en ta compagnie. À l'époque, je croyais Kate Miller sur un autre continent. Mais plus j'y réfléchis et plus je me dis qu'elle n'était probablement pas encore à Édimbourg quand je couchais avec Tina, sinon elle ne serait pas restée sans agir. Depuis le début, j'ai été imprudent en ce qui te concerne. Ce soir-là dans la discothèque, je t'ai embrassée devant tout le monde. Elle pouvait très bien être sur place.

— Je te signale que tu as également roulé une pelle à l'autre greluche.

— Ça n'a duré qu'une minute, le temps que tu me voies. Et on était à l'abri des regards. Tandis qu'avec toi… Tous mes potes savaient ou ont remarqué rapidement que tu me plaisais beaucoup. S'ils s'en sont rendu compte, Kate Miller aussi. Avec Sean, on écume le campus depuis trois jours, impossible de lui mettre la main dessus.

— Et quand bien même tu la trouverais, que ferais-tu ? Tu l'obligerais à te suivre au commissariat ? Comme tu l'as souligné, on ne peut pas porter plainte pour des post-it.

— Oui, mais ils peuvent contacter sa famille, parce qu'elle est sous le coup d'une injonction restrictive qui lui interdit de m'approcher. Si elle ne la respecte pas, ça peut lui coûter très cher. De toute façon, je refuse de rester les bras croisés. J'irai voir les flics demain, je verrai bien ce qu'on me dira.

— Et en attendant ?

— En attendant, on va passer le réveillon ensemble, de préférence sous la couette, au chaud. Il y a encore tout un tas de trucs que je voudrais te montrer.

Il hausse les sourcils plusieurs fois, l'air égrillard, et je ne peux m'empêcher de pouffer. Immédiatement, Ax se lève et m'entraîne à nouveau vers la chambre. Même si je connais désormais la vérité dans sa globalité, j'ai l'intuition

247

qu'il a minimisé le danger pour ne pas m'effrayer. Et tout au fond de moi, un mauvais pressentiment est en train de s'installer insidieusement, mais aussi sûrement que le venin libéré par la morsure d'un serpent.

25

Noah

— Oh mon Dieu, Ax ! Je t'en prie, ne t'arrête pas !

Tandis qu'une langue inquisitrice est en train de fouiller méticuleusement mon sexe, je ne peux retenir ce cri qui ressemble fort à une supplique.

Malgré moi, mes yeux s'ouvrent et se baissent vers la tête brune de mon amant, nichée entre mes cuisses. Cette simple image m'entraîne vers un orgasme apocalyptique. Lorsque je reviens à la réalité, Aksel est déjà en train de gainer son pénis d'un préservatif avant de me retourner et de m'installer à quatre pattes devant lui. Et là, tout recommence… Sa queue qui va et vient en moi, ses mains sur mes seins, sur mon dos, sur mes fesses, sa force et sa délicatesse mêlées, la façon autoritaire qu'il a de faire l'amour et son extrême tendresse, qui forment une association si détonante et si incroyablement excitante que je jouis très vite une seconde fois, aussitôt rejointe par mon partenaire.

Voilà près d'une semaine que nous nous sommes retrouvés et, en ce début du mois de janvier, nous envoyer en l'air est devenu notre passe-temps préféré, exactement ce dont nous avons tous deux besoin pour supporter la situation. Vivre sans cesse sur le qui-vive est épuisant, et ces instants de plaisir grappillés nous rappellent pourquoi nous acceptons de faire tant d'efforts. Hier, Ax est arrivé vers minuit, particulièrement tendu, après s'être rendu au commissariat. Il a essayé de leur expliquer toute l'histoire, mais malgré une écoute attentive, les officiers lui ont fait comprendre que, tant que Kate Miller ne passera pas à l'acte, ils sont impuissants et ne peuvent rien contre elle. En revanche, les deux inspecteurs à qui il s'est adressé ont promis de se renseigner pour savoir si une injonction restrictive délivrée au Canada était aussi valable en Écosse.

Pour tenter de le détendre, j'ai fait preuve d'imagination et de créativité. En clair, je me suis servie de mes mains et de ma bouche sur son corps. D'abord en lui offrant un strip-tease improvisé, puis en le déshabillant, et enfin en m'agenouillant entre ses cuisses pour le sucer longuement. J'avoue que j'étais intimidée par la taille de son sexe et j'avais peur qu'il me juge maladroite. Mais il a eu l'air de beaucoup apprécier mes caresses buccales. Et pour tout dire, j'ai aimé aussi. Ce n'était, bien sûr, pas la première fois. Lorsque je sortais avec Mathieu, il m'arrivait de temps en temps de lui faire des fellations, mais c'était avant tout pour son plaisir, pas pour le mien. Là, mon Dieu, j'en ai adoré chaque seconde ! C'était si bon de l'entendre gémir, puis crier :

— Noah… Je t'en prie… Noah… N'arrête pas, je t'en supplie, n'arrête pas.

Lorsqu'il a joui dans ma bouche, son plaisir m'a semblé plus puissant que celui qu'aurait produit le plus efficace des aphrodisiaques. Comblée, je me suis laissée tomber en arrière, sans attendre rien de plus. Mais c'était oublier la détermination d'Aksel Lloyd. Ne me laissant pas le temps de reprendre mes esprits, il s'est glissé le long de mon corps brûlant pour lécher mon sexe avec ardeur. J'avoue que je n'attendais pas qu'il me rende la politesse, mais je n'allais pas refuser.

L'instant d'après, mes cris ont envahi la chambre, tandis que je m'envolais à mon tour vers un orgasme d'enfer.

— Tu as eu l'air d'apprécier, a-t-il murmuré en se redressant.

Comment ne pas lui donner raison, étant donné la vitesse à laquelle j'ai joui.

— Ax, je suis une fille et j'aime les cunnis. Tu es très doué pour cet exercice, tu peux me croire…

— Compte sur moi pour recommencer aussi souvent que possible. Noah, je n'aurais jamais imaginé le dire, mais j'adore quand on baise. Je pourrais faire ça tout le temps. J'espère que c'est également ton cas.

Lorsque je me suis tournée vers lui pour l'observer, j'ai compris qu'il voulait que je le rassure sur ses talents en matière de sexe. Alors, j'ai laissé parler mon cœur, avec toute la sincérité dont j'étais capable.

— Tu n'as pas à t'inquiéter. Il te suffit de me frôler pour que je frissonne et de m'embrasser pour que ma culotte prenne feu. Avec toi, sexuellement, je suis comblée bien plus que je ne l'ai jamais été. Je suppose que c'est lié au fait que tu n'exiges rien, tu demandes. Jamais tu ne me forcerais à quoi que ce soit qui me mettrait mal à l'aise. J'ai parfois l'impression que tu devines d'instinct ce que j'aime et ce que je n'aime pas. Et enfin, jamais tu ne fais passer ton plaisir avant le mien, et ça, c'est tout simplement synonyme de bonheur à l'état pur. Bref, Aksel Lloyd, tu es l'amant idéal.

Il faut croire qu'il a aimé ma confession sur ses capacités à me satisfaire, car ce matin il s'est à nouveau niché entre mes cuisses pour me prodiguer cette caresse que j'aime tant. Et voilà comment je me retrouve à hurler son prénom en le suppliant de ne pas s'arrêter, tandis que son sexe me pilonne furieusement.

Longtemps après, nous restons étroitement enlacés, avant de nous résoudre à nous lever. Il doit repartir en douce pour que personne – en l'occurrence Kate Miller – ne se rende compte qu'il a dormi avec moi toute la nuit. De plus, il faut que je bosse, car les congés sont terminés. Nous retournons en cours demain, et j'ai un contrôle dès mardi.

Le plus triste dans cette histoire, c'est qu'Ax vit ici, du

moins il est censé y habiter, et il est obligé de fuir le seul endroit où il se sent bien.

— C'est la fin des vacances, il va falloir être encore plus prudents.

— Toujours rien ?

Je pense connaître la réponse, mais c'est plus fort que moi, j'ai besoin de savoir que tout va bien, même si cela ne paraît franchement pas être le cas.

— Non, et ce n'est pas faute de chercher. Je t'assure, je ne sais pas comment elle s'y prend. J'ai montré sa photo à la moitié du campus et personne ne l'a vue.

— Peut-être qu'elle porte une perruque, des lunettes ou qu'elle s'est carrément travestie en homme…

C'est ce qui semble le plus logique. En tout cas si j'étais à la place de cette nana et que je veuille rester incognito, je procéderais ainsi.

— Dans ce cas, on n'est pas sortis de l'auberge. Ce qui me dérange le plus, c'est ce que m'ont expliqué les flics. Tu imagines, si l'ordonnance restrictive n'est pas applicable en Écosse ? Cela reviendrait à dire que j'ai quitté ma ville, mon pays et ma famille pour rien.

— C'était dur ?

— Contrairement à toi, j'ai une relation très forte avec mes parents. Tous les trois, nous sommes fusionnels. Je suis également fils unique, mais jamais cela ne m'a posé le moindre problème, c'est même tout l'inverse. On a parcouru le monde ensemble pendant les vacances, fait du trekking et du camping, visité les plus grandes métropoles du continent américain, mais aussi d'Asie. Ma vie était si simple et si agréable avant que Kate Miller débarque.

Je me redresse, soudain intriguée.

— Pourquoi est-ce que tu la nommes toujours par son nom entier ?

— Probablement parce que ne l'appeler que par son prénom a quelque chose de familier, comme si je la connaissais intimement. Or, je ne veux surtout rien avoir à faire avec elle.

À son air sombre, je devine à quel point la situation lui pèse. Combien de temps le supportera-t-il encore ? Parce que humainement, être harcelé de la sorte, se sentir épié en permanence et se rendre malade à l'idée que cette cinglée puisse nuire aux personnes qu'il aime, peut devenir très vite intenable.

— Au fait, tu as contacté ton père pour lui dire ses quatre vérités ?

Depuis nos retrouvailles, Ax me tanne pour que je téléphone à mon cher papa, afin de vider mon sac. Hélas, chaque fois que je saisis mon smartphone, le courage me manque. Je n'en suis pas fière, et c'est piteusement que je lui révèle l'étendue de ma faiblesse.

— Pas encore.

Mon amant se raidit et fronce les sourcils, visiblement surpris, mais pas de façon positive.

— Et ton curriculum vitæ ? Tu l'as envoyé à des maisons d'édition pour candidater à un poste de traductrice ?

— Euh… je n'ai pas eu le temps.

Je mens, il le sait. D'ailleurs, sa réponse fuse aussitôt.

— Tu te fous de moi ? Noah ! Comment espères-tu te défaire de son influence si tu ne prends pas ta vie en main ? Ce n'est quand même pas compliqué de surfer sur les sites des éditeurs qui t'intéressent et de postuler ! Tu n'as même pas essayé !

Mal à l'aise et rougissante, je ferme les yeux. Ax a raison, j'en suis consciente. Mais c'est si confortable de vivre sans me préoccuper du lendemain et sans avoir à travailler… Je sais que je suis une fainéante qui choisit la facilité, mais décider de couper définitivement les ponts est un cap énorme à franchir pour moi, il devrait le comprendre !

L'ambiance s'est soudain plombée et je suppose qu'il m'en veut de ne pas être plus courageuse. Quand il se lève et se rhabille, je n'en suis pas étonnée. J'espérais qu'il passerait la journée avec moi, mais à quoi bon ? S'il reste, on va se disputer parce que ça me gonflera de me faire sermonner comme une gamine.

Une heure plus tard, il quitte l'appartement en me recommandant d'être prudente. Nous nous embrassons longuement, mais je sens bien qu'il n'est plus aussi empressé qu'en arrivant. J'ai l'impression horrible de le décevoir, de ne pas être à la hauteur. Durant toute la soirée, j'y pense inlassablement, jusqu'au moment où je me retrouve, sans trop savoir comment, avec mon MacBook sur les genoux pour chercher des modèles de CV et créer le mien. Je rédige également une lettre de motivation. Les deux documents se révèlent bien pauvres, mais je ne me décourage pas pour autant. Si Aksel y croit, il n'y a aucune raison de douter, n'est-ce pas ?

26

Aksel

De loin, je surveille la salle de cours où se trouve Noah. Depuis quelques minutes, les étudiants sortent au compte-gouttes. Comme chaque fois que je la vois, je suis époustouflé par son charme et son allure incroyables. Cette petite nana est à cent lieues des canons de beauté habituels, mais elle est tellement plus que ça. Durant tout le trajet vers notre appartement, je la suis en prenant garde de conserver mes distances. À aucun moment elle ne se retourne, agissant comme si elle n'avait pas remarqué ma présence. Je sais que nous n'avons pas le choix, mais chaque fois que nous devons nous comporter ainsi, je me sens blessé. Je voudrais tant crier à la terre entière à quel point je l'aime. Jamais je n'ai rien ressenti d'aussi profond ni violent. Plus le temps passe et plus je suis convaincu qu'elle est *LA* femme de ma vie, celle que j'attends depuis toujours. L'exemple de mes parents m'a conforté dans l'idée que le grand amour existe. Quand on est jeune, on peut s'amuser, mais lorsqu'on rencontre la bonne personne, alors on arrête les conneries et on se range des voitures. Souvent, je croise Tina et je me remémore ce que nous avons vécu brièvement. Avec le recul, ces instants me semblent si fades qu'il ne me viendrait même pas à l'idée de renouer avec elle.

Malheureusement pour moi, je n'ai toujours pas localisé Kate Miller. Mon oncle a obtenu que l'ordonnance – qui n'était valable qu'au Canada – soit étendue à l'Europe. Chaque semaine, je me rends au commissariat de police à la demande des inspecteurs. Nous discutons en général de ce que nous savons et de ce que nous ignorons. Je suppose que ça les rassure de me voir, au moins ils sont sûrs que je ne suis pas en mauvaise posture.

Et Noah dans tout ça ? Nous ne pouvons pas vivre notre histoire au grand jour, alors nous sommes obligés de nous accommoder de cette situation. Et dans la mesure où je ne suis pas capable de renoncer à elle, même temporairement, j'ai recours à des ruses dont je ne me serais jamais cru capable pour la retrouver et passer un peu de temps avec elle. Ainsi, j'ai commandé trois perruques sur le Net, des postiches, genre fausses moustaches et fausses barbes, ainsi que des lunettes. Concernant les fringues, je ne me rends jamais dans mon ancien appart avec la doudoune que je porte d'habitude.

La coloc où Sean m'héberge est une porcherie immonde, et j'ai vraiment hâte de réintégrer l'appartement que je partage avec mon amoureuse. Néanmoins, il y a un avantage certain à cette nouvelle cohabitation forcée avec six autres personnes, puisque j'ai à ma disposition un nombre conséquent de vestes. Du coup, en échange d'une bière, je leur emprunte leurs vêtements. Grimé de cette façon, je peux me rendre incognito chez ma belle, environ deux fois par semaine. Si cela ne tenait qu'à moi, j'y serais tous les soirs, mais il faut malgré tout que je me montre d'une extrême prudence. Qui sait de quoi cette psychopathe est capable…

Au moment où Noah entre dans l'immeuble, je rebrousse chemin. Elle est désormais en sécurité, et la suivre dans le bâtiment serait suspect. Sur le retour, j'aperçois Sean, mais il ne me calcule pas. Je lui emboîte aussitôt le pas, histoire de lui proposer de boire un verre au pub du coin. Il me reste une heure et demie à tuer avant de prendre mon poste à la piscine, autant la passer avec lui. Quelle n'est donc pas ma surprise lorsque je le vois se diriger vers Tina et l'embrasser goulûment. En soi, le fait qu'il sorte avec mon ex ne me dérange pas. Le problème, c'est ce qu'il est susceptible de lui révéler. Parce que je le connais bien, Sean, il est loyal et pas du genre à ragoter, mais quand il se sent en confiance, il devient bavard et pourrait lâcher des infos sans même s'en rendre compte. D'ailleurs, je crois qu'on a tendance à sous-estimer les confidences faites sur l'oreiller. Sa nouvelle *girlfriend* est une fille maligne qui parviendrait facilement à le manipuler. Et s'il lui prend la bonne idée de jacasser sur moi ou sur Noah, il nous met en danger. Décidé à en avoir le cœur net, je me dirige droit sur eux. Je dois vérifier ce qu'elle sait et ce qu'elle ignore.

— Eh bien, eh bien, mais regardez-moi le joli petit couple que voilà !

Sean et Tina sursautent, et mon pote s'écarte d'elle d'un bond. Ce serait comique s'ils n'affichaient pas des mines de parfaits coupables. Sans un mot, je fais un signe du doigt vers le pub. Quelques minutes plus tard, nous nous installons dans un recoin encore calme. La foule déboulera dans une heure, à l'issue du dernier cours. J'entre directement dans le vif du sujet, le sourire aux lèvres, histoire d'endormir leur méfiance.

— Et donc, depuis combien de temps est-ce que vous êtes ensemble, tous les deux ?

Je ne suis pas très détendu, c'est même tout l'inverse. Néanmoins, je veux absolument les mettre en confiance, afin de les inciter à baisser la garde. C'est Sean qui répond.

— Euh, on s'est rapprochés pendant les vacances de Noël.

Alors, ça, ça m'étonnerait. Je n'en crois pas un mot !

— Quoi ? Mais qu'est-ce que tu racontes ? s'exclame Tina en le fusillant du regard. On est en couple depuis novembre !

Eh ben voilà !

Tina est peut-être manipulatrice, mais elle est aussi un peu commère sur les bords et carrément concierge au milieu.

Sean s'empourpre, pris en flagrant délit de mensonge. Nul doute qu'elle dit la vérité, surtout quand je vois la tête de *winner* qu'il fait. Ses pommettes sont rouge vif et son regard reste fixé sur ses doigts qui grattent nerveusement une saleté imaginaire. Sans se rendre compte du bordel qu'elle sème, Tina poursuit :

— De toute façon, je ne vois pas en quoi ça te dérange, puisque tu ès raide dingue de la rouquine.

— Comment tu sais ça, toi ?

Mon soi-disant pote n'a pas le temps de réagir pour l'empêcher de parler. Cette meuf est un authentique moulin à paroles quand elle est lancée. Il suffit de savoir sur quel bouton appuyer, et je la connais assez bien pour ça. Qu'est-ce qu'elle pouvait causer pendant qu'on couchait ensemble !

— Je ne sais pas ce que tu t'imagines, mais laisse-moi te dire que je suis informée de tout ! Sean et moi n'avons aucun secret l'un pour l'autre. Pas vrai, *darling* ?

Il se tape le front avec la paume de la main, complètement catastrophé.

— Tiens donc… Et qu'est-ce que tu penses savoir au juste, Miss Potins ?

— Tina…, tente d'intervenir Sean.

Bien entendu, elle ne tient pas compte de son avertissement, trop contente de pouvoir étaler ce qu'elle a appris grâce à lui.

— Tout ! Que tu es amoureux de ce thon, que tu vas la voir déguisé parce qu'une folle te pourrit la vie depuis plusieurs années. D'après Sean, tu n'es peut-être pas si blanc que ça dans cette affaire et je suis persuadée qu'il n'a pas tort. Après tout, n'as-tu pas profité de mon corps tout le temps où ça t'arrangeait avant de me lourder pour cette fille qui ne ressemble à rien ? Ma copine Ann me répète souvent que tu es un mec toxique et je vais vraiment finir par y croire.

D'emblée, deux choses m'interpellent. Primo, comment Sean a-t-il pu se comporter comme le meilleur des potes et répandre de telles horreurs sur mon compte ? Secondo, qui est cette Ann et que sait-elle de moi ? Putain ! Heureusement que je n'ai pas raconté l'histoire de Noah ni les aspects les plus personnels de notre relation à mon « ami », ce connard aurait été capable de tout cafter à la première occasion ! Enfoiré de traître ! Je suis à la fois blessé, en colère, et par-dessus tout je me sens trahi par celui que je considérais comme mon seul véritable soutien ici.

— Bravo, Sean ! Dans le genre discret, tu as fait fort. Qu'est-ce que tu n'as pas compris dans la phrase « Surtout n'en parle à personne » ?

Mes yeux lancent des éclairs et mes joues chauffent sous l'effet de la contrariété. J'étais sûr de pouvoir lui faire confiance ! Comment ai-je pu me tromper à ce point ?

— Écoute, je suis désolé, je… je…

— Mais, Sean ! Ne t'excuse pas enfin ! Tu n'as rien fait de mal, intervient cette gourdasse.

Je la fusille du regard, à deux doigts de lui en coller une, fille ou pas. Cette nana est encore plus conne que je ne l'avais imaginé.

— Et ta copine Ann ? Quelle est sa place dans votre couple si fusionnel ? Que Sean te raconte ma vie est déjà difficile à accepter, mais que tu bavasses sur moi avec des inconnues est carrément insupportable.

Tina rougit et baisse la tête, semblant réaliser qu'elle est allée trop loin.

— Alors, qui est cette fille ?

— C'est ma meilleure amie.

Bien décidé à faire la lumière sur toute cette histoire, je poursuis mon interrogatoire.

— Elle est australienne, elle aussi ?

— Non, elle est américaine. Et je ne vois pas en quoi…

À cet instant précis, le pire des scénarios se dessine dans mon esprit. Kate Miller est introuvable, c'est un fait acté. Mais qui me dit qu'elle n'est pas ici sous un faux nom ? Ce serait tout à fait plausible, et plus j'y pense, plus je trouve que ça lui ressemblerait assez d'agir de cette façon.

— Ax, fait Sean, arrête de te faire des films. Tu vas finir par devenir parano.

Il considère le regard glacial que je lui lance comme une

fin de non-recevoir. Mon compatriote a trahi la confiance que j'avais placée en lui, il n'est pas question que je le laisse m'emmerder avec ses conseils à trois balles !

— Toi, ferme ta gueule. Qu'est-ce que tu crois ? Que je suis le seul capable de me déguiser ? Que j'ai inventé le concept ? Et l'autre timbrée, tu t'imagines qu'elle n'y a pas pensé ? Il lui suffit de se couper les cheveux et de les teindre, de mettre des lunettes et des lentilles de couleur, et le tour est joué. Même toi, qui ne l'as jamais véritablement côtoyée, tu ne pourrais pas la reconnaître.

— Parce que tu supposes que… oh non ! Merde !

— Tina, j'ai besoin de voir une photo de ton amie.

— N'importe quoi ! Ann est arrivée en octobre et elle est adorable, tu ne peux pas la soupçonner de…

— … et tu lui parles de moi, ce qui me pousse à penser qu'elle t'a interrogée à mon sujet.

À nouveau, Tina pique un fard, clairement prise en faute.

— Elle m'a beaucoup aidée quand tu m'as quittée. J'étais vraiment amoureuse de toi et tu n'avais d'yeux que pour l'autre mocheté !

— Si tu insultes Noah encore une fois, je te jure que tu vas le regretter. Maintenant, montre-moi une photo de cette Ann, putain !

Elle hésite, mais Sean lui donne un coup de coude, et elle finit par me remettre son téléphone. Durant un bon moment, je scrute minutieusement le cliché qu'elle me présente, agrandissant l'image, sans rien remarquer d'anormal. Cette fille est quelconque, mais avec ses lunettes et son carré blond dont la frange couvre une partie du front, ça pourrait être celle que je cherche, tout comme ça pourrait ne pas l'être. Comment savoir ? Kate Miller est brune avec de longs cheveux et un regard sombre.

Dépité de ne pas avoir trouvé de réponses à mes interrogations, je lui tends son appareil pour le lui rendre. Je n'arrive pas à y voir clair, il faudrait que je la rencontre pour être sûr de moi. D'ailleurs, pourquoi ne s'est-elle jamais jointe à la bande ? C'est bizarre… J'ai déjà entendu parler d'elle à plusieurs reprises, mais tout bien réfléchi, je ne l'ai jamais vue autrement que de loin. Tina s'apprête à reprendre son smartphone quand je sursaute brusquement. Il y a un truc… Puis soudain, c'est la révélation. Son collier ! Je m'empresse de récupérer à nouveau le mobile et d'agrandir l'image avec deux doigts. Le pendentif qu'elle a autour du cou, une petite croix, est le même que celui qui ne quitte pas Kate Miller. Chaque fois que je l'ai vue, elle le portait. J'en suis sûr, parce que je me disais souvent que c'était naze de sa part d'arborer des signes d'appartenance religieuse quand tout dans son comportement contredisait les préceptes de l'Église. Comme ces grenouilles de bénitier qui courent à la messe et qui dégueulent sur leurs voisins dès qu'elles en sortent.

— Quoi ? s'écrie Sean, qui semble soudain inquiet.

Il peut, ce con !

— C'est elle. C'est Kate Miller.

— Quoi ? Mais…

— Regarde son collier.

Je saisis mon iPhone et effectue une recherche sur Google. À l'époque, l'affaire avait fait du bruit, en raison de la profession des parents de cette fille. J'agrandis une photo où on la voit sortir du tribunal et place mon smartphone à côté de celui de Tina.

Lorsqu'il compare les deux clichés, Sean blêmit à vue d'œil. Ça y est, il a enfin compris à quel point son imprudence et sa langue bien pendue risquent de nous coûter cher.

— Oh putain de merde !

— Ouais, comme tu dis, espèce de triple buse. Et toi, grâce à tes indiscrétions, tu viens de jeter Noah dans la gueule du loup. Alors, maintenant, tu te débrouilles comme tu veux, mais tu m'aides à régler ce problème.

Sean hoche vigoureusement la tête. De toute façon, ce n'est pas comme s'il avait vraiment le choix, n'est-ce pas ? S'il ne souhaite pas avoir la mort de Noah sur la conscience, il faut qu'il se bouge et me donne un coup de main.

— Tina, quand est-ce que tu as vu ta copine pour la dernière fois ? demande-t-il en se tournant vers elle.

Je préfère le laisser parler, parce que, vu l'état dans lequel je suis, je la secouerais comme un prunier et elle se braquerait. Mais je vous jure que ça me coûte de ne pas pouvoir filer une baffe à cette connasse.

Elle peste, mais l'air déterminé de son mec finit par lui faire baisser les yeux.

— Tout à l'heure.

— Et de quoi est-ce que vous avez causé ?

Elle rougit, puis me jette un regard en biais, signifiant ainsi que j'étais le sujet de leur discussion. Rien d'étonnant à cela, maintenant qu'on sait qui est exactement sa BFF.

— Je t'en prie, Tina, c'est super important ! insiste Sean qui doit vouloir se rattraper à tout prix.

Mais c'est plutôt mal barré pour lui. Parce que, comme je l'ai lu quelque part, la confiance se gagne en gouttes et se perd en litres. Et là, forcément, son récipient est vide.

— Je… je…

— Accouche, merde !

Ce cri, c'est le mien. Je n'en peux plus de cette pétasse qui essaie de s'en sortir en louvoyant, alors que tout ce que j'attends d'elle, c'est un peu de sincérité et de bon sens, qu'elle se montre franche une fois au moins. Tina fait un bond sur sa chaise et se met à chouiner. Ah non ! Je n'ai aucune envie de me farcir les grandes eaux maintenant !

— Je… On a parlé de toi, comme toujours. Je lui ai expliqué pour les déguisements et je lui ai appris que tu passais au minimum deux nuits par semaine dans ton ancien appartement.

À ces mots, je ne peux retenir un « putain de merde » bien senti, tandis que Sean a l'air de perdre également son sang-froid.

— Et tu ne t'es pas dit que sa curiosité était bizarre, à défaut d'être malsaine ? s'enquiert-il.

— Ben, je n'y ai pas trop réfléchi. J'étais folle de toi, Ax, et tu m'as virée comme une malpropre. Ann est arrivée à

262

ce moment-là et j'avais besoin de me confier à quelqu'un. Tu peux le comprendre, non ?

— Ce que je comprends, c'est que tu as raconté des choses qui ne te concernaient pas. Ce que je comprends, c'est que tu as mis Noah en danger. Ce que je comprends, c'est que tu t'es servie de Sean pour avoir des renseignements sur mon compte, sale fouine !

Dire que je suis en colère est un euphémisme. Mon état de nerfs est indescriptible. J'en veux à ces deux nazes et surtout à moi-même. Si j'avais fermé ma bouche le premier, rien de tout cela ne se serait produit. Comme l'affirmait Léonard de Vinci, le grand maître à penser de tout architecte qui se respecte, si on ne tient pas à être déçu, il ne faut faire confiance à personne.

— Ce n'est pas vrai ! Aujourd'hui, je suis vraiment amoureuse de Sean. Il m'a aidée à panser mes blessures et m'a permis de me reconstruire.

— En bavassant à mon sujet ? Tu te fous de ma gueule ? Reconstruction, mon cul, ouais !

Elle baisse la tête, assurément mal à l'aise, et j'ai soudain honte de moi. Je regrette de l'avoir traitée comme un vulgaire plan baise en imaginant qu'elle ne pouvait pas avoir de sentiments. C'était une grossière erreur de ma part. Bien sûr, je l'avais prévenue dès le départ, mais était-ce suffisant ? Si j'avais eu la bonne idée de garder ma queue dans mon froc, les choses se seraient passées différemment.

— Écoute, Tina, je veux bien croire que tu n'as pas cherché à me nuire intentionnellement. Et tu peux encore te rattraper, mais il va falloir tout me dire.

Le soulagement se lit dans son regard et elle se dépêche de déballer ce qu'elle sait. Je présume qu'elle vient juste de comprendre à quel point elle a été manipulée par Kate Miller et comment cette dernière s'est servie d'elle pour tout apprendre sur ma vie depuis que je suis ici. De mon côté, je suis en train de replonger en plein cauchemar. Une heure plus tard, lorsqu'elle n'a plus aucune révélation fracassante à me faire, je décide de me rendre à l'appartement. Je veux voir Noah, afin de m'assurer qu'elle va bien. Ensuite, seulement, je pourrai filer au boulot, l'esprit presque tranquille.

27

Noah

Je suis rentrée depuis une demi-heure quand on sonne. Ce n'est pas le carillon de l'entrée de l'immeuble, mais celui de l'appartement. Bizarre… Comme Ax m'a exhortée à la prudence, je regarde par le judas, mais il n'y a personne. Voilà qui est encore plus étrange. Parce que je suis intriguée, je mets la chaîne de sécurité et entrouvre doucement la porte. Le palier est désert et je suis sur le point de la refermer lorsque mes yeux sont attirés par un paquet déposé sur le paillasson. Aussitôt, je souris. Aksel est fou de me gâter ainsi. Souvent, il m'offre des babioles, juste pour me faire plaisir, et j'avoue que ça fonctionne car j'adore ces attentions.

Je retire la chaînette et écarte le battant, puis je m'agenouille et défais le papier cadeau, impatiente de découvrir ce qu'il a trouvé cette fois. Il s'agit d'une boîte à chaussures dont je soulève le couvercle. Et là… Oh mon Dieu ! Épouvantée, j'observe le petit cercueil en plastique sur lequel est collé un post-it à côté de ma photo.

He's mine, he's mine, he's mine.

Cette histoire va trop loin et, si j'étais inquiète jusqu'à présent, je suis bel et bien terrifiée maintenant. Sans perdre une seconde, je me redresse et décide de me cloîtrer dans l'appartement où je suis sûre d'être en sécurité. Hélas, je ne suis pas assez rapide, parce que juste avant que la porte se referme, un coup de pied la rouvre complètement. De peur, j'en lâche le paquet qui retombe sur le paillasson et recule. Face à moi, une jeune femme blonde pointe un pistolet dans ma direction. Le pire, c'est que je la connais. Enfin, pas vraiment, car je ne lui ai jamais parlé, mais je sais qu'elle traîne souvent avec Tina et, quand nous nous croisons dans les couloirs, on se salue toujours.

— Rentre ! Allez, grouille !

Paniquée, je cherche des yeux mon iPhone qui se trouve sur la table du salon. Il faut que…

— N'y pense même pas !

Elle se précipite vers le séjour, récupère l'appareil et le balance à travers la pièce. Le téléphone retombe dans un bruit de verre cassé. Et maintenant, qu'est-ce que je fais ? Elle est armée, semble complètement barrée, et j'ai la certitude qu'au moindre mouvement brusque elle tirera sans hésitation.

— Assise ! ordonne-t-elle en désignant le canapé de son pistolet.

Je m'exécute en silence, et me demande un instant si le flingue est factice. Malheureusement, impossible pour moi de vérifier sans me mettre en danger. Quelque chose me dit que cette femme ne plaisante pas et que les balles sont réelles. Aussi, j'écoute la voix de la prudence qui me hurle de ne pas commettre d'impair pour ne pas contrarier ma visiteuse.

Longtemps, Kate Miller marche de long en large, comme une lionne en cage, grommelant toute seule. Je ne comprends pas ce qu'elle raconte, si ce n'est que le prénom de mon petit ami revient assez régulièrement.

Soudain, elle se tourne d'un mouvement brusque vers moi. De surprise et de peur mêlées, je fais un bond sur le canapé.

— Pourquoi est-ce que tu m'as volé mon mec ? crache-t-elle avec hargne. On était heureux tous les deux. J'ai été malade, mais il est venu en Écosse pour nous construire une nouvelle vie. Je devais le rejoindre, il m'attendait. Et toi, toi, tu as tout gâché !

Tandis qu'elle crie et gesticule, son visage est en proie à des tics bizarres assez terrifiants. Ses yeux clignent furieusement, sur ses joues je vois des tressautements et des contractions musculaires, et sa bouche est tordue dans un rictus étrange. Sans parler de ses bras qui s'agitent dans tous les sens, ou de ses épaules qui montent et descendent à un rythme effréné.

— Je… je suis désolée. Mais je ne comprends pas pourquoi tu dis ça. De qui est-ce que tu parles ?

La seule tactique qui me vient à l'esprit, c'est de jouer les idiotes. Avec un peu de chance, je parviendrai à la déstabiliser, ou au moins à gagner du temps. Mais lorsqu'elle s'approche de moi, l'arme pointée sur ma tempe, je me demande si c'était une si bonne idée.

— Et en plus, tu te fous de ma gueule ? On parle d'Aksel Lloyd, l'amour de ma vie, le nageur de mon cœur, mon âme sœur !

Même si je n'ose plus bouger, je me prends une pluie de salive dans le visage. Le stress la fait postillonner, à moins que ce ne soit l'adrénaline, je n'arrive pas à le déterminer. Une nouvelle vague de panique me submerge. Si personne ne sait qu'elle est avec moi, comment puis-je espérer m'en tirer ? Ax ne m'appellera qu'en sortant de la piscine où il bosse ce soir, c'est-à-dire dans plusieurs heures. Et je ne suis pas sûre qu'il s'inquiétera si je ne réponds pas. Comme il sera tard, il pensera en toute logique que je suis couchée. D'ici à demain, il peut s'en passer des choses… En attendant, chaque seconde gagnée est précieuse. Il faut que j'essaie d'établir un dialogue avec cette femme, même si la tâche me paraît compliquée, voire insurmontable. On ne raisonne pas un fou, n'est-ce pas ? Mais je prends mon courage à deux mains, bien décidée à parlementer.

— Je t'en prie, je peux tout t'expliquer. J'ignorais que vous vous aimiez. Jamais je n'ai eu l'intention de briser un couple.

— Tu insinues que c'est de la faute de mon amoureux ? Qu'il m'a volontairement trahie ?

Elle a l'air tellement énervée que j'ai l'impression de voir de la fumée sortir par ses narines. De toute évidence, ma tactique n'était pas la bonne. Je ne voulais pas enfoncer Ax, loin de moi cette idée. En revanche, j'espérais qu'elle se calmerait si je parvenais à dégager ma responsabilité dans cette histoire. Il faut croire que je me suis gourée sur toute la ligne. Dépitée par mon erreur de jugement, je me mets à réfléchir pour tenter de trouver autre chose. En désespoir de cause, j'opte pour la simplicité, à défaut de mieux : nier, nier et nier encore. Ce ne serait pas la première fois…

— Je t'explique que je ne savais pas qu'Ax était en couple quand je suis arrivée. Nous ne sommes que des colocataires. Ce n'est pas de ma faute si, au moment des attributions de logements, l'administration a supposé que j'étais un garçon ! Mon père est fan d'un tennisman français, c'est pour ça qu'il a insisté pour me donner ce prénom ridicule !

À ce stade, je me trouve carrément pitoyable. Ce n'est pas parce que j'emballerai les choses dans un papier cadeau qu'elles passeront mieux. Mais que ce soit clair, je suis désespérée et prête à tout pour sauver ma peau. Cela étant, pour mon prénom, je n'ai dit que la vérité.

— Tu te fous de moi ? J'étais dans la discothèque quand il t'a galochée. Alors ? Tu continues à mentir ?

— Il n'a agi comme ça que pour faire rager Tina. Et puisque tu étais là, tu auras noté que je suis repartie seule et qu'il est resté avec elle. Je les ai surpris en train de s'embrasser et je me suis rendu compte qu'il s'était servi de moi pour la contrarier, elle. Sans doute espérait-il la faire réagir…

— Tina…, souffle-t-elle, soudain songeuse. Tu crois qu'il a des sentiments pour elle ?

À sa réaction intéressée, je comprends que j'ai réussi à établir un semblant de dialogue. J'ai conscience que la méthode qui consiste à détourner son attention sur Tina n'est pas très glorieuse. Mais enfin, Kate Miller travaille de la cafetière, ce n'est rien de le dire. Alors peu importe la manière, pourvu qu'elle s'en aille d'ici !

— Je l'ignore. En tout cas, ce que je sais, c'est qu'il n'en a pas pour moi.

— Mais il vient te voir déguisé, il passe ses nuits avec toi. Arrête de me prendre pour une grue !

Dépitée, je ferme les yeux. Elle est à nouveau sur le point d'exploser, me donnant l'impression que je n'ai pas avancé d'un pouce dans la négociation. Ou si j'ai effectué un pas en avant, j'en ai fait trois en arrière ensuite. De plus, je m'en veux malgré tout de placer Tina dans le viseur de Kate Miller. Me débarrasser de la patate chaude en exposant une autre personne au danger me pose un vrai problème moral. C'est dégueulasse et je pensais valoir mieux que cela.

— Écoute, euh, comment tu t'appelles déjà ?

La question est posée l'air de rien, alors que je connais la réponse. Toutefois, je tiens à m'assurer que celle qui me menace toujours de son flingue est bien la psychopathe qui harcèle Ax depuis plusieurs années. Non que j'aie réellement un doute, mais autant que je sois sûre de moi s'il arrive quelque chose.

— Kate. Kate Miller. De toute façon, qu'est-ce que ça peut bien te faire ?

Évitant la moindre familiarité à dessein, je décide de monter un autre bateau, sans doute aussi fumeux que le précédent, mais tout se tente au point où j'en suis.

— Il me semble qu'Aksel Lloyd a parlé de toi à plusieurs reprises.

Parce qu'il faut que je gagne un temps qui pourrait se révéler précieux, je laisse libre cours à mon imagination. Le but étant de broder une histoire abracadabrante, afin de lui donner le sentiment qu'il n'y a rien entre le beau Canadien et moi.

— Tu sais, Kate, Aksel Lloyd ne vient ici que parce qu'il adore sa chambre et préfère y dormir.

— Dans ce cas, pourquoi a-t-il quitté cet appartement

à votre retour ? D'ailleurs, où étiez-vous ? Chez Kit, à Londres ?

La vache ! Elle a une frangine qui bosse au KGB ou au FBI ? Qu'elle connaisse autant de détails à propos de la vie d'Ax est à la fois impressionnant et terriblement flippant. J'en reste sans voix.

Allez, improvise, montre tes talents de conteuse, c'est une question de survie. Sois créative et inspirée, c'est ton unique chance de t'en sortir.

— Il est parti, parce qu'on s'est disputés.

À nouveau, j'ai réussi à capter son attention. C'est bien, je dois poursuivre dans cette voie.

— Ah bon ? Pourquoi ?

— Parce que j'en avais marre d'être la boniche, l'esclave de service. Tu te rends compte que je fais le ménage, le linge pour nous deux, le repassage, les courses, la cuisine, et que je lui prête ma bagnole tout le temps ? Et tu crois qu'il dirait merci une seule fois ? Même pas ! Au lieu de ça, il me bassinait sans cesse avec une certaine Kate qui était si parfaite.

— Il a dit ça ? dit-elle en se rengorgeant aussitôt.

— Il paraît que tu es son grand amour. Je ne suis pas jalouse, j'ai un petit ami en France.

— Vraiment ?

— Mais oui ! À vingt-deux ans, tu crois que j'ai attendu d'être ici pour vivre ma vie ?

— Mais dans la discothèque, alors ?

— C'était une erreur. Mon chéri me manquait et celle dont il est épris lui manquait aussi. On s'est consolés mutuellement, mais on s'est vite aperçus que ça ne collait pas entre nous. On l'a regretté tout de suite, mais bon... Je suis amoureuse de Mathieu Sterling. Il est étudiant en économie à Metz. Je n'ai pas eu d'autre petit copain que lui depuis le lycée.

— Ça ne me dit pas pourquoi Ax vient ici déguisé.

— J'ai été proche d'un Allemand qui s'était imaginé des choses...

— Hans ?

J'opte pour un stage à la CIA, aucune autre explication ne tient la route. N'empêche qu'elle est bluffante !

— C'est ça, Hans. Bref, il a commencé à me suivre et à faire une fixation sur moi. Il était aussi très jaloux d'Aksel.

— C'est bizarre, parce qu'il est sorti avec une douzaine de filles depuis le mois de novembre. Pour un gars qui faisait une fixation, je trouve que son attention s'est vite détournée de toi.

Bon sang de bonsoir, elle est incroyablement bien renseignée ! Moi-même, je n'étais pas au courant, ce qui tombe d'autant plus mal. Quelle idée cet abruti a eue de se consoler aussi vite !

Je m'apprête à trouver une excuse bidon – j'ai cru remarquer que, avec cette femme, plus c'est gros et plus ça marche –, quand le bruit des clés dans la serrure me fait sursauter.

28

Aksel

Sean me court après comme un petit chiot et je dois avouer que ça me gonfle méchamment. Ce n'est pas quand on a fait sa crotte qu'il faut serrer les fesses. Aujourd'hui, j'ai appris que ce Judas m'avait trahi et rien ne sera plus jamais comme avant. Je lui épargnerai un laïus sur la confiance, mais enfin l'idée est là.

— Ax ! Attends ! Qu'est-ce que je peux faire pour t'aider ? Je m'en veux beaucoup, je te jure que c'est la vérité. Mais comment aurais-je pu imaginer que cette folle était en train de se servir de Tina ? Mets-toi deux minutes à ma place !

Voilà le genre de connerie que je n'aime pas entendre et qu'il vaut mieux, par conséquent, ne pas me dire. C'est un coup à me foutre en mode « pitbull enragé ». Fumasse, je stoppe net ma course et pivote vers lui.

— Me mettre à ta place ? Et puis quoi encore ? Tu crois que ma vie n'est pas déjà assez bordélique pour que je prenne pitié de la tienne ? Cette cinglée me traque inlassablement et c'est toi qui te plains ? Oh ! pauvre petit garçon triste ! Et d'abord, pourquoi est-ce que je ferais ça, puisque je suis responsable de mes emmerdes ? N'est-ce pas ce que tu as affirmé en substance à Tina ?

— Non ! Enfin, peut-être, mais je ne le pensais pas ! proteste-t-il, rouge de confusion.

— Bien sûr que si. Tu es comme tous ces gens qui, à

Vancouver, sont convaincus que Kate Miller est la victime, et moi, le bourreau. À leurs yeux, j'ai tant et tant abusé de cette pauvre fille que je l'ai rendue folle ! Tu imagines un instant ce que je ressens quand je devine les reproches dans leurs regards et dans leurs silences ? C'est un enfer sans nom, espèce de connard ! Alors, apprendre que, toi aussi, tu penses comme eux, c'est comme recevoir un coup de poing dans la tronche. Et ça, désolé, mais ça ne passe pas.

Au moment où je m'apprête à lui tourner à nouveau le dos, Sean lève la tête qu'il gardait baissée pendant que je lui hurlais dessus. Aussitôt, je suis stoppé dans mon élan. Les yeux de mon ex-pote brillent de larmes. J'en suis foutrement mal à l'aise. C'est étrange pour un mec de voir un de ses amis pleurer. Quand des mots trop durs qu'on vient de lui cracher en pleine face en sont la cause, on ne peut pas réagir autrement qu'en se sentant le plus merdique des hommes. Bref, je ne suis pas fier de moi et je suis sûr que Noah m'engueulerait si elle m'avait entendu. D'après elle, tout le monde peut se fourvoyer – elle prétend être bien placée pour le savoir – et chacun a droit à une seconde chance. Au fond, j'ai envie d'en accorder une autre à Sean, car je ne dois pas oublier que sa présence a été précieuse au cours des derniers mois.

— Ax, je suis tellement désolé. Si tu savais… Qu'est-ce que tu attends de moi ? Que je largue Tina ? Je l'aime comme un dingue, mais si je dois me séparer d'elle pour te prouver que je n'ai jamais voulu te faire du tort, alors je le ferai.

Je me gratte la nuque, très gêné. Il est prêt à quitter sa meuf, juste pour me montrer sa loyauté. Il n'est pas question que je le pousse à une telle extrémité. Après quelques instants de réflexion, je lui souris et ouvre les bras, en un geste qui a tout d'une main tendue – une main de mec, bien sûr – et qui trahit également mon désarroi. Car je dois admettre que Sean n'est pas l'unique responsable de la confusion qui règne dans mon esprit. J'ai un côté un peu psychorigide qui m'a plus d'une fois joué de mauvais tours. Pour qui a le moindre doute, il suffit de se rappeler les débuts de ma cohabitation avec Noah quand je me comportais comme un salaud sans motif valable, si ce n'est qu'elle avait refusé à juste titre de se faire arnaquer. Il a fallu qu'elle me hurle dessus pour que je réalise à quel point j'étais minable de m'en prendre ainsi à elle, sans que cela m'empêche de profiter sans scrupule de sa gentillesse. Tout ça pour dire que je ne suis pas assez vertueux pour jeter la pierre à qui que ce soit. Nous commettons tous des erreurs, moi le premier. Et quoi qu'il m'ait fait, Sean est un bon gars que j'apprécie beaucoup. Il a merdé ? OK. Mais je vois bien qu'il essaie de se rattraper comme il peut et c'est ce qui compte à mes yeux.

Dès qu'il comprend que je lui propose de faire la paix, il se précipite et me serre contre lui. Je m'attendais à une poignée de main, j'ai droit à une accolade bien virile, mais qui incite les passants à se retourner sur nous.

— Oh putain, quel soulagement ! Tu verras, je ne te décevrai plus. Je suis désolé. Quand je racontais tout à Tina, je ne pensais pas à mal. Je voulais seulement me faire mousser, parce que j'étais jaloux de toi.

— Jaloux ? Mais pour quelle raison ? C'est n'importe quoi, mon vieux !

— Tina parlait tout le temps de toi, même quand on était ensemble, et je savais qu'elle avait toujours le béguin pour toi. Et puis, il y avait Noah. Cette fille me plaisait, mais elle ne me calculait même pas. Et je ne mentionne pas ton appartement qui est carrément incroyable, alors que moi je croupis dans un taudis avec des mecs plus puants les uns que les autres. Je suppose que j'ai commencé à t'envier quand tu es sorti avec la belle rousse.

— Sean…

Réalisant que tout un tas de motifs pouvaient en effet le rendre envieux, je resserre mon étreinte. Je n'ai pas voulu voir à quel point il était moins bien loti que moi. Sean est un mec cool, mais à force de se sentir dévalorisé, il a fini par me prendre en grippe sans me détester pour autant. Cette réaction est compréhensible. Le complexe d'inferiorité est un poison qui colonise peu à peu les esprits, sans qu'on le voie venir. Et avant d'avoir pigé ce qui se passe, on se retrouve à jalouser un homme qui n'a pourtant rien d'extraordinaire.

— Je suis désolé, je ne m'en étais pas rendu compte. Je n'ai jamais cherché à te rabaisser, en tout cas pas consciemment.

— Je sais. Mais c'est dur pour moi, parce que tu es un mec super populaire, le beau gosse de service, le nageur d'exception et…

Aussitôt, je l'interromps.

— Ouais, et je suis aussi le type qui se fait harceler par une folle, qui a dû quitter ses parents et son pays pour la fuir et qui se demande s'il arrivera un jour à se sortir de ce cauchemar.

— Ne t'inquiète pas. Il y aura bien un moment où ça s'arrêtera.

— J'espère vraiment que tu as raison. Mais plus le temps passe et plus j'en doute. En attendant, je veux voir Noah et m'assurer qu'elle va bien.

— Je t'accompagne.

Alors qu'il m'emboîte le pas, je sens un étau enserrer ma poitrine à mesure que nous approchons du bâtiment. J'ignorais qu'elle était là, mais cette impression bizarre a tout d'un mauvais pressentiment. Noah est en danger, elle a besoin de moi, j'en suis sûr à présent. J'accélère en essayant d'analyser la situation avec les nouveaux éléments dont je dispose. Et tout compte fait, les choses commencent à se décanter. Avant je piétinais sans réussir à trouver le moindre élément probant quant à l'endroit où Kate Miller se cachait et sa manière de procéder pour m'espionner. Maintenant, au moins, j'y vois plus clair. Je comprends enfin comment elle a pu avoir tous ces renseignements sur moi. Quand j'irai chez les flics, ils me prendront au sérieux et auront assez d'éléments concrets pour agir. Je suis convaincu que ce n'était pas réellement le cas jusqu'à présent, même s'ils n'ont jamais refusé de m'écouter. Néanmoins, avec mes antécédents, ils auraient légitimement pu penser que j'étais en train de virer parano.

Au bas de mon immeuble, je communique les coordonnées de la police à Sean en le priant de bien vouloir appeler ce numéro et demander l'inspecteur Lewis afin de lui raconter ce que nous avons découvert pendant que je monte à l'appartement.

— Je t'accompagne, insiste-t-il.

Il est si déterminé que je ne proteste pas, mais j'aurais préféré qu'il m'attende dehors. Lorsque nous émergeons de l'ascenseur, à l'étage, mon pote me file un coup de coude et pointe le doigt vers une boîte à chaussures qui traîne sur le palier. Je m'en approche doucement, puis écarte le couvercle du bout de ma Converse. Quand je découvre ce qu'elle contient, je me fige brusquement. Sean se penche et s'apprête à pousser un cri d'épouvante au moment où ses yeux se rivent sur le cercueil miniature et sur la photo de Noah collée dessus. J'ai tout juste le temps de lui couvrir la bouche de ma paume pour qu'il ne fasse aucun bruit. D'un signe de tête, je désigne la porte de l'appartement. Il capte immédiatement ce que j'essaie de lui faire comprendre.

Les lèvres contre son oreille, je chuchote :

— Elle doit être à l'intérieur. Je vais entrer. Descends, téléphone aux flics et attends-les en bas. Dis-leur de se grouiller, c'est une urgence absolue.

— Tu es sûr que Kate Miller est bien ici ? souffle-t-il.

— Ma main au feu. Si jamais je me trompe, je te rappelle avant que tu sois sorti du bâtiment. Mais maintenant, il faut que tu y ailles.

— Tu ne veux pas que je vienne avec toi ?

— Non, ça va la rendre hystérique et donc incontrôlable. Il n'y a que moi qui puisse la calmer. Enfin, j'espère…

— OK, on fait comme ça. Mais je t'en supplie, sois prudent…

Le regard rivé vers les portes de la cabine, je m'assure que celles-ci se referment avant d'insérer ma clé dans la serrure, la trouille au ventre et les jambes tremblantes.

29

Noah

La porte d'entrée s'ouvre et Ax pénètre dans le séjour, l'air insouciant. Pourtant, je le connais assez pour savoir qu'il est sur le qui-vive. Cela tient à sa posture, à la rigidité de son corps, à cette façon qu'il a de scruter la pièce.

Qu'est-ce qu'il fait ici ? J'étais enfin parvenue à la calmer et son arrivée inopinée nous mène droit au psychodrame en trois actes. En même temps, je suis soulagée de ne plus me trouver seule dans cette galère. Mais comment est-ce que tout ça finira ? Mal, je le crains.

Quand son regard s'arrête sur Kate, celle-ci se met à trembler et à rougir. Bon sang, elle semble complètement fascinée.

— Bonjour, Kate Miller, murmure-t-il d'une voix douce.

— Oh ! mon amour ! lâche-t-elle sans pour autant quitter sa place.

— Que fais-tu ici ?

Les yeux de la jeune femme passent d'Ax à moi et je me ratatine sur mon siège. Je ne sais pas comment réagir, tout comme j'ignore quel plan mon compagnon a échafaudé, ou s'il en a seulement un en tête. Est-il venu parce qu'il savait qu'il la trouverait ici ou est-ce juste le fruit du hasard ?

— Je t'en prie, Aksel, assieds-toi avec nous. Plus on est de fous, plus on rit !

À nouveau, je décèle une lueur démente dans les yeux de

cette femme. C'est triste à dire, mais elle devrait vraiment être enfermée, parce qu'un panneau rouge clignotant sur son front avec la mention « danger » ne signalerait pas mieux son déséquilibre et la menace qu'elle représente. Je suis plutôt du genre à penser que tout le monde a le droit d'être soigné, que rien n'est figé et qu'on peut changer. J'en suis, du reste, la preuve. Mais à cet instant précis, alors que depuis plus d'une demi-heure la peur me paralyse, je réalise qu'il peut y avoir des cas désespérés et qu'elle en fait partie. Dans la mesure où je n'ai jamais été confrontée à une personne atteinte à ce point de troubles mentaux, comment savoir ce que je peux dire ou faire ?

Ax s'assied le plus loin possible de moi. J'ai conscience qu'il agit ainsi pour ne pas la mettre en colère, mais j'en suis tout de même déçue et blessée. Cette réaction est irrationnelle, limite débile, mais c'est plus fort que moi.

— Alors, Kate ? Tu n'as pas répondu à ma question.

Elle baisse les yeux, ses pommettes rosissent. À cet instant précis, elle est en mode séduction et je me demande comment Ax a pu lui résister. Parce que si on excepte son attitude inquiétante, j'ai devant moi une très belle jeune femme.

Mais peut-être qu'il n'a justement pas résisté ! Peut-être que les rumeurs dont il t'a parlé sont fondées et qu'il a couché avec cette fille avant de la lourder. Ça expliquerait pourquoi elle a sombré dans la démence, souffle le démon qui sommeille en moi.

Néanmoins, je refuse d'écouter cette voix intérieure qui me pousse à envisager mon compagnon comme un homme tordu et profiteur. Ax a affirmé qu'il n'avait jamais rien fait avec elle, j'ai confiance et je ne douterai pas de lui avant qu'on me prouve le contraire par A + B. Sans cette foi en l'autre, l'amour n'a aucune chance de s'épanouir. Et cette conviction, ni Mathieu, ni Olivia, ni même mon père n'ont réussi à me l'enlever

Kate finit par s'expliquer, d'une voix très différente de celle qu'elle a employée avec moi.

— Je ne supportais plus d'être loin de toi.

— Mais tu devais te reposer et te soigner dans une clinique. Comment es-tu parvenue à t'enfuir ?

La jeune femme sourit, manifestement très fière d'elle.

— Facile. Papa a trouvé un moyen pour faire alléger le dispositif de surveillance de l'hôpital. Quand je lui ai dit que je préférais mourir plutôt que d'y rester, il a fini par me dénicher une place dans un endroit génial. C'était très luxueux, on aurait cru un palace cinq étoiles. Et surtout, je pouvais aller et venir comme je voulais.

— Oui, mais comment est-il possible qu'on t'ait laissée quitter le Canada, et ensuite les États-Unis ?

— Eh bien, pour le Canada, c'est grâce à mes parents. Et pour les États-Unis, rien de plus simple, ma condamnation ne s'étend pas jusque là-bas.

— Pourquoi es-tu ici ?

L'air surprise, elle ouvre de grands yeux, comme si la réponse tombait sous le sens.

— Mais enfin, mon chéri, je ne pouvais pas te laisser seul ! Chaque fois, tu fais tout un tas de bêtises et je dois passer derrière toi pour réparer.

— Comment ça ? murmure Ax.

— Tu me trompes à tour de bras. Tu t'imagines que c'est drôle pour moi de devoir faire le ménage dans la foulée ? Tina a eu de la chance que tu la largues comme une vieille chaussette, sinon elle ne serait plus là pour le raconter partout.

Un frisson d'effroi me traverse, de la racine des cheveux à la pointe de mes pieds. Cette nana est une grande malade !

— Comment peux-tu me traiter comme ça, Ax ? Moi qui t'aime tant !

Quand elle se tourne brusquement vers moi, je sursaute de frayeur.

— Kate, je suis désolé. Je ne cherchais pas à te blesser, tu dois me croire.

Aksel me jette une œillade inquiète et je comprends alors qu'il a parlé pour détourner son attention de moi et gagner du temps. Au loin, j'entends des sirènes, mais ça m'étonnerait que ce soit pour nous. De quelle façon la police serait-elle au courant de ce qui se trame ici ?

— Et elle ? Tu l'as baisée ?

Le ton est agressif, le vocabulaire grossier, et lorsqu'elle me regarde, je réalise que ma simple présence la met hors d'elle. Il faut que j'intervienne, car elle ressemble à une grenade dégoupillée sur le point d'exploser et tout peut dégénérer très vite si elle continue sur cette voie.

— Je te l'ai dit et répété, nous ne sommes que des colocataires. J'ai un petit ami en France et nous ne logeons ensemble que parce qu'il y a eu une erreur liée à mon prénom.

— Mais ferme ta gueule ! hurle-t-elle soudain. On t'a sonnée ? Non ! Alors tu attends qu'on te parle avant de la ramener !

— Je…

— Kate, arrête ! supplie mon beau Canadien. C'est la vérité, laisse-la partir.

— Vous me prenez pour une idiote tous les deux ! Vous n'imaginez quand même pas que je vais vous croire ?

— Mais c'est la vérité.

— Ne me mens pas, Aksel ! J'ai vu comment tu la regardes dès qu'elle est à proximité, comment tu la surveilles quand elle sort de cours, comment tu la suis partout, et comment tu l'as embrassée dans la discothèque. Dieu sait ce que tu as encore fait avec elle ! Je suis désolée, mais cette fille est un obstacle à notre bonheur et elle doit mourir. Si je ne l'élimine pas, tu continueras à me tromper et, ça, je ne peux pas le tolérer.

— Non ! s'écrie-t-il, l'air paniqué.

Pour ma part, je suis tellement glacée par la peur que je ne parviens plus à parler ni à bouger. J'ai même l'impression horrible de ne plus savoir comment respirer.

C'est alors qu'un grand bruit résonne dans le couloir, tandis qu'on frappe à la porte.

— Police ! Ouvrez immédiatement !

30

Aksel

À l'instant où les coups sont frappés brutalement à la porte, je réalise que la situation est en train de déraper. J'ai essayé de gagner du temps, de faire parler Kate Miller en la mettant à l'aise et j'espérais y être parvenu. Malheureusement, je me rends maintenant compte que mon stratagème n'a pas fonctionné, cette femme est ingérable. Je regrette de l'avoir sous-estimée, d'avoir pensé que je pouvais la manipuler parce qu'elle fait une fixation sur moi. Dès lors qu'elle a, à nouveau, focalisé son attention sur Noah, mes efforts ont été réduits à néant. La colère qu'elle ressent à l'égard de ma jolie rousse est flagrante. Je suppose qu'elle a dû comprendre à quel point je tiens à ma petite amie. J'aurais sans doute pu la convaincre du contraire si elle n'avait pas passé des mois à me surveiller incognito. Maintenant, il est trop tard pour mentir, elle sait que nous sommes amoureux. D'ailleurs, à voir le regard terrifié de Noah, celle-ci a également pris conscience de la dangerosité de notre situation.

Lorsqu'elle entend le cri « police », Kate Miller se redresse avec brusquerie et arme son pistolet, le pointant sur ma compagne. Paniqué, j'essaie de la raisonner. La vérité, c'est que je ne lui veux pas de mal, j'aimerais juste qu'elle arrête de faire de ma vie un enfer et qu'elle accepte enfin d'être soignée.

— Je t'en prie, Kate, ne fais pas quelque chose que tu pourrais regretter. Si tu la tues, même tes parents ne pourront pas t'aider.

— Bien sûr que si…, rétorque-t-elle en tendant le bras et en fermant un œil pour viser.

— Certainement pas. Noah vient d'une famille fortunée qui n'acceptera aucun accord. Tu finiras en prison et tu ne me reverras jamais.

— Sauf si nous mourons tous les trois.

Épouvanté, je comprends que c'était son plan depuis le début. Elle sait très bien que cette fois elle ne s'en sortira pas. Dans son esprit dérangé, cela ne peut se terminer que d'une manière. Cette fille est folle à lier, mais paradoxalement très consciente de tous les éléments extérieurs tels que les décisions de justice qui ont été prises à son encontre. Dans le couloir de l'immeuble, les flics hurlent de plus belle.

— Police ! Ouvrez cette porte !

— Crois-moi, Aksel Lloyd, je n'ai plus rien à perdre. Je te jure que je ne retournerai pas à l'asile, plutôt mourir.

Noah n'a toujours pas bougé, mais je sens qu'elle est affolée et on le serait à moins. Il faut que je la rassure, même si je suis pessimiste sur l'issue de la situation qui risque d'être un bain de sang. Mais j'espère que je pourrai au moins limiter les dégâts, et pour moi cela se résume à sauver Noah d'une mort certaine. Sur le palier, les bruits ont cessé. Je présume qu'ils s'apprêtent à lancer l'assaut. Ils n'auront pas besoin de bélier pour cela, car j'ai eu la présence d'esprit de laisser la clé sur la serrure à l'extérieur. Il leur suffira de la tourner pour entrer.

Sans prendre la peine d'y réfléchir à deux fois, je profite de ce silence soudain pour m'approcher de Noah. Dès qu'elle perçoit mon mouvement, Kate me met en joue. Cela ne m'empêche pas de prendre la main de ma petite amie.

— Quitte à mourir, je veux que ce soit avec la femme que j'aime.

— Mais c'est moi que tu aimes ! s'exclame l'autre dingue. Elle est agitée, mais nettement moins que quand les flics ont frappé. Noah, pour sa part, se réfugie dans mes bras. Je sens ses tremblements et ça me rend malade qu'elle soit dans cet état. Dès le début, j'avais pressenti que les choses pouvaient virer à la catastrophe. Ce n'est ni de sa faute ni de la mienne, mais la culpabilité me vrille le ventre parce que j'aurais pu éviter un tel drame. Et pourtant, si c'était à refaire, je serais incapable de renoncer à cette femme qui est mon âme sœur, j'en ai la certitude absolue.

— Non, Kate, je ne t'ai jamais aimée. Tu m'entends ? Jamais ! Tu me harcèles depuis trois ans, je n'en peux plus. Alors, tue-moi, tire-toi une balle, je n'en ai strictement rien à foutre. Mais elle, tu la laisses partir.

— Quoi ? Tu me demandes de sauver ta copine ? De l'épargner alors que tu lui as offert tout ce que tu m'as toujours refusé ? Mais va au diable, Aksel Lloyd ! Tu es comme tous les autres, tu piétines mes sentiments, tu me rejettes, quand tout ce que je désire, c'est que tu me donnes une chance de t'aimer.

À cet instant précis, je suis au bout du rouleau. Quitte à casser ma pipe, autant que cette barge sache exactement ce que je pense.

— Ce n'est pas de l'amour, Kate. Juste une obsession malsaine de ton esprit dérangé ! Tu prétends m'aimer, mais tu as fait de ma vie un enfer !

— Quoi ? Qu'est-ce que j'ai fait de mal ? Tu peux me le dire ?

Mon Dieu, elle est encore plus atteinte que ce que j'imaginais !

— Tu as blessé toutes mes petites amies intentionnel-lement. Tu les as agressées.

— C'était pour que tu comprennes que je dois être la seule qui compte à tes yeux. Elles étaient des obstacles à notre bonheur.

Le bruit des clés dans la serrure attire son attention et elle commet l'erreur de se tourner vers le couloir. J'en profite pour me précipiter sur elle, après m'être dégagé de l'étreinte de Noah et avoir poussée celle-ci derrière moi. Il faut que je désarme notre assaillante, c'est l'unique moyen de nous en sortir. Je sais que l'entreprise est hasardeuse, mais ça se tente quand même. Tout est mieux que de lui servir de cible sans moufter. Parce que Kate Miller n'hésitera pas à faire feu, je n'ai aucun doute à ce sujet.

Ayant probablement deviné mon intention en m'entendant approcher, elle pivote à nouveau dans ma direction au moment où je suis tout près d'elle. J'essaie de lui attraper le poignet, mais elle est plus rapide que moi. Tout juste ai-je le temps de dévier le tir vers le plafond. Hélas, la seconde suivante, elle a changé le flingue de main avec une agilité confondante et me décoche une balle à bout portant. Je m'effondre au sol à l'instant où la porte s'ouvre. La douleur qui me vrille le corps est d'une violence inouïe.

À travers un brouillard de plus en plus opaque, je la vois se tourner vers les flics et tirer un autre coup. La riposte arrive dans la foulée et, l'instant d'après, elle chute lourdement sur la table basse, tandis que Noah hurle de terreur. Mais au moins, ma petite amie est encore en vie…

Un sentiment de soulagement intense me submerge, puis tout devient noir. Je suis happé par les ténèbres.

31

Noah

Lorsque le corps d'Ax s'effondre au sol, je suis au bord de l'évanouissement. En moi, l'effarement le dispute à l'accablement. Je sais qu'il a agi ainsi pour me sauver la vie, conscient du danger que je courais. Mais peu m'importe, car tout ce qui me préoccupe, c'est lui et uniquement lui.

Les flics entrent en trombe, et Kate leur tire dessus. C'est horrible de penser cela, mais j'espère qu'ils ne la louperont pas. Parce que, s'ils la ratent, nul doute qu'elle retournera son arme vers moi et je suis à moins de trois mètres d'elle. Avez-vous déjà fait ce mauvais rêve où une menace imminente vous guette et où vous ne pouvez ni bouger ni émettre le moindre son ? Eh bien, je suis en train de l'expérimenter, sans aucune possibilité de me réveiller en sursaut dans mon lit. Et je crois n'avoir jamais rien ressenti d'aussi effrayant.

Au moment où elle chute sur la table basse, je me précipite vers Ax. Ce que je découvre est à proprement parler cauchemardesque. L'homme que j'aime gît dans une mare de sang. Terrifiée, je tombe à genoux, en pleurs, pour le secouer. Il faut absolument qu'il revienne à lui ! Il ne peut pas me laisser toute seule. J'entends une voix que je ne reconnais pas et qui est pourtant la mienne.

— Ah non, Aksel, tu n'as pas le droit de m'abandonner ! J'ai trop besoin de toi.

Un policier m'oblige à me relever d'une poigne ferme.

— Ne le touchez pas, les secours arrivent. Le moindre mouvement peut être fatal.

Après ce qui me semble une éternité, des pompiers débarquent munis d'une civière sur laquelle ils l'installent délicatement. Je tente alors de me dégager des bras du flic qui m'immobilisait jusqu'à présent.

Un médecin prend les constantes d'Aksel et se tourne vers nous.

— Il est en vie. Inconscient, mais en vie.

Je ne sais pas si je dois en être soulagée. Ax a perdu beaucoup de sang et ne réagit pas. Pour moi, la situation n'est pas seulement grave, elle est dramatique. Perdre Aksel est impensable, j'ai tellement besoin de lui. Toutefois, il reste un peu d'espoir et je m'y accroche comme une moule à son rocher.

Le type se dirige vers Kate Miller, qui a été allongée sur le sol. Il secoue négativement la tête, après avoir tâté son pouls au niveau de sa gorge.

— Elle est morte, constate-t-il simplement.

Un second brancard attend déjà, et le corps de la jeune femme est placé dans une housse noire aussitôt refermée.

— Mademoiselle, vous devez nous suivre, déclare l'officier qui me soutient toujours, tandis qu'on me pose une couverture de survie sur les épaules.

Je le regarde sans comprendre. Son visage et sa voix deviennent soudain flous, puis je perds connaissance et m'effondre lourdement sur lui.

Lorsque je reviens à moi, je suis couchée sur le canapé. Un pompier est en train de me taper sur la joue et le même policier que tout à l'heure me tient la main.

— Mademoiselle ? Comment vous sentez-vous ?

Longtemps, je demeure allongée, tandis que l'horreur de ce que je viens de vivre me frappe de plein fouet, m'assommant plus sûrement qu'un coup de poing dans la figure. Je suis physiquement et moralement K-O. Presque aussitôt, l'image du corps immobile d'Ax me revient à l'esprit et je m'oblige à me redresser. Il faut que j'aille à l'hôpital, que je sois près de lui quand il se réveillera. Parce qu'il se réveillera, c'est certain. Il ne peut pas m'abandonner maintenant. Non, non, c'est impossible, la situation n'est pas si tragique, pas vrai ? Me voyant totalement paniquée, le flic m'arrête.

— Doucement. Prenez votre temps.

— Où est Aksel ? Je dois rester avec lui.

— Je vais me renseigner. Mais pour l'instant, vous devez me suivre au commissariat. Je dois recueillir votre déposition, puisque vous êtes l'unique témoin de la scène.

— Je... non ! Ax est aussi un témoin.

— Votre colocataire est dans un état critique.

— Qu'est-ce que ça signifie ?

— Mademoiselle, je ne tiens pas à vous alarmer, mais...

D'un ton suppliant, je le pousse à terminer sa phrase sans m'épargner ni tourner autour du pot.

— La vérité ! Dites-moi juste la vérité !

— Il est entre la vie et la mort.

Si je le savais déjà, je ne voulais pas l'admettre. Ces mots, à la fois brutaux et lourds de conséquences, ont le mérite de me faire prendre conscience de la gravité de la situation. Et aujourd'hui, pas question de jouer à l'autruche en me voilant la face. Ax a besoin de moi, je dois être forte. Pour la première fois, je ne peux pas pleurer sur mon sort et m'apitoyer sur la cruauté du destin. En moi, un sentiment de sérénité étrange, mais également une énergie nouvelle en ces circonstances dramatiques sont en train de germer. Je me sens solide et de taille à affronter l'adversité. Voilà qui change de la petite fille gâtée qui se prenait pour une éternelle victime et passait son temps à chouiner, un verre de vin à la main. C'est comme si j'avais mûri en une seconde et que je ressortais grandie de cette épreuve, et cela me fait un bien fou. L'homme que j'aime a dit un jour que j'étais plus robuste que je ne le croyais, et je réalise à cet instant précis qu'il avait raison. Le moment est venu de le montrer. Déterminée comme jamais, je prends sur moi et me tourne vers l'officier afin de lui faire face. Je sais qu'il doit faire son travail, les circonstances troubles de cette affaire l'exigent. Alors, plus vite j'aurai expédié cette corvée, plus vite je pourrai retrouver Ax. Je veux être présente à son réveil.

— Très bien, allons au commissariat puisqu'il le faut. Mais dépêchons-nous, je dois rejoindre mon petit ami.

Je récupère mon sac et mon manteau dans l'entrée et le suis d'un pas encore chancelant après avoir confié les clés d'Ax, restées sur la porte, à un membre de l'équipe scientifique qui est en train de prendre des photos et d'effectuer des prélèvements dans le salon. Une fois sortie de l'immeuble, je décide d'utiliser mon Audi contre l'avis de l'inspecteur, qui est persuadé que je ne suis pas en état de conduire. En temps normal, je suppose qu'ils véhiculent les témoins dans des voitures banalisées. Mais aujourd'hui, ce ne sera pas mon cas et je persiste dans mon idée, si bien qu'il finit par renoncer à me faire changer d'avis. J'ai l'intention d'expédier cette audition le plus vite possible et de me précipiter ensuite à l'hôpital.

Après une demi-heure de trajet vers Édimbourg, je suis questionnée pendant près d'une heure. Tout est évoqué, depuis le début de notre colocation jusqu'au drame d'aujourd'hui, en passant par les visites régulières de mon compagnon au commissariat, qui sont confirmées par l'officier. Ax craignait qu'elle ne le retrouve, parce qu'il la savait dangereuse et avait peur pour moi.

Voilà pourquoi il avait quitté l'appartement sans un mot. Il voulait juste me préserver de tout ce bordel. Seulement, mon appel au secours et notre rapprochement dans la foulée ont tout remis en question. Je n'ose même pas imaginer à quel point il a dû s'inquiéter pour moi. Lorsqu'il m'avait raconté son histoire, je pensais qu'il dramatisait, que cette nana ne ferait rien contre nous, qu'elle n'était pas assez folle pour ça. J'avais tout faux, et je le réalise pleinement à présent.

Remarquez, m'angoisser davantage n'aurait sans doute pas changé grand-chose à l'issue tragique de cette affaire. Ce qui est incroyable, c'est la façon dont Kate Miller s'en était sortie toutes les fois précédentes. Le fait qu'elle appartienne à une famille puissante et riche ne peut pas tout justifier.

Au moment où je signe ma déposition, l'inspecteur Lewis s'approche de son collègue qui se tourne vers moi avec un sourire.

— Votre ami est au Chalmers Hospital. Ce n'est pas très loin d'ici, je vais vous expliquer comment vous y rendre.

Une bonne demi-heure plus tard, je parviens enfin à l'étage que m'a indiqué l'hôtesse d'accueil. Sean est en train de faire les cent pas dans le couloir. Lorsqu'il m'aperçoit, il se précipite vers moi.

— Il est toujours au bloc opératoire, je n'en sais pas plus. J'ai averti ses parents, ils vont arriver par le premier avion. Kit est déjà en route.

D'une main tremblante, je récupère mon téléphone dans mon sac et envoie un message à Zoé. Il me semble qu'elle doit être informée. Sa réponse fuse dans la minute. Visiblement, elle est au courant et déjà à la gare pour prendre le train. C'est Kit qui a dû la prévenir, je ne vois pas d'autre explication.

Installée dans un fauteuil de la salle d'attente, munie d'un café infâme, j'écoute Sean me décrire le calvaire enduré par Ax depuis plusieurs années. C'est terrible d'être ainsi pourchassé, épié et harcelé. Dire que les avocats des Miller l'ont fait passer pour un bourreau. Mon amoureux m'en a déjà touché un mot, mais je n'ai pas compris à quel point il en avait souffert. À bien y réfléchir, il y a beaucoup de points que j'ai sciemment choisi d'occulter pour ne pas affronter la réalité, une fois de plus…

Après trois bonnes heures à nous morfondre, un homme en blouse, charlotte et masque entre dans la pièce.

— Y a-t-il des membres de la famille d'Aksel Lloyd ?

Prestement, nous nous levons pour parcourir la courte distance qui nous sépare du praticien.

— Je suis sa compagne et voici son meilleur ami.

— Suivez-moi.

Joignant le geste à la parole, il nous conduit vers son bureau. J'ai encore un peu de mal avec l'accent écossais que je peine à décrypter par moments. Leur façon de rouler les *r* est charmante, mais rend parfois les phrases incompréhensibles pour des étrangers comme moi. Aussi, je me concentre pour être sûre de ne rien rater.

— Nous avons réussi à extraire la balle, mais elle a touché un des poumons.

Cette information, annoncée avec calme, déclenche une angoisse telle que j'en ai rarement ressenti au cours de ma vie.

— Il va bien ? demande aussitôt Sean.

Pour ma part, je suis devenue muette, tant ma gorge est nouée.

— Compliqué à dire. M. Lloyd a perdu beaucoup de sang et l'opération était délicate. Nous avons fait notre possible, mais il reste un gros risque qu'il ne reprenne pas connaissance. Les prochaines quarante-huit heures seront déterminantes. Il faut attendre et espérer. Pour le moment, son pronostic vital est toujours engagé.

À ces mots, je sens un grand froid m'envahir. Le praticien passe un appel rapide, avant de se lever et de nous inviter à le suivre.

— Il est en soins intensifs et nous l'avons placé dans un box. Vous pouvez le voir, mais seulement un par un.

Sans attendre, nous prenons un ascenseur vers un autre étage. L'endroit est étonnamment moderne, alors que les bâtiments sont anciens. Sans doute ont-ils été rénovés récemment… Le service dans lequel le médecin nous guide est organisé de manière bizarre, je n'avais jamais vu ça avant. Tout est vitré dans cette immense pièce. Au milieu, j'aperçois un îlot central où des membres du personnel en blouse bleue s'affairent. Et autour, des espaces individuels sont aménagés pour les patients. Ainsi, de leur poste les infirmiers ont une vue à 360 degrés sur les malades.

Notre accompagnateur nous présente à une femme d'un certain âge qui se révèle être la responsable des soins intensifs, puis il nous quitte rapidement. Une infirmière arrive dans la foulée et nous la suivons jusqu'à un box. Lorsque j'aperçois Ax, inconscient, relié à toutes sortes de machines, j'éclate en sanglots. Être forte est une chose, mais j'ai mes limites et découvrir mon amoureux dans cet état en est clairement une. Sean m'enlace. Des larmes roulent sur ses joues, montrant qu'il est lui aussi très affecté par ce triste spectacle. Durant les heures qui suivent, nous nous relayons auprès d'Ax. Quand mon téléphone bipe, indiquant que je viens de recevoir un texto, je quitte le box. C'est Zoé. Elle sera dans une trentaine de minutes à Édimbourg et demande où je me trouve afin de me rejoindre.

Comme je refuse de laisser Aksel seul, je fais signe à Sean, qui se lève et s'approche.

— Est-ce que tu peux me rendre un immense service ?

— Bien sûr, tout ce que tu voudras.

— Mon amie Zoé doit arriver dans une demi-heure. Si je te donne les clés de ma voiture, est-ce que tu pourrais passer la chercher à la gare ? Voilà à quoi elle ressemble.

Il examine la photo que je lui montre avec attention et acquiesce. Puis, après une petite hésitation, il finit par me dire ce qui semble le tracasser.

— Tina est actuellement entendue par les flics. Est-ce que je peux la raccompagner au campus avec ta bagnole ?

Je fronce les sourcils. Il doit me manquer des pièces du puzzle, parce que je ne parviens pas à les assembler.

— Tina ? Qu'est-ce qu'elle a à voir dans cette affaire ? Vous êtes en contact tous les deux ?

— On sort ensemble depuis plusieurs mois. Kate Miller s'est liée d'amitié avec elle sous un faux nom, c'est comme ça qu'elle a tout appris à ton sujet. Tina n'a jamais cherché à faire intentionnellement du mal à aucun de vous… Elle s'est fait avoir comme une bleue. En même temps, elle ignorait tout de cette histoire, elle n'avait donc aucune raison de se méfier.

293

Je hoche la tête, pas franchement convaincue. Je suis sûre que Tina n'a pas cherché à compromettre Ax en toute conscience, elle l'aimait trop pour ça. Cela n'enlève rien à sa responsabilité et donne un éclairage nouveau sur la situation. Je comprends mieux pourquoi Kate n'a pas cru que nous étions juste des colocataires. Une bonne âme, bien intentionnée, lui avait raconté exactement le contraire. Bien sûr, Tina ne pouvait pas prévoir le drame qui se déroulerait ensuite, mais il n'en demeure pas moins qu'elle y a contribué, même sans le vouloir.

— D'accord. Dépose aussi mon amie à l'appartement. La police a laissé les clés à l'accueil. Je les préviens de votre venue. En revanche, je n'ai pas très envie de voir ta copine ici dans les jours à venir.

— Mais, Noah…

— C'est non négociable.

Sean s'en va, les épaules basses. J'expire longuement pour retrouver mon calme. La simple évocation du prénom de cette fille a le don de m'énerver. Je ne lui pardonne pas la façon insultante dont elle parlait de moi, ni ce mépris qu'elle arborait chaque fois qu'elle me regardait et encore moins ses indiscrétions qui auraient pu nous être fatales.

Au bout de quelques minutes – il me fallait bien ça –, je retourne auprès d'Ax, en proie à une inquiétude grandissante. Pour me remonter le moral et éviter de lui envoyer des ondes négatives, je repense à la manière dont notre histoire a commencé, à notre premier baiser… Par association d'idées, je songe également que mon amoureux n'arrêtait pas de me tanner au sujet de mon avenir. Il souhaitait à tout prix que je m'émancipe de l'influence de mon père, que je devienne autonome pour ne plus rien lui devoir. Durant des jours, j'ai tergiversé, préférant le confort d'un quotidien sans fins de mois difficiles, mais à quel prix ? Celui de mon amour-propre piétiné, de mon libre arbitre bafoué, de mes sentiments ignorés.

Alors, pour l'homme que j'aime, celui qui est toujours

entre la vie et la mort, je vais enfin retrouver ma dignité. S'il faut que je bosse pour ça, pas de problème. Mais quand Ax se réveillera, je veux lire de la fierté dans son regard, pas de la déception.

32

Noah

Voilà trois jours qu'Ax a été opéré et il n'a toujours pas repris connaissance. Si les médecins ne semblent pas inquiets outre mesure, moi je ne serai pleinement rassurée que lorsqu'il me sourira. Avant-hier, Kit a débarqué, tout comme Taylor et James, les parents de mon amoureux. Ce sont des gens charmants et chaleureux, à l'inverse de mon père. Zoé est aussi là, et sa présence apaisante me fait du bien. Tous logent à l'appartement et je ne remercierai jamais assez mon amie et Sean d'avoir nettoyé le séjour après le départ de la police scientifique. Hormis une auréole claire sur la moquette, on ne pourrait pas imaginer qu'il s'y est déroulé un drame.

Pour ma part, au cours des quarante-huit premières heures, je n'ai pas quitté l'hôpital. Mais hier soir, Taylor m'a gentiment virée. Chez moi, je me suis effondrée sur le canapé, épuisée par deux nuits quasiment blanches.

Hélas, au bout de quatre heures d'un sommeil agité et entrecoupé de cauchemars dans lesquels Kate Miller tenait le premier rôle, impossible de rester allongée plus longtemps. Après une douche salutaire, j'ai surfé sur le Net et postulé à des emplois de traductrice free-lance dans de grandes maisons d'édition françaises, anglaises, américaines et canadiennes. Finalement, c'est plus facile que je ne le supposais. Désormais, il n'y a plus qu'à attendre et à espérer que l'on veuille bien me donner ma chance. Ce qui est étrange, c'est le sentiment d'intense satisfaction qui m'a submergée lorsque j'ai posté ma première candidature. Même si rien n'est fait, il s'agissait d'un premier pas vers la liberté. Jamais je ne remercierai assez Ax d'avoir insisté pour que je m'émancipe.

Il est 11 heures quand Kit et Zoé rentrent, épuisés. Dès qu'ils ont franchi le seuil de l'appartement, je récupère les clés et file avec James. Nous nous relayons de manière à ce qu'Aksel ne soit jamais seul, le jour comme la nuit. Du coup, ma voiture sert aux uns et aux autres pour nos allers-retours incessants entre l'hôpital et la cité universitaire.

Sur le parking, j'éteins mon téléphone et découvre, au moment de le désactiver, que mon père m'a envoyé plusieurs messages. Ce sont peu ou prou les mêmes, du moins au niveau de leur contenu. Thierry Martin n'a pas apprécié notre conversation de l'autre jour et m'ordonne de le recontacter. Dans le dernier, envoyé hier soir, il menace de me couper les vivres si je continue à l'ignorer. Je me résous donc à répondre, mais ce ne sera pas pour m'excuser et certainement pas pour lui cirer les pompes.

> Agis en ton âme et conscience, je m'en fiche. Le garçon que j'aime est à l'hôpital entre la vie et la mort, tes sermons sont donc le cadet de mes soucis. Je te rappellerai quand j'aurai une minute et envie de te parler. Bonne journée.

Sans me donner l'occasion de changer d'avis, j'appuie sur la touche Envoi d'un doigt tremblant, puis j'éteins mon iPhone. Contrairement à ce que j'imaginais, je suis loin d'être catastrophée, mais plutôt soulagée. Décidément, mon petit ami a une influence très positive sur moi et, rien que pour ça, je suis infiniment reconnaissante au destin de l'avoir placé sur mon chemin.

D'une foulée rapide, je me dirige vers les ascenseurs, puis vers le box qu'occupe mon amoureux. Je veux être près de lui, cette proximité me rassure. Après mon coup d'éclat qui ne restera pas sans conséquences, j'en ai besoin. Une part de moi redoute les représailles auxquelles je viens de m'exposer. Connaissant mon père, je vais morfler. Alors, la révolution dans ma vie, oui. Pour autant, je ne me suis pas soudainement transformée en walkyrie. Même si je suis convaincue d'agir dans mon intérêt, la trouillarde paresseuse qui sommeille en moi n'est jamais loin et me donne envie de revenir en arrière pour conserver mon cher confort auquel je suis malgré tout très attachée.

Debout à l'entrée du box, je crois un instant avoir la berlue, lorsque j'aperçois l'homme dont je suis raide dingue en train de parler à sa mère, les yeux grands ouverts. Aussitôt, j'oublie mes préoccupations bassement matérielles. Voilà ce qui est important, rien ne compte plus que lui et le fait qu'il ait enfin repris connaissance.

Des larmes roulent sur mes joues et je reste là, plantée comme un piquet de tomates, incapable de bouger. Il y a des moments clés dans la vie, et celui-là en fait partie. Le reste n'est que secondaire.

Avec difficulté, Ax tend une main vers moi, grimaçant de douleur. Alors seulement, j'émerge de ma torpeur pour m'approcher de lui. Taylor me fait un clin d'œil, puis se lève et sort du box afin de nous laisser un peu d'intimité. Je m'installe à sa place, sans jamais le quitter du regard.

— Mon amour…, murmure Aksel d'une voix rocailleuse.

Je lui souris à travers mes pleurs et serre ses doigts entre les miens.

— Ax, je suis tellement heureuse que tu sois de retour parmi nous.

— Kate Miller…

— … est morte. Tout est fini. Jamais plus elle ne s'en prendra à qui que ce soit. James m'a expliqué que ton oncle vient de porter plainte contre la famille Miller, pour l'avoir aidée à s'enfuir. Cette fois, ils ne s'en tireront pas si facilement. Comme elle a été abattue par l'officier de police sur lequel elle avait fait feu, personne ne pourra t'accuser de rien. Et je…

— … je t'aime.

Ses yeux sont anormalement brillants, comme s'il était sur le point de pleurer. Je suppose que, après toutes ces années de torture psychologique, il doit se sentir libéré. Enfin, il va pouvoir recommencer à profiter de l'existence sans avoir à s'inquiéter pour les gens à qui il tient. Ses mots, prononcés avec toute la ferveur dont il est capable étant donné les circonstances, me touchent comme jamais.

— Moi aussi, je t'aime. Tellement… J'ai cru te perdre et je ne veux plus jamais revivre ça. C'était un véritable cauchemar.

Est-ce la nervosité qui déclenche cette soudaine logorrhée verbale ? Je l'ignore, mais je n'arrête pas de parler sans lui laisser la possibilité d'en placer une. Puis, quand plus rien ne sort de ma bouche, j'éclate brusquement en sanglots, envahie par un soulagement indescriptible.

La pression de sa main se raffermit sur la mienne et je la soulève avec prudence pour y poser mes lèvres et embrasser longuement sa paume. Mes larmes continuent à couler et je ne cherche pas à les retenir. J'ai l'impression que chaque hoquet me délivre d'un poids qui comprimait ma poitrine sans que j'en aie conscience.

Peu après, Taylor nous rejoint et nous discutons des derniers rebondissements de cette affaire. Puis, au bout d'une heure environ, Ax, épuisé, s'endort. Sa mère et moi décidons de nous restaurer à la cafétéria de l'hôpital, pendant que James veille sur lui.

Une fois installées devant des scones, de la confiture et surtout un café serré, nous prenons enfin le temps de faire plus ample connaissance. Pour la première fois, je me livre sans rien dissimuler. J'évoque même mon problème avec l'alcool. Elle m'écoute en silence. À plusieurs reprises, je l'observe avec attention pour tenter de deviner ce qu'elle pense de moi. Mais je ne décèle pas la moindre trace de jugement dans son regard, juste de l'intérêt et de la compassion.

— Comment vois-tu ton avenir, Noah ? Quelle sera la place d'Aksel dans ta vie ?

— Je n'en sais rien, nous n'y avons pas encore réfléchi.

Et c'est la vérité. J'aime passionnément Ax, mais notre futur est flou.

— Je ne te cache pas que son père et moi allons lui demander de rentrer avec nous à Vancouver dès qu'il sera rétabli. Maintenant que Kate Miller est décédée, plus rien ne l'empêche de reprendre sa vie d'avant.

Je baisse la tête et déglutis avec difficulté. Si je comprends leur position, il n'en demeure pas moins que l'idée d'un éventuel départ est douloureuse. Comment pouvons-nous bâtir une relation s'il est à des milliers de kilomètres de moi ? Nous n'aurons aucune chance.

— Sache, toutefois, que tu es la bienvenue si tu as envie de le suivre.

Sa proposition me touche, même si je suis sceptique. S'expatrier n'est pas si simple et je ne pense pas que ce soit une bonne chose d'en rêver et de se projeter si c'est pour être déçue ensuite.

— Je ne peux pas répondre de but en blanc. Je n'y ai jamais pensé et nous n'en avons pas discuté avec Ax. Jusqu'à présent, on s'est contentés de vivre au jour le jour.

— Tu admettras quand même qu'il serait délicat pour lui de s'établir en France. Il ne maîtrise quasiment pas la langue.

— Pour être tout à fait honnête, Taylor, je suis actuellement en train de reconsidérer mon avenir. La relation que j'entretiens avec mon père est compliquée, pour ne pas dire catastrophique. Je ne suis donc pas pressée de rentrer. Hélas, je dépends financièrement de lui et ça m'étonnerait qu'il accepte un projet d'immigration au Canada. Or, sans son soutien, étudier là-bas est impossible. La scolarité coûte très cher et je ne vois pas comment je pourrais m'assumer matériellement, même en trouvant un job. J'ai postulé dernièrement en tant que traductrice dans des maisons d'édition, mais il me reste une année pour valider mon master et, sans ce diplôme, je n'ai que peu de chances d'être recrutée.

— Et si tu parlais à ton père ? Il comprendrait, non ?

— Ça, j'en doute ! Il veut que je revienne en France et que je travaille avec lui à l'issue de mon cursus. Et ce que M. Martin exige, il l'obtient.

— Mais ce n'est pas ce que tu désires…, glisse-t-elle.

— Pas du tout ! Je ne supporterais pas d'être chaque jour enfermée dans un bureau à côtoyer mon ex-petit ami et la fille qui me l'a piqué.

À cette remarque, elle arque les sourcils de surprise.

— Tu l'aimes toujours ?

— Pas le moins du monde. Mais le goût de la trahison est difficile à faire passer. Je n'oublie pas que c'est après cet épisode que j'ai commencé à boire. Faire face à la perte de ma mère et à l'infidélité de mon compagnon au même moment était une épreuve trop lourde à surmonter pour moi, mais je suppose que cela aurait pu être le cas pour n'importe qui. Si mon père m'avait soutenue, comme le ferait n'importe quel homme digne de ce nom, jamais je n'aurais sombré dans l'alcoolisme. Pendant des mois, je me suis sentie malheureuse, parce que je me trouvais trop faible. Mais plus maintenant. J'admets ma part de responsabilité dans ce qui m'est arrivé, mais je ne suis pas la seule à blâmer. Donc, comme me l'a judicieusement conseillé Ax, je vais prendre ma vie en main et m'assumer financièrement pour me défaire de la domination malsaine de mon père. C'est un bon début.

— Et tu n'aimerais pas que la situation s'arrange entre ton papa et toi ?

— Je ne sais pas. Ce serait peut-être le cas si je décidais de ramper devant lui. Mais je regrette, je ne peux pas m'y résoudre. Les humiliations, les réflexions désagréables, les ordres à exécuter sans broncher, c'est terminé pour moi.

Taylor se met à rire et je la dévisage avec perplexité.

— Pourquoi est-ce que j'ai l'impression d'entendre mon fils ?

— Parce que le rencontrer a été le plus beau des cadeaux.

Son influence est bénéfique ; elle m'a permis d'affronter la réalité et d'arrêter de me voiler la face.

Nous discutons encore quelques minutes, avant de remonter. Le reste de la journée est rythmé par les phases de réveil d'Ax et les différentes visites.

Lorsque je rentre chez moi, je décide de rallumer mon mobile avec appréhension. Mon cher père n'a pas répondu et j'ai envie de dire que c'est tant mieux. Je ne peux pas me battre sur tous les fronts, je dois choisir mes combats. Pour le moment, la seule chose qui m'importe, c'est l'homme que j'aime. S'il est tiré d'affaire, sa convalescence risque d'être longue. Il va falloir que j'assure pour nous deux et j'y suis prête.

33

Aksel

Noah ouvre la porte de la voiture et m'aide à en sortir. Si je me sens beaucoup mieux, après trois semaines d'hospitalisation, la blessure est encore douloureuse. Je vais devoir rester allongé pendant une dizaine de jours avant d'espérer retourner à l'université. Heureusement, toute l'équipe enseignante s'est mobilisée pour m'envoyer les cours par mail, si bien que je pourrai bosser de la maison.

J'éprouve une sensation bizarre, quand j'entre dans l'appartement en me remémorant ce qui s'y est passé. Visiblement, ma petite amie s'est donné beaucoup de mal pour me faire oublier cet épisode, puisqu'une tarte aux pommes refroidit sur le plan de travail, exhalant une délicieuse odeur de fruits cuits et de cannelle. Elle sait parfaitement comment me faire plaisir, cette femme est une perle.

Dans le salon, des plantes vertes et des fleurs disposées ici et là personnalisent enfin cet endroit qui ne l'était pas réellement jusqu'à présent. C'est très étrange, cette impression d'être ici chez moi alors qu'il s'agit d'une colocation étudiante.

Mes parents m'ont proposé de repartir avec eux, mais j'ai refusé. Je veux finir mon année et décrocher mon diplôme d'architecte. C'est la dernière ligne droite et il n'est pas question de la rater, ce serait admettre que Kate Miller est parvenue à ses fins et, ça, jamais. D'après mon oncle, la plainte qu'il a déposée contre ses parents est recevable et débouchera sur un procès l'année prochaine. Peut-être que cela permettra à ces gens de comprendre à quel point leur attitude hyper protectrice s'est révélée criminelle. En agissant ainsi, ils n'ont rendu service à personne et surtout pas à leur fille. Maintenant, elle est morte, et leur réputation est ruinée. Ils ont tout perdu alors qu'ils auraient pu éviter cela.

Installé sur le canapé, une tasse de thé fumant devant moi et une part de tarte à portée de main, je pousse un soupir de bien-être pour la première fois depuis longtemps. Noah vient de partir chercher mes médicaments à la pharmacie. Sa présence de tous les instants et son dévouement sans faille me rappellent à quel point j'ai de la chance d'être aimé par une telle femme. Dès que j'irai mieux, je ne manquerai pas de le lui montrer de toutes les manières possibles et imaginables, surtout au lit. Mais pour le moment, interdiction formelle du médecin d'avoir la moindre activité sexuelle. Cela risquerait de rouvrir la cicatrice. C'est bien ma veine !

Une demi-heure plus tard, ma jolie rousse est de retour. Elle rayonne et, même si je sais qu'elle est soulagée que je m'en sois sorti, je suis convaincu qu'il n'y a pas que ça derrière son sourire mystérieux. Je profite de ce qu'elle s'installe en face de moi pour tenter d'en savoir plus.

— Tu me dis ce qui se passe ou il faut que je te torture pour que tu te mettes à table ?

Noah éclate d'un rire joyeux et l'entendre s'esclaffer me fait un bien fou. J'adore la voir aussi insouciante et heureuse, et ce n'est pas arrivé très souvent depuis que je la connais.

— Lorsque tu étais à l'hôpital, j'ai suivi tes conseils et j'ai postulé à des emplois de traductrice dans une cinquantaine de maisons d'édition. Évidemment, étant donné que je n'ai pas de diplôme et que je suis toujours étudiante, j'ai reçu une flopée de réponses négatives. Mais…

— … mais ?

— Une maison d'édition française spécialisée dans la romance m'a transmis un chapitre à traduire. C'était un test et j'ai beaucoup apprécié cet exercice. Mon travail a dû leur convenir, car ils viennent de m'offrir une mission. Je travaillerai pour eux en free-lance.

Elle exhibe un message sur son téléphone, mais comme je ne comprends pas bien la langue de Molière, ce que je lis ne m'apprend rien.

— C'est génial ! Je suis super content pour toi.

— Attends, ce n'est pas tout ! J'ai été contactée par la filiale canadienne d'un gros groupe, à laquelle j'avais également envoyé une candidature spontanée.

Là, je suis encore plus intéressé et je me redresse aussi vite que je le peux. Qu'elle mentionne mon pays est inespéré. Ma mère m'a plusieurs fois fait remarquer que nous devrions trouver une solution, car nous sommes censés rentrer chacun chez nous à la fin de l'année universitaire.

— Vas-y…

— Ils m'offrent un stage rémunéré et sont prêts à financer une partie de ma dernière année, si je travaille pour eux. Apparemment, ils proposent des formations en alternance et embauchent les étudiants qui participent à ce programme. J'ai réussi les premiers tests, il reste un entretien par Skype. Si c'est OK, l'année prochaine je serai au Canada. Tu n'es pas content ?

— Si, mon ange. Très content. Et où est basée cette filiale ?

— À Montréal. C'est tellement fou que je dois me pincer pour me convaincre que je ne rêve pas.

À ces mots, je retiens une grimace de dépit. Montréal et Vancouver sont chacune à un bout du pays. Ce n'est pas idéal.

Malgré tout, je suis sincèrement heureux pour elle. Que son profil ait retenu l'attention des gens du métier lui prouve qu'elle a de la valeur, et pas uniquement à mes yeux. Et je pense qu'elle n'a pas reçu ce genre de témoignage depuis longtemps. Pour lui permettre de retrouver un peu de confiance en elle, c'est parfait.

— Merci, Ax, de tout cœur, merci. Je ne te saute pas dessus, mais le cœur y est, murmure-t-elle d'une voix emplie de reconnaissance.

— Pourquoi ? Ce n'est pas moi qui ai passé ces tests. Je n'y suis pour rien, même si tu es convaincue du contraire.

— Arrête ! Si tu ne m'avais pas secouée, je n'aurais jamais bougé mes fesses pour me lancer.

— Non, Noah. Tu es la seule à l'origine des possibilités qui s'offrent à toi, la seule qu'il faut féliciter. Tu ne le dois qu'à toi-même et à personne d'autre. Il est temps que tu cesses de te dénigrer et que tu relèves la tête pour être enfin fière de celle que tu es devenue. Tu es belle, intelligente, adorable. Tout le monde le sait sauf toi. Il faut que ça change.

Au cours de la soirée, pendant qu'elle travaille dans sa chambre, je ne parviens pas à trouver le sommeil, allongé seul dans mon lit. Il est évident qu'elle fait un gros sacrifice en choisissant de s'installer dans mon pays, même si je soupçonne une furieuse envie de mettre le plus de distance possible entre son père et elle. Or, ça ne réglera jamais leurs problèmes, elle devra un jour se résoudre à provoquer une discussion franche. Et puis, de façon plus pratique, comment pouvons-nous poursuivre notre histoire si je vis à Vancouver et elle, à Montréal ?

Parce que mon moral est en train de descendre en flèche, je décide d'appeler mon père. Maman est géniale, mais elle a tendance à me soutenir systématiquement, sans la moindre impartialité. Et là, moi, j'ai besoin d'un avis objectif. Il décroche à la deuxième sonnerie.

— Hey, mon garçon ! Est-ce que tu vas bien ?

— De mieux en mieux. Comment ça se passe à Vancouver ?

— Un désastre. Les Miller crient au scandale, racontent à qui veut l'entendre que nous sommes responsables de la mort de leur fille. Bref, je crois que je vais accepter le poste que l'université de Toronto me propose depuis trois ans. Ils viennent à nouveau de me relancer. J'adore ma ville, mais nous n'arriverons jamais à tourner la page, tant que nous serons ici.

— Et maman, qu'en pense-t-elle ?

— Ta mère est d'accord sur le principe, mais prendre une telle décision est difficile en ce qui la concerne. Toute sa famille est ici, tandis que la mienne est disséminée un peu partout. Je vois beaucoup moins d'inconvénients à quitter Vancouver qu'elle, comme tu peux l'imaginer.

C'est vrai, puisqu'un de mes oncles paternels réside à Miami, un autre à Londres. Mon père a perdu ses parents il y a plusieurs années, il ne lui reste que ses frères. Seul Rob, celui qui est avocat au tribunal, habite dans la même ville que nous.

— Et donc ?

— On y réfléchit sérieusement, plus sérieusement que les années précédentes. Et toi ? Quoi de neuf ? Comment ça se passe ton retour chez toi ? Et avec Noah ?

Ma mère et lui apprécient beaucoup ma copine, ils me l'ont dit. Ils la trouvent calme, posée et courageuse. Je suis d'ailleurs tout à fait d'accord avec eux.

— Elle a eu une proposition de formation en alternance à Montréal.

— Pourquoi est-ce que je ne te sens pas très enthousiaste ? Tu devrais être content au contraire, ce serait la solution à tous vos problèmes.

— Quelle chance notre histoire a-t-elle, si nous sommes chacun à un bout du pays ?

Il reste silencieux un instant et je ne sais pas à quoi m'attendre, mais son opinion compte pour moi.

— Ax, mon garçon, tu sais que je t'aime, mais dans le cas présent, tu fais preuve d'égoïsme. Tu ne peux pas exiger d'elle qu'elle consente à tous les sacrifices pour tes beaux yeux, pas plus que tu ne peux lui imposer de s'installer à Vancouver après tout ce qui s'y est passé. Ce n'est pas le meilleur endroit pour démarrer votre vie de couple. Je suis désolé de te le dire, mais si elle accepte de te suivre au Canada, c'est déjà un pas énorme qu'elle fait. Je pense que tu ne seras pas en droit de lui en demander plus. C'est à toi de faire le prochain. Qu'est-ce qui t'empêche de vivre avec elle au Québec ? Sans compter que si tu prends une décision en ce sens, ta mère déménagera plus volontiers à Toronto, puisqu'on sera plus près de toi. C'est un argument de poids qu'elle ne pourra pas ignorer.

Nous discutons encore un moment, puis je raccroche, soudain épuisé. Mon père a raison, je ne peux pas exiger de Noah qu'elle sacrifie tout pour moi sans faire la moindre concession en retour. Soudain, l'avenir me semble plus radieux et c'est avec un sourire serein que je m'endors.

34

Noah

Je suis à peine entrée dans l'appartement qu'Aksel se précipite sur moi et me tire par la main. Voilà plus d'un mois qu'il est sorti de l'hôpital d'Édimbourg, et il s'y est rendu cet après-midi pour une ultime visite médicale de contrôle. Malgré sa blessure, il a repris les cours depuis trois semaines même si c'était dur pour lui au début. Alors, quand je le vois si fébrile aujourd'hui, l'inquiétude m'envahit.

— Ax ! Mais qu'est-ce qui te prend ?

Mon compagnon ne répond pas, mais me pousse vers sa chambre, qui baigne habituellement dans une lumière blafarde. En ce mois de mars, le ciel est gris et pluvieux, même si le soleil fait de plus en plus souvent de timides apparitions.

Dès que j'aperçois les volets baissés et les lampes allumées jetant un halo doré sur le lit ouvert, je comprends ce qui se passe. Il a dû avoir le feu vert du médecin et nous pouvons à nouveau mener une vie de couple normale. Inutile de préciser que nous avons de plus en plus de mal à supporter cette abstinence forcée. Ces derniers temps, la frustration est devenue très compliquée à gérer.

Avec un rire insouciant, je retire mes fringues à la hâte, imitant Aksel, qui a un temps d'avance. Dès qu'il est nu, il dégrafe mon soutien-gorge et m'aide à enlever l'ultime rempart, à savoir ma culotte en dentelle noire.

Puis, tout en s'esclaffant, il me pousse en arrière sur le matelas. Avec un cri de surprise, j'essaie de me redresser, mais il m'en empêche, faisant barrière de son corps qui pèse désormais sur le mien.

— Ah non, jeune fille ! Ça fait des semaines que j'attends ! Pas question de quitter ce lit au cours des deux jours à venir.

— Deux jours ? Tu es trop présomptueux, monsieur Lloyd.

— Tu vas voir si je frime !

Au lieu de se marrer, il devient soudain sérieux. Son regard est brûlant et sa respiration s'est accélérée. Quant à moi, je ne suis pas en reste, car le contact de sa peau provoque des vagues de frissons qui me traversent de part en part. C'est incroyable, l'attirance que je ressens pour cet homme. Son pouvoir sur moi est immense et encore renforcé par l'amour infini qu'il m'inspire.

Sa bouche se pose sur la mienne et je ne résiste pas même une seconde. Au contraire, je pousse un gémissement rauque qui semble le galvaniser, à en juger par sa réaction.

— Putain, si tu savais comme je t'aime, grogne-t-il tout contre mes lèvres.

Sa langue vient à nouveau à la rencontre de la mienne et ses mains se mettent en mouvement. Jusqu'à aujourd'hui, nous avons volontairement gardé nos distances, parce que c'était trop dur de flirter et de se tripoter sans pouvoir aller jusqu'au bout. Alors, aujourd'hui, il n'y a rien d'étonnant à ce que nous nous jetions ainsi l'un sur l'autre.

Le pouce et l'index d'Ax pincent un de mes tétons, faisant décoller mon bassin du matelas. Je suis tellement excitée par ses baisers et ses effleurements, que c'est moi qui saisis sa paume pour la poser sur mon sexe déjà humide. Mon amant geint, le visage niché dans mon cou, et me caresse aussitôt. Deux doigts me pénètrent, tandis que son pouce effectue des cercles de plus en plus appuyés autour de mon clitoris. Lorsque ses lèvres happent la pointe d'un de mes seins pour l'aspirer rudement, je craque et cesse de retenir l'orgasme qui me submerge. C'est rapide, court, violent, mais si bon.

L'instant d'après, il m'embrasse à nouveau, tandis que sa main quitte mon corps, à mon grand regret. J'aurais pu rester des heures à me laisser toucher ainsi.

— Noah, je ne peux plus attendre…

— Tu n'as pas envie que je m'occupe de toi ? Que je te suce ?

— Après, si tu y tiens. Mais là, tout de suite, je veux juste être en toi.

Nouveau baiser, nouvelle danse de nos langues qui tournoient l'une autour de l'autre. Soudain, il s'écarte et me regarde avec une intensité toute nouvelle.

— J'aimerais qu'on s'envoie en l'air sans barrière.

Encore secouée par les sensations que je viens d'éprouver, je mets un petit moment à capter ce qu'il sous-entend.

— Sans barrière ?

— Je suis clean, toi aussi. Et ça tombe bien, tu prends la pilule.

— C'est que… je n'ai jamais couché avec personne sans protection.

Et c'est la vérité. Avec Mathieu, au début, on utilisait toujours des capotes. Ensuite, j'ai demandé à mon gynécologue de me prescrire un contraceptif oral, mais j'ai vite abandonné, parce que j'ai grossi dans la foulée. J'avais déjà des kilos en trop, pas la peine d'en ajouter. Mon ex et moi avons donc continué à nous servir des préservatifs. Lorsque j'ai découvert son infidélité, je m'en suis félicitée. Si en plus d'être cocue, j'avais dû choper une chtouille quelconque, je crois que je ne l'aurais pas supporté. Après notre rupture et la mort de Chantal, j'ai commencé à avoir des cycles de plus en plus irréguliers et, au bout de trois mois sans règles, j'ai consulté. Le médecin m'a alors proposé une pilule mieux adaptée, afin de réguler le tout. Voilà pourquoi je gobe scrupuleusement mon petit comprimé chaque soir.

— Comme toi, j'ai toujours utilisé un préservatif, souffle-t-il. Mais bordel, j'en ai tellement envie.

— J'avoue que moi aussi.

— Alors, écarte les cuisses, ma Noah.

Avec une promptitude qui pourrait être comique, je m'exécute et, la seconde suivante, il me pénètre d'un mouvement fluide. Lorsqu'il est complètement fiché en moi, je ne peux retenir un soupir de bien-être. Ce moment unique où nous ne formons plus qu'un, où on ne sait pas où je débute et où il termine, m'a tant manqué. Je suis heureuse de retrouver cette communion physique si parfaite à mes yeux.

Aksel semble partager mon état d'esprit, car je l'entends s'écrier avec ferveur :

— Oh bordel, c'est dingue !

Lentement, son corps se met en mouvement. Les yeux fermés, je savoure chaque frottement, chaque caresse. Quand il se retire, je suis à deux doigts de me sentir mourir, et lorsqu'il revient en moi, le bonheur est indescriptible. Longtemps, nous bougeons doucement, profitant de toutes les sensations qui nous envahissent. Mon amant a une façon très particulière de se mouvoir pendant l'amour. Son torse est quasiment immobile, il n'y a que son bassin qui ondule. Et, oh mon Dieu, j'adore…

— Noah ! J'en peux plus !

Sans attendre, il accélère ses va-et-vient qui se font désormais plus rudes, si bien que tout s'emballe en moi. L'habituelle sensation de chaleur prend très vite naissance au creux de mon ventre pour gagner l'ensemble de mon corps. Ma respiration est sifflante, les tressautements de mes hanches deviennent erratiques, mes gémissements se transforment en cris, et enfin je suis submergée par une jouissance dont l'intensité me coupe le souffle. Durant une seconde, j'ai même l'impression de tourner de l'œil, tellement ce que je ressens est apocalyptique. Ax grogne, son rythme se fait encore plus rapide et il finit par éjaculer, profondément enfoui dans mon sexe.

Bien après, tandis qu'il est toujours en moi, nous tentons de retrouver notre souffle, sous le choc. Ce que nous avons éprouvé était violent et puissant, presque surnaturel. Jamais, au grand jamais, je n'ai expérimenté une telle fusion des corps et de l'esprit. Si j'avais encore le moindre doute, je sais désormais avec une certitude absolue qu'Aksel Lloyd est celui que j'attendais. Ce n'est pas demain la veille que je me lasserai de sa silhouette splendide, de son sourire lumineux, de ses prunelles sombres qui me troublent tant, de sa personnalité si solaire qui en fait un être à part. J'ai conscience qu'être aimée par cet homme est une chance, même s'il prétendra que c'est lui qui est verni de m'avoir dans sa vie.

J'adorerais rester dans cette position pendant des heures. Mais au bout d'un moment, son poids finit par m'empêcher de respirer.

— Ax, j'étouffe…

— Oups, désolé, répond-il avec un petit rire contrit.

Mon amoureux se lève et me tire vers lui pour m'emmener dans la salle de bains. L'inconvénient quand on n'utilise pas de préservatif, c'est qu'une toilette intime s'impose tout de suite après l'amour, même si cela n'a rien de très romantique. Sans un mot, il saisit un gant de toilette et me lave avec tant de tendresse que je ne parviens pas à en être gênée. Au contraire, nous vivons là un moment d'intimité unique. Lorsque nous avons terminé, il m'escorte à nouveau vers le lit et nous recouvre de la couette, tandis que je me niche au creux de son épaule, la tête reposant sur son torse.

Durant de longues minutes, je reste silencieuse, encore sonnée, tandis qu'Aksel me caresse le dos du bout des doigts. C'est lui qui finit par parler le premier.

— Est-ce que tu as des nouvelles de Montréal ?

Il fait référence à la maison d'édition qui m'a contactée le mois dernier.

— Non, pas depuis l'entretien par Skype. On m'a prévenue que cela prendrait un peu de temps, je ne suis pas la seule candidate. Il y a trois emplois à pourvoir, mais beaucoup de postulants.

— J'ai confiance en toi, je suis sûr que tu les as épatés. Donc si on te propose le job, tu accepteras ?

315

— Je pense. Il faudra que j'en discute avec mon père et je sens déjà que sa réaction ne sera pas celle que j'espère. En clair, il va péter un câble.

— Et alors ? On s'en fout !

— Ax…

— Écoute, Noah. Je suis prêt à m'installer à Montréal pour toi, et j'attends que tu aies ta réponse pour chercher du boulot là-bas. Avoue que ce serait la solution idéale. Tu travaillerais en alternance dans un secteur qui te passionne, dans une ville géniale, et je pourrais y trouver mon premier poste d'architecte. En plus, ma famille ne serait pas trop loin. Tu t'entends bien avec mes parents et ils t'adorent.

— Tu crois que tu arriveras à rattraper le retard causé par ton hospitalisation ?

— Oui, sans problème. Je suis bon dans mon domaine et je ne dis pas ça pour me la péter, mais parce que c'est la vérité. Le cursus auquel j'étais inscrit à Vancouver imposait un rythme beaucoup plus soutenu que celui d'ici. J'ai déjà plusieurs modules d'avance, tout va bien. Et je te signale qu'on ne parlait pas de moi, mais de toi. Alors tu seras gentille de ne pas détourner la conversation. Il faut que tu t'affranchisses de l'influence de ton paternel. Tu ne peux pas continuer comme ça. La dernière fois que tu l'as appelé, tu as pleuré pendant les deux heures qui ont suivi. Cet homme est égoïste et totalement inconscient de la jeune femme merveilleuse que tu es. Tout ce qu'il est capable de faire, c'est te rendre malheureuse et je ne le supporte plus.

La gorge nouée, je tente malgré tout de protester.

— C'est quand même mon père et la seule famille qui me reste.

— Noah, désormais, ta famille, c'est moi et ceux qui tiennent sincèrement à toi, comme Zoé. Cesse de t'empoisonner l'existence avec des personnes qui n'en valent pas la peine !

Je sais qu'il a raison, mais il n'empêche que ses paroles sont difficiles à entendre. Au fond de moi, je demeure la petite fille qui cherche obstinément l'amour de son papa.

316

— Tu es dur… À t'écouter, tout semble si facile. Mais ce n'est pas à toi qu'on demande de faire le ménage dans ta vie.

Ax se redresse pour m'observer intensément.

— Parce que tu t'imagines que je n'ai pas été obligé d'en passer par là ? Quand les avocats de Kate Miller ont sali ma réputation, j'ai dû m'y résoudre. J'ai perdu au passage des gens que je pensais être mes amis, mes grands-parents maternels, deux cousins et une tante, la sœur de ma mère, qui se sont permis de me juger.

— Et comment l'as-tu vécu ?

— Mal, très mal même. J'étais trahi par des membres de ma propre famille, par des proches qui avaient toujours fait partie de mon entourage. Tu peux me croire, rien n'a été simple, mais c'était nécessaire. J'ai fait mon deuil et j'ai compris avec le recul que j'avais pris la bonne décision. La seule, en fait…

— Je n'ai pas ta force de caractère, Aksel. Je ne suis pas capable de m'opposer à mon père, je ne l'ai jamais été.

— Bien sûr que si. Tu te penses fragile, mais si je devais te décrire, ce n'est certainement pas cet adjectif qui me viendrait à l'esprit. Tu es intelligente, posée, adorable et…

Rougissante, je l'interromps d'une petite tape sur son torse.

— Arrête ! Tu me gênes, là !

— Tu n'es peut-être pas à l'aise avec les compliments, mais c'est pourtant la vérité. Noah, tu es bien plus solide que tu ne l'imagines. La preuve, tu as surmonté ton addiction seule, sans l'assistance de personne.

— C'est faux. Zoé m'a beaucoup soutenue. Sans elle, je n'y serais jamais arrivée.

Mon compagnon ne tient aucun compte de ma protestation et insiste au contraire, déterminé à me faire changer d'avis sur moi-même et sur certains pans de mon passé.

— Et ton vieux ? Il était où ? On en a parlé à plusieurs reprises et un aspect de ton histoire m'a toujours choqué.

— Lequel ?

Je pose la question, mais au fond de moi je sais déjà à quoi il pense.

— Il ne pouvait pas ignorer ton alcoolisme. C'est impossible, puisque tu as toi-même reconnu que tu avais vidé sa cave à vin. Et malgré cela, il a choisi de ne pas t'aider. Il n'a pas levé le petit doigt pour t'empêcher de boire. Égoïstement, il a détourné le regard pour ne pas voir à quel point tu t'enfonçais. Je regrette de te le dire, mais en tant que père, il a été lamentable.

Des larmes roulent désormais sur mes joues. J'ai la gorge serrée et le cœur, lourd. Cependant, je n'en veux pas à mon compagnon, car il ne fait que souligner à quel point ma relation avec Thierry Martin est nocive. Pour cet homme distant, je suis inexistante.

— Et je ne parle même pas du fait qu'il ait accueilli Olivia et embauché ton ex, plutôt que de lui foutre son poing dans la gueule pour punir cet abruti d'avoir osé se comporter de la sorte avec toi. C'est comme ça que mon père ou mes oncles auraient réagi, tu peux me croire.

Cette fois, je pleure vraiment. À nouveau, Aksel a raison. C'était exactement ce que j'attendais de papa, et je me suis sentie horriblement trahie lorsqu'il m'a annoncé sans la moindre gêne qu'il avait offert un emploi à Mathieu, tout comme j'ai mal pris le fait qu'il ait accueilli Liv dans notre maison après la façon dont elle avait profité de moi pour mieux me planter un couteau dans le dos ensuite.

— Je suis désolé de te dire les choses aussi brutalement, poursuit mon amoureux en essuyant mes larmes, mais ton père n'est pas quelqu'un de bien. Il n'est ni compréhensif ni gentil envers toi. Chaque fois que tu me racontes vos discussions, je n'y vois qu'un jugement perpétuel et un égocentrisme monstrueux. Cet homme est toxique. Il a poussé sa femme au suicide et n'en a pas éprouvé une once de culpabilité. Un jour, il agira de même avec sa nouvelle compagne, parce qu'il se fiche de ce que ressentent les autres, seul son intérêt prime. Je comprends que c'est difficile à entendre pour toi, mais c'est la vérité et, au fond, tu le sais. Je t'aime, mais je préfère te prévenir : jamais plus je ne laisserai ce sale type te blesser.

Pendant plus d'une heure, je sanglote dans ses bras. Sans rien ajouter, parce que tout a été dit, Ax me console. Quand je suis enfin calmée, il s'emploie à me faire tout oublier, par sa bouche, ses mains et son corps.

Alors qu'il dort près de moi, je ne parviens pas à trouver le sommeil. Ses mots étaient durs, voire cruels, et je n'apprécie pas qu'on parle ainsi de ma famille. Néanmoins, il a parfaitement cerné Thierry Martin. Ce père absent qui m'a tourné le dos, il y a bien longtemps, et qui ne s'est jamais occupé de moi autrement qu'en me donnant de l'argent. C'était sa façon de se racheter une conscience. Ainsi, personne ne peut deviner celui qu'il est réellement : un homme insensible qui ne cherche qu'à contrôler les autres pour leur imposer sa volonté.

Le lendemain matin, installée en face d'Ax, je grignote une tartine sans conviction, plongée dans mes pensées. Je vois bien qu'il m'observe avec inquiétude, mais j'ai envie de m'isoler pour réfléchir sans aucune influence extérieure, pas même la sienne. J'ai décidé de ne pas me rendre à la fac. De toute façon, je n'avais que deux heures d'allemand que je pourrai rattraper ce soir, puisque l'intégralité des cours est en ligne sur la plate-forme de l'université.

À son retour, Ax me trouve assise sur le canapé. Il m'a envoyé plusieurs textos au cours de la journée et je sais qu'il était anxieux à l'idée de me laisser seule. Mais cela m'était vraiment nécessaire et il a respecté mon besoin, à défaut de le comprendre.

Sur le plan de travail de la cuisine, trois gâteaux sont en train de refroidir. C'est mon remède antistress. Rien de tel que de s'adonner à la pâtisserie pour se sentir mieux. Et ça a fonctionné : je suis sereine, plus que je ne l'ai été depuis des mois. Ma décision est prise et je ne reviendrai pas dessus. J'ai choisi mon avenir en toute conscience et cela me donne le sentiment d'avoir enfin basculé dans le monde des adultes. Désormais, je ne suis plus cette petite fille qui pleurait sur son sort, qui se plaignait et geignait, mais ne faisait rien pour changer le cours des choses. Non, je suis une femme qui réfléchit et agit posément, et qui est prête à assumer les conséquences de ses actes. Je voudrais attribuer le mérite de cette évolution à Aksel, mais ce serait mentir. J'en suis l'unique responsable. J'ai commis des erreurs que j'ai payées cher, je me suis relevée et j'ai finalement compris que c'était ça, la vie.

Après s'être servi un verre de soda, il vient me rejoindre sur le canapé.

— Tu avais raison, hier. Il est temps pour moi de couper un cordon ombilical qui n'a jamais existé. Dans deux semaines, ce sont les congés de printemps, je me rendrai en France pour parler à mon père.

Ax retire sa veste, la pose à côté de lui et se déplace, de façon à être assis sur la table basse, face à moi.

— Tu es sûre de toi ? J'ai beaucoup repensé à notre discussion d'hier et je regrette de m'être montré aussi abrupt dans mes propos.

— Ne te fais aucun reproche, mon amour. Tu n'as dit que la vérité, même si je n'avais pas très envie de l'entendre. À force de me voiler la face, j'ai développé un talent certain pour jouer les sourdes-muettes. Mais tu m'as obligée à voir la réalité en face et elle n'est pas très reluisante. J'ai donc décidé de grandir et d'affronter cette réalité. Ce qui est sûr, c'est que quelle que soit la réponse de la maison d'édition je te suivrai à Montréal. Je peux m'inscrire dans une université française et faire ma dernière année par correspondance dans le pire des cas. En attendant, je vais trouver un job ici, en tant que serveuse s'il le faut, pour financer mon voyage au Canada. J'effectuerai dès ce soir les démarches pour obtenir un visa.

Aksel sourit, ravi de ma détermination, et me serre contre lui. Avec cet homme à mes côtés, rien de fâcheux ne pourra plus m'arriver.

35

Noah

Forbach

C'est la trouille chevillée au corps que je sonne à la porte de la maison familiale, mon petit ami à mes côtés. J'ai prévenu mon père de mon arrivée par texto la semaine dernière et il n'a pas daigné répondre. Avant, j'en aurais été blessée, maintenant j'en suis presque soulagée. J'espère juste qu'il est là.

Le battant blanc s'ouvre sur Audrey qui m'invite à entrer d'un sourire. Sourire qui n'atteint pas ses yeux et me laisse penser qu'elle n'est pas ravie de ma visite. Zoé, que j'ai appelée après ma prise de conscience, a proposé aussitôt de m'accompagner, mais j'ai refusé. C'est donc Aksel, l'homme de ma vie, qui m'escorte, serrant ma main dans la sienne.

— Ton père t'attend dans le salon, déclare sa nouvelle épouse avec froideur.

Maintenant qu'elle est légalement Mme Martin, elle n'a plus aucune raison de faire des efforts pour être appréciée de l'entourage du boss, n'est-ce pas ? Elle peut enfin permettre à sa vraie nature de s'exprimer. Avec cynisme, je réalise à quel point mon manque de discernement m'a empêchée de remarquer tous ces détails qui étaient pourtant déjà criants avant. Car Liv est exactement comme sa mère. À cet instant précis, je me sens comme une aveugle qui aurait recouvré la vue.

Installé dans son fauteuil, tel un roi sur son trône, mon cher papa me toise avec un mécontentement manifeste. Cela dit, je peux comprendre sa réaction, dans la mesure où je ne l'ai pas habitué à affronter des crises de rébellion. Au contraire, je me suis toujours montrée docile, trop sans doute. Or, depuis que je vis en Écosse, je n'ai pas arrêté de le défier. Sur le canapé, Liv et Mathieu sont assis tranquillement.

De toute évidence, ils m'attendaient. Sans trop m'avancer, je pense qu'ils imaginaient que je ne viendrais pas, convaincus que je n'oserais pas affronter mon père. Eh bien, c'est là qu'ils ont eu tort, car je ne suis plus la même et ils ne vont pas tarder à le découvrir. Mon ex jette un regard mauvais à mon compagnon, puis se lève. Voilà bien longtemps que je ne l'avais pas vu. En l'observant plus attentivement, je réalise que j'ai gagné au change avec Ax. Face à moi, je ne vois qu'un mec moyennement mignon, dévoré d'ambition, qui n'a trouvé dans notre relation qu'une possibilité de s'extraire d'une condition modeste en fayotant auprès de mon paternel. Et tout porte à croire qu'il y est parvenu, même s'il risque de le regretter bientôt. C'est sûr, avec le boss, il n'a pas fini d'en baver. Je le salue avec froideur, mais ne prête pas la moindre attention à Liv, ni à sa mère, qui nous a rejoints dans le séjour. Ces deux parasites ne méritent rien d'autre que mon indifférence.

— Bonjour, papa.

— Noah… Je ne savais pas que tu viendrais accompagnée. Tu nous présentes ?

— Bien sûr, voici Aksel Lloyd, mon petit ami. Ax, c'est mon père, Thierry Martin.

S'il croit que mon amoureux va lui serrer la main, il a tout faux, car ce dernier se contente de hocher la tête avec flegme. Audrey, qui s'est postée sur l'accoudoir du fauteuil de papa, nous propose un apéritif, mais nous déclinons son offre. Pourtant, elle insiste :

322

— Noah, tu es sûre que tu ne veux pas un verre de vin ? Personne ici n'ignore à quel point tu aimes ça.

La pique est aussi méchante que gratuite et me conforte dans l'idée que j'ai fait le bon choix. La pression des doigts d'Ax sur les miens se raffermit et il grogne une insulte que tout le monde entend, tant elle est peu discrète. Pour ma part, je suis d'un calme olympien qui m'étonne moi-même.

— Non, merci, Audrey. Je ne bois plus une goutte d'alcool depuis près de neuf mois.

Un silence de plomb me répond. Mon père se décide enfin à le rompre. De toute la bande de branquignols qui se trouve dans la pièce, c'est probablement celui qui ressent le moins de culpabilité.

— Tu devrais t'asseoir et enlever ta veste, Noah.

— Non, merci. Je ne reste pas. Je suis venue te rendre ceci et récupérer quelques affaires dans ma chambre.

La tête haute, je m'avance et dépose un chèque sur la table basse située devant son fauteuil. Le montant correspond aux deux derniers virements qu'il a effectués. Dès qu'il comprend de quoi il retourne, mon père hausse un sourcil ironique, ostensiblement dubitatif.

— Tu en es sûre ? Tu pourrais en avoir besoin.

— Tout à fait sûre. Je ne tiens plus à dépendre de toi pour quoi que ce soit. Mieux, je ne veux plus rien avoir à faire avec aucun d'entre vous. Au cas où tu ne l'aurais pas encore compris, je ne travaillerai jamais dans ton entreprise. À la fin de l'année universitaire, je compte m'installer avec Aksel au Canada. Il me semble que c'est assez loin d'ici pour me permettre de tourner la page et de mettre une croix définitive sur vous.

— Mais pourquoi tant de haine ? fait-il avec le cynisme qui le caractérise si bien.

Et en plus, il prend ça à la plaisanterie ! Voilà qui est minable, mais je n'en attendais pas moins de sa part. Me rabaisser en donnant l'impression que je suis une sale gosse capricieuse pour mieux pouvoir me le reprocher ensuite et me pousser à culpabiliser. Comment n'ai-je pas compris ses méthodes avant ? C'est pourtant gros comme une montagne !

— Rigole tant que tu le peux, et grand bien te fasse. Tu es responsable de la mort de Chantal et je ne te le pardonnerai jamais. Elle t'aimait sincèrement, et n'a récolté qu'humiliations et mépris. Tout comme moi d'ailleurs. Et bientôt, Audrey aura droit au même traitement. Mathieu est épargné pour le moment, puisque c'est un requin arriviste, à ton image. Il s'arrangera pour te plaire, parce que tu lui es nécessaire pour progresser. Et puis, un jour, l'élève dépassera le maître et tu te retrouveras tout seul.

— Tu ne manques pas de toupet pour une gamine qui n'a jamais levé un petit doigt et qui a toujours tout obtenu sur un plateau ! Dans la vie, pour réussir, il faut être sans pitié. Quand le comprendras-tu enfin ? Tu as profité de mes largesses, alors je t'interdis de porter le moindre jugement négatif sur ton père. Tu m'as bien compris ? Je te rappelle que, jusqu'à nouvel ordre, tu dépends entièrement de moi. Je peux fermer le robinet quand je veux.

— Ah, mais surtout ne te gêne pas ! Tu n'as pas encore compris ? Je n'attends que ça ! J'ai deux emplois en plus de mes études. Je suis caissière dans un supermarché et traductrice pour une maison d'édition depuis plusieurs semaines déjà, je n'ai plus besoin de ton fric. Garde-le et étouffe-toi avec !

— Quelle ingrate, Noah ! N'as-tu pas honte ? intervient Audrey avec mépris.

— Et toi ? Tu n'as pas honte d'avoir pris le mari d'une autre ? D'avoir poussé cette pauvre femme dans la tombe ? Je te rappelle que tu as obtenu ce poste de secrétaire grâce à mon intervention. Quant à toi, Liv, tu me dois encore les cinq cents euros que je t'ai prêtés quand tu n'avais rien à manger. Et comment m'as-tu remerciée ? Tu baisais avec mon mec le jour de l'enterrement de ma mère.

— Chantal n'était pas ta mère ! s'exclame papa avec colère.

La rage qui couvait en moi éclate soudain, et ma voix, calme jusque-là, grimpe de plusieurs décibels.

— Pour moi, elle l'était ! Elle m'a élevée comme sa fille, m'a aimée comme seule une maman sait le faire. Alors, je t'interdis de prétendre qu'elle n'était rien pour moi. Les liens du sang ne sont pas l'essentiel. La preuve, tu es mon père et tu ne t'es jamais préoccupé de moi. Pendant plus d'un an, tu m'as regardée m'enfoncer sans jamais me tendre la main. Tu ne pouvais pas ignorer que j'étais devenue alcoolique, mais tu as préféré tourner la tête pour regarder ailleurs plutôt que de m'aider.

— Je t'entretiens depuis des années, tes critiques sont parfaitement déplacées.

— Je te signale que je suis ton unique enfant, c'est ton rôle que de pourvoir à mes besoins. Et puis, si mes réflexions sont déplacées, les tiennes le sont encore plus. Je ne serais pas étonnée d'apprendre que tu en fais au moins autant pour Olivia que pour moi. Ce n'est pas pour notre bien-être que tu agis ainsi, mais uniquement pour nous contrôler. Tant que nous dépendons de toi, nous devons exécuter tes ordres sans broncher.

— Noah, ne va pas trop loin...

La contrariété se lit clairement sur son visage, tandis qu'il me menace. Ax se tend et fait un pas vers moi, pour montrer qu'il est présent et qu'il me protège.

— Je n'ai jamais refusé de bosser, mais tu as toujours prétendu que ce n'était pas nécessaire. Je comprends maintenant que c'était ta façon de me tenir sous ta coupe. M'as-tu seulement demandé si je voulais travailler dans ta société à la fin de mes études ? Non, tu l'as décidé et il n'y avait pas à discuter.

— Quoi ? Une entreprise de transport, ce n'est pas assez bien pour toi ?

— Ne transforme pas mes propos pour les mettre à ta sauce, ça ne fonctionne plus. La voiture est garée devant la maison, voici les clés.

Dans un réflexe révélateur de sa personnalité, Audrey

sursaute puis, avec une avidité presque ridicule, elle enlace mon père et lui murmure à l'oreille :

— Super ! J'ai justement besoin…

— Pas question ! la coupe-t-il avec autorité. Cette voiture appartient à Noah et restera à elle jusqu'à ce qu'elle décide de s'en débarrasser. Un cadeau est un cadeau, il ne se reprend pas. Et voilà ce que je fais de ton chèque ! s'exclame-t-il avant de le déchirer en plusieurs morceaux qu'il jette dans ma direction.

Je hausse un sourcil moqueur. C'est moi ou il se réveille enfin ? Mais il est trop tard. Je tente néanmoins le tout pour le tout et pose la question qui me brûle les lèvres.

— Papa, est-ce que tu m'aimes ?

Il s'empourpre, mais ne répond pas. Je crois que je viens de le déstabiliser. Et pourtant, ce que je retiens, c'est qu'il n'a pas répondu, qu'il n'a pas acquiescé. Pour moi, la messe est dite, il n'y a plus rien à ajouter. Sans cacher ma tristesse, je décide de conclure cette discussion pénible.

— Tu vois. C'est tout ce que j'attendais de toi, que tu aies de l'affection pour ta fille. Mais il semble que c'est trop te demander, parce que tu te montres incapable d'avoir des sentiments pour qui que ce soit. Tu n'aimes que toi-même. C'est sans doute pour cette raison que tu n'as jamais été foutu de prononcer ces mots devant moi.

L'envie de pleurer est grande, mais je me mords la lèvre pour m'en empêcher. Je refuse de m'effondrer devant eux, c'est une question de fierté. Je me suis assez donnée en spectacle comme ça.

— Maintenant que je sais ce qu'il y avait à savoir, je n'ai aucune raison de rester un instant de plus. Je ne voudrais pas t'importuner davantage. Tu permets que je prenne des affaires dans ma chambre ?

— Ah, je ne te l'ai pas dit, mais Liv a récupéré ton étage. Tes effets personnels ont été transférés dans la chambre d'amis, indique celle qui est désormais ma belle-mère.

Je ne la regarde même pas. Pour moi, elle n'est personne.

— Papa, comment as-tu pu laisser faire ça sans réagir ? Comment as-tu pu permettre qu'on me chasse de chez moi ?

Mon amertume est perceptible, mais je m'en fiche. C'est la goutte d'eau qui fait déborder le vase. Tandis qu'Ax m'attend dans le hall d'entrée, je récupère les objets auxquels je tiens, afin de les emporter. Oh ! il n'y a pas grand-chose, juste quelques photos, des bouquins, deux ou trois fringues que je fourre rapidement dans un sac de voyage. J'abandonne le reste, entassé dans les cartons où tout a été remisé.

Alors que je suis sur le point de redescendre, des éclats de voix me parviennent du rez-de-chaussée. Il y a d'abord mon père et Audrey qui ont l'air de s'engueuler comme des chiffonniers dans le salon. Manifestement, la nouvelle Mme Martin a fort mal pris que mon père ait refusé de lui laisser ma voiture. Avec une jubilation machiavélique, je me réjouis d'avoir semé la zizanie. Bien fait pour eux.

Puis, tandis que je m'immobilise au sommet des escaliers, j'entends Ax qui parle en anglais. De toute évidence, il est en train de se prendre la tête avec Liv.

— Ne m'adresse pas la parole, espèce de garce malfaisante. Tu as peut-être réussi à berner tout le monde, mais pour moi tu n'es rien d'autre qu'une minable pique-assiette. Dégage de ma vue, tu pollues mon espace vital !

— Je ne pige pas ce que tu trouves à cette godiche de Noah, répond-elle sans s'offusquer de ses insultes.

J'avoue que, si quelqu'un me parlait de cette façon, je ne le prendrais pas bien.

— Elle est belle, intelligente, drôle, loyale et digne de confiance. Tout ce que tu n'es pas. Tu pues la jalousie et la méchanceté ! Alors, reste loin de moi et surtout ne me parle pas. Et au cas où tu ne l'aurais pas compris, je suis fou de Noah. C'est la femme de ma vie.

— Dans ce cas, tu vas bien te faire chier l'hiver !

— T'es vraiment une connasse, toi ! Mais qu'est-ce qu'elle t'a fait pour que tu la traites comme ça ? Elle t'a offert son amitié, t'a prêté de l'argent, a trouvé un travail

327

à ta mère et en bonne salope que tu es, tu lui as piqué son copain. Au fond, la seule chose qui t'intéresse, c'est de lui prendre tout ce qui lui revient de droit avec la complicité de ta vieille pute de mère !

La vache ! Là, il va quand même loin… Cela dit, c'est un fait établi, Ax n'a pas sa langue dans sa poche et peut se montrer très brutal dans ses propos. Je l'ai appris à mes dépens au début de notre colocation.

— Elle avait tout et je n'avais rien, ça te convient comme réponse ? Et elle continue à tout avoir, à rebondir, puisqu'elle s'est trouvé un super mec et part vivre au Canada alors que je moisis dans ce trou perdu.

— Oh pauvre petite, je vais pleurer ! réplique-t-il. Tu penses que c'est la chance qui lui sourit ? Eh bien, détrompe-toi, c'est le talent, puisqu'elle a été recrutée par une maison d'édition canadienne qui finance ses études.

Je suis curieuse de voir la réaction de mon ennemie. Aussi, je me dépêche de descendre silencieusement, alors que j'étais restée immobile en haut des marches. Liv étant de profil, je remarque aussitôt ses joues rouges de colère et son regard qui ne peut se détacher d'Ax. Ce qu'il vient de lui dire n'est pas tout à fait exact, car je n'ai pas encore eu de réponse positive de l'éditeur en question. Toutefois, cela ne remet pas en cause mon départ pour Montréal, qui est désormais acté.

— Noah a quelque chose qui semble te faire cruellement défaut : du talent, répète-t-il pour bien l'enfoncer. Elle n'a pas besoin de jouer les parasites pour s'accomplir dans la vie, contrairement à toi.

— Ça suffit ! intervient Mathieu qui déboule dans le hall.

Évidemment, mon ex s'était réfugié dans la cuisine en bon lâche qu'il est.

— Toi, pauvre crétin, je ne t'ai pas demandé l'heure qu'il est. Tu as commis la pire erreur en choisissant cette pouffiasse et c'est bien fait pour ta gueule, mais tu n'as pas fini de le regretter.

Décidant que cette comédie pitoyable, digne d'un nanar

de série B, avait assez duré, je franchis la distance qui me sépare de mon petit ami. Il faut que je sorte d'ici, l'air y est définitivement irrespirable.

— On y va, Ax ?

Au moment où nous ouvrons la porte d'entrée, mon père arrive en brandissant mon trousseau.

— Noah ! Tes clés de voiture !

— Non, papa. Garde-les, je n'en veux plus.

— Eh bien, tu accepteras quand même. Et si ce n'est pas pour moi, ce sera pour Chantal. C'est elle qui avait insisté pour que tu récupères mon Audi. Elle voulait que tu conduises en toute sécurité entre Metz et ici.

À ces mots, je souris. Au fond, ça m'arrange de garder ma bagnole encore quelque temps et de ne pas être obligée d'attendre un bus qui mettra des plombes à arriver. Je la revendrai juste avant de quitter l'Europe.

— Merci.

— Maintenant, je te préviens, dit-il. Si tu franchis le seuil de cette maison, ce sera terminé. Tu n'existeras plus pour moi. Réfléchis bien avant de prendre ta décision.

Je le dévisage, sereine et déterminée comme jamais.

— C'est tout vu. De toute façon, à tes yeux, je n'ai jamais compté, ça ne changera donc pas grand-chose.

Il ne répond pas mais je sens quelque chose vaciller en lui, même si j'ignore de quoi il s'agit. Je ne m'y arrête pas, ça ne m'intéresse plus.

— Adieu, papa. Je ne m'inquiète pas pour toi, tu te remettras vite, surtout entouré de ta bande de courtisans. Bon courage et prends bien soin de toi.

Sans un regard en arrière, je quitte la maison où j'ai grandi. Ax me suit et, lorsque j'entends plusieurs exclamations de colère, je pile et me retourne. La porte d'entrée vient de claquer violemment. Avec une méfiance amusée, je pivote vers mon compagnon.

— Qu'est-ce que tu as fait ?

— Moi ? Mais rien du tout ! réplique-t-il avec un petit

rire sournois. Je suis aussi innocent que l'agneau qui vient de naître.

— Pauvre bête ! Non, sérieusement, qu'est-ce que tu as fait pour les pousser à rager de la sorte ?

C'est alors que mon amoureux pointe ses deux majeurs en l'air avant de s'esclaffer bruyamment. Je ne peux m'empêcher de l'imiter, non sans murmurer avec malice :

— Bravo, Aksel Lloyd, très classe ! Comme toujours, tu es un homme tout en finesse et en élégance.

Après lui avoir remis les clés de la voiture, je m'installe sur le siège passager, tandis qu'il démarre.

— On va où, maintenant ?

— Au cimetière. Je dois rendre visite à ma mère.

En cours de route, je m'arrête chez un fleuriste ouvert le dimanche matin pour acheter deux gros bouquets. Lorsque nous découvrons l'état d'abandon de la pierre tombale, Ax et moi en sommes bouleversés. Durant l'heure suivante, nous tentons de réparer les dégâts comme nous le pouvons, c'est-à-dire avec deux chiffons trouvés dans la boîte à gants, un rouleau d'essuie-tout qui traînait sur la banquette arrière et de l'eau froide. Puis, après nous être longuement recueillis, nous quittons enfin le cimetière. J'ignore quand je reviendrai, mais ce que je sais en revanche, c'est que je commence ma nouvelle vie maintenant, et je suis convaincue que Chantal m'aurait encouragée dans cette voie.

36

Aksel

Édimbourg – 1 mois plus tard

Depuis plus d'une heure, mon amoureuse court dans tous les sens, sans but réel, si ce n'est celui de me stresser dès le petit déjeuner. Si elle continue comme ça, je jure que je l'enferme dans la salle de bains, tellement elle m'énerve.

— Assieds-toi, Noah ! T'agiter comme ça ne sert à rien.

Elle pivote sur elle-même et me fusille du regard, me donnant juste envie de me planquer sous la table. C'est qu'elle peut se montrer intimidante quand elle est contrariée ! D'un geste, je lui fais signe de s'installer en face de moi. Mon sourire se veut bienveillant, même si je grince des dents.

— Tu veux une tasse de thé ?

Ou une tisane à la camomille ? Un sédatif ? Une boîte entière de calmants ?

— Non, merci ! s'exclame-t-elle en me lançant une œillade torve. Oublie-moi cinq minutes, je ne suis pas d'humeur à papoter devant une infusion.

— Bordel, maintenant, ça suffit ! Tu poses tes fesses sur cette chaise et tu manges ! Il n'est pas question de pause, mais de prendre un petit déjeuner solide pour tenir pendant les heures à venir. On est en pleine période d'examens.

À ces mots, elle s'agace encore plus.

— Tu crois que je ne le sais pas ?

Noah a un tempérament impétueux et c'est un aspect de sa personnalité que je découvre en ce moment. S'être opposée à son père semble lui avoir donné des ailes, parce qu'elle s'affirme de jour en jour. La plupart du temps, j'adore ça, mais pas aujourd'hui.

Elle finit par prendre place en face de moi, tandis que je lui sers du thé et une tartine de pain de mie grillé, ainsi qu'un verre de jus d'orange. Je suis à peine assis qu'elle attrape son iPhone. Immédiatement, je pose ma main sur la sienne pour l'empêcher de consulter sa messagerie une fois de plus. Elle va se rendre folle.

— Arrête. Tu l'as fait trois fois en moins de cinq minutes !

— Ils auraient dû me répondre la semaine dernière et je n'ai eu aucune nouvelle. Je voulais juste vérifier que le mail n'était pas dans les spams.

— Tu sais aussi bien que moi que ce n'est pas le cas. Montre-toi patiente.

— Je suis sûre que c'est mauvais signe.

— Bien sûr que non. Ne sois pas si défaitiste. Et puis, qu'est-ce qui t'empêche de les contacter par courriel pour demander où ils en sont dans leur campagne de recrutement ?

— Je ne sais pas. J'ai l'impression que ça ne se fait pas. Tu crois que je devrais leur écrire ?

— Je ne vois pas en quoi envoyer un message pour te rappeler à leur bon souvenir est déplacé. Après tout, ça prouve que tu t'intéresses vraiment à ce poste.

Noah ferme les yeux et se met à rire doucement.

— Je suis en train de péter un câble.

— Je ne te le fais pas dire ! Chérie, même si ça n'aboutit pas, mon père a proposé de téléphoner à des confrères profs de l'université de Laval pour te trouver un job d'assistante au département d'études francophones. Mon oncle a également indiqué qu'il pouvait se rapprocher de ses collègues médecins pour te dégoter un emploi de secrétaire à temps partiel dans un cabinet ou un hôpital. Et Kit a affirmé que, si c'était nécessaire, il appellerait son meilleur pote qui a un bar et deux restaurants. Il paraît que ce type cherche toujours des serveuses. D'une manière ou d'une autre, tu bosseras. Tu n'as pas seulement un plan B, tu en as un C et un D. C'est bien plus confortable que pour la plupart des étudiants. Et puis, de toute façon, Montréal est une ville qui bouge beaucoup, tu n'auras aucune difficulté à décrocher un travail, même sans leur aide. Alors, arrête de te rendre malade et de me stresser au passage. C'est pénible à la fin.

Noah rougit et me sourit avec tant de douceur que je pourrais me prosterner à ses pieds. Je l'aime tellement… Personne ne peut imaginer à quel point.

— Excuse-moi, tu as raison. Je sais que tu as raison, mais ce poste et cette maison d'édition m'intéressent bien plus que n'importe quelle autre option. Et puis, n'oublie pas que, pendant des années, je n'ai fait qu'étudier tranquillement et dépenser l'argent de mon père. J'étais très douée pour ne m'inquiéter de rien. Maintenant, j'accepte de sortir de ma zone de confort, mais ça m'angoisse. Avoir la certitude que je ne pars pas vers l'inconnu, qu'un job m'attend à Montréal, aurait quelque chose de rassurant.

— Je comprends, mais je te signale que je suis exactement dans la même situation que toi, si ce n'est que j'entre sur le marché du travail dès cette année. Alors…

— Alors, rien du tout ! Ax, tu as déjà eu trois offres d'emploi, tu as l'embarras du choix. Et puis, tu es canadien. Il me semble que ma demande de visa serait plus facilement acceptée si j'avais déjà un boulot.

Depuis notre retour de France, le mois dernier, les choses se sont décantées d'elles-mêmes. Quand je me suis inscrit sur cette plate-forme de recrutement en indiquant que je serais installé à Montréal dès l'été, je n'imaginais pas que mon profil intéresserait tant de professionnels. Et, même si Noah l'ignore, j'ai aussi la possibilité d'enseigner à l'université de Laval grâce à mon père. Cela étant, j'aimerais bien me débrouiller seul, histoire de me prouver que je n'ai besoin de personne pour réussir.

— C'est vrai, j'ai eu des propositions que je suis en train d'étudier. Quant à ton visa, tu as tort de t'inquiéter.

Mon oncle Rob s'occupe des formalités administratives auprès de l'ambassade de France. Un ami à lui y est en poste, autant en profiter. Il n'y aura aucun problème, mes parents se portent garants pour toi.

Ma compagne a du mal à comprendre le mode de fonctionnement des Lloyd. Nous formons un clan soudé et nous nous entraidons, c'est comme ça. Désormais, elle fait partie de la *team*. Mon paternel et mes oncles n'ont jamais eu la moindre embrouille et sont toujours bienveillants les uns envers les autres. Leurs épouses n'auraient pas réussi à briser cette complicité, quand bien même elles l'auraient voulu. Quand on se marie avec un Lloyd, on s'unit à toute une famille. Je suis convaincu que Noah s'habituera, même si pour le moment tout cela lui semble étrange.

En même temps, elle n'a jamais connu autre chose qu'une relation fusionnelle avec une femme qui n'était pas sa mère et un lien inexistant avec son père. Père qui est aux abonnés absents depuis notre visite. Ce n'est pas plus mal, parce que ça permet à ma jolie rousse de digérer les derniers événements sans être tentée de se noyer dans des paradis artificiels comme l'alcool. Nous en avons longuement parlé et j'ai compris, depuis une récente discussion, à quel point cette addiction a été difficile à surmonter. Aujourd'hui encore, elle mène un combat quotidien. C'est une jeune femme forte et je suis convaincu qu'elle ne replongera pas, mais cela ne m'empêche pas d'être vigilant.

Nous finissons rapidement notre petit déjeuner. Il est tôt, mais nous ne devons pas être en retard pour nos exams. Après avoir rangé, je regagne ma chambre pour récupérer mes affaires, tandis que Noah file dans la salle de bains. Muni de mon ordinateur portable et de tout mon matériel à dessin, j'enfile une veste et attrape mes clés. Alors que je m'apprête à quitter l'appartement après avoir salué mon amoureuse, un petit carré jaune collé à la porte d'entrée me fait sursauter. Mon cœur bat à cent à l'heure et une goutte de sueur coule le long de mon épine dorsale. Avec prudence, je m'approche pour lire ce qui y est inscrit.

Rappel : ne pas oublier de passer à l'agence de voyages pour les billets de train.

Oh putain ! Elle m'a fait une de ces peurs ! Il faut qu'elle arrête ça ou qu'elle change la couleur de ses post-it. Je n'ai aucune envie de risquer l'infarctus chaque fois qu'elle s'en sert. Et cela se produit d'ailleurs fréquemment.

Comme on pouvait s'y attendre, l'affaire Kate Miller a laissé des traces et il me faudra beaucoup de temps pour surmonter les traumatismes provoqués par cette sombre histoire. Souvent, dans la rue, je sursaute lorsque je croise une jeune femme qui lui ressemble, et même un minable carré de papier jaune parvient encore à me faire perdre les pédales. Parfois, le matin, quand je me réveille, il m'arrive d'être en panique avant de me rappeler que tout est désormais fini.

À Vancouver, un juge a décidé d'accepter la plainte déposée par mon oncle Rob. D'après ce que celui-ci m'a raconté au téléphone, la dépouille de Kate Miller a été rapatriée et elle a été enterrée en catimini. Ses parents ont bien essayé d'en faire une victime, mais cette fois leurs manigances n'ont pas fonctionné. En effet, comment justifier sa présence à Édimbourg ? Comment expliquer qu'elle ait pu s'échapper aussi facilement du centre psychiatrique où elle était internée ? Comment a-t-elle pu savoir où je me trouvais, si ce n'est par le biais d'une complicité à l'université de Vancouver ? Bref, il y a de nombreuses questions encore sans réponses. Bien sûr, un procès implique que je devrai témoigner. Mais je suis prêt à affronter cette épreuve et déterminé à prouver que la responsabilité de son juge de père est indéniable. Merde ! Elle a menacé Noah, m'a blessé et a tiré sur les flics ! Cette femme était dangereuse et personne n'a voulu l'admettre pour prendre les mesures qui s'imposaient. Maintenant, elle n'est plus là, et même si je ne me réjouirai jamais de la mort de personne, j'en suis soulagé. À terme, c'était elle ou moi, et je préfère que la situation se soit réglée de cette façon.

— Tout va bien, Ax ? s'enquiert Noah qui m'observe du seuil de la salle de bains.

— Oui, mon ange, tout va bien.

Je reviens sur mes pas pour l'embrasser longuement, la serrer contre moi et me délecter de son corps chaud qui me rend dingue. Si je m'écoutais, je la jetterais sur mon épaule pour la ramener dans la chambre manu militari. Hélas, ce n'est pas possible, je dois être à la fac dans moins d'une heure et j'ai rendez-vous avec Sean avant.

Mais ce qui est sûr, c'est qu'en fin de journée je me précipiterai dans la première papeterie venue pour lui acheter des pense-bêtes roses ou bleus. Au moins, on évitera des frayeurs inutiles.

Lorsque j'arrive à l'appartement, il est déjà 20 heures. Noah m'attend pour le dîner, et la cuisine embaume d'un délicieux parfum de tomate et de basilic. Je rentre de la piscine où j'ai surveillé le bassin pendant trois heures. Avec un petit sourire, je lui tends le sac en papier que je tiens dans la main. Elle en sort plusieurs blocs de toutes les couleurs, sauf du jaune évidemment.

— C'est quoi ça ?

— Tu vires les post-it que tu as et tu n'utilises plus que ceux-là pour tes *to do lists*.

Noah fronce les sourcils, puis semble enfin comprendre. Visiblement confuse, elle rougit, se racle la gorge et s'exclame, les mains posées sur les joues :

— Oh mon Dieu ! Je suis tellement désolée, Ax ! Je n'avais pas réalisé que c'était un problème pour toi. Quelle idiote je fais !

Aussitôt, je cherche à la rassurer en dédramatisant la situation.

— Ce n'est pas grave, ne t'inquiète pas. On oublie, tu veux bien ? Dis donc, ça sent rudement bon ici ! On fête quelque chose ?

336

Je change volontairement de sujet, pas question que Kate Miller, même morte, gâche notre soirée.

— Oui ! s'écrie Noah avec un sourire lumineux qui me coupe le souffle, une fois de plus. J'ai suivi ton conseil.

— Lequel ? J'en donne beaucoup !

— Eh bien, j'ai envoyé un mail à la maison d'édition après ton départ, ce matin. On m'a répondu moins d'une heure plus tard : ma candidature est acceptée. Une des personnes participant au recrutement était malade et ils ont décalé les derniers entretiens, c'est pour ça qu'ils ont pris du retard. Si tu savais comme je suis contente !

Son enthousiasme me fait rire.

— J'imagine. Au moins, tu arrêteras de stresser tout le monde !

— Ah, et j'ai récupéré les billets de train. Tout est réglé. Fin juin, on part en voiture et on passe une semaine à Saint-Malo. On pourra visiter les plages du débarquement où ton grand-père a combattu, le mont Saint-Michel, Dinard et plein d'endroits formidables. Ensuite, je ramènerai l'Audi au garage de Rouen qui doit me la racheter. De là, on se rendra en TGV à Paris où on restera encore deux jours. Et enfin, le 10 juillet, départ pour Montréal. Ça te convient comme ça ? Ah ! et Kit nous rejoindra à Paris avec Zoé.

Tout en m'asseyant à table, je laisse Noah me servir des spaghettis et sa délicieuse sauce bolognaise, ma préférée.

— Tu vas revoir ta copine, c'est chouette ! Qu'est-ce qu'elle fait l'année prochaine ?

— Elle s'installe à Londres, aux dernières nouvelles.

— Avec Kit ?

Depuis qu'ils se sont revus, lorsque j'étais à l'hôpital, leur relation a pris une nouvelle tournure. On avait déjà remarqué que quelque chose se passait à Noël, mais ce n'était pas gagné. Si Noah et moi traînions de belles casseroles, ces deux-là sont tellement cabossés par la vie que c'est un miracle qu'ils soient ensemble. Mais tout porte à croire que leur relation fonctionne et tant mieux pour eux.

— Bien sûr, avec qui d'autre ? Elle finira son master

en droit dans un an et doit encore réussir le concours du barreau. En revanche, j'ignore où elle le préparera, car Kit n'a jamais envisagé d'emménager définitivement à Londres, d'après ce que j'ai cru comprendre. Il projette de retourner au Canada ou de s'établir aux États-Unis. Enfin, ils verront bien… Nous avons assez de choses à régler pour ne pas nous préoccuper de leurs affaires.

— C'est bien ce que je pense !

Noah récupère une bouteille d'eau pétillante dans le réfrigérateur et en verse dans les verres avec une rondelle de citron, puis elle s'installe en face de moi. Nous levons nos verres et trinquons. L'avenir ne pourrait pas s'annoncer plus radieux.

— À nous, à Montréal et à nos futurs emplois, murmure-t-elle avec un sourire heureux et serein.

— Attends ! Je n'ai pas encore de job, je te signale.

— Mais comme tu as l'embarras du choix, ce n'est pas un problème.

J'acquiesce avec un sourire. En effet, j'ai décidé d'accepter le poste que me propose une start-up spécialisée dans les projets d'aménagement urbain. Elle est située à Montréal et j'aime leur manière d'appréhender le métier, en privilégiant les entreprises locales et l'écologie. En outre, je serai bien payé, avec la possibilité de devenir associé d'ici quelques années. Quant aux conditions de travail, elles sont extra, puisque je n'aurai pas à me transformer en pingouin en costard. L'ambiance a l'air cool tout en étant professionnelle. Et c'est exactement ce à quoi j'aspire. De plus, j'arrondirai mes fins de mois avec quelques heures d'enseignement à l'université de Laval, deux soirs par semaine.

C'est à moi de porter un toast.

— À demain et aux jours à venir.

37

Noah

Montréal – Trois mois plus tard

Dans un état de stress indescriptible, je cours dans tous les sens, fouillant les cartons qui encombrent encore notre salon. Nous avons emménagé dans cet adorable logement de trois pièces, qui appartient à la famille Lloyd, la semaine dernière. Dès notre arrivée au Canada, nous avons effectué de nombreuses recherches pour dénicher l'endroit de nos rêves à un loyer correct et avec un propriétaire acceptant de louer à deux jeunes qui démarrent tout juste dans la vie active. Malheureusement, ce qui semblait facile sur le papier ne l'était pas tant que ça. Soit les « condos », comme ils disent ici, étaient très chouettes mais pris d'assaut et surtout au-dessus de nos moyens. Soit les logements, lorsque le loyer était correct, étaient sombres et humides, mal situés, et surtout mal isolés sur les plans thermique et phonique. Bref, un véritable casse-tête, même si nous n'étions pas forcément très exigeants. Mais enfin, il y avait quand même un minimum syndical sur lequel nous ne voulions pas transiger. Nous pouvions rogner sur la surface, pas de problème, mais certainement pas sur la salubrité des lieux.

Comme nous ne trouvions pas et que cette recherche infructueuse devenait inquiétante, le père d'Ax et ses oncles ont décidé d'acquérir ensemble un appartement à

Montréal. Il semblerait que ce ne soit pas inédit puisqu'ils en possèdent déjà un en Floride, où loge le fils de Gary, un autre à Vancouver, occupé par une cousine de mon amoureux, la fille de Rob, ainsi qu'une maison de vacances à Jupiter Island, au nord de Miami, où toute la famille se retrouve l'été. D'après ce que j'ai cru comprendre, ils ont investi leur héritage commun pour acquérir cet endroit incroyablement bien situé, puis ont continué à miser sur des achats immobiliers afin de constituer un patrimoine pour leurs enfants. Seul, aucun d'eux n'aurait eu les moyens de le faire, ensemble ils y sont parvenus.

Depuis une semaine, nous sommes donc les heureux occupants d'un T3 avec terrasse situé sur le Plateau-Mont-Royal, un des quartiers les plus prisés et les plus agréables de la ville. Logiquement, nous aurions dû avoir fini d'emménager, mais ces derniers jours il faisait tellement beau que nous avons préféré en profiter pour explorer les Laurentides, une région d'une beauté à couper le souffle où j'adorerais acheter un cottage. Ce lundi, mon compagnon a commencé à travailler tandis que j'intégrais le cursus des métiers de l'édition à l'université où je me rendrai une semaine par mois. J'avoue que, depuis notre arrivée au Canada, je n'ai pas vu le temps passer, et en ce début septembre, j'ai du mal à réaliser que nous sommes sur le continent nord-américain depuis deux mois déjà.

En juillet, après notre arrivée, nous avons aidé les parents d'Ax à s'installer dans leur nouvelle maison tout près du campus de l'université de Toronto. Puis, en leur compagnie, nous avons passé quelques jours à New York pour visiter Manhattan avant de nous envoler vers Miami où nous avons séjourné trois jours chez l'oncle Gary, qui est le parrain d'Ax et qui exerce en tant que dentiste là-bas. Ensuite, toute la tribu des Lloyd s'est retrouvée dans la villa de Jupiter qui est tout simplement fabuleuse. Elle est divisée en quatre parties distinctes, une pour chaque famille, ce qui la rend assez spacieuse pour recevoir tout le monde. Au cours des deux semaines suivantes, nous avons pu découvrir les Keys, jouer aux touristes, nous baigner et bronzer. C'était génial ! En vérité, c'est ma vie qui est géniale depuis que je suis ici. La famille de mon compagnon m'a accueillie avec chaleur et je fais désormais partie du clan. Si j'ignorais ce qu'étaient amour fraternel et bienveillance, maintenant je le sais.

Évidemment, le quotidien n'est pas un long fleuve tranquille et il arrive souvent que, Ax et moi, nous nous disputions. C'est un homme de nature autoritaire et je me rebelle systématiquement. De plus, il est bordélique au possible quand je suis hyper organisée, détendu en permanence quand je suis une angoissée notoire. Bref, nous apprenons à composer avec nos différences, et je crois pouvoir dire que nous y parvenons plutôt bien. Du moins, jusqu'à ce matin.

— Mais enfin, Noah, qu'est-ce que tu as encore à courir comme ça dans tous les sens ? Cette manie de t'agiter tout le temps, c'est d'un pénible ! fait Ax en entrant dans le séjour. Tu vas finir par me rendre chèvre !

— Je ne trouve pas mes escarpins marine, tu ne les as pas vus par hasard ? Ah mais non ! Pourquoi est-ce que je te pose la question ? Tu passes ton temps à me demander où sont tes affaires ! Si tu m'avais écoutée au lieu de vouloir jouer les touristes, on aurait pu ranger le contenu de ces fichus cartons et je n'aurais pas besoin de tout chercher en permanence !

J'ai conscience d'être injuste, mais je suis dans un état de nerfs indescriptible. La raison ? C'est mon premier jour chez HarperCollins, et je veux absolument faire bonne impression. Or, avec une robe couleur ciel, les chaussures bleu marine s'imposent. Sauf que je n'arrive pas à mettre la main dessus.

— Tu aurais dû préparer tes fringues hier soir, tu ne serais pas en train de me chier une pendule pour une paire de grolles ! lance mon compagnon avant de retourner dans la cuisine et de s'installer tranquillement devant sa tasse de café.

Le mien est en train de refroidir et je n'ai pas touché à ma brioche. Au rythme où vont les choses, je vais devoir partir avec d'autres chaussures que celles sur lesquelles je n'arrive pas à mettre la main, énervée, et avec l'estomac vide. La réflexion d'Aksel me fait immédiatement voir rouge. Pour être sûre qu'il m'écoute, je hausse le ton, parce que dans ce cas précis j'estime qu'il est d'une mauvaise foi hallucinante.

— Je te signale que c'était ce que j'avais prévu de faire ! Mais un petit malin a choisi ce moment pour me kidnapper et m'emmener au lit. Du coup, j'ai tout oublié, y compris de préparer mes affaires. Donc, merci beaucoup !

— Plains-toi ! Je n'ai pas entendu la moindre réclamation hier, pas plus que je ne t'ai forcée à quoi que ce soit.

Non, justement, je ne me plaindrai pas. Ax et moi avons passé des heures à nous envoyer en l'air. Dans ses bras, j'ai découvert de nouvelles sensations, testé des trucs que je n'aurais jamais pensé essayer. Pour faire court et soft, cela mettait en scène mon mec intégralement nu et excité, ainsi qu'un sex-toy *rabbit* que Sean a eu la fumeuse idée de m'offrir à notre départ d'Édimbourg. Jamais je n'aurais imaginé en avoir un quelconque usage et j'étais sur le point de le balancer à la poubelle quand mon petit ami a décidé qu'il pouvait peut-être servir et qu'il valait mieux le garder. Le résultat, c'est que je rougis au souvenir de ce qu'on a fait hier, même si j'en ai retiré un plaisir incroyable, comblée de toutes parts. Mais pas question de l'admettre devant lui ce matin.

— Ax ! Aide-moi, s'il te plaît ! Je vais vraiment être en retard !

Avec un soupir, il finit par se lever et se dirige vers le carton le plus proche de lui, qu'il ouvre. Et là, ô surprise, il en sort les chaussures que je m'évertue à chercher depuis plus de vingt minutes. Avec un soulagement intense, je me précipite sur lui.

— Oh mon Dieu, merci !

— Aksel, ça ira parfaitement. M'appeler Dieu n'est pas

nécessaire. À charge de revanche, puisque maintenant tu m'es redevable. On réglera nos comptes après le dîner, réplique-t-il avec un sourire plein de sous-entendus, ses sourcils bougeant pour suggérer une nouvelle partie de jambes en l'air.

— Ce soir, monsieur Lloyd, on range ! Pas question que ce cirque se renouvelle tous les jours.

Mon compagnon éclate de rire et se penche vers moi pour m'embrasser. Quelques minutes plus tard, nous quittons l'appartement et nous installons dans la petite voiture que nous avons achetée à notre arrivée à Montréal, grâce à la vente de l'Audi. Elle n'est pas aussi confortable que l'autre, mais ici et pour nous deux, c'est largement suffisant. Par chance, la société où Ax travaille désormais est située non loin des locaux de la maison d'édition où je débute aujourd'hui, en plein cœur du quartier des affaires de la ville.

Parvenu devant le bâtiment, mon compagnon se tourne vers moi et me sourit. Je suis tellement angoissée que j'ai besoin qu'il me rassure une dernière fois, comme lui seul sait le faire.

— Comment je suis ?

— Arrête de stresser. Tu es magnifique.

— Et très grosse également !

Tout en râlant, je vérifie mon maquillage dans le miroir du pare-soleil.

— Stop ! Tu es sublime, je te le répéterai le temps qu'il faudra pour que tu intègres cette vérité indiscutable. Tu ne seras jamais maigrichonne et alors ? Si tu veux mon avis, c'est une excellente chose. Je n'ai aucune envie que tu ressembles à un mannequin anorexique. J'adore tes formes, elles sont placées exactement où il faut. Maintenant, tu vas reprendre après moi : « Je suis une très belle femme et Aksel Lloyd est fou de moi. »

Je ris et répète docilement :

— Je suis une très belle femme et Aksel Lloyd est fou de moi.

Depuis un an, j'ai perdu vingt des trente kilos que j'avais

en trop. Il m'en reste une petite dizaine dont je ne réussis pas à me débarrasser, malgré les footings dans le parc et les séances de natation à la piscine située près de chez nous. Je désespère, mais cela ne semble pas gêner mon amoureux. Au contraire…

— Eh bien, voilà ! Ah, je te jure, toi et tes complexes, vous allez me rendre encore plus fou que je ne le suis déjà. Et maintenant, file ou tu vas arriver en retard.

Alors que je suis sur le point d'entrer dans le bâtiment, mon téléphone bipe. Je m'arrête et découvre, avec stupeur, un message de mon père qui demande de mes nouvelles. Je lui réponds succinctement que tout se passe bien. S'il a été incapable de couper définitivement les ponts, notre relation se résume désormais à ça : des textos qu'il m'envoie de temps à autre – c'est le deuxième depuis notre dernière dispute – pour s'assurer que je ne suis pas morte. Et même si je trouve ça dommage, je crois que pour le moment on va s'en tenir là.

Maintenant que j'ai trouvé dans le clan Lloyd une famille d'adoption aimante, je réalise plus encore à quel point la mienne est gangrenée par l'indifférence et les non-dits. Peut-être un jour aurons-nous l'occasion de nous revoir, qui sait… Je ne ferme pas complètement la porte, c'est mon père après tout. L'avenir me dira si j'ai raison ou tort.

En attendant, aujourd'hui, je commence une nouvelle vie, celle que j'ai choisie. J'ai conscience que ce ne sera pas facile tous les jours, mais j'ai confiance en moi, en Ax et en notre couple. Il me semble que nous avons l'essentiel, le reste suivra.

Debout devant les locaux de mon futur employeur, je fais un signe de la main à mon compagnon, qui me sourit avant de redémarrer. Chaque fois que je plonge mes yeux dans les siens, j'y vois la marque d'un amour inconditionnel à l'image de celui que je lui porte. C'est un sentiment que je ne pensais plus éprouver après la trahison de Mathieu, mais la vie est pleine de surprises. Et, sans le chercher, j'ai trouvé le grand amour au moment où je m'y attendais le moins.

Avec l'aide d'Aksel, j'ai réussi à me reconstruire, à combattre mes démons, à faire la part des choses pour me débarrasser de tout ce qui m'empoisonnait. Et grâce à cet homme incroyable, je peux enfin voir la lumière au bout du tunnel et affirmer que, après toutes les épreuves que nous avons surmontées au cours de cette dernière année, c'est désormais un avenir radieux qui s'offre à nous.

Vous avez aimé *He's Mine* ?
Découvrez les autres romans
de Nathalie Charlier

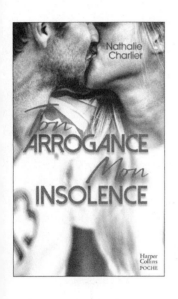

Tournez vite la page pour découvrir
un extrait de *Toi pour moi, moi pour toi*

Harper
Collins
POCHE

Prologue

Mika

— Il n'en est pas question !

— Oh que si, me rétorque Claude, mon directeur des programmes sans se laisser impressionner.

— Oh que non. Alors là, même pas en rêve !

Avant d'être directeur des programmes et, par conséquent, mon patron, Claude a été journaliste et animateur à succès. Depuis deux ans, il s'est retiré de l'antenne au profit d'un poste plus prestigieux, et c'est lui qui m'a recrutée.

Il me fusille du regard, cherchant sans doute un argument pour me persuader d'interviewer ce sale con de Nathan Leray. Mais il peut toujours courir. Cet enfoiré est responsable du départ de ma sœur, Ella, pour la Syrie. Chaque jour, elle risque sa vie et, moi, je risque de la perdre. Et tout ça pour quoi ? Pour un putain de chagrin d'amour à la con, causé par ce gros naze. Donc Claude, mon boss, peut sauter aussi haut qu'il veut, me menacer autant qu'il en a envie, il n'est pas envisageable que je me retrouve face à cette tanche de Leray. Je serais tentée de commettre un meurtre, et ce n'est pas tant que je tiens particulièrement à ma liberté, mais vingt ans de placard pour ce cloporte, c'est trop cher payé.

— Tu imagines combien de bites mes confrères des autres chaînes et de la presse écrite seraient prêts à sucer pour décrocher cette interview ?

— Je m'en tape comme de ma première paire d'escarpins et…

— Ferme-la, Mika ! Il nous propose un entretien exclusif et, toi, tu fais la fine bouche ? Je ne peux pas croire que tu sois stupide au point de ne pas comprendre ce que cela pourrait apporter à ta carrière.

— Et moi, je ne peux pas croire que tu sois stupide au point de ne pas comprendre que, si je me trouve face à lui, je lui explose la tronche à coups de talons aiguilles ! Ce connard a piégé ma frangine et a diffusé leurs ébats sur le Net. Alors son entretien exclusif, je n'en ai rien à foutre !

— Mika, tu es une excellente journaliste, mais il faudrait que tu parviennes à contrôler ton foutu caractère de chiottes. Sinon, c'est clair, on est dans une impasse.

— Tu sais ce qu'il te dit, mon caractère de chiottes ?

— Fais gaffe, ne pousse pas le bouchon trop loin. Je suis ton patron. Tu ferais mieux de t'en souvenir, parce que j'ai encore le pouvoir de te foutre à la porte.

Son argument fait mouche et, pour le coup, je me tais. Claude poursuit, probablement persuadé que l'affaire est dans le sac.

— Donc, comme je te l'expliquais… Enfin, comme j'essayais de te l'expliquer avant que tu ne m'interrompes en virant hystéro, il exige que ce soit toi qui mènes cet entretien, et tu vas y aller.

Avec le recul, je réalise que j'aurais dû m'y attendre, j'aurais dû prévoir que cet abruti de Leray ne s'arrêterait pas là. Son appel, avant-hier, pour me demander des nouvelles d'Ella, n'était pas anodin. Connaissant le gugusse, c'était couru d'avance qu'il ferait tout pour parvenir à ses fins. Mais je n'ai pas dit mon dernier mot. Alors que j'ouvre la bouche, Claude lève une main pour m'interrompre avant même que j'aie pu en placer une. Mais cela ne me stoppe pas.

— Dans tes rêves !

— Il n'y a pas à discuter. Tu t'en occupes, et sans l'assassiner, si possible. Remarque, si tu faisais ça, ça te

350

permettrait de te retrouver directement dans l'émission de Stéphane.

Stéphane Cordet est le chroniqueur judiciaire de la chaîne et le collègue dont je me sens le plus proche. Il anime un *prime time* hebdomadaire à succès, dans lequel il décortique une affaire non élucidée ou en cours. J'ai beaucoup d'admiration pour lui. En plus d'être très pro, c'est aussi un type super sympa, et je lui ai déjà fait comprendre à plusieurs reprises que j'aimerais beaucoup collaborer avec lui. Pour le moment, il fait la sourde oreille, estimant probablement que je suis trop jeune dans le métier et que je n'ai aucune expérience en matière de criminalité. En même temps, je ne travaille ici que depuis six mois. Mon domaine, c'est la rubrique sportive, et plus précisément les commentaires et débriefings des matchs de foot.

C'est super passionnant, sauf que je me sens de moins en moins motivée. J'apprécie toujours autant cette discipline, mais côtoyer certains joueurs de près m'a montré l'envers d'un décor finalement peu reluisant. Entre Nathan Leray, Chris et Enrique, il y a de quoi me dégoûter pour les cinq prochaines années. L'ennui, c'est que je n'ai aucune idée de la spécialité qui m'intéresserait réellement si j'arrêtais le journalisme sportif. Au départ, évoluer dans ce milieu me paraissait génial. Je m'éclatais vraiment, tout en rencontrant des mecs super canon. Et surtout, cela n'avait rien à voir avec la politique, ni de près ni de loin. J'avais donc la certitude que mon père n'interviendrait jamais dans ma vie professionnelle. Et ça, croyez-moi, ça valait tout l'or du monde. Parce que dans le genre gros lourd, Georges Moreau est un champion de classe internationale.

— J'aimerais beaucoup travailler avec lui, je t'en ai déjà fait part, dis-je pour détourner la conversation.

— Fais d'abord cette interview, on en rediscutera après.

— N'essaie pas de m'enfumer comme une débutante…

— Débutante que tu es, Mika, tu as tendance à l'oublier ! Tu connais une ascension fulgurante dans un environnement exclusivement masculin, alors ne fous pas tout en l'air. Je sais que derrière ton allure de bimbo se cache une grande bosseuse. Les téléspectateurs t'adorent, les joueurs et les entraîneurs aussi. Jamais aucune journaliste n'a reçu autant de fleurs et de chocolats que toi depuis que je dirige les programmes de la chaîne.

— On s'éloigne du sujet, Claude. Désolée pour toi et pour les bites que sont prêts à sucer tes confrères, mais il n'est pas question que je parle à cet abruti de Leray.

— Putain, mais quelle bourrique ! Tu es vraiment une chieuse de compétition.

— Merde, voilà !

Mon boss se redresse brusquement et tape du poing sur son bureau, carrément énervé. Je crois que c'est la première fois que je le vois dans cet état. Je me force à me calmer, même si je n'en ai aucune envie. Je pensais pouvoir obtenir gain de cause et éviter l'épreuve qui s'annonce, mais j'ai comme l'impression que ce n'est pas le cas. Ma marge de manœuvre vient d'atteindre ses limites, c'est lui le chef. Il décide et j'exécute, c'est aussi simple que ça.

— Si tu voulais aider ta sœur, il fallait accepter de l'interviewer quand tu en avais la possibilité. Ce n'est pas comme si je ne te l'avais pas demandé un paquet de fois au moment où ce scandale a fait la une. J'ai respecté ton refus de mêler travail et vie de famille, mais ne viens pas pleurer maintenant !

Lorsque j'entends cette remarque, je vois rouge. Contrairement à Ella, j'ai un caractère aussi volcanique qu'impulsif. Il me suffit de fermer les yeux pour me souvenir de ses larmes, de son chagrin et de sa peur quand le scandale a éclaté. Il était où, Nathan Leray, pendant ce temps ? Planqué comme la poule mouillée qu'il est. Alors, non, pas question ! Cette fois, Claude devra se passer de moi.

À mon tour, je me redresse et lui rends son œillade meurtrière. Il va trop loin.

— Tu n'as pas honte ? Es-tu donc comme tous ces charognards qui n'avaient qu'une obsession : démolir la réputation d'une pauvre fille ?

— Comment oses-tu me parler ainsi ? Si elle ne voulait pas d'ennuis, ta sœur aurait été bien mieux avisée de rester chez elle au lieu de se faire sauter par un joueur de foot dans les chiottes d'un club !

Avec cette remarque fielleuse, il vient de dépasser définitivement les limites. Doucement, je retire un de mes escarpins et le brandis au-dessus de ma tête, pile dans sa direction. Claude semble perdre un peu de son assurance, puisque ses pommettes ont pris une teinte rose bonbon.

— Ella a été la victime d'un traquenard orchestré par Nathan Leray et…

— Tu n'as aucune preuve. Demande donc à Stéphane de mener l'enquête.

— Écoute-moi bien, sombre connard de journaleux ! On parle de ma jumelle, une femme de vingt-trois ans qui est déjà chirurgienne et la plus belle personne qu'il m'ait été donné de côtoyer. Toi, tu ne la connais pas, donc ferme ta grande gueule !

Cette fois, je pense que c'est moi qui dépasse allègrement les bornes. À voir sa tête, je crois que l'insulter n'était pas l'idée de l'année.

— Alors, madame la diva, ouvre bien tes oreilles, parce que je n'ai pas l'intention de me répéter. Ici, le patron, c'est moi, et je n'ai pas pour habitude de me laisser dicter ma conduite par une merdeuse qui s'imagine qu'elle est sortie tout droit de la cuisse de Jupiter. Au cas où ton cerveau de blonde ne l'aurait toujours pas imprimé, je donne les ordres, et tu les exécutes sans broncher.

Il lève un index pour me faire ravaler la protestation qui me vient déjà aux lèvres.

— Encore un mot, un seul, et je te vire. Je ne t'ai pas convoquée dans mon bureau pour te demander ton avis sur la question ou me faire traiter de tous les noms. Si tu as le malheur de me défier, je te jure que non seulement tu prends la porte illico, mais je m'arrangerai aussi pour que tu sois grillée dans tout le milieu. L'unique option qui te restera, ce sera de jouer les attachées parlementaires pour ton père. C'est ce que tu veux ?

Bon… Clairement, j'ai commis une sacrée boulette en lui parlant comme je l'ai fait. Son avertissement m'épouvante au plus haut point. Bosser avec mon paternel, c'est la quasi-assurance que je ferai la une de la rubrique des faits divers au bout de quarante-huit heures pour lui avoir planté un talon dans l'œil. Et très sincèrement, ce serait dommage, surtout pour la chaussure ! Claude vient de dégainer l'artillerie lourde, la menace suprême. Il sait à quel point ma relation avec ce vieux schnock est conflictuelle, et ce n'est pas peu dire : je ne le supporte pas plus de dix minutes d'affilée. Même si je préférerais me faire arracher la langue plutôt que l'avouer ouvertement, mon boss a les moyens de m'obliger à plier avec son chantage à la con. Quelle stupide bécasse j'ai été de lui parler de mes parents, un jour autour d'un verre.

Note pour moi-même : les apéros du vendredi soir avec les collègues, c'est terminé. Une bouteille de bordeaux, un instant d'inattention dû à l'alcool et au cadre convivial du pub irlandais où nous avons nos habitudes, et voilà il est trop tard. Sans même vous en rendre compte, vous venez de livrer à votre patron une arme de destruction massive qu'il n'hésitera pas à utiliser le moment venu. Et on y est…

Avec lenteur, j'enfile à nouveau ma chaussure. Je suis découragée, folle de rage, et frustrée de n'avoir aucune marge de manœuvre. Je cerne assez bien les gens, les hommes en particulier, et la détermination que j'ai lue dans les yeux de celui-là n'est pas à prendre à la légère. Il mettra ses menaces à exécution si je ne fais pas ce qu'il m'ordonne. Rien qu'à l'idée de me trouver face à Nathan Leray, mes poils se hérissent de dégoût.

— Je vois que nous nous sommes parfaitement compris, murmure-t-il en se rasseyant. Dis-toi juste qu'une demi-heure en compagnie du joueur phare du PSG sera toujours plus simple à gérer que toute une vie avec papa !

Et en plus il se fiche de moi ? Bientôt, très bientôt, je lui ferai ravaler ses propos chargés d'ironie. Dès que l'occasion se présentera, je lui en foutrai plein la vue, et il arrêtera de me traiter comme une gamine immature. Heureusement ou hélas pour moi, j'aime vraiment mon job et je sais qu'ici, si je décide de me spécialiser dans un autre domaine du journalisme, ce sera possible. Si je retournais travailler pour la presse écrite, ce serait beaucoup plus difficile. À BFM, on a déjà vu des reporters œuvrer dans plusieurs domaines parallèlement. C'est une petite structure où la polyvalence est appréciée, voire encouragée. Mieux vaut donc serrer les fesses et accepter ce qu'il me demande. Pour autant, je ne peux me retenir de grimacer de contrariété.

— Tu te rends compte que je préférerais qu'on m'arrache une dent, plutôt que de conduire cet entretien ?

— Avoue que ce serait dommage, non ? Ton sourire est magnifique.

— Si jamais je fais de la merde, ne viens pas te plaindre. Tu ne pourras t'en prendre qu'à toi-même.

Sans lui laisser le temps de savourer sa victoire devant moi, je saisis mon sac et lui tourne le dos. Sur le pas de la porte, dans un élan parfaitement puéril, je ne peux m'empêcher de crier par-dessus mon épaule :

— Allez l'OM !

Son rire résonne encore quand je referme le battant derrière moi. *Connard !*

1

Mika

À la fois fébrile et pleine d'appréhension, j'attends que Nathan Leray daigne enfin me rejoindre. Son entraîneur m'a fixé rendez-vous ce matin, soit seulement deux jours après mon altercation avec Claude. Hier soir, il a quand même fallu que je prépare cette entrevue, mais je vous jure que ça m'a coûté. Sans déconner, j'aurais préféré manucurer les ongles de Donald Trump avec mes dents plutôt que venir ici. Luc, le cameraman qui bosse habituellement avec moi, m'accompagne. J'ignore comment cette interview va se dérouler mais, ce que je sais, c'est que je ne vais pas lui faire de cadeau. Ce type est un débile profond qui s'imagine que le monde lui appartient, juste parce qu'il excelle au foot. Des comme lui, j'en ai rencontré des dizaines, même si dans le genre nuisible, aucun ne lui arrive à la cheville. Car en plus d'être un abruti, c'est aussi un fumier de la pire espèce qui a détruit ma sœur jumelle, ma moitié. Et ça, je ne l'oublierai jamais.

Nous sommes là depuis un quart d'heure et le plateau de tournage est prêt, lorsque l'abominable arrogant, comme je me plais à le surnommer, s'approche d'un pas nonchalant, escorté par un grand mec que je ne connais pas. À l'instant où mon regard croise celui de l'homme qui se tient à ses côtés, j'ai l'impression d'être frappée par la foudre.

Mes joues chauffent furieusement, alors que je ne rougis jamais. Mes jambes tremblent tellement que j'ignore par quel miracle je tiens encore debout. Quant à mon cœur, il bat si vite que je me demande s'il n'a pas décidé de défier Usain Bolt aux cent mètres. Incroyable ! Vous pouvez imaginer un truc pareil ? Et pourtant… En même temps, ce mec est juste sublime. Et quand je dis sublime, c'est vraiment sublime. Jamais, de toute ma vie, je n'ai rencontré un gars aussi beau. Ses cheveux sombres sont bouclés et un peu longs, ses traits sont fins et si parfaits que ça donne envie de pleurer. Et que penser de ses prunelles grises, si ce n'est qu'on aimerait simplement se noyer dedans. Je vous épargnerai les détails sur son corps qui est une merveille ambulante. Il est plus grand que Leray, plus massif également. De son T-shirt à manches courtes, je vois émerger des tatouages qui recouvrent l'intégralité de ses bras. Les *bad boy*, en général, ce n'est pas trop mon trip, je préfère les dégaines du style gendre idéal. Mais là, mon Dieu ! En toute objectivité, le seul défaut que je lui trouve, parce qu'il en faut bien un, c'est l'abruti qui se tient près de lui. Franchement, ce connard de Nathan gâche le tableau.

Par je ne sais quel miracle, je parviens à me reprendre avant de me liquéfier sur place, troublée par ma réaction tout à fait inédite. Je n'ai jamais ressenti ce genre d'émotion pour un membre de la gent masculine. J'ignore ce que ça peut signifier et je préfère ne pas le savoir. Pour retrouver un semblant de contrôle, je fais face à monsieur crétin arrogant. Cela a le mérite de m'obliger à revenir sur Terre, aussi sûrement que si on m'avait balancé un seau d'eau froide sur la tronche.

Nath tend la main pour me saluer, mais je l'ignore royalement, histoire de lui annoncer clairement la couleur. Il n'est pas question que je fasse ami-ami avec cet odieux personnage. Un simple hochement de tête fera parfaitement l'affaire. En revanche, quand son compagnon avance la sienne, je ne peux pas refuser.

— Mika, voici Yann, mon frère aîné, indique Leray au moment où nos paumes se touchent.

Un courant électrique traverse mon bras, et je rougis,

une fois de plus. Bon sang, mais qu'est-ce qui m'arrive ? C'est complètement délirant !

— Bonjour, Mika, murmure-t-il d'une voix grave et rauque qui me fiche des frissons.

— Yann.

Ce son étranglé est la seule chose qui sort de ma bouche, soudain très sèche. Je commence à penser sérieusement que je ne suis plus moi-même, et avouez que ça tombe particulièrement mal. Par une malchance incroyable, la merveille qui se tient devant moi est le frangin du mec que je déteste le plus au monde. Au moins, apprendre leur lien de parenté a quelque peu calmé mes ardeurs, puisque je parviens assez facilement à me ressaisir, ce qui semblait impossible il y a trois minutes à peine.

Avec raideur, j'indique un fauteuil où Nathan s'installe. Maintenant que ce type n'est plus dans mon champ de vision, je réussis à retrouver un semblant de maîtrise, ainsi que mon sens de l'observation. Leray est super mal à l'aise, ça se voit comme le nez au milieu de la figure. Je m'oblige à dissimuler le sourire de satisfaction qui naît spontanément sur mes lèvres.

Tu n'es pas au bout de tes peines, pauvre type, songé-je avec un sadisme qui me réjouit au plus haut point.

Je prends place sur le siège en face du sien et décide de mettre immédiatement les points sur les *i*.

— Que les choses soient claires, Leray. J'ai autant envie de faire cette interview que de me faire arracher une dent. Mais je n'ai pas le choix. Mon directeur des programmes m'a ordonné de m'y coller ou de prendre la porte. Donc, ne m'emmerde pas aujourd'hui, je ne suis pas d'humeur !

— Comment va Ella ? s'enquiert-il sans tenir compte de mon avertissement.

Je sens que c'est uniquement pour cette raison qu'il est là. Or, je refuse catégoriquement de lui parler de ma jumelle, ça finirait mal. Ignorant délibérément sa question, je me tourne vers Luc, afin de m'assurer qu'il est prêt. Plus vite on commencera, plus vite on terminera.

359

— On peut commencer ?

— D'abord, dis-moi ce que devient ta sœur, insiste Nath.

Cette fois, je ne peux pas faire comme si je n'avais pas entendu. Si je ne lui donne pas au moins un os à ronger, il va me pourrir l'interview, et on y sera encore dans deux heures. Or, l'idée, c'est quand même de finir le plus rapidement possible. Pour autant, tout ce qui la concerne ne le regarde plus.

— Je n'en sais rien.

Et c'est la seule information qu'il obtiendra de moi.

— Comment ça ? Explique-toi.

Je ne réponds pas et pivote à nouveau vers mon collègue.

— L'entretien débute dans trois, deux, un.

Le voyant lumineux vert indique que je suis filmée. Mon professionnalisme, qui semblait s'être fait la malle, est miraculeusement de retour. Enfin ! Ce n'est pas trop tôt.

— Nathan Leray, bonjour. Tout d'abord, merci d'avoir accepté de nous recevoir dans les locaux du PSG. Depuis presque deux ans, vous avez refusé tout contact de près ou de loin avec les médias. Pour quelle raison ?

Il s'éclaircit la voix, visiblement gêné. Si ce naze m'a imposé cette rencontre, il n'a aucun pouvoir sur le contenu de notre discussion et je n'ai pas l'intention de le ménager, petite vengeance personnelle oblige. Toutefois, à mon grand étonnement, il s'en tire plutôt bien. De toute évidence, il s'est préparé. Durant tout l'entretien, cette idée se confirme. Il veut non seulement faire bonne impression, mais cherche à me faire passer un message au travers de ses propos, genre il n'est pas l'imbécile que tout le monde croit qu'il est et a beaucoup changé. Quand il me passe la brosse à reluire, je deviens méfiante. Et lorsqu'il évoque Ella en des termes élogieux, j'ai juste envie de le baffer. En même temps, je ne peux m'en prendre qu'à moi-même, puisque j'ai presque immédiatement mis le sujet de la *sextape* sur le tapis. J'espérais le coincer, mais il s'en sort haut la main, donnant l'impression d'être une pauvre victime.

Mais bien sûr, tu me prends pour une perdrix de l'année ?

Pourtant, au moment où il explique se ficher de ce que les gens pensent de lui, mais se préoccuper de la réputation de ma sœur, je suis déstabilisée. À quel jeu joue-t-il ? J'ai du mal à comprendre les motivations de sa démarche. En évoquant Ella, il prend quand même un gros risque. À la fin de l'entretien, qui est relativement court, je fulmine littéralement.

Je conclus avec toute l'hypocrisie dont je suis capable :

— Merci pour ces instants partagés, Nathan.

— Tout le plaisir était pour moi, Mickaëlla, réplique-t-il avec la même amabilité parfaitement feinte.

Dès que la caméra s'éteint, je me redresse avec colère.

— Pourquoi fais-tu ça ?

— Quoi ? s'enquiert-il, avec la mine du parfait petit innocent, ce qui me donne envie de le claquer une fois de plus.

— Parler d'Ella comme si elle avait de l'importance pour toi. J'étais là, le soir où tu l'as lourdée. Tu lui as demandé si elle voulait se joindre à ta petite partouze, sale con ! Tu as été ignoble et, quand j'ai interrogé Chris après cette histoire, il a clairement indiqué que tu avais sérieusement envisagé de le laisser vous filmer pour te venger, à la fois de mon père et de ma sœur.

— C'est faux, proteste-t-il aussitôt.

— Ah bon ? Dans ce cas, comment est-ce qu'il savait que mon paternel t'avait humilié ? Hein ? Comment est-ce qu'il pouvait être au courant ? Alors ? Tu ne réponds pas ? Tu as perdu ta langue ?

Je suis à deux doigts de lui sauter à la gorge, tellement je suis en pétard. Le revoir, lui parler de cette soirée cauchemardesque, a fait resurgir ma colère. Ma jumelle adorée a été détruite par ce type et s'est enfuie pour oublier. Seulement, elle a choisi le pire endroit au monde : un pays en guerre.

Alors que je suis sur le point d'en venir aux mains, Yann intervient pour la première fois.

— Nathan, tu es attendu. Quant à nous, mademoiselle,

nous allons avoir une conversation tous les deux devant un café.

J'émerge de l'état second dans lequel la fureur m'a plongée pour croiser son regard, à la fois franc et déterminé. Immédiatement, je rougis, troublée comme rarement. Avant même d'avoir eu le temps de comprendre ce qui m'arrive, je me retrouve en train de le suivre vers le restaurant du club, plus docilement que si j'étais un agneau.

Composé et édité par HarperCollins France.

Achevé d'imprimer en mars 2021.

Barcelone

Dépôt légal : avril 2021.

Pour limiter l'empreinte environnementale de ses livres, HarperCollins France s'engage à n'utiliser que du papier fabriqué à partir de bois provenant de forêts gérées durablement et de manière responsable.

Imprimé en Espagne.